FRANCES BRODY

Mord zur Teestunde

Kate Shackleton ermittelt

Aus dem Englischen von
Sabine Schilasky

BASTEI LÜBBE
TASCHENBUCH

BASTEI LÜBBE TASCHENBUCH
Band 17837

Dieser Titel ist auch als E-Book erschienen

FSC www.fsc.org
MIX
Papier aus verantwortungsvollen Quellen
FSC® C083411

Vollständige Taschenbuchausgabe

Deutsche Erstausgabe

Für die Originalausgabe:

Titel der englischen Originalausgabe: »Murder in the Afternoon«
Originalverlag: Piatkus, an imprint of Little, Brown Book Group

Für die deutschsprachige Ausgabe:

Textredaktion: Dorothee Cabras, Grevenbroich
Titelillustration: © Patrick Knowles Design
Umschlaggestaltung: Guter Punkt, München | www.guter-punkt.de
Satz: two-up, Düsseldorf
Gesetzt aus der Arno
Druck und Verarbeitung: CPI books GmbH, Leck – Germany
ISBN 978-3-404-17837-7

1 3 5 4 2

Sie finden uns im Internet unter www.luebbe.de
Bitte beachten Sie auch: www.lesejury.de

Weitere Titel der Autorin:

Mord nach Strich und Faden
Mord braucht keine Bühne

Eine unerhörte Tat (Kurz-Krimi)

Über die Autorin

Frances Brody ist das Pseudonym einer preisgekrönten britischen Autorin von Theaterstücken, Drehbüchern und Romanen. Nach einem längeren Aufenthalt in den USA kehrte sie nach England zurück, wo sie an verschiedenen Universitäten Englische Literatur, Geschichte und Kreatives Schreiben unterrichtete. Heute lebt sie wieder in Yorkshire, dem Schauplatz ihrer erfolgreichen Reihe um die Detektivin Kate Shackleton.

Weitere Informationen finden Sie auf www.frances-brody.com.

BASTEI
LÜBBE
TASCHENBUCH

Meiner jungen Assistentin,
Amy Sophie McNeil

Samstag

12. Mai 1923
Great Applewick

Solomon Grundy,
montags geboren,
dienstags getauft,
mittwochs verheiratet,
donnerstags erkrankt,
freitags verschlimmert,
samstags gestorben.
So ist die Woche vollständig geworden
für Solomon Grundy.

ALTER KINDERREIM

Prolog

Harriet hielt die tuchbedeckte Schüssel in den dünnen Händen und fühlte deren Wärme. Austin und sie schritten den ausgetretenen Weg entlang zum hinteren Teil des Gartens in Nether End.

Mam war nicht zu Hause. Sie war zur Town Street geeilt, um die »Woodbines«-Zigaretten zu kaufen, die Harriet zufällig absichtlich vergessen hatte, als sie mit Austin den Samstagseinkauf erledigt hatte. Ihre Mam wollte ein neues Haus. Sie war es gründlich leid, in der Einöde zu leben.

Der Weg führte durch eine Wiese voller Primeln, Butterblumen und Gänseblümchen. In der Ferne läutete die Kirchenglocke fünfmal.

Austin blies auf eine Pusteblume. »Die geht nicht. Diese Pusteblume sagt, dass es erst drei ist.«

Harriet, die nie um eine Antwort verlegen war, quittierte sein kindisches Denken mit einem Seufzer. »Pusteblumenuhren haben samstagnachmittags frei. Sie sind in der Pusteblumenuhrengewerkschaft.«

Er glaubte ihr immer, jedes Wort. »Warum ist Dad noch bei der Arbeit?«

»Weil er einen besonderen Auftrag fertig bekommen muss.«

»Die Sonnenuhr?«

»Ja.«

Als sie den Zaunübertritt erreichten, ließ Harriet ihn die Schüssel halten, bis sie oben war. Er gab sie ihr zurück, und Harriet stieg nach unten. Einige von Conroys Schafen weideten hier mit ihren neugeborenen Lämmern. Eines der Schafe, das Mary hieß, ließ sich streicheln, weil es von Hand aufgezogen worden war; doch heute beachtete Mary sie nicht, weil sie mit ihrem Lamm beschäftigt war. In ihrem Schulaufsatz hatte Harriet geschrieben: *Der Herbst ist mir die liebste Jahreszeit.* Aber vielleicht war es eher der Frühling oder der Sommer, womöglich sogar der Winter.

Als sie halb über die Weide waren, schob sich eine dichte Wolke vor die Sonne und verdunkelte die Welt. Eine Drossel zeterte in einem Weißdorn. Sie beschwerte sich über den Staub, der das Laub weiß färbte.

Von hier aus konnte man den Steinbruch riechen – Stein und Staub. Dort würde niemand mehr arbeiten außer Dad. An einem Samstag um diese Uhrzeit gab es keine Sprengungen, die in den Ohren wehtaten. Keine Steinbrechermaschine würde angedampft kommen, bereit, Kinder zu verschlingen und ihre Knochen zu zermahlen.

Austin schlurfte neben Harriet her.

»Kannst du das?« Sie schnalzte mit der Zunge, dass es sich wie Hufgetrappel anhörte.

Er versuchte es.

Schweigend und angeschoben vom Ostwind schlitterten sie halb zum Eingang des Steinbruchs. Von hier wuchs er beständig an, ähnlich einem umgestülpten Ungeheuer, das größer und größer wurde und dessen gierige Kiefer einen packen und in Stein verwandeln wollten. *Betreten verboten!,* stand auf dem Schild ganz vorn.

Der Boden senkte und erhob sich, wies hier Pfützen, dort Gestein auf. An dem Steilhang weit hinten klammerte sich ein Baum vergebens an die Seite eines gesprengten Felsens. Daneben war ein neuer hoher Haufen abgebrochenen Steins.

Sie gingen den Pfad an der Vorarbeiterhütte und dem großen Waggon vorbei, der die Sicht versperrte, stand man dicht genug davor. Hinter ihm kamen Leere, die dunklen Umrisse von Hütten und die fernen Hänge.

Erste Regentropfen fielen.

Im Schutz des Waggons legte Harriet die Finger an die Lippen und pfiff, einmal lang, einmal kurz – ihr Erkennungszeichen. Wenn Dad sie hörte, müssten sie nicht an den leeren Schuppen vorbei, bei denen Kobolde Verstecken spielten.

Es kam kein Antwortpfiff, nur ein Echo.

»Ich mag das nicht.« Austin schlang seine kleine Hand um Harriets Arm. »Pfeif noch mal.«

Sie pfiff.

An einem Wochentag oder einem Samstagvormittag wären andere Arbeiter mit dröhnenden Stimmen da, die Ethan zubrüllen würden, dass seine Kinder hier waren.

Keine Antwort. Wenn Dad arbeitete, schaltete er die Welt um sich herum aus. Dann hörte er nichts und niemanden. Das sagte Mam immer.

»Pfeif lauter«, jammerte Austin.

»Hab keine Angst. Die Kobolde sind nicht hier.«

»Wo sind sie denn?«

»Die gehen samstags nach Yeadon. Komm mit.«

Der abschüssige, unebene Grund machte aus ihrem Gehen ein halbes Laufen, wobei sie den Blick starr nach unten richteten, nicht zu dem Brechschuppen, dem aufragenden Kran, den Trimm- und den Sägescheunen. In dem Steinbruch warf jeder einen solch langen Schatten wie sonst nirgends auf der Welt. Harriet schubste Austin zur Seite, damit er einer Pfütze auswich, und trat dabei selbst in eine. Verflixt! Jetzt wurden ihre Stiefel durchgeweicht.

Neben Dads Steinmetzhütte schimmerte die blaue Schieferplatte der Sonnenuhr. Austin streckte eine Hand nach ihr aus, malte die Linien mit den Fingern nach und legte die Hände flach auf den Schiefer, als könnte er ihm durch seine Haut eine Geschichte erzählen.

Harriet stellte die Schüssel mit dem Essen auf die Scheibe. »Warte hier.«

Hinterher konnte sie nicht mehr sagen, warum sie in die Hütte gegangen war. Als Erstes sah sie Dads Stiefel, deren Spitzen zum gewellten Dach wiesen.

Warum hatte Dad sich hingelegt?

Harriet bekam ein seltsames Gefühl im Kopf, als könnte er sich von ihrem Körper lösen und davonschweben wie ein Ballon. Sie konnte nicht ausatmen. Steinstaub machte ihren Mund trocken. Etwas Komisches geschah mit ihren Knien. Ihre Haut kribbelte. Harriet erinnerte sich, wie der alte Mr. Bowman auf der Straße vor dem *Fleece* gelegen hatte und der Pferdekarren des Gemüsehändlers um ihn herumgefahren war.

Sie sank auf die Knie.

Dads harte Hand fühlte sich kalt an. Sein Gesicht war von Harriet abgewandt. Seine Wange war nicht so kalt. Seine Haare standen nach oben ab. Harriet tat, was sie manchmal machte: Sie strich mit den Fingern durch sein Haar, um es zu glätten. Etwas Feuchtes benetzte dabei ihre Hand. Sein Kopf und seine Haare rochen wie immer und doch anders. Sie hob seine Mütze auf, die sich jedoch nicht wieder aufsetzen ließ, als würde sie Dad auf einmal nicht mehr mögen oder ihn nicht erkennen. Harriet legte sie auf die Bank, von der sie gleich wieder herunterrutschte.

Weit weg hörte sie Austin ängstlich wimmern. Harriet stützte sich auf die Bank und stemmte sich nach oben.

Sie eilte zu ihrem Bruder und zog ihn in die Arme.

»Was ist denn?«, fragte er leise jammernd.

Sie sagte: »Komm einfach mit …«

»Nein!«

Sie legte beide Hände fest an seine Oberarme und drehte ihn um, in Richtung Heimweg.

Er wollte oder konnte sich nicht rühren.

»Mach die Augen zu, Austin. Kneif sie fest zu, und ich führe dich durchs Traumland.«

Er tat, was sie sagte, ließ sich von ihr ins Traumland entführen. Sie leitete ihn über kleine Hügel und durch Senken, erzählte ihm vom Lebkuchenhaus zu seiner Linken, das über und über mit Zuckerbonbons verziert war. Nein, es regnete nicht. Der Feenbrunnen spie Löwenzahn und Kletten.

Und sie sagte sich, dass das Feuchte an ihrer Hand Himbeersorbet war, kein Blut.

Doch ein Kind vom Lande erkennt ein totes Wesen, wenn es eines sieht.

Montag

Pipistrelle Lodge, Headingley

Die Zeit vergeht in Kreisen, und das Glück wechselt mit ihr,
Von schlecht zu rein, von schönem Zufall zu schlimmerem.

ROBERT SOUTHWELL

Eins

Der Eisenbahnwagen ruckelte, sodass ich nach vorn fiel. Blitze zuckten herab, als der Waggon umkippte. Mit einem stummen Aufschrei tastete ich nach einem Halt. Das Kreischen der Bremsen weckte mich jäh. Ich öffnete die Augen und stellte fest, dass ich im Bett lag und die Reise von King's Cross nach Leeds seit Stunden hinter mir und heil überstanden hatte.

Was mich geweckt hatte, war ein hartnäckiges, lautes Klopfen an meiner Haustür. Da mein Schlafzimmer sich im hinteren Teil des Hauses befindet, mit Blick zum Wald, musste derjenige, der mich aus dem süßen Schlummer gerissen hatte, den Klopfer betätigen, als wollte er mir mitteilen, dass das Haus brannte.

Die Uhr auf meinem Nachttisch sagte mir, dass es vier Uhr am Morgen war. Sookie hatte sich meinen Morgenmantel zu einem Kissen zusammengeknautscht und nahm es nicht gut auf, dass ich ihn unter ihr fortzog. Eine unangenehme Störung für eine Katze von solch zartem Gemüt.

Unten an der Treppe stieß ich mir den Zeh an meinem Reisekoffer, den der Taxifahrer am vergangenen Abend dort abgestellt hatte. Ich schaltete das Licht ein.

Dann schloss ich die Tür auf, öffnete und spähte hinaus in die Dunkelheit, wobei ich mit irgendeinem Unglücksboten rechnete.

Im Schatten des Eingangs stand eine Frau in einem Cape mit aufgezogener Kapuze. »Mrs. Shackleton?« Sie klang etwas atemlos, als wäre sie nervös oder schnell gegangen.

Was für eine Wahnsinnige lief mitten in der Nacht im strömenden Regen durch die Straßen?

»Ja, ich bin Mrs. Shackleton.«

»Ich muss mit Ihnen reden.«

Da ich nicht sogleich die Tür weiter öffnete, ergänzte sie: »Mein Ehemann ist verschwunden.«

Ich empfand eine bleierne Müdigkeit. »Dann gehen Sie am besten zur Polizei.«

Dort wären Detectives im Nachtdienst.

Mit einem Schnauben, das teils Lachen, teils Stöhnen war, tat sie meinen Vorschlag ab, bevor sie erwiderte: »Die Polizei? Das habe ich versucht. Die Polizei ist so überflüssig wie ein Kropf.«

Sie schien sich der Zeit nicht gewahr zu sein, denn sie entschuldigte sich nicht für die nächtliche Störung. Der Nordwind blies durch die Straße und peitschte den Regen waagerecht vor sich her.

Da ich mir dachte, dass jemand, der Böses im Schilde führte, kaum laut genug an die Tür hämmern würde, um halb Headingley zu wecken, löste ich die Türkette. Im Lichtschein aus der Diele stellte ich fest, dass sie bleich wie der Mond war.

Ohne auf eine Einladung zu warten, trat sie ein und tropfte Regenwasser auf die Fußmatte im Flur.

Ich schloss die Tür hinter ihr. »Geben Sie mir Ihr Cape.«

Sie hakte es auf und schüttelte das dunkel karierte Kleidungsstück aus, was eine Wasserlache auf dem polierten Holzboden zur Folge hatte.

»Danke.« Ihre Lippen waren blass, doch zwei unnatürlich rote Flecken leuchteten auf ihren Wangen. Vielleicht litt sie unter Schwindsucht. Der Puls an ihrem Hals pochte. »Meinen Schirm habe ich im Zug vergessen. Ich hatte den Milchzug genommen und bin vom Bahnhof Headingley aus gerannt.«

Ich hängte ihr Cape über die Treppenspindel, wobei ich mir wieder den Zeh am Koffer anstieß. »Kommen Sie lieber mit durch, Mrs. …«

»Armstrong. Mary Jane Armstrong.«

Das Esszimmer diente mir zugleich als Arbeitszimmer, allerdings war hier drinnen kein Feuer mehr angezündet worden, seit ich nach London gereist war. Deshalb führte ich sie in die Küche. »Kommen Sie bitte mit. Das Feuer wird aus sein, aber es ist wärmer hier.« Sie folgte mir. In der Küche reichte ich ihr ein Handtuch. »Trocknen Sie sich ein bisschen ab.« Sie bewegte sich wie jemand, der aus dem Meer gewatet war und in Kürze zu Neptun zurückkehren würde.

»Es macht mir nichts, nass zu sein.« Dennoch rubbelte sie sich das Haar trocken. Ihr Kapuzencape hatte wenig Schutz gegen die Sintflut draußen geboten.

Sie musste Mitte bis Ende dreißig sein, war ungefähr einen Meter fünfundsechzig groß, mollig und hübsch mit klarer, heller Haut und dickem, haselnussbraunem Haar, das mit Schildpattkämmen und Nadeln aufgesteckt war. Es sah aus, als wäre sie bei Reiseantritt ordentlich frisiert gewesen, doch nun hatten sich einige Locken aus den Kämmen gelöst. Einzelne dickere Strähnen hingen ihr über die Schultern, wo Haarnadeln herausgefallen waren. Sie trug einen wadenlangen grünen Rock und eine weiße Bluse sowie ein Medaillon um den Hals. Ihre Schuhe waren so gründlich poliert, dass der Regen schlicht vom Leder abperlte.

Ich zog einen Stuhl unter dem Tisch hervor und gab ihr einen Moment, sich zu erholen, während ich ins Esszimmer ging.

Wer war sie, und was führte sie um diese nachtschlafende Zeit her? Etwas an ihr kam mir seltsam bekannt vor.

Ich nahm die Brandy-Karaffe vom Sideboard, zusammen mit einem Kognakschwenker. Am Küchentisch schenkte ich

Kognak in ein Glas. »Hier, trinken Sie das. Sie sehen aus, als könnten Sie es gebrauchen, und danach erzählen Sie mir, was Sie zu mir führt.«

Sie umfing das Glas mit beiden Händen und blickte in die bernsteinfarbene Flüssigkeit, als handelte es sich um eine Kristallkugel, die ihr die Zukunft klar abbilden würde. Dann sah sie mich an. Ihre Augen waren vom selben Haselnussbraun wie ihr Haar. Die Intensität ihres Blickes gab mir das Gefühl, sie würde in meinen Augen sehen, was sie in dem Kognakschwenker nicht finden konnte.

Wieso meinte ich, sie zu kennen?

Der Ausdruck war gleich wieder verschwunden, denn sie runzelte die Stirn, schnupperte an dem Kognak und schüttete ihn in einem Schluck herunter. Prompt hustete sie und begann zu würgen, während sie mühsam stockend herausbrachte: »Oh, ich dachte, es ist Ginger Ale. Was ist das? Es brennt in meinem Hals!«

»Brandy. Es ist Brandy.«

»Das hätten Sie mir sagen müssen. Ich nehme noch einen und trinke ihn langsamer.«

Ich hob die Karaffe an und schenkte ihr einen Fingerbreit ein. »Nippen Sie nur immer mal wieder daran. Ganz langsam.« Nach meiner Rückkehr aus London war ich ein bisschen müde gewesen, doch diese Müdigkeit verflog jetzt. Und ich sagte aufmunternd: »Erzählen Sie mir, warum Sie hergekommen sind.«

Sie umklammerte das Glas so fest, dass ich fürchtete, es könnte zerspringen. »Wie gesagt, mein Mann ist verschwunden.« Mrs. Armstrong klang matt und müde. »Ich weiß nicht, ob er noch am Leben ist oder tot. Ich dachte an Sie, weil ... nun, ich habe gehört, dass Sie Leute finden.« Sie nahm noch einen Schluck Brandy, dann verlor sie anscheinend das Interesse und schob den Kognakschwenker von sich.

»Wie heißt Ihr Mann?«

»Ethan. Ethan Armstrong.« Sie legte die Hände zusammen und strich mit den Fingerspitzen einer Hand über den Daumenballen der anderen, was der einzige Hinweis auf ihre Beunruhigung war und zugleich so vielsagend, dass ich sofort ein komisches Gefühl im Magen verspürte.

Dann neigte sie den Kopf zur Seite. »Ich würde Sie überall wiedererkennen.«

»Ach ja? Sind wir uns schon begegnet?«

Lächelnd schüttelte sie den Kopf. »Nein, das nicht direkt.«

Womöglich war sie doch eine Wahnsinnige. Meine Haushälterin wohnte im Anbau meines Hauses. Ich bräuchte bloß die Glocke zu läuten. Ein Alarmsignal zu geben.

Beruhige dich, sagte ich mir. Die Frau war verzweifelt. Sie wusste nicht, was sie redete. »Was meinen Sie?«

»Natürlich erinnern Sie sich nicht.«

Es gibt nichts Ärgerlicheres als Menschen, die simple Informationen nicht preisgeben wollen. Ich verfüge über ein gutes Gedächtnis für Gesichter, und etwas an ihr kam mir bekannt vor, dennoch konnte ich sie nicht einordnen. »War es während des Krieges?«

»Ja, so in der Art. Jedenfalls ist es lange her.« Sie winkte ab, als wäre unbedeutend, wann sich unsere Wege schon einmal gekreuzt hatten.

»Kommen Sie von weit her?«

»Aus Great Applewick.«

Ich schüttelte den Kopf. »Ich kann nicht sagen, dass ich den Ort kenne.«

»Das tut niemand. Er ist sehr klein. In der Nähe von Guiseley.«

»Ah, ja.« Ich entsann mich meiner Fahrten nach Guiseley während des Krieges. Es war ein Dorf, nicht sonderlich groß, mit einer Hauptstraße und einem Gemeindesaal, der zum Hospital umfunktioniert worden war. »Das Hospital. Sind wir uns dort begegnet?«

Sie sah auf ihre Hände. »Könnte sein. Ja, das war es.«

Menschen verraten sich auf die unterschiedlichsten Weisen, wenn sie lügen. Sie wechselte das Thema. »Könnte ich ein Glas Wasser bekommen?«

Ich rückte meinen Stuhl nach hinten, doch sie war bereits auf den Beinen, an der Spüle, den Rücken zu mir, und drehte das Wasser auf, um es in ein Glas laufen zu lassen.

Welche Dreistigkeit diese Frau besaß, sich in mein Haus zu drängen, anzudeuten, mich zu kennen, und sich nun aufzuführen, als wäre sie hier zu Hause. Doch vielleicht war ihre Geschichte so furchtbar, dass sie sich langsam zu ihr vorarbeiten musste.

Sie hielt das Glas in beiden Händen und trank einen Schluck. »Ich wünschte, wir hätten fließendes Wasser in unserem Haus. Aber ich kann mich schon glücklich schätzen, einen Brunnen im Garten zu haben.«

Notiz für mich: Das Erste, was Mrs. Armstrong erwähnte, war ein Brunnen. Eine Klage über ihre Lebensumstände oder ein wichtiger Hinweis? Vielleicht hatte sie ihren Mann ermordet und in dem Brunnen versenkt. Wie lange würde dies hier dauern, fragte ich mich, und was sollte ich am Ende mit ihr anfangen? »Also, Mrs. Armstrong ...«

»Mir ist unangenehm, dass Sie mich Mrs. Armstrong nennen. Ich bin Mary Jane.«

»Na gut.« Falls sie erwartete, ich würde ihr anbieten, mich Kate zu nennen, konnte sie lange warten. »Lassen Sie mich einige Stichworte notieren, Mary Jane.«

Oben auf das Blatt schrieb ich: *Mary Jane Armstrong – Montag, 14. Mai 1923, 4.30 Uhr.*

Vermisster: Ethan Armstrong, Ehemann.

»Und Ihre Adresse?«

»Mason's Cottage, Nether End, in Great Applewick.«

»Erzählen Sie mir, wann Sie Ihren Mann zuletzt gesehen haben.«

»Er ist am Samstag zur Arbeit gegangen, wie üblich. Ethan ist Steinmetz. Er arbeitet im Ledger-Steinbruch. Eigentlich ist dort um ein Uhr Schluss, aber er ist noch geblieben, um einen besonderen Auftrag fertigzustellen. Er setzt sich für bessere Arbeitszeiten für die Leute im Steinbruch ein, trotzdem bleibt er freiwillig länger, wenn alle schon gehen.«

»Also ist er am Samstagmorgen zur Arbeit gegangen, ungefähr um ... «

»Samstags fangen sie um acht an, unter der Woche um sieben. Die Kinder sind um fünf Uhr nachmittags hin, um ihm Essen zu bringen. Ich hätte ihn hungern lassen, bis sein leerer Magen ihn nach Hause trieb.« Sie schloss die Augen, und für einen Moment ging ihr Atem schneller. Ihre Brust hob und senkte sich. Sie holte einige Male tief Luft und hielt dann inne, als bereitete sie sich vor, die nächsten Worte sehr schnell zu sprechen. Ich wartete, dass sie fortfuhr.

»Harriet – das ist meine Tochter – sagt, dass er tot in seiner Hütte lag. Er hat sich nicht gerührt, als sie ihn angefasst hat. Sie ist sicher, dass er tot war. Doch anstatt direkt nach Hause zu mir zu kommen, setzte sie sich in den Kopf, zur Farm zu gehen, die näher am Steinbruch ist. Aber wegen Austin, ihrem kleinen Bruder, war sie langsam. Einer der Männer von der Farm – Arthur – ist dann mit ihr zurückgegangen.« Ihre Augen wurden größer, und sie schob das Kinn vor, als rechnete sie damit, dass ich ihren nächsten Worten widersprechen würde. »Da war keine Spur von Ethan. Der Steinbruch war verlassen. Arthur hat sie zurück zur Straße gebracht und sie nach Hause geschickt. Dann ist er wieder zur Farm und hat den kleinen Austin auf seinen Schultern zu mir nach Hause getragen.«

»Wie alt sind Ihre Kinder?« Ich fragte mich, ob Austin Harriets Geschichte bestätigen würde.

»Harriet ist zehn und Austin sechs.«

»Hatte Austin seinen Vater gesehen?«

Sie schüttelte den Kopf. »Harriet sagt, dass sie ihn zurückgehalten hat, nicht in die Hütte gelassen.« Mary Jane legte die Hände auf den Tisch, als gehörten sie nicht mehr zu ihr. »Ich bin gleich zum Steinbruch gelaufen, als Harriet mir alles erzählte. Ethan war nirgends zu finden. Wir haben ihn seitdem nicht mehr gesehen, und ich werde verrückt vor Sorge.«

»Könnte Harriet sich geirrt haben?«

»Das hoffe ich inständig. Aber ich glaube ihr. Sie ist ein ehrliches Kind und lässt sich von keinem narren. Sergeant Sharp – er ist unser Dorfpolizist – glaubt ihr nicht. Das hat er recht deutlich gesagt. Er hat gemeint, ein Toter steht nicht auf und geht weg. Doch wenigstens hat der Sergeant ein halbes Dutzend Arbeiter aus dem *Fleece* geholt, um den Steinbruch mit Laternen abzusuchen, weil es schon dunkel geworden war. Sie haben es gern getan, einige von ihnen jedenfalls. Ethan ist ein Mann, den die Leute entweder lieben oder hassen.«

Zumindest sprach sie in der Gegenwartsform von ihm. Vielleicht lag er doch nicht am Boden des Brunnens, es sei denn, einer von den Leuten, die ihn hassten, hatte ihn hineingeworfen.

»Haben Sie eine Fotografie von ihm?«

Sie zog einen Umschlag aus ihrer Rocktasche. Darin befand sich eine Fotografie, die sie mir über den Tisch schob. Ethan Armstrong blickte mir entgegen: breites Gesicht, glatt rasiert und mit ernster Miene. Er trug eine Uniform mit den Abzeichen eines Infanterie-Captains.

»Die wurde 1917 aufgenommen, vor sechs Jahren, aber sie ist die beste, die ich habe.«

»Wie groß ist er und von welcher Statur?«

»Er ist einen Meter neunzig groß, blond und kräftig, ein starker Bursche. Das muss er in seinem Beruf sein.«

»Wie alt?«

»Er ist sechsunddreißig, genau wie ich.«

»Und immer noch glatt rasiert?«

»Ja.«

»Wie sind Sie nach der Suche im Steinbruch mit Sergeant Sharp verblieben?« Ich fragte mich, ob er eine Beschreibung an die örtlichen Krankenhäuser herausgegeben hatte.

»Er war böse mit mir, besonders als ich ihm erzählte, dass wir an dem Morgen einen kleinen Streit hatten. Er denkt, Ethan hatte genug von mir und ist auf und davon, und er glaubt, Harriet ist eine Lügnerin, die sich nur wichtigmachen will.« Sie wurde lauter, als rechnete sie damit, dass ich mich auf die Seite des Police Sergeant schlug und ihre Ängste abtat. »Ich habe kein Auge zugetan, und ich kann es nicht einfach auf sich beruhen lassen.«

Jetzt sollte ich sehr vorsichtig sein. Entweder war Ethan Armstrong ermordet worden, oder er hatte seine Frau verlassen. »Wer sind seine Freunde? Gibt es jemanden, dem er sich anvertrauen oder zu dem er gehen würde?«

Zehn Minuten später hatte ich herausbekommen, wer Ethan liebte: sein guter Freund Bob Conroy, zu dessen Farm Harriet gelaufen war; Ethans früherer Lehrling Raymond, der inzwischen selbst Steinmetz war; andere Mitglieder der Quarrymen's Union – der Gewerkschaft der Steinhauer – und Radikale aus dem Norden, die für bessere Löhne und bessere Arbeitsbedingungen kämpften. Was die Suche nicht unbedingt eingrenzte.

Zu denjenigen, die ihn hassten, zählte der Vorarbeiter im

Steinbruch; er hatte Ethans Streikaufruf in der letzten Woche im Keim erstickt.

»Mary Jane, Sie sagen, dass Sie Harriets Geschichte glauben, wie sie ihren Vater gefunden hat, obwohl es der Sergeant nicht tut?«

Sie stieß einen sehr tiefen Seufzer aus. »Tue ich, oder habe ich getan. Aber jetzt denke ich allmählich, dass sie sich geirrt haben muss. Keiner der Steinbrucharbeiter hat ihr geglaubt. Und ich habe inzwischen auch so meine Zweifel. Vielleicht hat sie ja irgendeine Erscheinung gehabt.« Ihr Tonfall wurde zuversichtlicher. »Bob denkt das auch.«

»Bob Conroy, der Farmer?«

»Ja.«

Dennoch war Bob Conroy nicht da gewesen, um mit Harriet zurückzugehen und den Steinbruch abzusuchen. Ich nahm mir vor zu erfragen, wo er am Samstagnachmittag gewesen war. Dieser »gute Freund« könnte durchaus der Brutus sein, der den Schlag ausgeführt hatte.

»Wurde gestern weitergesucht? Haben Sie jemanden angesprochen?«

Sie schüttelte den Kopf. »Keine richtige Suche, nein. Bob hat gesagt, dass Ethan sicher wieder auftaucht. Er hat gemeint, dass sich einige Kameraden im Hawksworth Moor treffen wollten, eine Art Arbeiterversammlung.« Die roten Flecken auf ihren Wangen kehrten wieder, als sie wütend wurde. »Ich sage Ethan immer, es ginge uns besser, wenn er seine Kraft Heim und Herd widmen würde. Bob ist raus zum Moor, aber er hat erzählt, dass er dort ohne Ethan nicht willkommen war, und keiner wusste, wo Ethan ist.«

»Ist Ihr Mann früher schon mal verschwunden, ohne etwas zu sagen?«

»Niemals.«

»Wie erklärt Bob sich, dass Harriet ihren Vater gesehen hatte und ihn für tot hielt?«

»Er vermutet, dass sie im Steinbruch Angst hatte. Letztes Jahr ist dort jemand tödlich gestürzt. Vielleicht hat sie Schatten gesehen oder sich etwas eingebildet. Die Kinder erzählen sich Geschichten über den Steinbruch. Sie denken, dass Kobolde in den kleinen Höhlen in den Hängen leben. Sagt Bob.«

Meine Gedanken überschlugen sich. »Wie lange würde Harriet gebraucht haben, um zur Farm zu gehen, Hilfe zu holen und zum Steinbruch zurückzukehren?«

Sie schüttelte den Kopf. »Weiß ich nicht genau. Arthur ließ sie warten, bis er mit dem Abendmelken fertig war.«

»Eine Stunde?«

»Es könnte eine Stunde gewesen sein oder ein bisschen weniger. Es war halb sieben, bis ich zum Steinbruch bin, um selbst nachzusehen, und das Merkwürdigste ist ... «

»Fahren Sie fort.«

Sie trank einen Schluck Wasser, und ich bemerkte, dass ihre Hände zu zittern begannen. »Ethan hat eine Sonnenuhr aus blauem Schiefer gemacht, ein besonderer Auftrag. Harriet und Austin haben mir beide erzählt, als sie mit dem Essen für ihren Dad hinkamen, hat die Sonnenuhr vor seiner Hütte gestanden, ganz blank poliert und anscheinend fertig. Doch als ich dort ankam, nachdem Harriet mir alles erzählt hatte, wurde es schon dunkel. Die Sonnenuhr war kurz und klein geschlagen, und nirgends war eine Spur von Ethan.«

Sie vergrub das Gesicht in den Händen, und einen Moment kam ich mir wie in einem dieser Melodramen vor, die Mutter und ich uns im Drury Lane Theatre in Wakefield anschauen.

Mary Jane blickte auf. »Was soll ich nur glauben? Harriet ist keine Lügnerin, doch da war weit und breit nichts von Ethan zu sehen.«

»Trinkt er?«

Sie lächelte wehmütig. »Keiner kann in all dem Staub in einem Steinbruch arbeiten, ohne zu trinken. Aber er würde sich nicht bei der Arbeit besinnungslos trinken.«

»Könnte es eine andere Erklärung für das geben, was Harriet gesehen hat?«

Mary Jane stützte die Unterarme auf den Tisch und beugte sich vor. »Das überlege ich auch schon die ganze Zeit. Harriet mag ihren Daddy sehr. Und sie hat uns streiten gehört. Falls Ethan ihr gesagt hat, sie soll erzählen, dass sie ihn da wie tot gefunden hat ... Aber, nein, das würde sie nicht durchhalten.«

»Weshalb hatten Sie gestritten?«

Sie schüttelte den Kopf. »Wegen nichts eigentlich. Ich wollte, dass er etwas im Haus tut, Brennholz schlägt und nicht an der Sonnenuhr für Mrs. Ledgers Geburtstag arbeitet, wenn er bei uns zu Hause sein sollte. Und jetzt fühle ich mich so furchtbar, weil wir uns im Streit getrennt haben. Doch wenn er das als Entschuldigung nimmt, einfach abzuhauen, prügle ich ihn windelweich.«

Mich verwirrte, dass sie etwas zu verschweigen schien. Und ich bin nicht so bekannt, dass meine Adresse den Leuten geläufig ist wie die 221B Baker Street.

»Mary Jane, wenn ich Ihnen helfen soll, müssen Sie ehrlich sein. Sie haben mir noch nicht einmal verraten, wie Sie mich gefunden haben.«

»Jemand hat mir Ihre Adresse gegeben.«

»Wer?«

»Ist das wichtig?«

Es wäre sehr wichtig, wenn sie es mir nicht sagen wollte. Nach zehn langen Sekunden antwortete sie: »Eine Verwandte von mir. Sie hatte von Ihnen gehört.« Als wollte sie Fragen nach dieser hilfsbereiten Verwandten vorbeugen, fügte sie hinzu: »Es war kein solch schlimmer Streit mit Ethan. Er hatte kein Essen mitgenommen, weil ich ihm keines gemacht hatte. Soll sein leerer Magen ihn nach Hause treiben, habe ich gedacht. Aber natürlich musste Harriet sich mir widersetzen ...«

Wir bewegten uns im Kreis. Es wurde Zeit, das Reden zu lassen und zu handeln. Ich stand auf. »Sie haben gesagt, der Steinbruch öffnet um sieben. Es ist eben erst fünf Uhr. Fahren wir jetzt hin, und Sie zeigen mir, wo Harriet ihren Vater gesehen hat. Ich würde es mir gern anschauen, bevor die Männer zur Arbeit kommen.« Ich ergänzte nicht, dass mögliche Spuren wahrscheinlich schon von den suchenden Arbeitern und dem örtlichen Officer zertrampelt worden waren. »Geben Sie mir ein paar Minuten, um mich anzuziehen.«

Ich ließ meinen Besuch in der Küche und klopfte an die Verbindungstür zu Mrs. Sugdens Wohnung.

Meine Haushälterin brauchte einige Zeit, um zu öffnen. Sie hatte sich den warmen braunen Bademantel übergezogen, der ihrem verstorbenen Mann gehört hatte, und nestelte an dem ausgefransten Seidengürtel. Ihr langes graues Haar war zu einem Zopf geflochten. Ohne die Brille wirkte ihr Gesicht nackt und verletzlich.

Ich entschuldigte mich für die Störung und erklärte ihr rasch, was los war.

»Also fahre ich mit Mrs. Armstrong nach Great Applewick ...«

»Um diese Uhrzeit?«

»Ich möchte früh dort sein und mir die Stelle im Steinbruch ansehen, an der ihr Mann zuletzt gesehen wurde, ehe die Männer mit ihrer Arbeit anfangen. Ich kann mir nicht vorstellen, dass sie eine neugierige Frau gut aufnähmen, die dort herumläuft.«

»Mir ist nicht wohl dabei, Mrs. Shackleton. Sie ganz allein …«

Ich fiel ihr ins Wort. »Name und Adresse finden Sie auf dem Küchentisch. Würden Sie Mr. Sykes Bescheid geben, wohin ich gefahren bin, und ihm ausrichten, dass ich mich bei ihm melde, wenn ich Näheres weiß?«

Sykes, ein ehemaliger Polizist, ist mein Assistent und wohnt nicht weit entfernt.

Ich verließ die beunruhigte Mrs. Sugden.

Mary Jane erschien an der Küchentür. »Ich müsste mal zur Toilette.«

»Ich zeige Ihnen, wo sie ist. Kommen Sie mit nach oben.«

Mein Gepäck stand nach wie vor in der Diele. Mary Jane blickte zu den Koffern. »Sollen die nach oben?«

»Ja, aber sie sind schwer«, antwortete ich.

Sie nahm einen in jede Hand. »Nicht so schwer wie Kinder und Kartoffelsäcke.« Vor mir marschierte sie die Treppe hinauf. »Wo soll ich sie hinstellen?«

»In mein Schlafzimmer – dort. Danke.«

Sie trug die Koffer in mein Zimmer und kam zurück auf den Flur. Ich drehte mich zu ihr. Im fahlen Licht verliehen ihr die hohen Wangenknochen und die leicht schräg stehenden Augen etwas von einer misstrauischen Katze.

Ich schaltete das Licht im Bad ein.

Mary Jane seufzte. »Ich wünschte, wir hätten ein Badezimmer.« Als ich nicht antwortete, sagte sie vorwurfsvoll: »Die sind mir nämlich nicht fremd, müssen Sie wissen. Ich würde keine Kohlen in der Badewanne lagern.«

Beim Ankleiden kam mir der Gedanke, dass eine Frau, die zwei volle Reisekoffer die Treppe hinauftragen konnte, auch imstande wäre, die Leiche eines widerspenstigen Ehemannes zu einem Versteck im Steinbruch zu schleppen.

Was zog man an, wenn man in einem Steinbruch umherwandern wollte? Kniebundhose aus Cord, Mütze und Stiefel. Es wäre eine rein männliche Domäne. Umso wichtiger war, dass ich dort wäre, bevor die Männchen der Spezies ihre Arbeit aufnahmen. Wenigstens hatte der Regen aufgehört. Ich entschied mich für ein hübsches Tweedkostüm. Es war die passende Kleidung für eine Landpartie. Meine festen Schuhe, die ich im vergangenen Jahr in Harrogate gekauft hatte, würden sich als praktisch erweisen. Und ein Ersatzpaar mit Blockabsatz sowie eine Ersatzstrumpfhose wären auch nicht verkehrt.

Mary Jane Armstrong wartete in der Diele auf mich. Ich reichte ihr Geralds Automantel. »Den werden Sie brauchen. Eine Schutzbrille ist im Wagen.«

Der Mantel reichte ihr bis zu den Knöcheln. Und wieder war da, als ich sie ansah, dieses seltsame Gefühl, dass ich sie kannte.

»Mary Jane, bevor wir losfahren, wäre noch eine Sache.«

»Ja?«

»Woher kennen wir uns?«

Sie versuchte, den einen Ärmel aufzukrempeln. »Das kann ich nicht sagen.«

»Ich rühre mich nicht von der Stelle, ehe Sie es mir nicht verraten.«

Sie blickte mich an und gleich wieder zur Seite. »Es ist lange her, seit ich dich gesehen habe, Catherine. Du warst nur wenige Wochen alt, und ich war ein kleines Kind. Ein Mann kam, um dich zu holen, und ich habe geweint. Ich wollte nicht, dass er dich mitnimmt.«

Nun sah sie mich mit einem herausfordernden Blick an, als lauerte sie darauf, dass ich widersprach. »Mein Mädchenname ist Whitaker, genau wie deiner es war, bevor du den Namen der Leute bekamst, die dich adoptierten. Catherine, ich bin deine Schwester.«

Mein Herz pochte so sehr, dass ich sicher war, sie könne es hören. Kein Wunder, dass es ihr widerstrebt hatte, mir zu verraten, woher sie mich »kannte«. Ich war wenige Wochen alt, als ich adoptiert wurde, und ich kannte den Namen meiner biologischen Eltern und wusste, dass sie in Wakefield gelebt hatten. Alles Weitere war mir ein Rätsel gewesen, das zu entwirren ich nie eine Neigung verspürt hatte.

Wir standen einige Schritte voneinander entfernt in der Diele. Mary Jane Armstrong könnte die Wahrheit sagen oder nicht; sie könnte eine Mörderin sein oder nicht.

Plötzlich wurde mir schwindlig. Ich streckte eine Hand nach der Wand aus, um mich abzustützen. Mary Jane betrachtete mich mit einer Mischung aus Sorge und etwas anderem. Furcht? Dass ich sie wegschicken würde?

»Tut mir leid. Ich hätte nicht herkommen dürfen.«

Doch sie war gekommen. Und nun standen wir aufbruchbereit in unseren Mänteln da.

»Wie hast du mich gefunden?«

»Über unsere Schwester Barbara May. Sie hat deine Wege immer verfolgt.«

Meine Wege? Das Wort weckte Erinnerungen an die Schulzeit: An Geschichten von Königen und Königinnen auf episch langen Reisen, zu Gast bei bevorzugten Adligen, deren Untertanen sie um Haus, Hof und Seelenfrieden schlemmten.

Und »Barbara May«? Hatten alle Whitakers zwei Vornamen? War das der Grund, weshalb ich aus dem Clan geworfen worden war? *Wir können kein Mädchen mit nur einem Namen haben. Werden wir sie los. Dieser nette Police Officer und seine Frau werden sie uns abnehmen. Mr. Dennis Hood und seine charmante, kinderlose Frau Virginia, von ihren Freunden liebevoll Ginny genannt. Sie hat ein gutes Herz.*

Mary Jane behauptete nicht einmal, diejenige gewesen zu

sein, die meinen Werdegang verfolgt hatte. Dafür musste ich Barbara May danken. Vielleicht würde sie als Nächste aufkreuzen. *Finde meinen verlorenen Hund, meinen entlaufenen Geliebten. Leih mir einen Shilling.*

Mary Jane könnte die Wahrheit sagen oder eine grandiose Hochstaplerin sein, deren Geschichte ich einfach geschluckt hatte. Was den Kloß in meinem Hals erklären würde.

»Wie hat Barbara May herausgefunden, wo ich wohne?«

»Es stand im *Mercury*, als du geheiratet hast. Barbara May hat als Putzfrau im Krankenhaus gearbeitet, in dem dein Mann früher war.«

Sicher war ich mir nicht, doch sie wirkte ein wenig verlegen. Sie erklärte auch nicht, ob Barbara May Gerald nach Hause gefolgt war oder heimlich seine Adresse in den Krankenhausakten nachgesehen hatte.

Sie fügte hinzu: »Mam war sehr erfreut, als du einen Doktor geheiratet hast.«

Halt den Mund, Mary Jane. Sag nichts mehr!

In der drückenden Stille, die nun folgte, vermieden wir es beide, einander anzusehen. Ich hängte mir meine Tasche über die Schulter und wollte die Tür öffnen. Der Schlüssel ließ sich nicht bewegen, der Knauf nicht drehen. Lass sie nicht sehen, wie sehr du zitterst! Lass sie nicht sehen, dass du beide Hände brauchst – die rechte, um den Knauf zu drehen, und die linke, um das Zittern der rechten zu bändigen.

»Na gut, Mary Jane. Fahren wir.«

Über diese Schwestergeschichte würde ich später nachdenken. Vorerst musste ich sie aus meinem Kopf verbannen und mich auf das Eigentliche konzentrieren. Mary Jane war hergekommen und hatte mich um Hilfe gebeten.

Zwei

Als wir die Straße hinaufgingen, fühlten sich meine Beine bleischwer und zugleich befremdlich leicht an, als wären sie nicht mehr Teil meiner selbst und könnten davonschweben.

Wir gingen die ruhige Straße entlang zu dem alten Stall meiner Nachbarn, den ich als Garage für meine Jowett benutzen durfte. Silberne Spinnweben schmückten die Hecken.

Mary Janes Gang besaß eine gewisse Leichtigkeit, obwohl ihr der Automantel gegen die Knöchel schlug, und ihr haftete eine Aura von Freude an, als hätte sie all ihre Sorgen abgeschüttelt und als würde nun alles gut, da sie mich gefunden hatte. Doch während ich immer noch versuchte, ihren Worten einen Sinn abzuringen, erkannte ich ihre Stimmung wieder. Sie war mir aus der Zeit nach dem Krieg vertraut, als ich anderen Frauen geholfen hatte. Die Erleichterung, jemanden an seiner Seite zu haben, der einem die Illusion vermittelte, alles würde wieder gut. Und dies war nicht der Moment, die Seifenblase platzen zu lassen.

Schwester. Sie war meine Schwester. Dieses kleine Mädchen, Harriet, die ihren toten Vater gefunden hatte, war meine Nichte. Und es gab einen Neffen. Wie war sein Name noch gleich? Austin. »Der kleine Austin«, hatte Mary Jane ihn genannt.

Dass jene Kinder solch eine entsetzliche Entdeckung hatten machen müssen, rührte etwas tief in mir an.

»Wo sind die Kinder jetzt?«, fragte ich.

»Sie schliefen noch, als ich losging. Ich habe eine Nachricht auf dem Tisch gelassen, falls sie vor meiner Rückkehr wach werden.«

Frühmorgens macht alles mehr Lärm. Die Tür des alten Stalls, in dem ich die Jowett parkte, knarzte laut, als ich sie öffnete.

Mary Jane starrte den Wagen an. »Was für ein schönes Automobil! Damit werden die Kinder auch fahren wollen!«

Sie tat, als planten wir einen Ausflug, keine mögliche Mordermittlung.

»Schließt du bitte die Tür, wenn ich rausgefahren bin?«

Sie trat sehr weit zur Seite, als rechnete sie damit, dass die Reifen ihr die Zehen zerquetschten. Nachdem sie die Stalltür geschlossen hatte, stieg sie in den Wagen.

Ich gab ihr eine Schutzbrille und die Karte. »Du wirst die Hände in die Ärmel ziehen müssen, damit sie nicht zu kalt werden. Ich habe vergessen, ein zweites Paar Handschuhe mitzunehmen.«

»Es geht schon.«

»Und sprich nicht mit mir, wenn ich fahre, weil der Motorenlärm und Wind ohnehin alles übertönen. Aber du könntest diese Karte so halten, dass ich herankomme.«

Sie nahm die Straßenkarte. »An einem großen Teil der Strecke sind Bahnlinien.«

Auf dem Weg von Headingley nach Great Applewick mit seinen kurvigen Landstraßen würde es nicht allzu viele Gelegenheiten geben, falsch abzubiegen, doch ganz ausschließen wollte ich es nicht. Ich war schon lange nicht mehr nach Guiseley gefahren.

Als wir Headingley hinter uns ließen und hinaus aufs Land fuhren, färbten sich rosa Streifen am Himmel erst golden, dann blässlich weiß. Halbherzig und zögerlich ging die Sonne auf. Abgesehen vom Motorenlärm war die Welt ruhig und friedlich.

Selbst die Pferde und Kühe auf den Weiden schienen noch zu schlafen.

Mary Jane klappte den Mantelkragen nach oben und schob die Hände tief in die Ärmel.

Ich schaute kurz zu ihr. Hier war jemand, der meine leibliche Mutter kannte, meine Brüder und Schwestern. Der meinen Vater gekannt hatte und Teil ihres Lebens gewesen war. Sie alle blieben für mich ein Mysterium. Ich fuhr vorsichtig um eine Kurve, da überkam mich eine schreckliche Einsamkeit. Solange ich mich geweigert hatte, über die Familie nachzudenken, die mich fortgegeben hatte, hatte ich ihr nie irgendwelches Gewicht beimessen müssen. Nun jedoch hatte sie sich selbstsüchtig in mein Leben gedrängt, ohne auch bloß Bitte zu sagen.

Plötzlich erschien ein Pferdekarren aus einem Weg zur Linken. Das Pferd, das keine Scheuklappen trug, warf den Kopf nach oben. Eine Peitsche knallte. Ich trat auf die Bremse.

»Ich habe dich nie vergessen«, sagte Mary Jane unvermittelt, senkte das Kinn auf die Brust und blickte dann zu mir auf. »Du warst noch ein kleines Baby. Ich hatte Mam gesagt, dass der Mann dich nicht nehmen darf, und ich hatte Angst, dass er dich fallen lassen würde. Er hatte den rechten Arm angewinkelt und balancierte dich darauf. Ich erinnere mich, wie ich sagte, er würde dich fallen lassen. Aber keiner hörte auf mich. Ich habe geweint, als du weg warst.«

Sie hatte mir einen Ansatz gegeben, mit dem ich ihre Behauptung überprüfen könnte. Frag Dad, ob er dich allein abgeholt hatte. Ob er dich in seiner Armbeuge getragen hatte.

Ich fuhr an den Straßenrand und hielt den Wagen an. Den Blick fest auf meine Hände am Lenkrad gerichtet, fragte ich: »Warum hast du es mir nicht gleich gesagt? Du hättest es mir sofort sagen müssen.«

»Ich wollte es dir später erzählen.«

Nun sah ich zu ihr. »Und was sonst willst du mir später noch erzählen?«

Sie hielt meinen Blick fest. »Versuch du es mal! Versuch du mal, so etwas zu sagen, und sieh mal, wie du dich dabei fühlst.«

Sie hatte meine Frage nicht beantwortet. Sollte alles eine idiotische Lüge sein, um meine Hilfe zu bekommen, würde es ihr noch leidtun. Aber keiner würde sich solch eine Geschichte ausdenken, oder? Und etwas an ihrer Art bewirkte, dass ich mich bei aller Beunruhigung entspannt fühlte, sofern das einen Sinn ergab.

Der Weg zu Mary Janes Dorf führte uns an Horsforth vorbei und entlang der Bahnlinie. Etwas weiter oben überquerten wir den Fluss Aire. Mich verblüfft stets, wie viel Leben hinter einer Ecke, auf einer Straße sein kann, die man eventuell keines zweiten Blickes würdigt.

Die Wegweisung meiner neu entdeckten Schwester war nicht gerade von überbordender Qualität. Sie rief Dinge wie »Fahr da hin!«, wenn sie meinte, dass ich links abbiegen sollte, prompt gefolgt von »Du hast es verpasst.«

Auch die Abbiegung nach Great Applewick sagte Mary Jane mir zu spät an. Ich hielt nach der nächsten Möglichkeit Ausschau und fuhr in die Back Lane, eine Straße voller schlichter Häuser, deren Eingangstüren direkt zur Straße gingen. Zwar deutete der Name auf Obstgärten hin, doch war hier kein Baum in Sicht. Wir bogen wieder ab, kamen an der Fabrik Great Applewick Chemical vorbei, einer Druckerei und einem Schild, das zum *Golfplatz* wies.

In der Town Street, wo sich Läden und Wohnhäuser mischten, passierten wir eine Schule, eine Kirche und eine Methodistenkapelle. In der Over Terrace wurden die Lücken zwischen den Häusern schon größer, und danach folgten eine ländliche

Straße und zwei reetgedeckte Cottages aus Sandstein. Hinter diesen Behausungen erstreckten sich Äcker und Weiden. Ein Stück weiter zeigte Mary Jane auf ein drittes Haus. »Das sind wir.«

Ich hielt den Wagen vor einem zweigeschossigen Sandsteinbau, der ein paar Hundert Jahre alt sein musste. Das Haus lag weit zurück von der Straße, und das Heiterste an ihm war ein blühender Apfelbaum links von der Tür.

Die Rollos in den Fenstern oben und unten waren heruntergelassen, und das Steindach sah sehr viel neuer aus als der Rest des Hauses. Insgesamt wirkte es erheblich solider, als Mary Jane mich glauben gemacht hatte. Auf den ersten Blick war es beinahe ein idyllisches Cottage auf dem Lande.

»Es ist reizend«, sagte ich. »Aber nicht reetgedeckt wie die anderen beiden Cottages.«

Sie schnaubte verächtlich. »Ich hatte Ethan dazu verdonnert, sich darum zu kümmern. Hast du mal versucht, unter einem feuchten alten Dach zu leben, in dem die Ratten ihre Nester bauen und die Vögel glauben, alles gehörte ihnen? Und wir haben kein fließendes Wasser wie du. Wir müssen es, wie gesagt, aus dem Brunnen hinten im Garten holen.«

Ich parkte dicht an einer Trockenmauer, weshalb wir beide auf meiner Seite aussteigen mussten, ich zuerst. Ich wackelte mit den kalten Zehen, um wieder Gefühl hineinzubekommen.

»Ethan ist nicht hier«, sagte sie matt.

»Woher weißt du das?«

»Er hätte Feuer gemacht. Dann käme Rauch aus dem Schornstein.«

Wir gingen auf die Haustür zu über rosa Blüten, die der Wind aus dem Baum geweht hatte.

Sie zog an einer Schnur in dem Briefschlitz.

»Das kleine Luder hat den Schlüssel vom Band genommen.

Sie muss Angst gehabt haben, dass jemand kommen könnte.« Mary Jane klopfte laut und wartete. Sie klopfte abermals. »Ich werde Steinchen gegen das Fenster werfen müssen.«

Sie bückte sich und hob einige Kieselsteine vom Wegesrand auf. Mit einem zielte sie auf das obere Fenster, traf, machte indes kaum ein Geräusch. Der nächste Stein verfehlte sein Ziel.

»Falls die Kinder noch schlafen, könntest du mir gleich den Steinbruch zeigen. Können wir dort hinfahren?«

Sie warf noch einen Stein. »Kann ich nicht. Ich weiß, dass es feige ist, aber ich kann nicht wieder dorthin.«

»Dann erklär mir, wo er ist, und ich fahre.«

Sie war sichtlich erleichtert, dass ich ohne sie zum Steinbruch wollte. »Da gibt es zwei Wege. Entweder durch unseren Garten und den Weg entlang oder zurück zum Dorf und die Straße neben der Kapelle herunter. Da kannst du den Steinbruch nicht verpassen.«

Wenn jemand sagt: *Du kannst es nicht verpassen,* meint er gemeinhin: *Ich kann es nicht verpassen, weil ich weiß, wo es ist, aber du kannst von Glück reden, wenn du es findest.*

In dem Moment waren Geräusche hinter der Tür zu hören. Ein Riegel wurde zurückgeschoben, ein Schlüssel im Schloss gedreht.

Das kleine Mädchen in dem langen weißen Nachthemd schaute von seiner Mutter zu mir und an uns vorbei zur Straße und dem Wagen, hoffte merklich, noch jemanden zu sehen. Dann sackten ihre Schultern herab. Sie trat zurück, ohne uns noch einmal anzusehen. Ihr langes Haar, das mit einem Band zusammengebunden war, reichte ihr beinahe bis zur Taille. Mich durchfuhr ein Kälteschauer. Es war wie ein Blick in den Spiegel meines Kleiderschrankes im Kinderzimmer. Die Augen des Mädchens waren zu groß für ihr Gesicht, das Haar sehr streng gescheitelt über der hohen, blassen Stirn. Hatte ich bislang noch Zweifel gehegt, dass Mary Jane meine Schwester war, verflogen die nun, da ich eine jüngere Version meiner selbst erblickte.

Ich folgte Mary Jane ins Haus.

»War alles in Ordnung?«, fragte sie ihre Tochter.

»Ja.« Die Kleine klang verschlafen.

»Das ist Harriet. Harriet, sag schön Guten Tag zu Mrs. Shackleton, die mich in ihrem Wagen von da zurückgebracht hat, wo ich nach Dad gesucht habe. Das war doch nett von ihr, nicht?«

»Wo hast du nach ihm gesucht?«, fragte Harriet.

»Mrs. Shackleton wird nach ihm suchen, in ihrem Automobil.«

Das würde ich also? Das Kind hatte immerhin genug Verstand, ein wenig skeptisch dreinzublicken. Ich wünschte, Jim Sykes wäre hier. Er hatte selbst Kinder und wusste, wie man mit ihnen redet. Schon mein Name klang in diesem Haus falsch.

Harriet sah mich nicht an, sondern beobachtete ihre Mutter, die den Automantel auszog. Ich behielt meinen an.

»Warum hast du den Schlüssel von dem Band genommen?«, fragte Mary Jane.

Harriet zog den Schlüssel aus dem Schloss und befestigte ihn wieder an dem Band. »Weil ich nicht weiß, wer vorbeikommt und vielleicht seine dicke Patsche in den Briefschlitz steckt.«

Sie sprach ruhig und langsam, als redete sie mit einem Kind, und für einen flüchtigen Moment kam mir der Gedanke, dass sie die Mutter und Mary Jane die Tochter sein musste. Meine Fantasie ging mit mir durch: Ich sah Mary Jane zur alten Frau werden und Harriet zur ruhigen, besonnenen Erwachsenen. Neben ihrer ernsten Tochter nahm Mary Jane sich wirklich wie ein Flattergeist aus.

Ich schaute mich in dem Zimmer um. Solange man nicht hier leben musste, könnte man den Raum mit seinen Petroleumlampen auf den Kommoden und den Kerzenleuchtern auf dem Kaminsims als pittoresk beschreiben. Auf einem bleich geschrubbten Kartentisch am Fenster standen eine Emailleschüssel und ein Krug. Unter dem Tisch befanden sich ein Kübel und ein Eimer. An der Wand stand ein weiterer Tisch mit Stühlen und Hockern. Es gab noch einen dritten, kleineren Tisch mit einer »Little Worker«-Doppelsteppstich-Nähmaschine darauf, vor dem ein zierlicher Stuhl stand. Zu beiden Seiten des Herdes waren Schränke und Schubladen eingebaut. An der Wand hinten war noch eine Kommode, und unter der Treppe befand sich eine Truhe. Das Zimmer war sehr vollgestellt. Ich malte mir aus, wie die Familie dauernd irgendwelchen Möbelstücken auswich, um nicht gegen sie zu stoßen.

Mary Jane schob die Asche durch den Herdrost. »Wir machen schnell ein Feuer. Geh wieder ins Bett, Harriet. Es ist noch zu früh für die Schule.«

Das Kind setzte sich auf einen Hocker am Tisch und beobachtete die Mutter.

Mary Jane nahm eine Zeitung auf und begann, sie zusammenzuknüllen. Sogleich sprang Harriet auf, entriss ihrer Mutter die Zeitung und strich sie wieder glatt. »Dad hat den *Herald* noch nicht gelesen.«

Mary Jane seufzte. Sie griff nach einigen Halmen getrockneten Farnkrauts und legte ein paar Holzspäne auf den Herdrost. »Du hast keine Kohle reingeholt.«

»Das wollte ich noch.«

»Dann geh!«

Das schläfrige Kind nahm die Kohlenschütte neben dem Herd auf.

»Harriet! Zieh deine Schuhe an!«

»Nein, gib mir mal«, sagte ich und nahm dem Mädchen die Kohleschütte ab. »Wo lagert ihr eure Kohle?«

»Nein, Catherine, das sollst du nicht machen.«

Ich ignorierte Mary Jane und folgte Harriet, die mich zur Hintertür führte. Es handelte sich um eine zweigeteilte Tür, deren beide Hälften jeweils mit Riegeln verschlossen waren. Ich löste sie, sodass die Tür zu einem langen Garten mit mehreren Nebengebäuden aufschwang.

»Das da ist der Kohlenschuppen.« Harriet zeigte zum ersten Schuppen.

Sie schlüpfte in ein Paar Galoschen, die zu groß für sie waren, und schlurfte neben mir her.

In dem Kohlenschuppen nahm ich eine Schippe auf. Sie schabte über den Boden, als ich sie unter einen Kohlehaufen schob, sie befüllte und die Ladung in die Schütte kippte. Vom Haufen oben purzelten Kohlen herab.

»Man muss von oben nehmen.«

Wieder setzte ich die Schaufel unten an.

»Kennen Sie Dad, Mrs. Shack...«

»Mrs. Shackleton ist ein bisschen lang. Du darfst mich Tante Kate nennen.« Das wollte ich nicht sagen, aber es kam einfach heraus.

Harriet runzelte die Stirn, und mir wurde bewusst, dass ich einen Fehler begangen hatte. Sie beobachtete, wie ich die nächste volle Schaufel in die Schütte kippte. Und das Mädchen sprach mich nicht mehr direkt an.

»Kennst du Dad? Bist du ihm begegnet?«

Dabei sah sie mich sehr ruhig an und wartete auf eine Antwort. Sie würde sich gut in einem Verhör machen. Ein Missetäter bräuchte bloß in diese riesigen Augen zu schauen, schon wäre er verlockt, die Wahrheit zu sagen.

»Nein, Harriet, ich kenne deinen Dad nicht. Aber wenn du

so freundlich wärst und nicht dringend zurück ins Bett möchtest, wäre es nett, wenn du mit mir zum Steinbruch gehen und mir zeigen könntest, wo er gearbeitet hat.«

Es war heikel und vielleicht sogar grausam, doch ich musste allein mit der Kleinen reden. Schließlich behauptete sie, ihren Vater tot aufgefunden zu haben, und sie machte nicht den Eindruck, dass ihr Augenlicht sie täuschte.

Harriet schluckte und ballte die Hände zu Fäusten. Sie wollte genauso wenig zum Steinbruch zurückkehren wie ihre Mutter. Doch sie war mutiger. »Ich gehe mich anziehen.«

Drei

Wir gingen stumm den Pfad entlang. Es war früh genug, dass sich die Wildblumen noch nicht geöffnet hatten. Die morgendliche Stille und die friedliche Landschaft um uns herum verleiteten uns zu einem Schlendern, als hätten wir kein besonderes Ziel. Und ich hasste es, den Zauber dieser Atmosphäre zu brechen.

Wie beginnt man ein Gespräch mit einem Kind, wenn die Frage lautet: *Wo hast du die Leiche deines Vaters gesehen?*

»Am Samstag ist dein kleiner Bruder mit dir gegangen, oder?«

Sie trat nach einem Kieselstein. »Austin, ja.«

»Weißt du noch, wann ihr eurem Dad sein Abendessen gebracht habt?«

»Die Kirchenglocke läutete gerade fünf. Er war seit dem Morgen weg.«

»Deine Mam hat gesagt, dass du ihm selbst das Essen gemacht hast. Stimmt das?«

»Ich bin zehn.« Da war ein Hauch von Tadel in ihrer Stimme und vielleicht auch ein wenig Zweifel an meiner Intelligenz. Bei diesem Kind würde mich jedes beharrliche Nachfragen in ernste Schwierigkeiten bringen.

Der Weg wurde matschig. Ich folgte Harriets Fußstapfen, als sie auf das feuchte Gras auswich. Der Fluss kam in Sicht, unterhalb eines steilen Ufers. Er floss zügig dahin, beruhigend rauschend, gab indes auch einen üblen Chemikaliengestank von sich.

»Es tut mir leid, dass ich das fragen muss, Harriet, aber kannst du mir bitte alles von dem Samstag erzählen, an das du dich erinnerst?«

»Wie? Alles, vom Aufstehen an?«

»Ja«, antwortete ich streng.

Sie sah mich ungläubig an. Und ihr Blick sagte mir: *Sie sind ja mal frech.* Dann wurde sie rot und erklärte leise: »Man erzählt anderen Leuten nicht *alles.*«

Ein Fehler. Ich hatte zu viel verlangt, und nun kam diese tief verwurzelte, von Kindesbeinen an erlernte Yorkshire-Obacht ins Spiel: Alles sehen, alles hören, nichts sagen; alles essen, alles mitnehmen, nichts bezahlen.

»Harriet, bitte, es könnte helfen. Deine Mam hat mir natürlich alles erzählt, doch jedem fallen andere Dinge auf.«

Sie seufzte, antwortete aber nicht.

Ich blieb hartnäckig. »Hatte deine Dad irgendwelche Briefe oder Nachrichten bekommen? Hatte er erwähnt, dass er jemanden besuchen oder irgendwohin gehen wollte?«

Fraglos war es gemein, dass ich die Idee aufbrachte, er könne nur jemanden besuchen, doch es wirkte.

»Ich weiß nichts von Botschaften oder Briefen. Er sollte am Sonntag nach Hawksworth Moor, und er hat gesagt, dass er Austin und mich mitnimmt.«

Zu dem Gewerkschaftstreffen, von dem Mary Jane gesprochen hatte. Ethan musste vorgehabt haben, seine Kinder schon sehr frühzeitig in die Politik einzuführen.

»Harriet, ich möchte so viel über das herausfinden, was geschehen ist, wie ich kann. Alles, was du mir erzählen kannst, könnte helfen, auch wenn es wie eine Kleinigkeit erscheint. Erzähl mir von Samstag.«

Sie war ein wenig verhalten gewesen, doch nun schien sie sich entschieden zu haben, mir zu helfen. Harriet hielt sich kerzengerade, und ihre Schritte wurden bestimmter. Ich sah sie nicht an. Ihr energischer Tonfall bewirkte, dass ich mich treten wollte, weil ich Hoffnungen geweckt hatte, die nie erfüllt würden.

»Dad fängt am Samstag später an – erst um acht, nicht um sieben. Wir waren noch im Bett, als er losging, Austin und ich. Er hat nicht nach oben gerufen, dass er geht, aber als ich nach unten gekommen bin, hatte er mir ein bisschen Tee in seinem großen Becher übrig gelassen. Das macht er immer. Er mag seinen Tee richtig dunkel mit Zucker, und davon lässt er mir immer was über. Mir macht es nichts, wenn er kalt ist. Ich mag Tee. Ja, ich bin richtig gierig danach. Genauso wie er. Sind wir beide. Ich hatte gehört, wie er mit Mam geredet hat. Er hat sie gefragt, wo sein Essenspaket ist. Sie hat ihm gesagt, dass er zum Abendessen nach Hause kommen soll, und er hat gemeint, dass er die Sonnenuhr fertig bekommen soll, was sie ja wohl weiß. Er würde sie fertig machen und dann nach Hause kommen. Sie hat gesagt, was denn der Sinn wäre, für halbe Samstage zu kämpfen und dann doch die ganzen zu arbeiten. Und dass er doch versprochen hatte, die schweren Arbeiten im Garten zu erledigen. Er hat geantwortet, die macht er am Sonntag. ›Oh, dann willst du also nicht nach Hawksworth Moor, zu deinen Sozialistenfreunden?‹, hat Mam gefragt. Und er meinte, das hatte er vergessen. Dann ist er weg.

Ich habe Mam den ganzen Morgen im Haus und draußen im Garten geholfen. Das muss ich, weil sie mir das Pfingstkleid und Austins Pfingsthose und sein Hemd näht, und sie kann sich ja nicht um alles kümmern. Als es fast Abend geworden ist, habe ich sie gefragt, ob ich Dad nicht mal was zu essen bringen soll, und sie hat Nein gesagt und dass er nach Hause kommt. Austin und ich sind in die Läden in der Town Street, zum Metzger und dem Bäcker. Ich habe ein Sahneteilchen mit Deckel bekommen und er ein Marmeladentörtchen.

Als wir die gegessen hatten und wieder zu Hause waren, hat Mam gefragt, wo ihre Woodbines sind, und ich habe behauptet, dass ich sie vergessen habe. Sie wollte, dass ich sie holen gehe, aber ich habe gesagt, dass meine Beine wehtun und meine Arme auch, vom Tragen. ›Ach, na gut‹, hat sie geantwortet, und dann ist sie selbst losgegangen. Da habe ich die Schüssel genommen, die gekochten Erbsen reingefüllt und ein Stück kalten Schinken abgeschnitten. Das habe ich mit einem Geschirrtuch zugedeckt und zu Austin gesagt: ›Komm mit und sei still. Wir sind wieder hier, bevor sie zurückkommt.‹«

Harriet beeindruckte mich. Sie erzählte ihre Geschichte ganz sachlich. Der Streit zwischen Mary Jane und Ethan war ein nichtiger Zank darüber gewesen, wann Ethan zu Hause wäre. Nichts, was Mary Jane veranlassen würde, zum Steinbruch zu schleichen und ihren Mann zu ermorden, während ihre Kinder die Einkäufe erledigten.

Der Weg begann, steil bergan zu führen. Das Gestrüpp am Uferhang hinunter zum Fluss wurde staubig weiß, was bedeuten musste, dass der Steinbruch nahe war. Und dann konnte ich es riechen: Der pudrig trockene Geruch setzte sich hinten in meiner Kehle fest.

Es ging wieder nach unten zu einem Pfad, der kaum mehr als ein Reitweg war. Vor uns erstreckte sich der Steinbruch klaffend und befremdlich. Eine geschändete Landschaft. Ich griff nach Harriets Hand, was eher zu meiner Beruhigung geschah denn zu ihrer.

»Harriet, war es so am Samstag, oder war da noch jemand hier?«

»Nein, die waren alle nach Hause gegangen. Ich habe nach Dad gepfiffen, doch er hat nicht geantwortet. Ich gehe da allein mit Austin nicht gerne durch, aber jetzt waren wir schon so weit, also bin ich doch weitergegangen.«

»Können wir das jetzt auch machen?«

Sie fuhr sich mit der Zunge über die Lippen. Ich bekam ein schlechtes Gewissen, denn das arme Kind hatte nicht mal einen Schluck Tee oder eine Scheibe Brot gehabt.

Harriet ging schweigend voran über den groben Pfad. Wir kamen an einem riesigen Schuppen vorbei, und Harriet atmete lauter.

»Was ist das?«, fragte ich. Das Gebäude rechts von uns sah wie eine Fotografie von einer gewaltigen Scheune in einer verlassenen Goldgräberstadt aus, die ich mal gesehen hatte.

»Das ist der Brechschuppen.«

Dahinter war ein hoher Kran. Ein Hang führte zu einer Hütte hinauf, die oben auf den Felsen thronte. Nun verlief unser Weg noch ein wenig bergab und wurde dann eben.

Harriet blieb vor einer Behelfshütte aus Holzlatten und Wellblech stehen, die nur aus drei Wänden bestand und nach vorn hin offen war.

Drinnen stand eine lange Werkbank, dahinter eine Sitzbank, und auf dem Boden lagen blaue Schiefersplitter.

»War das die Sonnenuhr, an der dein Dad gearbeitet hat, Harriet?« Ich zeigte auf die Splitter.

»Ich glaube, ja. Sie war nicht kaputt, als wir hier waren. Da sah sie fertig aus. Zuerst dachte ich, dass er nach Hause gegangen sein muss, die Straße entlang, und wir ihn deshalb verpasst haben.«

»Und wo genau hast du ihn gesehen?«

»Gleich hier. Er lag ganz vorne in der Hütte.«

»Hat Austin ihn gesehen?«

»Das glaube ich nicht. Ich habe ihm gesagt, dass er da bleiben soll.« Sie zeigte zum Ende der Werkbank. »Er hat Angst gehabt. Manche Leute erzählen, dass die Kobolde rauskommen, wenn die Männer den Steinbruch verlassen.«

»Hat dein Dad mit dir gesprochen oder irgendein Geräusch gemacht?«

»Nein.«

»Hast du mit ihm geredet oder seine Hand angefasst?«

»Ja, habe ich. Er hat nicht geantwortet. Seine Hand war kalt, aber der Stein ist ja kalt, da wird er es auch.«

Ich ging in die Hütte. Harriet kam nicht mit.

Drinnen gab es ein rostiges Kohlebecken und einen geschwärzten Kessel. Auf dem Regal links von mir fanden sich Werkzeuge und Blechbecher.

Harriet folgte meinem Blick. »Das sind nicht Dads Werkzeuge, aber das ist Dads Becher und sein Löffel. Die Hämmer und Meißel gehören Raymond.« Sie zeigte zu der Bank hinten in der Hütte. »Mam und ich haben die Kissen für Dad und Raymond genäht.«

»War Raymond der Lehrling deines Dads?«

Sie schien froh zu sein, dass ich nicht gänzlich unwissend war. »Ja, bis er fertig war. Jetzt ist Raymond auch ein richtiger Steinmetz.«

»Hatte Raymond am Samstag mit deinem Dad zusammengearbeitet?«

»Nein, nur Dad hat die Sonnenuhr gemacht. Und nur er hat samstagnachmittags gearbeitet. Raymond macht seiner Braut den Hof. Er heiratet nächsten Samstag. Er und Polly wohnen dann bei Raymonds Mam und Dad oder bei Pollys Mam und Dad. Raymonds Mam ist nett, doch sein Dad ist ein fieser Kerl. Pollys Mam und Dad sind beide nett, aber sie haben keinen Platz.«

Dank meiner Hartnäckigkeit war das arme Kind so damit beschäftigt, mir alles zu erzählen, dass es nicht wusste, was wichtig war und was es auslassen konnte.

Derweil starrte Harriet in die Hütte, als sähe sie dort immer noch jemanden. Sie zeigte auf die Stelle, die sie nicht betreten wollte. »Hier hat er gelegen. Sein Gesicht war weggedreht von mir. Seine Mütze war runtergerutscht. Sieh mal, da ist sie!«

Nun vergaß sie, dass sie nicht in die Hütte gehen wollte, und holte eine alte flache Tweedmütze unter der Bank hervor, die einst kariert gewesen sein musste. Sie drückte die Mütze an ihre Brust. »Ich weiß, dass Mam hofft, ich irre mich, und das wünsche ich mir ja auch, weil ich nicht will, dass Dad tot ist. Sergeant Sharp glaubt, ich bin eine kleine Lügnerin. Bin ich nicht.«

Wir verließen die Hütte. Ich hob eine große Schieferscherbe mit glattem Rand auf. Sie anzusehen gab mir etwas zu tun, solange ich fieberhaft überlegte. So wie Harriet ihre Geschichte erzählte, musste sie stimmen.

Eine zarte gerade Linie war in das Schieferstück geritzt worden, und ein Wellenmuster verzierte den Rand.

»Die war nicht kaputt, als wir hier waren.« Harriet stand so unbeweglich da wie der Stein, der uns umgab.

Welche Wut und welcher Hass hatten die Zerstörung der Sonnenuhr angetrieben?, fragte ich mich. Und hatte sich dieselbe Rage gegen Ethan gerichtet? Sein handwerkliches Können war tadellos; so viel erkannte ich an diesem blauen Schieferfragment mit dem geglätteten Rand. Warum sollte er verschwinden? Falls wir das Schlimmste annahmen und uns vorstellten, dass er tot war, als seine Kinder ihn fanden, was war mit seiner Leiche passiert?

Harriet folgte mir hinten um die Hütte herum. Dort gab es Fußspuren, doch wieso auch nicht? Allerdings war einer der Abdrücke nicht größer als meine eigenen. Vorsichtig glich ich das Maß ab und holte meine Kamera hervor. Das Licht hinter der Hütte war nicht besonders gut, aber ich stellte die Belichtungszeit hoch ein und ging so nahe wie möglich heran, ohne den Abdruck zu berühren.

Nun bereute ich, dass das Kind bei mir war. Sollte ich als Vorwand für meine Suche vortäuschen, eine Führung durch den Steinbruch zu wollen? Und was würde ich finden? Jedwede Fußspuren und Hinweise waren entweder von Staub überdeckt, von dem Suchtrupp am Samstag vernichtet oder vom Regen der vergangenen Nacht fortgewaschen.

Trotzdem schaute ich mich um. Dieser Ort verursachte mir eine Gänsehaut. Dem Aussehen nach könnte er ebenso gut die Rückseite des Mondes sein. In der Ferne war ein grauer Geröllhaufen zu sehen, der wie von einem Erdrutsch verursacht wirkte.

Wonach suchte ich? Einem Fetzen Kleidung, der sich an Stein verfangen hatte, einem Flecken, der Blut sein könnte, einem Haarbüschel? Die meiste Zeit im Leben blicken wir nicht nach unten, auch nicht nach oben, sondern geradeaus. Ich schaute nach unten. Der Boden war sandig, steinig und gab nichts preis.

Harriet stand stocksteif da und beobachtete mich. Ich sollte sie nach Hause bringen. Sie hatte genug durchgemacht.

Dann sah sie mir in die Augen. »Ich möchte, dass du dir etwas anschaust.«

»Was?«

Sie streckte mir ihre Hand hin, und ich ließ mich von ihr durch den Steinbruch führen, über kleine Erhebungen und durch Senken, ein ebenes Stück entlang und vorbei an dem Kran bis zur anderen Seite, wo der Hang aufragte und sich eine trotzige Esche staubweiß an die Felswand klammerte.

Der Boden wurde weich. Eine Art Stromschlag durchfuhr mich, als ich etwas bemerkte, das wie ein Fersenabdruck aussah, und der Grund war so ebenmäßig, als wäre er glatt gestrichen worden. Da war noch ein Fersenabdruck. Es würde nicht reichen, diese Spuren nur zu fotografieren. Ich musste den

Fersenabdruck vermessen. Er war zu klein, um von einem der Arbeiter zu stammen, sofern sie hier keinen Jungen beschäftigten. Und natürlich könnte es eine vollkommen vernünftige Erklärung geben.

»Warte kurz, Harriet. Ich möchte eine Fotografie machen, um mich daran zu erinnern, wie der Steinbruch aussieht.«

Ich hockte mich auf einen Stein, um die Kamera vorzubereiten. Dieser Findling würde mein Wegweiser sein. Ich würde meinen Fund und den Findling aufnehmen sowie die gerade Linie, die von einem zum anderen führte.

Sollte ich recht haben – und ich wünschte mir inständig, dass ich mich irrte –, hatte jemand eine Leiche in diese Richtung gezogen. Was erklären würde, warum der Tote fort gewesen war, als Harriet mit dem Mann von der Farm wieder hergekommen war.

Harriet sah zu, wie ich diesen Flecken fotografierte, wobei ich mir unsicher war, ob dies wirklich die Stelle markierte, an der eine Leiche weggeschleift worden war. Wahrscheinlicher dürfte sein, dass es die Stelle kennzeichnete, an der sich meine schaurigen Vorahnungen im trockenen Staub manifestierten.

Als ich fertig war, packte Harriet meine Hand und zog mich weiter. Wir wanderten abermals über unebenen Grund.

Beinahe an der fernsten Stelle, nahe dem Hang, blieb sie stehen. Das große dunkle Wasserbecken formte fast einen perfekten, bedrohlichen Kreis.

»Was ist, wenn er hier reingefallen ist?«, fragte sie und umfing meine Hand fester.

Ehe ich antworten konnte, durchdrang ein schriller Pfiff den ruhigen Morgen. Wir zuckten gleichzeitig zusammen. Ich drehte mich zu dem Geräusch um. Eine Männergestalt stand auf der anderen Seite des Steinbruchs. Der Mann hob die Hände an den Mund, um einen Trichter zu formen.

Seine Worte waren nicht unbedingt deutlich, doch es war offensichtlich, was er wollte. Wir rührten uns nicht.

»Es ist Raymonds Dad«, flüsterte Harriet.

»Der fiese Kerl?«

»Ja. Er ist der Vorarbeiter.«

»Wie heißt er?«

»Josiah Turnbull.«

»Tja, er stürmt auf jeden Fall wie ein Bulle auf uns zu.« Der Mann kam so schnell auf uns zugelaufen, dass ich im Stillen betete, er möge stolpern und der Länge nach hinschlagen. »Geben wir ihm kein Publikum, Harriet.«

Ich richtete meine Kamera auf das glatte dunkle Wasser und machte eine Aufnahme.

Turnbull war hinter uns, und sein wütendes Brüllen wurde verständlicher: »Was in drei Teufels Namen soll das? Wir dulden hier keine Weibsbilder!«

Ich wandte mich zu ihm um. Der Mann trug eine Mütze, eine alte Cordhose und ein noch älteres Tweedsakko. Das rote Halstuch an seinem Kragen passte farblich zu seinen aufgeblähten Wangen. Seine gewaltige Nase musste mindestens zweimal gebrochen gewesen sein, und eine alte Narbe verlief von oberhalb einer Augenbraue bis über die Wange. Er stank nach Bier und Tabak. Mit einer schaufelartigen Hand, an der die letzten beiden Finger fehlten, wollte er nach meiner Kamera greifen.

Ich war zu schnell für ihn. »Beruhigen Sie sich bitte, Mr. Turnbull.«

»Sie geben mir in meinem Steinbruch keine Befehle! Hier habe ich das Sagen. Verschwinden Sie nach Hause und machen Sie Ihrem Mann ein Frühstück.« Er sah Harriet an. »Erzählst du wieder deine verrückten Märchen?« Nun sah er die Tweedmütze, die sie festhielt. Aufs Neue streckte er die Schaufelhand vor, als wollte er ihr die Mütze entreißen, doch Harriet steckte sie blitzschnell in ihren Mantel.

Da ihn der Anblick von Ethans Mütze vorübergehend stumm machte, sagte ich: »Ich hatte Harriet gebeten, mir den Steinbruch zu zeigen. Ich bin Mrs. Shackleton und ermittle im Auftrag von Mrs. Armstrong.«

Er sah erst mich, dann Harriet an, fing sich jedoch rasch wieder. »Na, dann können Sie woanders ermitteln«, sagte er und trat näher auf mich zu. Noch wenige Zentimeter, und er würde mich umwerfen. Turnbull und ich sahen einander in die Augen, was mir Nackenschmerzen verursachte. Harriet schluckte hörbar, blieb aber, wo sie war.

»Waren Sie einer der Männer, die am Samstagabend den Steinbruch abgesucht haben, Mr. Turnbull?«

Ich klang selbstsicherer, als ich mich fühlte. Turnbull war es eindeutig nicht gewohnt, herausgefordert zu werden, und für einen kurzen Moment schien er verwirrt.

»Und wenn schon?« Wütend starrte er Harriet an. »Dein Dad hat die Fliege gemacht. Er ist abgehauen, weil er hier keinen zum Streiken kriegt. So war das!«

»Das sind doch nur Mutmaßungen. Könnten Sie mir verraten, wann Sie Mr. Armstrong zuletzt gesehen haben?«

Seine Stiefelspitze berührte meine Schuhe. »Nein, kann ich nicht. Und was Sie hier machen, ist unbefugtes Betreten.«

Sein schlechter Atem bildete dicke Wolken, die mir die Kopfhaut zu versengen schienen.

Der Mann war nicht nur ein fieser Kerl. Er war ein gewalttätiger Tyrann. »Drohgebärden missfallen mir, Mr. Turnbull. Ich hoffe, wenn Sie ein wenig in sich gegangen sind, werden Sie das nächste Mal einen höflicheren Ton mir gegenüber anschlagen.« Von wegen. Eher würde die Hölle zufrieren. Oder würden blaue Rosen im Steinbruch blühen. »Komm mit, Harriet.«

Sie warf den Kopf in den Nacken und sah Turnbull noch einmal an, bevor wir an ihm vorbei zum Ausgang des Steinbruchs gingen.

»Eingebildete Kuh!«, brüllte er.

Die Worte trafen mich zwischen die Schulterblätter.

Sobald wir ein gutes Stück von Turnbull entfernt waren, fing Harriet an zu weinen. »Er wäre nicht so gemein und ungezogen, wenn mein Dad hier wäre.«

Ich suchte nach einem Taschentuch. »Ja, ich weiß. Und du hast dich sehr tapfer gehalten. Ich bin stolz auf dich.« Ich ergänzte nicht, dass es ihr gute Dienste erweisen würde, sich all den anderen Tyrannen gegenüber zu behaupten, denen sie im Leben noch begegnen würde.

Mich hatte der Vorfall erschüttert, zumal ich Harriet solch einer Begegnung ausgesetzt hatte.

Wir wanderten durch den Ausgang des Steinbruchs. »Welchen Weg bist du am Samstag gegangen, Harriet?«

»Da sind wir hier nach links.« Sie zeigte zu dem Pfad, den wir gekommen waren. »Aber ich bin über die Brücke zur Farm.« Sie stockte, als wartete sie auf die nächste Frage, und fuhr dann fort: »Ich bin zur Farm, weil die am nächsten ist und ich gedacht habe, Onkel Bob kommt mit mir zurück, um Dad nach Hause zu holen. Willst du jetzt zur Farm?«

»Nein. Du musst nach Hause und frühstücken. Aber kannst du mich zum Dorf bringen? Ich möchte mit dem Polizisten reden.«

Sie nickte. »Das ist hier lang.«

Wir wanderten den Hügel hinunter, der nach Great Applewick führte. Künftig sollte ich achtgeben, immer zuerst zur örtlichen Polizei zu gehen. Hätte es im Steinbruch Schwierigkeiten mit dem fiesen Kerl gegeben, wäre ich vom hiesigen Polizisten eventuell direkt als Unruhestifterin wahrgenommen worden, und ich brauchte alle Unterstützung, die ich bekommen konnte.

Ein Arbeiter mit einer Leinentasche kam uns den Hügel herauf entgegen.

»Das ist Raymond«, sagte Harriet. Der junge Mann schwenkte die Arme beim Gehen wie ein Soldat.

»Raymond, der Lehrling deines Vaters?«

»Er ist jetzt Steinmetz, wie Dad. Aber er wird nie so gut sein.«

Ich hätte gern mit ihm allein gesprochen, für den Fall, dass er genauso schlimm war wie sein Vater. Nun waren wir näher, und Raymond wurde langsamer, während er mich vorsichtig musterte. Er war dünn und blass wie ein langer Streifen Weißwäsche, gekleidet in einer braunen Hose und einem Wams.

»Warst du im Steinbruch, Harriet?«, fragte er sanft. »Du weißt, dass es gefährlich ist.«

»Nicht für mich«, erwiderte Harriet, die nach unserer Begegnung mit Raymonds Vater noch trotzig gestimmt war.

»Ich hatte Harriet gebeten, mich hinzubringen. Wie geht es Ihnen? Ich bin Mrs. Shackleton, eine Freundin der Familie.«

Wir schüttelten einander die Hände. Die Kälte seiner Berührung passte zu seiner misstrauischen Zurückhaltung. Ich hielt seine Hand ein wenig fester, entschlossen, ihn aufzutauen.

»Sie sind Raymond Turnbull«, sagte ich, als müsste er es erfahren. »Wir haben eben Ihren Vater getroffen.«

»Oh«, murmelte er und wurde vor Verlegenheit rot. Er blickte kurz zu Harriet. Anscheinend ahnte er, wie sein Vater uns behandelt hatte. »Ich nehme an, er …«

»Ist schon gut. Ich wusste, dass ich nicht willkommen wäre. Deshalb wollte ich mich umsehen, bevor Sie alle mit der Arbeit beginnen.«

»Dad ist immer früh da.« Er wandte sich zu Harriet. »Ich

will nur mein Werkzeug holen«, erklärte er und berührte ihre Schulter sachte. »Dann muss ich rauf zum Herrenhaus und eine neue Sonnenuhr rechtzeitig zu Mrs. Ledgers Geburtstag machen. Sie wird allerdings nur aus Sandstein, nicht aus dem schönen blauen Schiefer.«

Harriet schwieg.

Er wollte weitergehen, zögerte jedoch und sah abermals zu dem Mädchen, als wollte er etwas Freundliches sagen, fand aber offenbar nicht die richtigen Worte.

Dass er Harriet mochte, war von Vorteil für mich, denn es würde ihn zum Reden ermuntern.

Sie hielt ihm die Tweedmütze hin. »Dads Mütze war unter der Bank.«

»Die haben wir am Samstagabend gar nicht gesehen.« Raymond zog die Augenbrauen hoch. »Aber da war es ja auch schon dunkel.«

Ich tarnte meine Frage als mitfühlende Bemerkung. »Es muss ewig gedauert haben, den ganzen Steinbruch abzusuchen.«

Raymond nickte. »Sergeant Sharp hatte uns aus dem Pub gezerrt.« Wieder blickte er kurz zu Harriet. »Aber wir mussten nicht wirklich gezerrt werden, denn wir wollten ja helfen.«

»Habt ihr …«, begann Harriet und verstummte.

»Ob wir was haben?«

»Der Teich …«

Er streckte eine Hand aus, berührte Harriet indes nicht. »Nein, das darfst du nicht denken, Harriet. Diese kleine Lagune ist nur ausgetretenes Grundwasser. Sobald wir ein bisschen Sonne bekommen, ist sie weg.«

Harriet sah ihn ungläubig an. »Aber ich habe gedacht, das Wasser ist richtig tief. Ich habe gedacht, alle Teiche im Steinbruch sind tief.«

Er schüttelte den Kopf. »Der nicht. Wir sagen das bloß, damit die Kinder fernbleiben, denn einige von den Lagunen sind tief, die in den alten Steinbrüchen, wo sie zu Seen geworden sind. Verrate es nicht, Harriet. Du bist vernünftig, aber es gibt dumme Kinder, die hinlaufen und darin planschen wollen, und das ist gefährlich.«

»Oh.« Harriet biss sich auf die Unterlippe.

»Raymond, wann haben Sie Mr. Armstrong am Samstag zuletzt gesehen?«

»Ich habe bis ein Uhr gearbeitet und bin dann zum Mittagessen, wie alle anderen. Da hat Ethan noch an der Sonnenuhr gearbeitet.«

»Hatten alle um eins den Steinbruch verlassen?«

»Dad ist noch eine Weile geblieben. Er ist immer der Letzte, der geht, weil er ja der Vorarbeiter ist. Aber um zwanzig nach eins war er im Pub«, ergänzte er hastig und interessierte sich plötzlich sehr für seinen Leinenbeutel, um uns nicht anzusehen.

Raymonds präzise Zeitangabe gefiel mir nicht. Sie klang zu sehr nach einem Alibi. Der Vorarbeiter Josiah Turnbull war als Letzter gegangen. Mary Jane hatte gesagt, dass Ethan und Turnbull wegen der Abstimmung für einen Streik überkreuz waren. Die hatte erst Tage zuvor stattgefunden, und Ethan hatte den Streik gewollt, jedoch gegen Turnbull verloren. Ich konnte mir mühelos vorstellen, wie Turnbull gegen Ethan gewettert hatte. Doch ich musste bei den Fakten bleiben. So beiläufig wie möglich fragte ich: »Was glauben Sie, wie lange Ethan noch für die Sonnenuhr gebraucht hätte?«

Raymond runzelte die Stirn. Anscheinend war er die Sorte junger Mann, der Informationen nur in winzigen Portionen von sich gab, weil ihm alles andere wie unnützes Ausplappern des Offensichtlichen vorkam.

Harriet rettete ihn. »Ich wünschte, Dad hätte die Sonnenuhr fertig gemacht und wäre nach Hause gekommen.«

»Ich auch, Harriet. Und sie wäre auch fertig gewesen, hätte dein Dad nicht noch einige kleine Verzierungen anbringen wollen. Er hatte Nachricht geschickt, dass Colonel Ledger kommen und sie sich ansehen solle.«

»Colonel Ledger?«, fragte ich.

»Ihm gehört der Steinbruch. Keiner sonst würde es wagen, nach ihm zu schicken, obwohl man durchaus mit ihm reden kann. Aber so ist dein Dad, Harriet: Der fühlt sich jedem anderen ebenbürtig. Die Sonnenuhr war nämlich für Mrs. Ledgers Geburtstag, und der Colonel hatte das Muster aufgezeichnet. Ethan ist es gewohnt, nach genauen Vorgaben zu arbeiten. Wir hauen nicht einfach nur Stein.« Er plusterte sich auf vor Stolz, als er mich wissen ließ, welche Handwerkskunst er beherrschte.

»Nein, gewiss nicht. Ich habe große Achtung vor dem Handwerk des Steinmetzen. Und ist der Colonel gekommen?«

»Weiß ich nicht«, antwortete Raymond schulterzuckend. Wieder sah er Ethans Mütze an und zog die Mundwinkel nach unten, als würde ihm erstmals klar, dass Ethan etwas Schreckliches zugestoßen sein musste.

»Hatten Sie Ethan nach ein Uhr am Samstag noch mal gesehen?«

»Nein, seitdem nicht mehr.« Er blickte zu Harriet und schien dringend irgendeine Erklärung liefern zu wollen. »Vielleicht hat er sich auf die Suche nach einer anderen Stelle gemacht.« Er schluckte, schaute in die Ferne. Wie es aussah, bereute er nichts so sehr wie die Tatsache, dass er um eine richtige Antwort verlegen war. »Jedenfalls ist sein Werkzeug weg.«

Harriet blickte zu Raymond auf, dann zu mir. »Wenn Dad sein Werkzeug mitgenommen und irgendwohin gegangen ist, muss ich mich geirrt haben, und es war gar nicht so … so, wie ich dachte.«

Wir beide sahen Raymond an und warteten, dass er Harriets Hoffnung bestätigte. Ihr Vater könnte wohlbehalten sein und seinen Steinmetzmeißel irgendwo anders schwingen.

»Ja, das könnte sein, Harriet«, sagte Raymond schließlich. »Dein Dad könnte überall Arbeit bekommen. Hätte nicht viel gefehlt, und er wäre letztes Jahr nach York gegangen, um am York Minster zu arbeiten. Das hatte man ihm angeboten.«

Ich hakte ein wenig nach. »Solch eine Arbeit wäre für einen begabten Mann sicher sehr reizvoll. Warum hatte er den Auftrag nicht angenommen?«

Raymond nickte zu Harriet. »Mary Jane wollte nicht umziehen, die Kinder die Schule wechseln lassen und so.«

Das erstaunte mich. Schließlich hatte Mary Jane sich weidlich bemüht, mir zu erzählen, wie sehr sie das Cottage mit dem Brunnen im Garten verabscheute. Sie hätte in ein Haus ziehen können, in dem es fließendes Wasser gab.

Wir drei standen unsicher und stumm da. Doch nun schaute Harriet vorwurfsvoll zu mir auf. Sie wollte, dass ich ihren Dad fand, und ich trödelte hier herum und stellte unnütze Fragen. »Ich gehe schon mal vor.« Nach diesen Worten stapfte sie langsam den Hügel hinauf.

»Was ist los?«, fragte Raymond. »Wo ist Ethan?«

»Das hoffe ich herauszufinden. Sie erwähnten York und Arbeit am Minster. Denken Sie wirklich, dass er sich auf die Suche nach einem anderen Job gemacht haben könnte, ohne etwas zu sagen?« Dieser Möglichkeit musste ich nachgehen, obgleich ich Harriet glaubte, dass sie eine Leiche gesehen hatte.

Raymond wurde rot. »Meinen Sie, weil ich es nicht schade fände, wenn er weg wäre?«

»Nein, das meine ich nicht. Stimmt es denn?«

»Ethan wohnt im Mason's Cottage. Das geht immer an einen Arbeiter aus dem Steinbruch. Ich heirate am Samstag. Wenn Ethan nicht zurückkommt, haben wir einen eigenen Platz zum Wohnen.«

Und dein fieser Vater müsste dich und deine Frau nicht unter seinem Dach beherbergen.

»Danke, Raymond.«

Für einen Moment blieben wir stehen. Keiner von uns wollte als Erster davongehen, falls noch mehr zu sagen war.

Raymond seufzte. »Ich hoffe, Sie finden ihn.«

»Ja, ich auch.«

Ich holte Harriet ein, die langsam ging. Eigentlich wollte ich mehr über ihren Besuch bei der Farm erfahren, aber das konnte warten. Sie war schon hinreichend ausgefragt worden und brauchte ihr Frühstück und ihren Tee.

Schweigend gingen wir zum Ende der High Street. Sollte sie mir mehr erzählen wollen, würde sie es von sich aus tun.

Auf der anderen Straßenseite schrieb ein Händler seine Waren und Preise mit nasser Kreide ans Fenster. Ein Fahrer in einem Transporter stieg aus, öffnete die hinteren Türen seines Fahrzeugs, hob einen Stapel Zeitungen heraus und trug ihn in den Laden.

»Hast du Kinder?«, fragte Harriet.

»Nein, bloß eine Katze.«

»Warum hast du keine Kinder?«

»Weil mein Mann nicht aus dem Krieg zurückgekehrt ist.«

»Das ist aber lange her.«

»Ja, ist es.«

»Wie heißt deine Katze?«

»Sookie. Hast du auch eine Katze?«

»Nein.« Hastig fügte sie hinzu: »Hätte ich ins Dorf gehen sollen, als ich Dad gesehen habe? Hätte ich zum Doktor laufen sollen, nicht zur Farm? Hätte ich gleich nach Hause zurückkehren und Mam rufen sollen?«

»Du hast es richtig gemacht, zum nächsten Erwachsenen zu gehen.«

Wir überquerten die High Street und bogen in die Easterly View, die überhaupt keine Aussicht bot außer auf die Chemiefabrik. Aber vielleicht hatte es von hier mal einen schönen Blick gen Osten gegeben. Die Sandsteinhäuser standen hier in Sechserreihen. Um die Ecke gelangten wir in die Town Street, wo sich die Kirche und die Kapelle finster gegenüberstanden und um die Bewohner der überdurchschnittlich großen Häuser wetteiferten. An einem von ihnen prangte die Tafel der West Riding Constabulary.

»Das da drüben ist die Polizeiwache, neben der Kirche.«

»Danke, Harriet. Geh du jetzt nach Hause. Du hast das wirklich gut gemacht.«

Sie blickte an mir vorbei und kniff sogleich die Augen zu, als wäre ihr zu viel, was sie sah. »Da ist Miss Trimble, die Schwester vom Vikar. Sie wird mir dreihundert Fragen stellen. Ich laufe nach Hause.« Harriet drehte sich um und rannte los.

Aus dem Augenwinkel nahm ich eine hagere, mausgrau gekleidete Frau wahr, die aus Richtung Kirche auf mich zukam. Ja, ich rede später mit Ihnen, Miss Trimble. Aber zuerst muss ich einige Dinge mit der hiesigen Polizei klären.

Der Klopfer an der Gendarmerie-Tür war laut genug, dass in der ganzen Straße die Gardinen zuckten.

Vier

Die Tür ging auf, und ich trat ein.

Die schlaffen Wangen und kleinen Augen, die aus Hängelidern blinzelten, verliehen dem Mann etwas von einer Bulldogge.

»Guten Morgen, Officer«, sagte ich, während er die Tür hinter mir schloss. Ich blickte zu den Streifen an seiner Uniform. »Sie müssen Sergeant Sharp sein. Ich bin Mrs. Kate Shackleton, eine Freundin der Armstrongs. Mrs. Armstrong hat mich um Hilfe gebeten.« Ich reichte ihm meine Karte. Beim Lesen zog er die Augenbrauen weit genug nach oben, dass an seiner Stirn einige feindselige Gedanken abzulesen waren. »Ich frage mich, ob Sie so freundlich wären, mir ein paar Minuten Ihrer Zeit zu gönnen.«

Er dachte über meine Bitte nach und musterte mich. Meine Erscheinung sprach für relativen Wohlstand, mein Tonfall klang gebildet, und mein Auftreten war absurd selbstsicher. Wieder sah er zu meiner Karte. Eine weibliche Ermittlerin. Seine Miene sagte: Als Nächstes kommen noch sprechende Affen.

Ich verließ mich nicht darauf, dass er von meinem Vater wusste, dem Superintendenten der West Riding Constabulary. Im Zweifelsfall würde ich genau das ins Spiel bringen. Bis dahin war es gut, wortlos den Eindruck zu erwecken, man hätte ein Ass im Ärmel. Er ging voraus.

Ich folgte ihm durch den Flur und in den vorderen Salon, der als Polizeiwache diente.

Er war zu Zeiten in den Dienst eingetreten, als Größe und imposante Statur ausschlaggebend gewesen waren und jeder Officer, der seinen Lohn wert war, mit einem Schwergewichts-Champion hatte mithalten müssen.

Sein schütteres Haar war sorgsam gekämmt, und seine Wangen waren voluminös genug, um aus ihnen ein zweites Gesicht zu formen.

Sobald wir in seinem Büro waren, sagte er munter: »Setzen Sie sich lieber.«

Langsam ging er um den Schreibtisch herum und ließ sich auf einen gepolsterten Drehstuhl fallen. Dann lehnte er sich vor, legte die Unterarme auf den Schreibtisch und tippte mit den Fingern auf die Unterlage. »Haben Sie Informationen für mich?«

»Nein. Aber nachdem ich mit Mrs. Armstrong und Harriet gesprochen hatte, war ich heute Morgen im Steinbruch. Harriet fand dort die Mütze ihres Vaters. Natürlich macht Mrs. Armstrong sich große Sorgen, und in ihrem Auftrag frage ich mich, ob Sie mir sagen können, welche Nachforschungen Sie anstellen.«

»Kann Mrs. Armstrong also nicht mehr selbst gehen?«

»Sie ist erschöpft und ausgelaugt. Ich versprach, ihr zu helfen, weil ich einige Erfahrung im Aufspüren Vermisster habe.« Ich machte eine Pause, um diese Auskunft wirken zu lassen, doch er sah nicht beeindruckt aus. »Würden Sie, Sergeant Sharp, mir ehrlich sagen, ob Sie hier nach einem Vermissten suchen oder in einem Mordfall ermitteln?«

»Mord?« Sein Schwabbelkinn sackte nach unten, sodass ich freien Blick auf die Goldfüllungen seiner unteren Backenzähne hatte. »Nun, falls es Mord ist, gibt es eine Person, die an dem Nachmittag in der Nähe des Steinbruchs gesehen wurde, und das ist Mrs. Armstrong selbst in ihrem Schottencape. Nur wäre sie nicht stark genug, um eine Leiche zu tragen und irgendwo zu verstecken.«

Ich hatte gesehen, wie Mary Jane meine Koffer eine Treppe hinaufschleppte, womit diese These widerlegt wäre, doch das behielt ich für mich.

»Und ich kann Ihnen sagen …« Er schaute meinen Namen auf der Karte nach. »Und ich kann Ihnen sagen, Mrs. Shackleton, dass es keine Spur von Ethan Armstrong in Great Applewick gibt, tot oder lebendig.«

»Mrs. Armstrong hat ihren Mann seit Samstagmorgen nicht mehr gesehen. Und am Nachmittag war sie nicht in der Nähe des Steinbruchs.«

»Tja, das erzählt sie Ihnen. Doch jemand sagt etwas anderes. Und Sie werden verstehen, dass ich nicht verraten kann, wer die betreffende Person ist, nur so viel, dass deren Glaubwürdigkeit unanfechtbar ist.«

Eine »Person« also. Was bedeutete, dass es sich um eine Frau handelte, denn sonst hätte er höchstwahrscheinlich »Mann« oder »jemand« gesagt. Wenn ihr Wort dem Officer so viel galt, musste sie eine angesehene Persönlichkeit im Dorf sein. »Miss Trimble, die Schwester des Vikars?«, riet ich.

Er runzelte die Stirn.

Was ich ignorierte. »Harriet hat die Mütze ihres Vaters heute Morgen unter der Bank in der Steinmetzhütte gefunden. Es war dunkel, als Sie dort suchten. Wäre es möglich, dass noch mehr übersehen wurde? Die Männer sind jetzt wieder zur Arbeit dort, und es könnte sich um einen Tatort handeln. Ich glaube Harriet. Sie hat ihren toten Vater gesehen.«

Er seufzte und schüttelte langsam den Kopf. »Da unterscheiden sich unsere Ansichten, Mrs. Shackleton. Harriet mag gesehen haben, wie ihr Vater sich während der Arbeitszeit hingelegt hatte. Die trinken alle, gehen rauf zum Wirtshaus, und dort wurde er gesehen, wie ich überprüft habe. Ethan Armstrong hält sich für etwas Besseres, aber er ist nicht anders als die anderen und gönnt sich gerne mal einen Tropfen zu viel. Entscheidend ist doch, dass sein Werkzeug verschwunden ist. Er und sein Frauchen hatten einen Streit – mal wieder. Dafür sind sie bekannt. Er ist weg. Und sollte er für immer wegbleiben, verliert sie das Haus. Es ist für Arbeiter aus dem Steinbruch vorbehalten. Selbstverständlich will sie es nicht verlieren.«

»Aber Harriet hat gesehen …«

»Hat der kleine Bursche etwas gesehen? Nein, hat er nicht.« Der Sergeant atmete kopfschüttelnd aus. »Sie wissen nicht, wie diese Mädchen sein können, Mrs. Shackleton. Sie sind berüchtigt dafür, wilde Märchen zu erzählen. Bei der Polizei haben wir schon jede Menge Beweise dafür gesehen. Ich glaube nicht, dass es mit dem Krieg angefangen hat, doch die Zahl der Mädchen, die heimliche Affären mit Kriegsspionen meldeten und versuchte Entführungen von modernen Sklavenhändlern, gehen in die Hunderte. Harriet Armstrong glaubt wahrscheinlich an ihre Fantasie. Eine kleine Lügnerin kann an einem Ort wie diesem eine Menge Ärger machen. Und indem Sie sie ernst nehmen, ermuntern Sie sie noch.«

»Wenn es Harriets Einbildung war, wo ist dann Mr. Armstrong?«

»Wie gut kennen Sie die Armstrongs?«

Dies war eine schwierige Frage, auf die ich antworten müsste: überhaupt nicht. »Es ist eine familiäre Verbindung«, sagte ich wahrheitsgemäß. »Mein Vater kannte Mrs. Armstrongs Vater, Mr. Whitaker. Er war Polizist in Wakefield«, fügte ich hinzu, was ich wusste, in der Hoffnung, damit ein wenig mehr Interesse zu wecken.

»Ein Polizist, ja? Tja, dann wird er nicht viel von seinem Schwiegersohn gehalten haben, glauben Sie mir.«

»Und warum nicht, Officer?«

»Ethan Armstrong ist ein Unruhestifter. Er wollte die Männer zu einem Streik wegen was überreden, das nichts mit ihnen zu tun hatte. Sie sollten die Minenarbeiter in einer Grube des Colonels sechzehn Kilometer weit entfernt von hier unterstützen. Der Colonel ist ein fairer Mann und ein guter Arbeitgeber. Armstrong begreift nicht, dass er die Hand beißt, die ihn füttert. Sollte ich ihn sehen, werde ich ein oder zwei Fragen an ihn haben wegen einer mutwillig zerstörten Sonnenuhr aus Schiefer.«

»Er würde doch niemals seine eigene Arbeit zerstören.«

»Bei solch einem Mann kann man nie wissen, was er tun würde. Sein Verstand arbeitet nicht so wie Ihrer oder meiner.«

Sergeant Sharp war klüger, als ich gedacht hatte. Anstatt mich zu verwarnen und meiner Wege zu schicken, versuchte er, mich für die Seite der Vernünftigen zu gewinnen: der anständigen Kerle, die die gleichen Ansichten teilen.

»Würden Sie wenigstens die Steinmetzhütte absperren, falls es doch auf eine Mordermittlung hinausläuft?«

Seine kleinen Augen verengten sich. Ich hatte überreizt. »Nein, Mrs. Shackleton, werde ich nicht.«

»Aber Sie haben keine Einwände, dass ich weiter Erkundigungen einhole?«

»Alle erdenklichen Einwände, nur ist dies ein freies Land, was es nicht wäre, ginge es nach Männern wie Ethan Armstrong.«

Fünf

Ich kehrte nicht direkt zu Mary Janes Cottage zurück, denn mein Gedanke war: Sollte Miss Trimble, die Schwester des Vikars, vor der Harriet geflohen war, tatsächlich dreihundert Fragen auf einmal stellen, könnte ich richtig geraten haben und sie könnte die unanfechtbar glaubwürdige Zeugin sein, die Mary Jane am Steinbruch gesehen haben wollte.

In der Kirche St. Justin's roch es stark nach Weihrauch, Brasso-Metallpolitur und Lavendelöl. Ich ging den Seitengang hinunter. Unzählige Nelken schmückten den Altar und gaben ebenso ihren überwältigenden Geruch ab.

Lange saß ich nicht in der Seitenbank im sanften Licht der Buntglasfenster, bevor Miss Trimble erschien. Sie erkannte mich als Harriets Begleitung wieder, zögerte indes, sich mir zu nähern, bis ich lächelte und ein Stück zur Seite rückte.

»Was für eine schöne Kirche«, bemerkte ich, als sie sich neben mich setzte.

»Vielen Dank. Mein Bruder und ich tun unser Möglichstes im Dienste des Herrn und der Gemeinde. Er hätte nach Brighton versetzt werden können, doch wurde ihm göttliche Führung zuteil und veranlasste ihn hierzubleiben, wegen der Kirchenschulden.« Ein gewisses Bedauern in ihrem Ton verleitete mich zu der Annahme, dass Miss Trimble selbst umgehend für den Umzug nach Brighton gepackt und die Schulden dem Herrn überlassen hätte.

»Ich bin Mrs. Kate Shackleton und besuche heute Mrs. Armstrong.«

Sie rückte ein Gebetbuch zurecht. »Miss Aurora Trimble, Schwester des Vikars. Ich habe Sie vorhin mit Harriet gesehen.«

»Ja, ihre Mutter hat mich um Hilfe gebeten.« Ich hielt es für das Beste, direkt zu sein, und hoffte, sie wäre es entsprechend auch.

Miss Trimble seufzte. »Hätte Mrs. Armstrong doch nur mich um Hilfe gebeten! Als junges Mädchen, damals hieß sie noch Mary Jane Whitaker, war sie beim Doktor in Stellung und ein gewissenhaftes Mitglied meines Vereins für Mädchen.«

»Das ist vermutlich lange her.«

»1912«, sagte sie verkniffen. »Nach der Heirat treten die meisten jungen Frauen dem Verein für Damen bei, was bei Mary Jane Armstrong leider nicht der Fall war. Ich hatte große Hoffnung in sie gesetzt, bis ... Nun, natürlich kann ich das nicht einfach ausplappern. Aber heute glaube ich, dass gegen sie mehr gesündigt wurde, als dass sie selbst sündigte. Ich habe ein Gebetbuch, das ich ihr gern zurückgeben würde. Deshalb wollte ich heute Harriet erwischen – und um mich zu erkundigen, ob es Neuigkeiten gibt.«

»Leider nicht.«

Wieder seufzte sie. »Ein Jammer. Aber Gottes Wege sind rätselhaft. Ich weiß, dass Harriet mit einigen ihrer Schulfreundinnen an Pfingsten gern bei der Prozession mit unter dem Kirchenbanner gehen würde, und ich möchte das durchaus unterstützen. Sollte Mr. Armstrong das Dorf verlassen haben, spräche nichts dagegen.«

»Hätte es Mr. Armstrongs Anwesenheit denn?«

»Kennen Sie den Mann?«

»Nein.«

»Dann muss ich Ihnen leider sagen, dass Ethan Armstrong ein Atheist und Revolutionär ist. Ein Mann, der sein in der Kirche abgelegtes Ehegelübde halten sollte. Aber mich überrascht nicht, dass er fort ist.«

»Denken Sie, dass er einfach weggegangen ist ohne ein Wort zu irgendjemandem? Ist das nicht eher seltsam?«

»Seltsame Männer tun seltsame Dinge, Mrs. Shackleton. Er verbietet seinen Kindern, hier oder in der Kapelle zur Sonntagsschule zu gehen. Sie nehmen an den Treffen der Quäkerkinder teil, und ich denke, auch das würde er verbieten, wenn er könnte. Ein sehr unchristlicher Sozialist.«

»Aber viele Sozialisten sind Christen.«

»Er ist schlimmer als ein Sozialist.« Sie blickte sich um, als befürchtete sie, eines der Heiligenbilder in den Buntglasfenstern könnte sie hören und entsetzt sein. Dann senkte sie die Stimme. »Der Mann ist ein Kommunist.«

»Trotzdem möchte ich versuchen, ihn zu finden oder herauszubekommen, was mit ihm passiert ist.«

»Natürlich. Und ich würde es auch gern. Deshalb habe ich dem Sergeant gesagt, dass ich Mrs. Armstrong an dem Nachmittag bei meinem Spaziergang in der Nähe des Steinbruchs gesehen hatte. Ich wollte nur helfen. Und ich glaube, sie war hingegangen, um ihn anzuflehen, sie nicht zu verlassen, doch ihre Bitten stießen auf taube Ohren.«

»Denken Sie, er hat seine Frau und seine Kinder verlassen?«

»Von einem solchen Mann, einem Kommunisten, würde man nichts anderes erwarten. Selbstverständlich ist Ethan Armstrong nicht tot.«

»Woher wissen Sie das?«

»Weil Gott ihn nicht zu sich rufen würde. Gott würde ihn nicht wollen.«

Na, da hatten wir es, das Geheimnis des ewigen Lebens. Man wurde Kommunist und lebte für immer, weil es weder im Himmel noch in der Hölle einen Platz gab.

»Sind Sie sicher, dass es Mrs. Armstrong war, die Sie gesehen hatten?«

»Sie trägt ein sehr auffälliges kariertes Cape.«

»Welche Tageszeit war es?«

»Ich mache meinen Spaziergang nach der Mittagsruhe. Es muss gegen vier Uhr gewesen sein. Ich gehe an der Mühle vorbei, über den Fluss, entlang der Bahnlinie und zurück über die andere Brücke. Dort habe ich sie gesehen.«

»Hat sie Sie gesehen?«

»Sie hatte mir den Rücken zugewandt und ging in Richtung Steinbruch.«

Jetzt verstand ich allmählich, warum Mary Jane mich um Hilfe gebeten hatte. Der Sergeant glaubte Harriet nicht; Miss Trimble erzählte ein Märchen von Mary Jane, die von ihrem Ehemann verlassen worden war. Falls diese beiden die Ansichten der Dorfbewohner spiegelten, musste Mary Jane sich sehr allein fühlen.

Miss Trimble zog ein Gebetbuch in weißem Kalbsledereinband aus ihrer Tasche.

Eine Gebetskarte fiel aus dem Buch. Ich hob sie auf und reichte sie Miss Trimble. Sie blätterte von Sonntag zu Sonntag und wurde langsamer, als sie Ostern erreichte. Dann schlug sie den siebten Sonntag nach Ostern auf: Pfingsten. Der Tag, an dem Harriet ihre neuen Sachen tragen und vielleicht in der Prozession mitgehen sollte. Miss Trimble fügte die Karte an dieser Stelle ein. »Geben Sie das bitte Mrs. Armstrong, wenn Sie sie sehen. Sie wird es verstehen.«

Sechs

Es war halb neun, als ich zurück zum Cottage kam. Ich klopfte an und öffnete die Tür.

Harriet saß am Tisch. Mit einem Löffel Porridge halb am Mund hielt sie inne. Der blonde Junge neben ihr sah zu mir auf. Seine schieferblauen Augen blickten verwundert drein. Und seine blasse, beinahe durchsichtige Haut verlieh ihm etwas von einer Fee, die in den Blüten einer Glockenblume wohnte.

Harriet sagte: »Mam ist oben. Du kannst Frühstück haben, wenn du willst.«

»Ich warte noch, danke«, antwortete ich und lächelte Austin zu. »Guten Morgen.«

Er murmelte etwas in sein Porridge.

Harriet erklärte ihm: »Das ist Mrs. …« Dann überlegte sie es sich anders. »Du darfst sie Tante Kate nennen.«

Noch ein Murmeln von Austin. Vielleicht wollte er genauso wenig gleich vertraut mit mir tun wie seine Schwester.

»Sie hilft uns, Dad zu finden«, beantwortete Harriet sein Gemurmel.

Seine nächsten Worte verstand ich: »Waren die Kobolde da?«

Sie musste ihm erzählt haben, dass sie im Steinbruch gewesen war.

»Es gibt keine Kobolde. Das ist bloß eine Geschichte, um die Kinder fernzuhalten.«

Er legte den Löffel ab. »Ich habe den Kobold hinter der Hütte gehört. Knirschen. Und der Kobold hat mich gesehen.«

»Iss dein Porridge«, befahl Harriet.

Ich zog mir einen Hocker neben das Kind. »Wie war der Kobold?«

»Er hat gewartet.«

»Er hat keinen Kobold gesehen«, sagte Harriet verärgert. »Sonst hätte ich den ja auch bemerkt.«

Der kleine Junge fing an zu weinen: »Ich habe den Kobold knirschen gehört! Er hat mich gesehen!«

»Halt den Mund.«

»Halt du doch den Mund!«

»Nein, ich habe es zuerst gesagt. Du hältst den Mund!«

Wie hörte sich ein Kobold an?, fragte ich mich. Die Fußspuren hinter der Hütte waren eher zu groß für einen Kobold gewesen, aber ungefähr passend für eine Frau – oder einen kleinen Mann.

Raymond Turnbull hatte kleine Hände. Hatte er auch kleine Füße? Er hätte Aussichten auf dieses Haus, falls Mary Jane rausgeworfen wurde. Und Raymond Turnbull würde am nächsten Samstag heiraten. Er war mir nicht wie jemand vorgekommen, der kaltblütig mordete. Sein Vater hingegen schon.

»Ich gehe mal nach oben und rede mit eurer Mam.«

Die Treppe nach oben wurde wie ein Regal genutzt; links auf jeder Stufe stand irgendwas: Schuhe, Schuhputzzeug, Knopfkästchen, eine Oxo-Dose, aus der Rezepte ragten, eine alte Keksdose voller Papiere.

Zu beiden Seiten des Flurs oben befanden sich Schlafzimmer, von denen das eine kaum größer war als ein Wandschrank.

»Ich bin hier drinnen!«, rief Mary Jane aus dem winzigsten Zimmer, wo sie ein Einzelbett abzog. Dies war das Kinderzimmer, und es stank nach Urin. Machte der arme kleine Austin immer ins Bett oder nur, weil er wegen des Verschwindens seines Vaters verzweifelt war? Mary Jane knüllte das Laken zusammen und ließ es in den Kissenbezug fallen. »So ist es besser. Jetzt kannst du dein Spionieren mal lassen.« Sie nickte zu dem Zimmer gegenüber, während sie die Wäsche kurzerhand die Treppe hinunterwarf, wobei sie gekonnt sämtliche Dosen, Kästchen und Schuhe mied.

Das andere Schlafzimmer war größer, aber nicht bedeutend geräumiger. Drinnen standen ein breites Bett und eine Kommode. Mary Jane setzte sich auf das Bett und klopfte auf den Platz neben sich. Dann sagte sie leise: »Harriet hat mir erzählt, dass ihr Turnbull und Raymond gesehen habt und sie Ethans Mütze gefunden hat.«

»Ja. Und ich war noch auf der Polizeiwache. Leider war es mit Sergeant Sharp wenig erfreulich. Er denkt, dass Ethan dich verlassen hat.«

»Ich wusste, dass er das sagen würde. Hast du ihm von der Mütze erzählt?«

»Ja, doch es machte keinerlei Eindruck auf ihn. Wenn die Kinder zur Schule gegangen sind, möchte ich, dass wir alles durchgehen und nachsehen, ob Ethan irgendwas mitgenommen oder irgendeinen Hinweis dagelassen hat, der uns einen Anhaltspunkt geben könnte. Ich werde heute versuchen, so viel wie möglich herauszubekommen, und es könnte Sergeant Sharp zwingen, die Sache weiterzuverfolgen. Falls er es nicht tut, werde ich es.«

Sie nickte, griff nach einer Nackenrolle und begann, den Bezug abzustreifen.

»Danach würde ich dich bitten, mit mir zur Farm zu gehen und anschließend zu Colonel Ledger.«

Sie ließ die Nackenrolle fallen. »Warum?«

»Zur Farm, weil ich mit Bob Conroy und Arthur reden möchte.«

»Ja, aber warum zum Colonel?«

»Ethan hatte ihm Nachricht geschickt, dass er kommen und sich die Sonnenuhr ansehen solle. Falls der Colonel dort war, könnte er der Letzte gewesen sein, der Ethan gesehen hat.«

Sie nahm die Nackenrolle wieder auf und drückte sie mit beiden Armen an ihre Brust. »Wird er nicht. Der Colonel würde nicht in den Steinbruch kommen.«

»Dennoch müssen wir es überprüfen. Ist das da an der Tür Ethans Anzug?«

»Ja, und in den Taschen ist nichts. Da habe ich nachgesehen.«

»Darf ich auch noch mal nachschauen?«

Sie zuckte mit den Schultern. »Ja, wie du willst.«

Ich ging aus dem Weg, während sie die Laken vom Bett abzog. Mit den Armen voller Bettwäsche ging sie zur Tür. Als sie meinen Blick bemerkte, sagte sie trotzig: »Es ist guter Wind zum Wäschetrocknen. Das Leben geht ja weiter.«

Sie wand die Ecken der Laken zu einem Bündel zusammen und warf alles die Treppe hinunter, bevor sie hinterherging. Ich hörte sie mit den Kindern reden.

Derweil überprüfte ich Ethans Taschen. In den Hosentaschen war nichts. In der Brusttasche des Jacketts befanden sich ein paar Streichhölzer. In der Innentasche ertastete ich etwas, das Mary Jane übersehen haben musste. Es war ein zerknitterter Ausriss aus einer Zeitung, sehr winzig. Eine Werbeanzeige. Ich las:

Eine gut gestellte und angenehme Dame sucht
einen liebenswerten Herrn, mit dem sie ihr Leben
und das gemeinsame Vermögen genießen kann.
Postfach 49

Ich strich den Ausriss glatt. Die Kommode ergab nichts Interessantes. Ich steckte die Anzeige in meine Tasche und ging nach unten.

Harriet hatte ihr Porridge aufgegessen. Mary Jane nahm den Teller und sah mich an. »Möchtest du etwas essen?«

Es kam mir unhöflich vor zu verneinen. Also nickte ich.

»Du kannst ein Ei haben, wenn dir das lieber ist. Georgina Conroy von der Farm hat uns heute Morgen ein halbes Dutzend Eier und einen Brotlaib gebracht.«

»Porridge wäre wunderbar.«

Ein Brocken Porridge fiel ins Feuer und zischte dort lautstark, als Mary Jane mir eine Portion auf den Teller schöpfte, den eben noch ihre Tochter benutzt hatte, und ihn mir reichte.

Harriet war so aufmerksam, mir einen sauberen Löffel zu bringen.

Die nächsten zehn Minuten vergingen damit, dass die Kinder ihre Schuhe und Mäntel finden mussten. Harriet behauptete, Kopfschmerzen und Bauchschmerzen zu haben und nicht in die Schule zu können.

»Deine Kopfschmerzen verschwinden, wenn du draußen bist«, sagte Mary Jane.

»Und was ist mit meinem Bauchweh?«

»Willst du Feigensirup?«

Wollte Harriet nicht.

Die Kinder machten sich auf den Schulweg, und erst nachdem sie ihnen nachgewinkt hatte, fragte Mary Jane: »Was hat Sergeant Sharp noch gesagt?«

»Er glaubt Harriets Geschichte nicht. Er sagt, dass du dich mit Ethan gestritten hattest, dass du nachmittags beim Steinbruch gesehen wurdest und dass Ethan dich verlassen hat.«

»Wer hat mich gesehen?«

»Ist das wichtig?«

»Ja! Von Harriet weiß ich, dass Miss Trimble zu euch gelaufen kam, als du zur Wache wolltest. Sie war es, stimmt's? Tja, ich war nicht mal in der Nähe des Steinbruchs. Erst nach sechs Uhr, als Harriet endlich zurückgekommen war, weil sie ja vorher zur Farm gelaufen war und da Hilfe geholt hatte.«

»Du hast ein sehr auffälliges Cape.«

»Ach, dann bin ich die Einzige in Yorkshire, die ein kariertes Cape besitzt?«

»Miss Trimble ist mitfühlend. Sie möchte helfen. Und sie hat mich gebeten, dir das hier zu geben.« Ich legte das Gebetbuch auf den Tisch.

Mary Jane sah es einmal an, dann wandte sie sich ab. »Soll sie es behalten und es meinetwegen Seite für Seite schlucken, bis sie daran erstickt.«

»Nun, was immer in der Vergangenheit vorgefallen sein mag, sie möchte es wiedergutmachen. Sie sorgt sich um dich und die Kinder, auch wenn sie kein gutes Haar an Ethan gelassen hat.«

»Nein, sicher nicht. Es ist Harriet, auf die sie es abgesehen hat.« Neben dem Herd stand der Waschkessel. Mary Jane hob den Deckel, und Dampf stieg auf. Sie gab ein Laken hinein und drückte es nach unten, als wollte sie es ersäufen. »Sie will Harriet für ihren teuren Mädchenverein. Das da gibt sie ihren Mädchen, wenn sie heiraten, ein weißes Gebetbuch. Nur hat sie mir meines wieder weggenommen, als Harriet geboren war. Und jetzt schlägt sie auf einmal neue Töne an.«

Ich behielt die Information für mich, dass Harriet in der Pfingstprozession mitgehen wollte. Mary Jane musste es ohnedies wissen, denn sie nähte Harriet ein Kleid extra für Pfingsten. Ich erinnerte mich, dass ich in dem Alter Paraden und Prozessionen mochte; mir gefiel es, Teil von etwas zu sein, mich zugehörig zu fühlen.

Andererseits konnte ich mir nicht vorstellen, dass Mary Jane hinter einem Banner hergehen wollte. Nun stand sie am Spülbecken, wo sie das Waschbrett aufgestellt hatte und mit einem Seifenstück an einem Flecken in einem der Laken schrubbte.

»Warum warst du in dem Verein?«

Ein dünner Schweißfilm glänzte an ihrer Stirn. »Sie wollten ein Stück aufführen, und ich hatte Lust auf Singen und Tanzen. Aber es war sehr langweilig. Miss Trimble machte es einem allerdings schwer, wieder auszutreten, hatte sie einen einmal am Haken.«

Das Laken wanderte zu der anderen Wäsche in den Kessel.

»Mary Jane, setz dich bitte kurz zu mir und sieh dir dies hier an.«

Ich zeigte ihr den Zeitungsausschnitt.

Eine gut gestellte und angenehme Dame sucht
einen liebenswerten Herrn, mit dem sie ihr Leben
und das gemeinsame Vermögen genießen kann.
Postfach 49

»Das habe ich unten in Ethans Jackett-Innentasche gefunden. Weißt du, was es zu bedeuten hat?«

»Nein, weiß ich nicht.« Mary Jane schüttelte den Kopf. Sie wirkte ehrlich überrascht, fragte jedoch beinahe belustigt: »Glaubst du, er ist weg, um eine gut gestellte und angenehme Dame zu treffen?«

»Ich kann es dir nicht sagen. Was meinst du?«

»Falls ja, schickt sie ihn mit der ersten Post zurück. Aber ich würde einem Zeitungsausschnitt keine große Bedeutung beimessen, wenn es um Ethan geht. Es gibt nichts, was ihn nicht interessiert.« Sie gab mir den Ausschnitt zurück. »Er schneidet die eigenartigsten Sachen aus.« Bei ihr klang es, als redeten wir über ein exotisches Tier aus einem fernen Land, dem seine warzenköpfigen Nacktschnecken fehlen. »Sieh dir seine Bücher an, wenn du mir nicht glaubst. Da drüben.«

Neben dem Herd, zwischen Kommode und Schrank, war eine Nische von ungefähr fünfundzwanzig Zentimetern Höhe und fünfzig Zentimetern Tiefe. Sie war vollgestopft mit Büchern, die kleineren Bände standen aufrecht, die größeren lagen. Da waren Bücher von Karl Marx, Friedrich Engels, William Morris, Bunyan, H. G. Wells und englischen Dichtern.

»Nimm irgendeines, und es purzelt ein Zeitungsausschnitt heraus«, sagte Mary Jane. »Und in der Orangenkiste unter dem Tisch sind noch mehr Bücher. Er ist eine Ein-Mann-Leihbücherei.«

Ein Einklebebuch für Kinder lag obenauf, beklebt mit einer schwindelerregenden Vielfalt von Ausschnitten und noch mehr losen Schnipseln, die bereitlagen, um eingeklebt zu werden, und solche Themen abdeckten wie Geburtenkontrolle, Überbevölkerung, Sitting Bull, Unterbevölkerung, Wild Bill Hickok, Militarismus und südafrikanische Goldminen.

»Ein Mann mit breit gefächerten Interessen.« Zum ersten Mal regte sich der Wunsch in mir, diesen Schwager kennenzulernen, gleichzeitig mit der dunklen Vorahnung, dass es mir nie vergönnt sein würde.

Mary Jane ging zur anderen Seite des Raumes und hob den Deckel von der Truhe. »Sieh hier rein, wenn du möchtest. Das sind all seine Sachen über Gewerkschaft und Politik.« Sie nahm Ordner und Umschläge heraus. »Hier ist alles Mögliche – Versammlungsprotokolle, Briefe, Beschlüsse und wer weiß was noch. Er versucht schon lange nicht mehr, mich dafür zu begeistern.«

Ich blickte zu dem Material mit dem Titel *Quarry Workers' Union*, die Gewerkschaft der Steinbrucharbeiter. Ein Umschlag voller loser Papiere enthielt Ausschnitte aus dem *Daily Herald*, unter anderem einen Brief von Ethan über die gesundheitliche Belastung der Arbeiter in den Steinbrüchen und deren gefährliche Arbeitsbedingungen.

»Hat Ethan jemals überlegt, den Beruf zu wechseln? Etwas anderes als Steinmetz zu werden?«

Sie lächelte. »Politiker, meinst du, oder Gewerkschaftsführer?«

»Er scheint Papierkram zu mögen.«

Sie lachte, und ihre Miene erhellte sich, als alle Sorge aus ihren Zügen schwand. »Genau das habe ich ihm auch gesagt. Aber er war immer nur mit Anträgen und Beschlüssen beschäftigt. Nirgends ist er so glücklich wie an Samstagnachmittagen oder Sonntagen, wenn er auf Conroys Farm aushilft, draußen an der frischen Luft. Früher wollte er, dass Austin auch Steinmetz wird, doch in letzter Zeit scheint er anders zu denken. Immerzu redet er davon, wie wichtig es ist, viel zu lesen und zu lernen. Er begreift nicht, dass es Harriet ist, die gern liest.«

Beim Durchsehen des Truheninhalts kam mir der Gedanke, dass es zu Ethan Armstrong und seinen Aktivitäten wahrscheinlich eine Polizeiakte gab. Nicht, dass mein Vater diesen Aspekt seiner Arbeit erwähnt hätte, doch mir ist er bekannt. Männer, die man für Radikale oder potenzielle Revolutionäre hielt, genossen bereits seit 1911 einige offizielle Aufmerksamkeit – vielleicht sogar noch länger.

Ich packte die Ordner und Umschläge in die Truhe zurück, steckte jedoch den Ausschnitt von der wohlsituierten Dame in meine Börse.

Dann schaute ich mich um. »Hat Ethan irgendetwas mitgenommen? Etwas, das dir zunächst eventuell nicht aufgefallen war? Eine Tasche, Kleidung oder Papiere? Besitzt er ein Sparbuch?«

»Er ist so losgegangen, wie er am Samstagmorgen aufgestanden war.«

»Wir haben Raymond im Steinbruch gesehen. Er hat gesagt, Ethans Werkzeuge seien verschwunden. Bedeutet das nicht etwas?«

»Es könnte bedeuten, dass sie jemand gestohlen hat.«

»*Könnte* Ethan sich auf die Suche nach anderer Arbeit gemacht haben?«

»Warum sollte er das an einem Samstag tun, noch dazu, ohne ein Wort zu sagen? Es ergäbe keinen Sinn. Das einzige Geld im Haus, abgesehen von meinem Wirtschaftsgeld, gehört der Gewerkschaft. Es ist in einer der Dosen auf der Treppe. Er ist der Schatzmeister und sammelt die Mitgliedsbeiträge ein. Und ehe du fragst, ich habe schon nachgesehen. Es fehlt nicht ein Penny.«

»Was ist das in der Keksdose auf der Treppe, die nicht richtig zugeht?«

»Policen, Heirats- und Geburtsurkunden. Sieh es dir an, wenn du willst.«

Sie erwartete, dass ich es nicht tun würde, aber ich holte ein paar Dosen und begann, sie durchzusehen. »Die Polizei wird das auch machen, wenn sie Ethans Verschwinden irgendwann ernst nehmen sollte, also kann ich es ebenso gut jetzt tun.«

»Wie du willst. Ich habe dich ja um Hilfe gebeten. Doch in dieser ist nichts, was dich interessieren würde.«

Sie nahm eine Oxo-Dose voller Rezepte auf und stellte sie zurück auf die Treppe. Ich ging die Papiere in der Keksdose durch. »Es gibt eine Lebensversicherung für Ethan.«

»Und eine für mich. Aber ich würde ihn dafür nicht umbringen. Ein armer Mann, der gesund ist, ist lebendig mehr wert als tot.«

Mary Jane zog einen Eimer unter dem Spülbecken hervor.

»Ich brauche Wasser aus dem Brunnen.« Sie seufzte. »Als deine neuen Eltern dich aus unserem Haus in der White Swan Yard holten, habe ich geweint. Vielleicht war es, weil sie mich nicht wegholten.«

Der Eimer schepperte gegen die Tür, als sie nach draußen ging. Ich stellte die Dose mit den Policen zurück auf die Treppe und sah in die Oxo-Dose. Unter den Rezepten fand sich ein Sparbuch der Yorkshire Penny Bank, das auf Mary Janes Mädchennamen lief: M. J. Whitaker. Sie hatte dreihundert Pfund auf dem Konto, das 1911 mit einhundertfünfzig Pfund eröffnet worden war. Eine enorme Summe für ein Mädchen, das als Bedienstete gearbeitet hatte. Überdies hatte sie nie etwas von dem Geld abgehoben, und ihre gelegentlichen Einzahlungen beliefen sich jeweils auf mindestens zwanzig Pfund. Egal, was Ethan ihr an Haushaltsgeld gegeben oder von seinem Lohn übrig behalten hatte, auf solche Summen konnte sie unmöglich gekommen sein. 1911. Vor zwölf Jahren. Ich rechnete aus, dass das Datum der ersten Einzahlung ein Jahr vor Mary Janes Heirat gelegen hatte. Von dem Wenigen, was ich bisher über unsere gemeinsame Geschichte erfahren hatte, schien ein Erbe äußerst unwahrscheinlich zu sein. Arme Leute, nicht die reichen, geben ihre Kinder zur Adoption frei. Ich legte das Sparbuch zurück in sein Versteck unter den Rezepten und stellte die Dose wieder auf die Treppe. Mary Jane mochte meine verschollene Schwester sein, doch sie kannte mich ganz und gar nicht.

Sieben

Der Spaziergang zu Conroys Farm würde mir Zeit zum Nachdenken geben. Mary Jane beschrieb mir den Weg, wollte jedoch selbst nicht mitkommen. Angeblich wollte sie zu Hause bleiben, falls es Neuigkeiten gab.

Der Sonnenschein, der auf die herrlichen Wiesen und Blumen hinter der Trockenmauer fiel, machte es schwer, sich vorzustellen, dass Ethan ein grausames Ende gefunden hatte. Dieser schöne Ort wirkte auf mich ideal, um Kinder großzuziehen. Mary Jane hielt ihr Cottage makellos sauber, und auch wenn sie sich viel beschwerte, glaubte ich kaum, dass sie von hier wegwollte. Ich fragte mich, wie viel sie mir verheimlichte und warum. Dabei hatte ich wahrlich gut reden! Schließlich lief ich auch nicht herum und posaunte überall heraus, dass ich eine Affäre mit einem Mann vom Scotland Yard hatte; dass ich im letzten Jahr um Haaresbreite einen gewaltigen Fehler begangen und mich mit einem notorisch untreuen Psychiater eingelassen hätte; dass ich Entscheidungen getroffen hatte, die mich beinahe meinen wertvollen Assistenten gekostet hätten, oder dass ich ein Geheimnis kannte, mit dem ich das Leben eines Mannes in seinen Grundfesten erschüttern könnte. Nicht zu vergessen, dass ich fünf Jahre nach dem *Vermisst, vermutlich tot*-Telegramm immer noch mit Geralds Heimkehr rechnete.

Für nächste Woche hatte ich einen Besuch im Catterick Hospital vereinbart. Ich bin nicht so dumm, mir auszumalen, ich würde Gerald dort finden. Doch es besteht immer die vage Möglichkeit, dass er in einem kleinen Hospital übersehen wurde, sein Gedächtnis verloren hat oder in Frankreich gefunden und nach Hause gebracht würde. Wenn also Mary Jane heimlich ein Sparkonto besaß, war es ihre Sache. Oder nicht? Gab mir der Umstand, dass sie mich um Hilfe bei den Nachforschungen zu Ethans Verschwinden gebeten hatte, das Recht, meine Nase in sämtliche Nischen und Winkel ihres Lebens zu stecken?

Ein altes Kaltblutpferd blickte zu mir, bevor es sich wieder dem Gras und Klee zuwandte. Ein Wegweiser zeigte den Fußweg nach Little Applewick an.

Ich folgte dem breiten Feldweg zum Fluss und der alten Steinbrücke. Während ich stehen blieb und zum schnell fließenden Wasser schaute, versetzte ich mich in Gedanken zurück in jene Zeit, als die Brücke neu gebaut und der Steinbruch noch ein unberührter Hügel gewesen war. Etwas stieß gegen meine Beine und schreckte mich aus meiner Träumerei.

Bei dem Etwas handelte es sich um einen schwarz-weißen Schäferhund, an dessen Hals ein Stück Tau baumelte. Der Hund wedelte mit dem Schwanz und bat darum, am Kopf gekrault zu werden. Ich kam seiner Bitte nach. Der Schäferhund wartete mit mir und trottete neben mir her über die Brücke.

An der Bahnlinie hielt der Hund inne, blickte nach links und rechts, dann zu mir auf, als wollte er sagen, dass wir nun sicher über die Gleise gehen könnten. In der Ferne pfiff ein Zug, der den Bahnhof von Horsforth verließ.

Ich war von einem einsamen Weiler mit nichts als der Farm ausgegangen, aber wir passierten ein Gasthaus und eine Brauerei sowie ein Stück weiter ein verlassenes Cottage mit einem halb eingefallenen Dach. Ein prächtiger Goldregen blühte nur Meter von der Haustür entfernt, die schief in den Angeln hing.

Hinter dem verlassenen Cottage wurde der Weg schmaler. Der Ostwind wehte mir den Gestank von Dung entgegen.

Hinter dem Grenzstein der Gemeinde ging ein noch schmalerer Pfad nach rechts. Trockenmauern umrahmten eine Weide, auf der Schafe an rauem Gras knabberten und Lämmer unsicher neben ihnen herstaksten. Auf der nächsten Weide hob eine Kuh freundlich den Kopf und kaute weiter an ihrem Heu, während sie mich beäugte.

Der Hund wartete geduldig, bis ich das Farmgatter geöffnet hatte, dann flitzte er voraus und ließ mich zurück.

Das zweigeschossige Farmhaus musste ein paar Hundert Jahre alt sein. Es wirkte gut erhalten mit einem soliden Schieferdach. Rauch quoll aus dem Schornstein. Um das Haupthaus herum standen mehrere alte Scheunen und Schuppen. Einige Schweine bemerkten mich, ehe ich sie entdeckte. Sie grunzten laut und ein bisschen vorwurfsvoll.

Meine Füße landeten quatschend in stinkendem Matsch. Nun passte ich gut auf, wohin ich trat. Aus der Scheune links von mir waren das Blöken eines Schafs und eine tiefe Stimme zu hören.

»Hallo?« Ich linste hinein. Meine Augen brauchten einen Moment, um sich an das Dämmerlicht zu gewöhnen. Der freundliche Hund, dem man inzwischen das Tau abgenommen hatte, begrüßte mich.

Ein Mann, unter dessen Mütze krauses graues Haar hervorlugte, kniete neben dem nun stillen Mutterschaf. Er drehte sich nicht um; seine Hand steckte noch immer in dem Tier. »Haben Sie den Hund zurückgebracht?«

Da ich annahm, dass er nicht mit dem Schaf sprach, antwortete ich: »Er hat sich selbst gebracht.«

Er nickte zu dem Hund. »Wo war er?«

»Auf der Brücke.«

»Sieht ihm nicht ähnlich, einfach wegzulaufen.« Der Hund sah von ihm zu mir; anscheinend wusste er, dass es um ihn ging. »Komm schon, mein Mädchen«, sagte der Mann zu dem Schaf. »Jetzt ist alles gut.« Er hockte sich zurück auf die Fersen und wischte sich die Hände in einem alten Lappen ab. Ein Lammkopf erschien. Wir beide beobachteten, wie sich das Lamm in die Welt hinausarbeitete. Die kleine Kreatur, deren blasse Wolle von Blut gestreift war, rappelte sich mühsam auf.

»Ich bin auf der Suche nach Arthur.«

»Den haben Sie gefunden.«

»Mein Name ist Kate Shackleton. Ich helfe Mary Jane Armstrong, dem Verschwinden ihres Mannes nachzugehen. Entschuldigen Sie, aber ich weiß Ihren Nachnamen nicht.«

»Der ist auch nicht wichtig.«

»Arthur, ich glaube, Harriet war am Samstag zu Ihnen gekommen.«

»Ja, und sie hat mir mit ihrer Geschichte einen mächtigen Schrecken eingejagt.« Sein Blick war auf das Lamm gerichtet, das nun wacklig dastand.

»Ich glaube, sie wollte zu Bob Conroy. War er nicht hier?«

»Als Erstes hat sie vor der Haustür geschrien, und weil da keiner war, ist sie zu mir gekommen.« Er stand auf und streckte sich. »Ich war beim Melken.« Arthur zeigte zu dem Mutterschaf. »Dies hier ist nicht meine Aufgabe. Ich bin ein Kuhhirt, aber so geht es hier eben zu. Alle packen da an, wo sie gebraucht werden.«

»Es war nett von Ihnen, dass Sie mit ihr gegangen sind.«

»Ja, aber natürlich war Ethan nicht dort.« Arthur holte seine Pfeife hervor, während er zuschaute, wie das Mutterschaf seinem Lamm den Kopf ableckte. »Ich bin froh, dass Harriet nicht Bob Conroy gefunden hatte.«

»Warum das?«

»Wissen Sie das nicht? Bobs kleiner Bruder Simon ist in der letzten Lämmersaison in dem Steinbruch umgekommen.«

»Was war geschehen?«

Arthur strich ein Zündholz an einem Stein an. »Er hatte gehört, dass sich ein Lamm dorthin verirrt hatte. Das war an einem Sonntag, als dort keiner gearbeitet hat. Simon ist allein hin und wollte das Tier zurückholen. Der arme Mann ist furchtbar gestürzt. Manche sagen, es war sein Geist, den Harriet da am Samstag gesehen hat.«

Der Geruch von Pfeifentabak vermengte sich mit dem von Heu und Mist. Ich vermutete, dass es keinen Grund für Mary Jane gegeben hatte, diesen früheren Todesfall zu erwähnen. Dennoch dachte ich nun anders über den Steinbruch. Es wunderte mich wenig, dass die Kinder Angst hatten.

»Haben Sie irgendetwas Ungewöhnliches gesehen, als Sie mit Harriet zum Steinbruch gingen?«

Er zog an seiner Pfeife. »Würde mir nicht auffallen, wenn da was anders gewesen wäre als sonst. Ich gehe höchstens mal vorbei, nicht rein.«

»Als Mrs. Armstrong zum Steinbruch kam, war die Sonnenuhr zerbrochen.«

»Hat nix mit mir zu tun. Ich habe das Ding nicht angefasst.«

»Waren Sie an dem Samstagnachmittag nach eins die ganze Zeit draußen? Ich frage mich, ob Sie jemanden beim Steinbruch gesehen haben.«

»Ich habe nichts als Kühe, Mutterschafe und Lämmer gesehen. Ich esse, schlafe und träume von Kühen, Mutterschafen und Lämmern. Und es ist schlimmer als sonst, ohne Ethan, der nach seinem Abendessen herkommt und uns hilft.«

»Hilft er viel auf der Farm?«

»Tut er, ja, wenn er nicht gerade unterwegs ist, um die Welt zu verändern. Und ehe Sie fragen: Er hat nichts davon gesagt, dass er abhauen will, und ich habe keine Ahnung, wohin er sein könnte. Ich hoffe bloß, dass Harriet sich geirrt hat.«

»War er letzte Woche zum Helfen hier?«

»Hier war er, aber nicht, um zu helfen. Es hat ihn schwer getroffen, als Bob ihm erzählt hat, dass er an den Colonel verkauft hat. Ethan war gewaltig wütend, dass Bob die Farm nach all den Jahren aufgibt.«

Noch eine Sache, die Mary Jane zu erwähnen vergessen hatte. Ich tat, als wüsste ich davon. »Wann hat Ethan erfahren, dass Bob die Farm verkauft hat?«

Fehler. Er gab vor, mich nicht gehört zu haben, und richtete seine Aufmerksamkeit auf einen Teerest in einem Blechbecher. Doch ich vermutete, dass der Verkauf erst kürzlich stattgefunden hatte. Arthur hatte es noch nicht recht verwunden. Ein neuer Besitzer würde vielleicht keinen alten Mann mehr beschäftigen wollen.

»Ich bin nicht neugierig, Arthur, sondern möchte bloß Mary Jane helfen, Ethan zu finden, falls er noch am Leben ist.«

»Das weiß ich.« Er schüttelte die Teeblätter aus seinem Becher in das schmutzige Heu.

»Nur eine weitere Frage. Sie haben gesagt, dass Ethan letzte Woche hier war, aber nicht, um zu helfen. War er aus einem anderen Grund hier?«

Arthur zuckte mit den Schultern. »Bob ist mit ihm ins Haus rein. Fragen Sie mich nicht, worum es gegangen ist. Hat nix mit mir zu tun.«

»Vielen Dank. Ich hoffe, für Sie geht es gut aus. Vielleicht bleiben Sie auf der Farm, wenn sie den Besitzer wechselt.«

Er stieß einen Laut aus, der einem zynischen Lachen ähnelte. »Der Colonel behält die Farm nicht. Wir wissen alle, was er machen wird.«

»Ach ja? Was?«

Falls er mich gehört hatte, antwortete er absichtlich nicht.

Er ging zum Kuhstall, und ich näherte mich dem Haus. Die

letzte Woche war nicht schön für Ethan Armstrong gewesen. Sein Freund hatte an den Colonel verkauft, der in Ethans Augen zweifellos ein aufgeblasener Kapitalist war; er hatte die Streikabstimmung verloren und sich mit Mary Jane gestritten. Angeblich wegen nichts, wie sie sagte. Aber verheimlichte sie ihm etwas – wie beispielsweise ihr Sparbuch? Falls ja, könnte der Streit ernster gewesen sein, als sie behauptete.

Ich klopfte an die Farmhaustür. Es verging rund eine Minute, bis geöffnet wurde. Eine freundlich lächelnde Frau begrüßte mich warmherzig. Ich stellte mich vor und sagte meinen Vers auf, dass ich wegen Ethans Verschwinden Nachforschungen anstellte.

Sie trat zurück, um mich ins Haus zu lassen. »Ich habe Sie schon erwartet.«

Auf der Fußmatte versuchte ich, meine Schuhe abzustreifen, und beschloss, dass es das Beste sei, sie ganz auszuziehen.

»Nein, Mädchen, lassen Sie mal die Schuhe an. Bei uns geht es nicht so vornehm zu, und ein bisschen Dreck sind wir gewohnt. Kommen Sie, setzen Sie sich. Ich bin Georgina Conroy.«

Sie war auf unkonventionelle Art hübsch. Ihre Attraktivität gründete in ihrer Lebhaftigkeit, ihrer Energie und ihrem Lächeln. Mit einem kräftigen Arm, der in einem dunklen Ärmel steckte, griff sie nach einer Flasche mit einem Sauger oben. »Kommen Sie, setzen Sie sich ans Feuer, da ist es warm. Sie können mit mir reden, solange ich versuche, dieses kleine Ding noch nicht ins Paradies zu lassen.«

In einer Kiste am Feuer lag ein Lamm in sich zusammengerollt. Georgina hockte sich hin und stupste mit dem Sauger an das Mäulchen des Tieres. »Ich kann gleichzeitig zuhören und füttern, und ich brühe uns in einer Minute einen Tee auf. Tja, das ist eine schlimme Geschichte, dass Ethan verschwunden ist. Ich war heute Morgen mit Eiern unten und hatte gehofft, dass Mary Jane Neuigkeiten hat.«

Für einen Moment konzentrierte sie sich auf das Lamm, und wir schwiegen beide.

In dem behaglichen Raum mit dem knisternden Feuer entspannte ich mich zum ersten Mal an diesem Tag. Vorübergehend vergaß ich, dass ich arbeiten sollte. Zwar wirkte der Hof draußen eher ungepflegt, doch das Hausinnere war genau das Gegenteil. Es duftete nach frisch gebackenem Brot, der schwarze Ofen und Herd waren blank poliert, und an Wandhaken hingen schimmernde Töpfe und Bettwärmer aus Kupfer. Auf dem Herd simmerte ein geschwärzter Kessel.

Der Steinfußboden war mit etwas Rotem behandelt worden, vielleicht mit Bleifarbe, und mit Flickenteppichen unterschiedlicher Größe, Farbe und Alters ausgelegt. Die Möblierung bestand aus einem massiven Tisch, auf dem eine praktische Wachstuchdecke lag, stabilen Stühlen und ein paar Schaukelstühlen vor dem Herd. Ein kleiner, bleich geschrubbter Tisch stand neben dem großen, flachen Spülbecken.

»Tut mir leid. Sie bekommen gleich eine Tasse Tee.«

»Keine Sorge. Sie haben alle Hände voll zu tun.«

»Nicht so viel, dass ich meine Manieren vergesse. Aber Sie haben recht. Die Arbeit auf einer Farm endet nie. Deshalb waren weder Bob noch ich am Samstag hier, als Harriet kam.«

»Wenn es solch harte Arbeit ist, sind Sie wohl nicht traurig, sie hinter sich zu lassen.«

Sie seufzte und sah so betrübt aus, dass ich meine Bemerkung sofort als taktlos empfand.

»Diese Farm zu verlassen tut mir jetzt schon leid, aber seit Jahren leben wir hier nur von der Hand in den Mund, und seit der Tragödie im letzten Jahr ist es noch schlimmer.«

»Dieser Steinbruch scheint Pech zu bringen.«

»Oh ja. Bob war so erschüttert, dass er nicht für das Mädchen hier war, und genauso erschüttert, dass …« Sie verstummte abrupt.

»Was?«

»Ach, nichts. Ich sollte nichts sagen. Ich und meine große Klappe.«

Wer könnte einer Detektivin lieber sein, als eine Person mit einer großen Klappe? »Mrs. Conroy, ich versuche zu ergründen, was am Samstag passiert ist. Falls Sie mir irgendwie helfen könnten, wäre ich Ihnen überaus dankbar.«

»Na ja, Ethan hat es schlecht aufgenommen, als Bob ihm erzählt hat, dass er verkauft. Diese Farm war sein Unterschlupf, wenn er und Mary Jane Krach hatten. Deshalb haben Bob und er sich zerstritten, und Bob fühlte sich ganz schrecklich. Er war so unglücklich, dass er nicht für Harriet da sein konnte. Für ihn war es, als hätte er Ethan doppelt im Stich gelassen.«

»Wo war Bob an dem Nachmittag?«

»Auf der hinteren Weide, einen Graben frei machen. So groß, wie die Farm ist, müssen meistens alle mit anpacken, und das Lammen ist noch nicht ganz vorbei, sodass einige Tage vierundzwanzig Stunden gearbeitet werden muss. Ich war unterwegs, um nach den Mutterschafen zu sehen, und Arthur hat gemolken.« Sie streichelte das Lamm und richtete sich auf. »Jetzt mache ich mal Tee. Arthur wird auch eine Tasse wollen.«

Durchs Fenster sah ich ein Mädchen, das den Hof fegte. Es sah aus, als müsste es eigentlich in der Schule sein.

»Ist das Ihre Tochter?«

»Oh nein. Ich habe keine Kinder. Sie ist bloß ein Kind, das für mich mit anpackt.«

»Sie ist sehr jung.«

»Schon dreizehn. Im Grunde behalte ich sie eher aus Wohltätigkeit. Gewiss gibt es größere Mädchen im Dorf, die besser arbeiten würden, aber ich bringe es nicht übers Herz, sie wegzuschicken.« Mrs. Conroy klopfte ans Fenster. »Sie kann eine Tasse haben und den Männern welchen bringen.«

Das Mädchen drehte sich rasch um. Die Kleine wirkte recht mürrisch. Nach kurzem Zögern ließ sie den Besen fallen und kam ins Haus, wo sie sich die Schuhe abputzte. Ohne uns zu beachten, ging sie zu dem Lamm, streichelte seinen Kopf und sprach ein, zwei Worte mit ihm.

Mrs. Conroy rief ihr zu: »Bring dieses Tablett zu Arthur – eine Tasse Tee ist für dich –, und falls du Mr. Conroy siehst, sag ihm, dass wir Besuch haben.«

Das Mädchen ging nach draußen, und wir waren wieder allein. Georgina Conroy kam auf den vermissten Ethan zurück.

»Ich hatte Mary Jane und die Kinder am Sonntag zum Essen hier.« Traurig schüttelte sie den Kopf. »Nicht, dass sie viel Appetit gehabt hätte.«

»Das war nett von Ihnen.«

»Dafür sind Nachbarn da.«

»Für Ihren Mann muss es eine schwierige Entscheidung gewesen sein, alles zu verkaufen.«

»Er musste etwas tun.« Sie drehte sich weg – ich sollte wohl die Tränen in ihren Augen nicht sehen –, angelte ein Taschentuch aus ihrer Schürzentasche und schnäuzte sich. »Er ist ein guter Kerl, Ethan Armstrong. Ein Mann mit Prinzipien, auch wenn er manchmal ein Querkopf sein kann. Bob hat versucht, ihn zu überreden, dass er sich für einen Parlamentssitz bewirbt, haben Sie das gewusst?«

»Nein.«

»Ethan war letzte Woche hier und hat mit mir geredet. Es war, als hätten er und Bob beide das Ende von etwas erreicht. Mary Jane und Ethan, die waren wie Öl und Feuer.«

»Was hat er gesagt?«

Sie schüttelte den Kopf. »Es wäre nicht fair, das zu wiederholen. Aber er hat mir erzählt, dass er einfach aus dem Haus musste. Mary Jane hat sich immerfort beklagt. Doch bei all den Treffen, zu denen er geht … also, ich an Mary Janes Stelle wäre da misstrauisch.«

Ihre Worte boten mir einen Ansatzpunkt. Ich holte den Zeitungsausschnitt hervor. »Sagt Ihnen das hier etwas?«, fragte ich, auch wenn mir diese Einmischung in Ethans und Mary Janes Privatangelegenheiten zutiefst zuwider war. Und Mrs. Conroy könnte mit allen anderen womöglich genauso offen reden wie mit mir. Dennoch schien sie mir eine anständige Frau zu sein, die Ethan, Mary Jane und die Kinder sehr mochte.

Eine gut gestellte und angenehme Dame sucht
einen liebenswerten Herrn, mit dem sie ihr Leben
und das gemeinsame Vermögen genießen kann.
Postfach 49

Sie betrachtete den Ausschnitt. »Wo ist das her?«

»Aus Ethans Anzugtasche.«

»Haben Sie es Bob gezeigt?«

»Bisher bin ich Ihrem Mann nicht begegnet.«

»Na, wenn einer das weiß, dann Bob. Aber mir hat er nichts gesagt. Ich weiß, dass Ethan unglücklich ist, doch ich kann mir nicht vorstellen, dass er auf eine Zeitungsanzeige antwortet. Außerdem wäre das doch Bigamie, oder? Und er ist ein gesetzestreuer Mann … für einen Revolutionär.«

»Mrs. Conroy, falls es irgendetwas gibt – selbst wenn es Ihnen unbedeutend erscheint –, was mir helfen könnte, dieses Rätsel zu lösen, bitte, erzählen Sie es mir.«

Sie seufzte. »Ich begreife es einfach nicht. Jetzt frage ich mich, ob ihm eine hitzköpfige Sozialistin den Kopf verdreht und von freier Liebe gepredigt hat. Aber das ist nur so ein Gefühl.«

Ich blieb hartnäckig. »Mrs. Conroy, ich spreche mit jedem, der helfen könnte. Es kann sein, dass irgendeine Kleinigkeit, die Sie mir erzählen, zu etwas anderem passt, sodass sich daraus ein Sinn ergibt.«

Sie überlegte einen Moment und schien nichts sagen zu wollen.

Ich wartete.

Schließlich schnäuzte sie sich wieder. »Verstehen Sie mich nicht falsch. Ich würde das nie zu jemandem im Dorf sagen, und ich erzähle es Ihnen im Vertrauen, weil Sie Mary Jane helfen wollen. Ich hoffe, das können Sie. Hoffentlich irre ich mich. Mir tut sie leid, weil sie eine Zugezogene ist, so wie ich, und die Leute hier brauchen mindestens ein Vierteljahrhundert, bis sie einem ins Gesicht sagen, dass man nie dazugehören wird. Aber im Dorf wird über sie geredet, wie sie nicht über mich reden würden, weil ich ihnen nichts gebe, worüber sie sich das Maul zerreißen können.«

»Was reden die Leute?«

»Ach, nichts als Unsinn. Klatsch und Tratsch. Nichts, was genug Rosinen liefern könnte, um sie vom anderen Ende der Küche auf den Brötchenteig zu werfen.«

»Es würde unter uns bleiben. Ich möchte nur helfen, so gut ich kann.«

»Ich weiß nicht, was sie über sie tratschen. Wenn sie mich sehen, hört das Getuschel immer gleich auf. Ich höre bloß ihren Namen, sonst nichts.«

»In Verbindung mit einem anderen Namen?«

»Ja, mit den Namen von denen, für die sie gearbeitet hat.«

»Der Doktor?« Ich erinnerte mich, dass Miss Trimble erzählt hatte, Mary Jane sei dort in Stellung gewesen.

»Nein, nicht der Doktor. Nachdem sie bei ihm und seiner Frau aufgehört hatte, war sie mehrere Jahre im großen Haus, bei den Ledgers. Ethan denkt, dass sie daher ihre überkandidelten Vorstellungen hat. Das Cottage war jedenfalls nicht gut genug für sie, sobald das Eheleben nicht mehr ganz so neu war. Aber da mache ich dem Mädchen keine Vorwürfe, und auch Ethan nicht.« Ihre Stimme nahm einen merklich weicheren Ton an, als sie Ethans Namen aussprach. »Ethan war sehr freundlich zu mir.« Ein kurzes Zögern. »Da ist bloß eine Sache.«

»Aha?«

»Ich komme mir wie eine furchtbare Verräterin vor …« Sie schob die Hände in ihre Schürzentaschen. »Ethan war eines Abends letzte Woche hier, um mit mir zu reden, als Bob im *Fleece* war. Da redeten die beiden ja nicht mehr miteinander. Und Ethan hat mich um Rat gebeten.«

»Was für einen Rat?«

»Wegen ihm und Mary Jane. Sie hatten einen Riesenkrach, und er wollte nicht sagen, weswegen. Er meinte, es wäre nicht so schlimm, wenn sie wenigstens mehr Verständnis für die Sache hätte, wie er es genannt hat.«

»Demnach muss er glauben, dass Sie für ›die Sache‹ Verständnis haben.«

»Ich? Ach was, ich interessiere mich kein bisschen für Politik, doch ich pass auch auf, dass ich nie widerspreche, und dann denken Männer, dass ich ihnen zustimme, was immer das Beste ist.«

»Danke, dass Sie mir das erzählt haben.«

»Bitte, sagen Sie es nicht Mary Jane. Er hätte nicht herkommen dürfen. Ich wäre todunglücklich, wenn sie es erfahren würde. Ihre Probleme gehen nur die beiden was an.«

Sie stand an der Küchentür, um mich hinauszubegleiten. Als ich den Farmhof verließ, fegte das Mädchen wieder und neckte den Hund, der mit dem Schwanz wedelte und mit dem Besen spielen wollte.

»Kluger Hund! Hast du ganz allein nach Hause gefunden von den bösen, bösen, bösen Kindern!«

»Wo war er denn?«, fragte ich. »Hatte ihn jemand mitgenommen?«

Die Kleine tat, als hätte sie mich nicht gehört.

Anscheinend redete sie gern mit Tieren, weniger gern mit Menschen. Daher tat ich es ihr gleich und sprach den Hund an, während ich ihn hinter den Ohren kraulte. »Du hast mich hergebracht, nicht? Wie heißt du?«

Als der Hund nicht antwortete, übernahm es das Mädchen für ihn: »Billy.«

»Und welche Kinder haben dich einfach mitgenommen, Billy?«

»Das waren Harriet und Austin«, sagte das Mädchen für den Hund. »Doch du bist zurückgekommen.«

Acht

Leuchtend weiße Laken und Kissenbezüge blähten sich in der Brise im Garten der Armstrongs. Auch eine mögliche Tragödie konnte Mary Jane nicht von ihren Haushaltspflichten abhalten. Sie stand an der Tür, klopfte einen Läufer aus und unterbrach sich, als ich in Hörweite war. »Glaubt man das, was meine Kinder getan haben?«

»Sie sind doch in der Schule, oder nicht?«

»Pah! Die sind frech wie sonst was zur Schule aufgebrochen, aber da nie angekommen! Hier war ein Kind, das mir eine Nachricht von der Lehrerin gebracht hat, dass sie nicht in der Schule sind. Was glaubst du, wo die hin sind?«

Ich hasse es, wenn Leute Fragen stellen, mir aber eigentlich nur etwas erzählen wollen. Trotzdem spielte ich mit. »Ich weiß nicht, wo sie hingegangen sein können, Mary Jane.«

Ich folgte ihr ins Haus, wo sie sorgfältig den ausgeklopften Läufer auslegte. »Die sind rauf zur Farm, die verschlagenen Schlingel, haben sich den Hund geschnappt, ihn mit einem Stück Tau festgebunden und ihn an Ethans Mütze schnüffeln lassen. So sind sie mit ihm über die Felder und durch die Gräben. Jetzt stehe ich vor den Lehrern wie eine Idiotin da!«

Was den verirrten Schäferhund erklärte. Er musste es leid geworden sein, nach Ethan zu suchen, und entkommen sein. »Die armen Kinder!«

»Was heißt hier: ›die armen Kinder‹!« Sie sah zu meinen schmutzigen Schuhen, als ich mich auf den einzigen intakten Stuhl setzte. »Aber wenigstens versuchen sie es.«

Mit anderen Worten: Ich bemühte mich nicht. »Hör mal, Mary Jane, du warst nicht ehrlich zu mir. Du hast mir gegenüber den Eindruck erweckt, nicht schnell genug fortkommen zu können, raus aus dem Haus mit dem Brunnen im Garten, raus aus dem Dorf, in dem dich angeblich keiner mag, sofort, hättest du nur den Hauch einer Chance. Und dann erfahre ich, dass Ethan in York Arbeit hätte haben können. Und du hast mir nicht erzählt, dass ihm geraten wurde, sich für einen Parlamentssitz zu bewerben.«

Sie winkte ab. »Ach, das.«

»Du sagst, dass Miss Trimble dich nicht leiden kann, erklärst jedoch nicht, warum. Sergeant Sharp mag dich nicht, aber du erzählst nicht, warum. Mir hast du gesagt, dass du nach Great Applewick gekommen bist, um bei dem hiesigen Arzt zu arbeiten …«

»Habe ich auch zuerst!«

»… und jetzt erfahre ich, dass du für Colonel Ledger gearbeitet hast.«

»Für Mrs. Ledger!«

»Dann eben für Mrs. Ledger. Wirst du jetzt zum Herrenhaus gehen und eine simple Frage stellen? Ist Colonel Ledger am Samstag zum Steinbruch gegangen oder nicht?«

Das Haus war blitzblank, trotzdem stürzte sich Mary Jane auf einen Fleck am Feuergitter und schrubbte es mit einem Lappen ab. »Ich muss nicht fragen, denn ich habe da gearbeitet und weiß deshalb genau, dass der Colonel nicht zum Steinbruch gehen würde. Und dass Sergeant Sharp mich nicht mag, na, das ist kein Geheimnis. Falls du es wissen musst, ich habe ihn mal ausgelacht.«

»Warum?«

»Weil ich es nicht besser wusste und nicht anders konnte.«

»Was war so witzig?«

»Bei jedem Fest im Dorf steht er auf und trägt etwas vor. Hätte Ethan mich gewarnt, dass es keine komische Einlage sein sollte, hätte ich mich nicht blamiert. Ich konnte nicht aufhören zu lachen. Als ich begriff, dass Sharp es ernst meinte, habe ich versucht, es wie einen Hustenanfall aussehen zu lassen.«

»Daran wird er sich nicht erinnern. Und selbst wenn, wird er es dir nicht vorhalten.«

»Oh doch. Er hat Horaz zum Besten gegeben.« Sie streckte die Brust vor, holte tief Luft und begann zu rezitieren: »›Lars Porsenna, König von Clusium, schwor bei den neun Göttern, dass das große Haus Tarquin kein Unrecht mehr erleiden soll.‹ Sein dramatisches Gehabe hat mich zum Lachen gebracht. ›Ost und West und Süd und Nord‹, und dazu warf er die Arme wild in alle Richtungen.«

Obwohl ich mich über sie ärgerte, musste auch ich lachen. Allzu gut konnte ich mir den feierlichen Moment vorstellen, in dem Mary Jane einen Kicheranfall bekommen hatte. »Was ist mit Miss Trimble? Hattest du sie auch ausgelacht?«

Mary Jane seufzte. »Machst du das mit jedem, für den du ermittelst? Verlangst gleich die ganze Lebensgeschichte zu hören? Ich meine, angenommen, ich habe eine Bank ausgeraubt, was hätte es damit zu tun, dass Ethan verschwunden ist und ob du ihn finden kannst?« Sie nahm ein Geschirrtuch von der Ofentür und hängte es an einen Haken. Das Gebetbuch von Miss Trimble lag noch auf dem Tisch, und Mary Jane hob es hoch. »Lieber erzähle ich es dir, als dass du es von anderen hörst. Wenn die Mädchen aus ihrem Verein heiraten, schenkt Miss Trimble ihnen ein Gebetbuch mit weißem Kalbsledereinband. Und dann achtet sie sehr genau auf den Kalender. Sollte das Datum der ersten Niederkunft weniger als neun Monate nach der Trauung sein, holt sie sich das Gebetbuch zurück.«

»Ah, ich verstehe.«

»Es sagt eine Menge darüber, was für ein Ort Great Applewick ist. Ich hätte weggehen sollen, als Ethan die Gelegenheit hatte.«

»Und warum bist du nicht?«

»Weiß ich nicht. Ich kann mich nicht erinnern.« Mary Jane ballte die Hände zu Fäusten und stieß ein Knurren aus.

»Es muss einen Grund geben, weshalb du nicht fortwillst. Es wäre ja nur nach York gewesen, nicht ans Ende der Welt.«

»Die Kinder«, antwortete sie leise. »Ich habe an die Kinder gedacht, wenn du es wissen willst.« Es war keine befriedigende Antwort, doch fürs Erste musste sie genügen. Mary Janes Stimmung wechselt zu Verdruss – meinetwegen. »Ich hatte dir gesagt, dass Sergeant Sharp keine Hilfe wäre. Er denkt, dass ich die Sonnenuhr zerschlagen und Ethan verscheucht habe. Seiner Ansicht nach ist Ethan ein Revolutionär, und ich bin ein verdorbenes Luder.«

So kamen wir nicht weiter. »Na gut, Mary Jane. Machen wir uns auf den Weg zum Herrenhaus. Wir müssen Colonel Ledger fragen, ob er zum Steinbruch gegangen oder ob Ethan bei ihm gewesen war.«

»Kannst du nicht allein hingehen?«

»Nein, du musst mir den Weg zeigen.« Und ich vermutete, dass die Ledgers eher Fragen beantworten würden, wenn ich mit Mary Jane dort erschien, ihrer früheren Bediensteten und jetzigen holden Jungfer in Not.

Weiße Wolken huschten über den blauen Himmel. Ein Mann mit einem Karren ratterte über das Kopfsteinpflaster an uns vorbei. Eine Frau kam mit einem Korb über dem Arm aus der Bäckerei.

Ein Fuhrmann und sein Gefährte hievten ein Bierfass zur Kellerluke vor dem *Fleece*. Das verwitterte Schild des Pubs, an dem die Farbe abblätterte, quietschte im Wind. Es stellte ein übertrieben wolliges Schaf dar, das erstaunlicherweise in der Luft schwebte. Es hatte den Rücken durchgebogen und die Augen geschlossen.

Das geduldige Brauereipferd scharrte mit dem Huf, und von seinen Nüstern stieg eine kleine Wolke in die Morgenluft.

Als wir das Kriegerdenkmal erreichten, blieb ich stehen. Mary Jane war neben mir.

Die letzten paar Stunden hatte ich den Gedanken aus meinem Kopf verbannt, dass sie meine Schwester war. Nun fragte ich mich, was die jüngsten Jahre für diese Familie bedeutet hatten, von der ich nichts wusste.

»Mary Jane, ist jemand von unserer Familie im großen Krieg gestorben?«

»Ja, unser Bruder Bert, Cousin Geoffrey und Onkel Tommy – Dads Bruder. Onkel Tommy war eigentlich zu alt, um sich zum Kriegsdienst zu melden. Aber er wollte es unbedingt, weil er dachte, dass er auf seinen Geoffrey und unseren Bert aufpassen kann.«

Mary Jane beobachtete, wie ich die Namen auf dem Denkmal las. »Der Name deines Mannes steht auf einem von denen, Catherine.«

»Ja.«

Es war mein einziger Streit mit Geralds Familie gewesen. Sie wollten seinen Namen auf dem örtlichen Kriegerdenkmal, in der Liste der Toten. »Warum soll er da stehen?«, hatte ich gefragt. »›Vermisst‹ muss nicht ›tot‹ bedeuten.« Am Ende ließen sie ihn ohne meine Zustimmung dazusetzen.

Ich schüttelte mich. »Komm. Gehen wir zum Herrenhaus.«

Mary Jane schien besser gestimmt zu sein, seit wir unterwegs waren. Sie führte mich zum oberen Ende der Town Street und zeigte zu der Chemiefabrik und der Weberei.

Ich versuchte, mir vorzustellen, wie es für sie gewesen sein musste, als Mädchen herzukommen und in Stellung zu gehen, weit weg von ihrer Familie. »Wo ist das Haus des Arztes, bei dem du anfangs gearbeitet hast?«

»Dahinten, in der Nähe des Pfarrhauses.« Wir bogen in einen Weg ein. Mary Jane hielt inne. »Von hier aus findest du hin, die Back Lane hinunter, an dem Reservoir vorbei und den Weg hinauf.«

»Mary Jane, wir machen das zusammen.«

Sie gab einen verächtlichen Laut von sich. »Es ist sinnlos. Der Colonel wäre nicht zum Steinbruch gegangen, weil Ethan es von ihm verlangte. Doch nicht ein Mann seines Standes. Du musst ihn da nicht mit reinziehen.«

»Du hast mich gebeten nachzuforschen. Lass mich entscheiden, mit wem wir reden müssen und mit wem nicht.«

Sie zögerte, dann ging sie mit mir weiter. Wir schwiegen auf dem Weg durch die schmale Straße, die von Linden gesäumt war. Das Sonnenlicht warf beim Gehen Schattenmuster auf Mary Jane.

Du bist meine Schwester, und ich werde nicht schlau aus dir. Ich bin misstrauisch und habe das Gefühl, dass du mich in ein Spinnennetz gelockt hast.

Plötzlich erschien das große Haus hinter einer niedrigen Trockenmauer. Weil es weit weg von den Schornsteinen der Weberei und dem Rauch war, hatte sich der Sandstein nicht dunkel gefärbt, sondern seinen ursprünglichen warmen Ton bewahrt. Mit der makellos gepflegten Auffahrt und dem großen Garten strahlte das Anwesen die unmissverständliche Autorität von Macht und Reichtum aus.

»Erzähl mir von den Ledgers, Mary Jane. Colonel Ledger hatte die Sonnenuhr bei Ethan in Auftrag gegeben, und ihm gehört der Steinbruch …«

»Die Steinbrüche überall hier und die Minen. Seine eigene Familie hatte eine Glashütte. Mrs. Ledgers Familie besaß das ganze Land. Sie sind auch an den Webereien beteiligt.«

»Was für ein Mann ist er?«

»Er ist umgänglich. Die Leute mögen ihn.«

Zu beiden Seiten des Eisentores hockten gemeißelte Löwen. Ich strich über die Mähne des Löwen neben mir. »Hat dir der Spaziergang Mut gemacht? Wollen wir uns dem Löwen in seiner Grube stellen?« Sie antwortete nicht. »Du hast eine einfache Frage an Colonel Ledger, und er ist schließlich der Arbeitgeber deines Mannes.«

»Ich kann das nicht. Ich kann mich nicht so erniedrigen.« Ihre Stimme bekam einen verbitterten Unterton. »Ethan wäre nicht weggegangen, ohne irgendwem etwas zu erzählen. Doch mir hat er nichts gesagt. Jemand wird Bescheid wissen, aber nicht der Colonel.«

»Wie ist Mrs. Ledger so?«

»Sie ist ... außergewöhnlich. Jemand wie sie ist dir noch nie begegnet.«

»Wie kam es, dass du zu ihnen in Stellung gegangen bist, nachdem du eigentlich für den Arzt und seine Frau gearbeitet hast?«

»Mrs. Ledger fand Gefallen an mir, als ich herkam, um Medikamente abzugeben. Sie hat den Doktor gefragt, ob sie mich übernehmen kann. Na ja, ich war erst fünfzehn und aus dem Häuschen vor Freude, dass sie mich ausgesucht hat. Bis zu meiner Heirat habe ich hier gearbeitet.« Sie schien den Tränen nahe zu sein, als weckte die Rückkehr hierher Erinnerungen, die sie lieber vergessen wollte. »Als ich wegging, dachte Mrs. Ledger, ich würde Bob Conroy heiraten und auf der Farm leben. Ihre Familie und seine kennen sich schon ewig. Aber ich habe Ethan geheiratet, und ich weiß, dass sie deshalb enttäuscht war. Und letzte Woche wollte Ethan die Arbeiter im Steinbruch zum Streik wegen etwas überreden, was in einer der Minen passierte. Mir taten die Leute in der Mine leid, weil ihre Löhne gekürzt wurden, und Ethan hat Spenden für sie gesammelt. Warum hat das nicht genügt? Doch Ethan war verstockt. Er hat die Schlacht verloren, hat er gesagt, aber er würde den Krieg gewinnen. Und Mrs. Ledger hat mich angesehen, nichts gesagt, nur gedacht, dass ich den Falschen geheiratet habe. Und das habe ich nicht, Kate. Ich liebe Ethan.«

Sie hatte Tränen in den Augen, und nun kam ich mir gemein vor, weil ich so barsch zu ihr gewesen war. »Geh zurück zum Cottage. Wir sehen uns dort, wenn ich fertig bin.«

Ich klopfte noch ein letztes Mal auf den Löwenkopf und ging durch das Tor. Mary Jane blickte mir nach.

Neun

Der mittlere Teil von Applewick Hall könnte ein Herrenhaus aus dem sechzehnten Jahrhundert gewesen sein. Die beiden Seitenflügel waren später angebaut worden, entweder um eine große Familie unterzubringen oder um Eindruck zu schinden. Die niedrige Mauer um das Grundstück schottete die Hausbesitzer nicht von ihren Nachbarn ab, was für ein gutes Verhältnis zu den anderen Anwohnern sprach und vielleicht auch für eine Haltung des »Adel verpflichtet« aufseiten des Colonels und seiner Gemahlin sowie deren Vorfahren.

In einem Blumenbeet arbeitete ein Gärtner. Ein anderer schob eine Schubkarre seitlich am Haus vorbei. Irgendwo außer Sicht dürfte Raymond Turnbull mit der neuen Sonnenuhr beschäftigt sein. Außerdem gab es zweifellos einen Diener, einen Chauffeur, einen Butler, eine Hausdame und eine Schar verhuschter Hausmädchen.

Mich überraschte nicht, dass Mary Jane nach der Stellung hier ihr Cottage eher enttäuschend fand. Und beim Anblick dieses prächtigen Hauses konnte ich Ethan Armstrongs leidenschaftlichen Kampf für mehr Gleichheit ein wenig verstehen. Er musste dennoch sehr von sich überzeugt sein, dem Colonel – dem Großgrundbesitzer, Gutsherrn und Herrscher über all das hier – einfach Nachricht zu schicken, er solle sich die Sonnenuhr ansehen kommen.

Ich klopfte an die schwere Tür und überlegte immer noch, wie ich auf diese Familie zugehen sollte. Mit ihm lässt sich reden, hatte Raymond gesagt.

Das Hausmädchen, das mir öffnete, war so konsterniert, dass weiblicher Besuch eine Karte überreichte und den Colonel zu sprechen wünschte, dass es die falsche Antwort gab. »Mrs. Ledger ist indisponiert.«

»Ich bin hier, um Colonel Ledger zu sehen. Wären Sie so gut, ihm meine Karte zu geben?«

Sie nickte benommen und überlegte einen Moment, ob sie mir die Tür weiter öffnen und mich in die hohe Diele eintreten lassen sollte. Sie tat es, und ich fand mich in einem Raum mit einer Schmuckdecke wieder, großen Zimmern zu beiden Seiten und einem unendlichen Flur im Hintergrund sowie einer Treppe, die geradewegs zu den Sternen an der Decke führte.

Ehe das Ziehen in meinem Nacken schlimm genug wurde, um nach ärztlicher Hilfe zu verlangen, kehrte das Hausmädchen zurück und führte mich in einen Salon.

»Der Colonel kommt gleich.«

Womit mir ein wenig Zeit zum Staunen blieb. Ein Familienporträt hing an der Wand gegenüber dem mit Vorhängen drapierten Fenster. Ich nahm an, dass ich Colonel und Mrs. Ledger mit ihren beiden Söhnen im Alter von neun oder zehn Jahren nebst einem Paar wohlgenährter Hunde sah. Sofern das Bild die Wirklichkeit abbildete, wäre Mrs. Ledger auf einem Gainsborough-Gemälde nicht deplatziert: eine aristokratische Schönheit mit wachen Augen und einem amüsierten Zug um den Mund. Sie saß in einem blauen Sommerkleid voller Plissees und weichen Wellen, dessen Ärmel unterhalb der Ellbogen in weite Spitze übergingen, auf einem Gartenstuhl. Das Gewehr des Colonels lehnte an einem Baum, als wäre er eben von der Jagd zurückgekehrt. Ein Junge stand auf einer Schaukel, der andere dicht neben seinem Vater. Ich erkannte die Signatur des Künstlers, denn er hatte vor einigen Jahren in der Royal Academy ausgestellt.

»Gefällt es Ihnen?« Die Stimme erschreckte mich.

Ich drehte mich um und sah den Mann in natura, groß, schmal, mit schwarzem, nur leicht grau meliertem Haar.

»Es ist hervorragend, beinahe von fotografischer Güte. Wann wurde es gemalt?«

»Vor ungefähr drei Jahren, als die Jungen in den Schulferien zu Hause waren.« Er zeigte auf zwei Brokatsofas zu beiden Seiten des kunstvoll gearbeiteten Kamins. »Möchten Sie sich setzen?« Er blickte auf meine Karte. »Mrs. Shackleton.«

Ich wählte den vom Fenster abgewandten Platz. Wir saßen einander gegenüber, getrennt von poliertem Holzfußboden und einem Perserteppich.

»Danke, dass Sie mich empfangen, Colonel.«

Er betrachtete mich ruhig. »Ich bin neugierig. Schließlich erhalte ich selten Damenbesuch.« Der Anflug eines Lächelns erschien auf seinem recht hübschen Gesicht.

»Ich bin im Auftrag von Mrs. Armstrong hier. Mr. Ethan Armstrong wird seit Samstag vermisst …«

Seine Haltung änderte sich kaum merklich. Da war nichts als ein leichtes Verengen der Augen, eine winzige Bewegung, nicht ganz ein Zucken, zwischen Nase und Oberlippe. Er wartete.

»Colonel, haben Sie eine Vermutung, wohin Mr. Armstrong verschwunden sein könnte und warum?«

»Da kann ich leider nicht weiterhelfen. Ich hörte erst am Sonntagmorgen vor der Kirche, dass er nicht erschienen war. Der junge Raymond Turnbull kam, knetete seine Mütze und teilte mir auf seine gewohnt bodenständige Art mit, dass ich die blaue Schiefersonnenuhr vergessen könne. Aber vielleicht können Sie mir etwas verraten, Mrs. Shackleton.« Er lehnte sich in einer selbstherrlichen Art zurück. »Sie sagen, Sie sind im Auftrag von Mrs. Armstrong hier?«

»Ja.«

»Wie kommt es, dass Mrs. Armstrong Sie hinzugezogen hat? Und was bringt Sie auf die Idee, dass ich etwas über die Beweggründe oder gar Bewegungen eines meiner Steinmetze wissen könnte? Mary Jane sollte zur Polizei gehen, wenn sie so sehr in Sorge ist.«

»Sie war bei der Polizei. Ethan Armstrongs Werkzeug ist verschwunden. Sergeant Sharp scheint deshalb zu glauben, dass Ethan die Gegend verlassen hat, um sich andere Arbeit zu suchen.«

»Was durchaus möglich wäre. Steinmetze denken gern, dass sie ihre eigenen Regeln und Arbeitszeiten bestimmen können, was ganz besonders für einen Mann wie Armstrong gilt. Hat seine Frau Ihnen erzählt, dass er ein Agitator sondergleichen ist?«

»Dennoch haben Sie ihn weiterbeschäftigt.«

»Er versteht sein Handwerk gut, doch es ist seine Sache, wenn er sich eine neue Stelle suchen will.«

»Mrs. Armstrong hält es für unwahrscheinlich und …«

Er neigte den Kopf zur Seite wie ein Falke, der im Begriff war, auf einen Spatzen loszuschießen. »In welchem Verhältnis stehen Sie zu Mrs. Armstrong?«

Ich sollte die Fragen stellen. »Unsere Familien sind einander seit Langem verbunden, und ich habe zugesagt, ihr zu helfen, sofern ich kann.« Das klang beinahe plausibel und enthielt gleich mehrere Körnchen Wahrheit. Schließlich hatte mein Vater, der Superintendent, solch ein Interesse an den Whitakers gehabt, dass er mich von der Familie adoptiert hatte. »Und bisweilen ist es für einen Außenstehenden leichter«, ergänzte ich im Tonfall eines Menschen, der häufiger zurate gezogen wurde, um Brücken zwischen Eheleuten zu bauen.

»Leichter für einen Außenstehenden, was zu tun?«

»Unangenehme Fragen zu stellen. Colonel, waren Sie am Samstag beim Steinbruch? Ich weiß, dass Mr. Armstrong Sie bitten ließ, sich die Sonnenuhr anzusehen.«

Zum ersten Mal in dieser Unterhaltung zögerte er ein klein wenig zu lange. Er lächelte. »Armstrong hatte zu Recht eine hohe Meinung von sich und seinem Handwerk. Er schickte mir Nachricht, dass ich mir die Arbeit ansehen möge, weil er gezwungen gewesen war, etwas von meinem Entwurf abzuweichen.«

»Und gingen Sie hin?«

Hier erlaubte er sich ein sehr kurzes Lachen. »Nein, tat ich nicht. Ich habe – oder hatte – vollstes Vertrauen in Armstrongs Können. Die Sonnenuhr sollte am Montag in der Frühe hergebracht und im Rosengarten aufgestellt werden, bereit für die Enthüllung am Geburtstag meiner Frau. Sie wird nun ein weit minderwertigeres Geschenk bekommen, obgleich passend aus unserem eigenen Sandstein gefertigt.« Er läutete. »Lassen Sie mich Ihnen etwas zeigen, das eventuell zu erklären hilft, was geschehen war.«

Der Butler erschien so schnell, dass er an der Tür gelauscht haben musste.

»Bringen Sie mir den Entwurf für die Sonnenuhr und Armstrongs Nachricht.«

Der Butler nickte und verschwand.

»Kannten Sie Armstrong, Mrs. Shackleton?«

»Nein. Meine Eltern waren mit Mrs. Armstrongs Familie bekannt.«

»Er zählt zu jenen Männern, deren Ansicht nach die schwielenhändigen Naturburschen die unentdeckten Genies der Welt sind und sie – wie heißt es noch bei Shelley? – auch die Gesetze dieser Welt machen sollten. Ihn ärgerte, dass ich ihm einen auf den Millimeter genauen Entwurf für die Sonnenuhr gab. Es störte sein Bild von mir als dem gedankenlosen Ausbeuter des Landes und seiner rechtmäßigen Erben.«

Der Butler kehrte mit einem dicken, von Klebeband zusammengehaltenen Pappordner zurück, den er auf einen niedrigen Tisch legte. Das Tischchen trug er zu dem Perserteppich zwischen uns. Dort löste er das Klebeband, öffnete die Mappe und breitete den Entwurf aus.

»Sehen Sie.« Der Colonel wies mit dem Kopf auf die Zeichnung. »Das ist es. Unten ist der Sockel einer dorischen Säule, und die Scheibe ist die Schlichtheit selbst. Armstrong sollte nicht erfahren, dass ich die Berechnungen nicht selbst angestellt hatte. Die hatte irgendein Perser schon vor Jahrhunderten angefertigt. Ich musste lediglich die richtigen Seiten in den entsprechenden Büchern finden und meine Zeichnung dem Maßstab anpassen. Für den Herrn Steinmetz ist es eine Herausforderung. Er muss zeigen, wie schlau er ist – und er ist schlau. Noch dazu arbeitet er mit blauem Schiefer, und mit diesem Material hat er keinerlei Erfahrung. Natürlich hat er den Verdacht gehegt, ich hätte Schiefer gewählt, damit er scheitert und wie ein Narr dasteht. Was natürlich nicht stimmt, dennoch denkt er es.« Der Colonel zeigte mit dem Pfeifenstiel auf den Plan. »Armstrong klopft also geduldig mit seinem Meißel, sehr vorsichtig, bis er all seine geraden Kanten und eine glatte Oberfläche hat. Das macht er alles selbst, traut diese vorbereitende Tätigkeit keinem Arbeiter und auch nicht seinem früheren Lehrling zu. Sie erfordert präzise Bewegungen, so behutsam, dass der Schiefer nicht merkt, was mit ihm geschieht, sich nicht wehrt und ihn übertrumpft. Der Steinmetz muss ihn in Form locken. Schiefer kann feine Risse haben, die man mit dem bloßen Auge nicht erkennt. Er kann brechen, wenn man ihn dahin trägt, wo man ihn haben willen. Wasser kann vor Tausenden von Jahren eingedrungen sein und Luftblasen hinterlassen haben, sodass man so sanft meißeln kann, wie man will, und trotzdem auf eine von ihnen stößt. Die gesamte Arbeit ist zunichte, wenn der Stein einreißt und in Stücke zerfällt, und dann ... «

Der Colonel zog ein Blatt Papier aus einem Umschlag und reichte es mir. Die Nachricht war in der gestochen scharfen Handschrift verfasst, die ich von Ethan Armstrongs Papieren in der Truhe kannte.

Sir,
im Schiefer ist ein kleiner Fehler, der das Gesamtbild stören wird. Ich kann ihn verbergen, indem ich eine Blume an die Stelle meißle und noch drei weitere dazu, um ein harmonisches Muster zu bekommen. Kommen Sie vorbei und stimmen diese Änderung mit mir ab?
Ethan Armstrong

Es war eine sehr sachliche Nachricht, ohne Höflichkeitsfloskeln oder einen hochachtungsvollen Schluss. Ich legte sie zurück auf den Tisch.

»Wie Sie sehen«, sagte der Colonel, »sollte ich erfahren, dass er um der Symmetrie willen meinen Entwurf verbessern würde. Ich, der ich höchstens einmal im Jahr die Minen und Steinbrüche aufsuche, mich auf die Berichte meiner Vorarbeiter verlasse, werde hinzitiert, um diese vollkommene Arbeit zu inspizieren, bei der ich gleich darauf hätte bestehen sollen, dass sie hier gefertigt wird, nicht im Steinbruch. Nein, Mrs. Shackleton, ich bin nicht zum Steinbruch gegangen, sondern habe ihm Nachricht geschickt, er solle weitermachen und die Sonnenuhr gleich am Montagmorgen herschaffen. Was danach geschah? Nun, da kann ich ebenfalls nur spekulieren. Entweder empörte ihn meine Antwort, und er ist mit dem Hammer auf das Ding los, oder er war doch nicht so schlau, wie er dachte, und seine

Ausbesserung des Fehlers misslang. Der Schiefer hat ihn besiegt.«

»Wer hatte Ihnen die Nachricht von Mr. Armstrong gebracht und wer Ihre Antwort überbracht?«

»Ich weiß nicht, wer die Nachricht brachte.«

Er läutete wieder, und abermals erschien der Butler augenblicklich.

»Wir sind hiermit fertig.«

»Sehr wohl, Sir.« Der Butler packte den Entwurf und Ethans Nachricht zurück in die Mappe und verschloss sie sorgfältig.

»Und, Rigby, wer hatte diese Nachricht von Armstrong gebracht?«

»Einer der Arbeiter aus dem Steinbruch, Sir. Genaueres kann ich Ihnen leider nicht sagen.«

Der Butler wartete, als rechnete er damit, mich zur Tür begleiten zu müssen.

Es war offensichtlich, dass diese Unterhaltung als beendet angesehen wurde.

»Da wäre noch eine Sache, wenn Sie erlauben.« Ich sah den Butler und dann wieder den Colonel an.

»Lassen Sie uns allein, Rigby.«

»Sir.« Der Butler verließ das Zimmer so lautlos, wie er gekommen war.

»Harriet Armstrong ging am frühen Samstagabend zum Steinbruch, um ihrem Vater etwas Essen zu bringen, und hoffte, er würde mit ihr zurück nach Hause kommen. Sie erzählt, dass sie ihn in seiner Werkstatt liegen sah. Tot. Als ein Farmarbeiter und anschließend Mrs. Armstrong nachsehen gingen, war er nicht dort. Die Sonnenuhr war zerschmettert. Seitdem wurde Mr. Armstrong nicht mehr gesehen. Ich hielt es für das Beste, einige Erkundigungen einzuholen, bevor dies zu einer Mordermittlung wird.«

Er öffnete den Mund vor Staunen. »Sie vermuten einen Mord?«

»Harriet scheint ein vernünftiges Kind zu sein. Ich bin geneigt, ihr zu glauben, auch wenn es andere nicht tun.«

»Warum wurde mir das nicht erzählt?« Und noch einmal läutete er.

Der Butler war prompt da.

»Bitten Sie Sergeant Sharp her. Und schicken Sie Nachricht an den Vorarbeiter des Steinbruchs, dass er sofort herkommen soll.«

»Sehr wohl, Colonel.« Der Butler nickte und ging.

Ich stand auf. »Vielen Dank für Ihre Zeit, Colonel.«

Er sprang auf. »Warten Sie! Ich hole meine Frau. Sie wird erfahren wollen, dass Harriet ihren Vater gefunden hatte. Sie mag Mary Jane sehr. Bitte, setzen Sie sich wieder. Kann ich Ihnen etwas anbieten? Einen Sherry?«

»Nein, danke.«

An der Tür drehte er sich um. »Ich habe Sie irgendwo schon einmal gesehen, Mrs. Shackleton.«

»Ja, der Gedanke kam mir auch«, sagte ich. »Aber ich wüsste nicht, wo.«

Ich traute ihm nicht, hatte jedoch keine andere Wahl, als zu warten. Ethan Armstrong musste dem Colonel ein Dorn im Auge gewesen sein – den er loswerden wollte. Und nachdem der Colonel erfahren hatte, dass Harriet ihren toten Vater gesehen hatte, bevor der Mörder – Ledgers Handlanger – eine Chance gehabt hatte, die Leiche verschwinden zu lassen, brauchte der Colonel Zeit zum Nachdenken. Ledger war nicht aus Rücksicht auf Mary Jane gegangen, um seine Frau zu holen, sondern um mich warten zu lassen. Während er was tat? Während er mit dem Sergeant redete und dafür sorgte, dass die Ermittlung abgeschlossen wurde, ehe sie begonnen hatte?

Nach sechs oder sieben Minuten, die mir wie Stunden vorkamen, schwebte Mrs. Ledger in einem marine- und himmelblauen Morgenkleid mit weiten Ärmeln und einem viereckigen Ausschnitt herein. Der Saphir an ihrem Hals passte zur Farbe ihrer Augen, und mit dem streng frisierten blonden Haar erinnerte sie an eine Dresdner Porzellanpuppe. Sie lächelte, obgleich sie sichtlich besorgt war.

In meinem Landkostüm fühlte ich mich auf einmal wie eine verarmte Gouvernante. Mary Jane hatte recht: Sie war außergewöhnlich. Doch sie irrte, dass ich in meinem ganzen Leben noch keiner Frau wie ihr begegnet wäre. Ich hatte schon viele Frauen wie Mrs. Ledger kennengelernt, zart, feminin und eisern darauf bedacht, sich niemals in irgendeiner Weise anzustrengen. Vielleicht war das ein wenig harsch, doch so kam sie mir vor. Angesichts dieser oberflächlichen Vollkommenheit verstand ich, warum Mary Jane sich sträubte, das Anwesen zu betreten.

Mrs. Ledger setzte sich neben mich auf das Sofa. »Es tut mir so leid, von Mr. Armstrong zu hören. Wie entsetzlich für Mary Jane! Ich wünschte, sie wäre zu mir gekommen. Ihr Ehemann ist ein politscher Heißsporn, aber vor allem ein guter Arbeiter, wie der Colonel mir erzählt.«

»Ich glaube, er wollte einen Streik in Ihrem Steinbruch durchsetzen.«

Sie sah mich aufmerksam an. »Ja, das stimmt. Doch mein Mann sagt, dass wir mit der Zeit gehen und Leute wie Ethan Armstrong verstehen müssen.«

Oder sie eliminieren.

»Wie geht es Mary Jane?«

»Sie hält sich tapfer.«

»Und die Kinder?«

Ihr Interesse schien echt zu sein. Ich fasste kurz für sie zusammen, dass Harriet am Samstag die Leiche gefunden und heute Morgen den Hund von der Farm zur Suche mitgenommen hatte. Mrs. Ledger lauschte aufmerksam und sagte: »Und der Junge? Sechs Jahre ist viel zu jung, um den Tod zu verstehen. Hoffen wir, dass Harriet sich geirrt hat.«

Nach einer kleinen Weile entschuldigte ich mich und ging.

Als ich das Haus verließ, überlegte ich. Mir kam in den Sinn, dass Mary Jane ihr Bankguthaben in ihrer Zeit als Hausmädchen hier angespart haben musste. Vielleicht hatte auch sie eine radikale Seite und irgendeine Gelegenheit hier erkannt, Profit zu machen. Trotz ihres Vermögens und eines gewissen Mitgefühls würde ich Mrs. Ledger nicht überbordender Großzügigkeit verdächtigen. Meiner Erfahrung nach halten wohlhabende Menschen fest, was sie besitzen.

Der Gärtner arbeitete noch im Blumenbeet, sodass ich seinen Hinterkopf ansprach. »Verzeihung.«

Er blickte misstrauisch zu mir auf.

»Wo ist der Rosengarten?«

Er richtete sich auf und zeigte: »Hinter Ihnen.«

»Danke.«

Während ich über den Rasen in die mir gewiesene Richtung ging, konstatierte ich enttäuscht, dass dieser Besuch meine Ermittlungen nicht viel weitergebracht hatte. Bisher hatte ich nichts als einen Verdacht, dass Ethans Versuche, einen Streik auszurufen, zu viel des Guten für den Colonel gewesen waren. Natürlich hätte er Ethan ohne Referenz entlassen und aus dem Cottage werfen können – was Ethan das Leben höchst schwer gemacht hätte. Es ergab keinen Sinn, dass er den Mann hatte ermorden oder umbringen lassen. Doch hinter der charmanten Fassade steckte ein abgebrühter Geschäftsmann mit zwei Söhnen, deren Erbe es zu bewahren, wenn nicht zu mehren galt.

Im Rosengarten wiesen ein oder zwei Sträucher schon vielversprechende Knospen auf. Es war noch zu früh im Jahr für

Rosen. Ich hörte jemanden arbeiten, ein rhythmisches Klopfen, in das sich Vogelgezwitscher aus einer Hecke mischte. Vorsichtig näherte ich mich, denn Raymond sollte nicht vor Schreck mit dem Meißel abrutschen und die zweite Sonnenuhr ruinieren.

Meine Sorge war unbegründet, denn er ignorierte meine Anwesenheit und machte mit seiner Arbeit weiter. In der Nähe stand eine gusseiserne Bank, auf der ich Platz nahm, als wäre es meine Berufung, Männer bei ihrer Tätigkeit zu beobachten.

Er wird jeden Moment aufhören, dachte ich. Schon weil er nervös ist und ihm nicht gefällt, dass ich ihm zuschaue.

Tatsächlich hielt er inne.

»Lassen Sie sich von mir nicht stören.«

»Wollten Sie etwas? Es ist nur so, dass dies hier eine Überraschung sein soll, und falls Mrs. Ledger gesehen hat, wie Sie in diese Richtung gegangen sind …«

»Raymond, würden Sie mir einen Gefallen erweisen? Er würde bedeuten, dass Sie nach Ihrer Arbeit hier zurück zum Steinbruch müssten.«

»Geht es um Ethans Verschwinden?«

»Ja.«

Er kam herüber zur Bank. »Und was soll ich für Sie tun?«

»Ethan hatte Blumen in die Sonnenuhr gemeißelt, um einen Fehler im Schiefer zu verbergen. Es war das Letzte, was er daran arbeitete. Würden Sie sich die Scherben ansehen? Falls dort vier Blumen zu finden sind, hatte er die Arbeit abgeschlossen. Ich weiß nicht, ob es hilft, das herauszubekommen, aber es könnte sein.«

»Sie glauben, dass er tot ist, nicht?«

»Ja, glaube ich.«

»Ich auch.«

»Wer würde Ethan umbringen wollen, Raymond?« Ich hielt

den Atem an und erwartete beinahe, dass er seinen eigenen Vater beschuldigen würde. Doch obwohl ich bemüht war, keine Miene zu verziehen, schien er meine Gedanken zu erahnen.

Als er schließlich antwortete, wagte er nicht, mir in die Augen zu sehen. »Ich bin in der Gewerkschaft. Wir hatten für einen Streik gestimmt. Mein Vater – er ist der Vorarbeiter –, Sie haben ihn ja schon kennengelernt, erfuhr hinterher, wer wie gestimmt hatte. Ethan wusste, dass ein Verräter unter uns war. Zu mir hat er gesagt, egal, wo er hingeht, es ist immer irgendein Spitzel vom Boss oder ein Regierungsspion da. Er hat gemeint, die Leute müssten Angst vor ihm haben, dass sie ihn so genau beobachten, und das hat ihm Mut gemacht. Falls jemand Ethan was angetan hat, war es nicht mein Dad. Der schikaniert andere, greift die an, die sich nicht wehren können. Aber das kann ich Ihnen erzählen: Ethan hat gesagt, dass er herausgefunden hat, wer plaudert.«

»Hat er Ihnen erzählt, wer es ist?«

»Nein, wollte er nicht. Er hat nur gemeint, er will dafür sorgen, dass es nicht wieder vorkommt. Hätten Sie Ethan reden gehört, würden Sie verstehen, wie er denkt. Er sagt, dass die Frontlinien gezogen werden. Er redet von Versprechen, die ihm gegeben wurden, als er in den Krieg zog. Bessere Häuser, anständige Bildung. Er hat gedacht, dass er für eine bessere Welt kämpft. Und was hatte er davon?, hat er gefragt. Tja, die Antwort ist: nichts. Ich heirate am Samstag, und wir haben die Wahl, ob wir bei ihren Eltern wohnen, die kaum selbst genug Platz haben, um sich umzudrehen, oder bei meinen. Und mein Dad weiß, dass ich in der Gewerkschaft bin. Das lässt er mich nie vergessen. Sie haben ja gesehen, wie er ist.«

Und ob ich gesehen hatte, wie Mr. Turnbull war! Ein großer, ungehobelter Tyrann, der nichts für Ethan und dessen politische Ansichten übrighatte.

Zehn

Auf dem Rückweg vom Herrenhaus am Reservoir und an der Siedlung vorbei versuchte ich, mir einen Reim aus dem zu machen, was ich bislang erfahren hatte. Sowohl Ethan als auch Mary Jane sehnten sich nach einem anderen Ort, einem anderen Leben, doch etwas hielt Mary Jane hier – und Ethan auch, falls ich mich nicht irrte. Im Leben vorankommen zu wollen erinnert mich an jemanden, der sich zum Kampf bereit macht, sich dann jedoch dagegen entscheidet, weil keiner da ist, der ihm die Jacke hält, solange er seine Ärmel aufkrempelt. Vielleicht hatte Mary Jane ihrem Mann vorgehalten, sich mehr für seine Kollegen zu interessieren als für seine eigene Familie, und Ethan hatte ihr verübelt, dass sie so verbohrt war. Und so war es zwischen ihnen geblieben – bis Samstag.

Kurz vor dem Dorf fiel mir ein, dass Miss Trimble sicher gewesen war, Mary Jane am Nachmittag beim Steinbruch gesehen zu haben. Was Mary Jane leugnete. Eventuell würde sich ein zweiter Besuch bei der Schwester des Vikars lohnen. Dass sie das Gebetbuch zurückgegeben hatte – und alles, was sie gesagt hatte –, ließ mich glauben, dass sie nun Mitgefühl mit Mary Jane hatte.

Ich ging zum Pfarrhaus und klopfte an die Tür. Keine Reaktion. Vielleicht war Miss Trimble in der Kirche und arrangierte die Nelken neu.

Die Kirche war verlassen. Ich ging zur Tür der Sakristei und stellte fest, dass sie unverschlossen war. Aus Neugier schlug ich das Gemeinderegister auf.

Harriet wurde im September elf. Jetzt war Mai, was bedeutete, dass sie im September 1912 geboren war. Ich blätterte die Seiten durch. Und fürwahr, da stand sie. Wie es typisch für die Familie war, hatte auch sie zwei Vornamen: Harriet Winifred. Ich ging weiter zurück durch die Sommer- und Frühlingsmonate des Jahres 1912. Kein Eintrag einer Eheschließung von Ethan Armstrong und Mary Jane Whitaker. Nichts im Januar, nichts im Dezember 1911. Im November fand sich ein Eintrag mitsamt den Unterschriften von Ethan Armstrong und Mary Jane Whitaker, bezeugt von Bob Conroy und Barbara May Dawson. Also lag Bob Conroy, den Mary Jane abgewiesen hatte, hinreichend an den beiden, um ihr Trauzeuge zu sein; und die schlaue Schwester Barbara May war Trauzeugin gewesen.

Demnach waren respektable zehn Monate zwischen Trauung und Harriets Geburt verstrichen. Sofern Miss Trimble keine ernst zu nehmende Rechenschwäche hatte, musste sie einen anderen Grund gehabt haben, ihr Gebetbuch zurückzuverlangen, als dass Harriet außerehelich gezeugt wurde.

Warum sollte Mary Jane mich in die Irre führen? Gerade als ich anfing, meiner Schwester zu vertrauen, verebbte selbiges Vertrauen wieder. Was bewegte sie zu dieser Lüge, die obendrein ihrem Ansehen schadete?

Ich schloss die Sakristeitür hinter mir. Eine alte Frau humpelte durch die Kirchentür herein und setzte sich in eine der hinteren Kirchenbänke.

Ich verließ die Kirche und versuchte es wieder beim Pfarrhaus.

Da nach wie vor niemand auf mein Klopfen antwortete, linste ich durch das Küchenfenster. Die Küche war sauber und modern eingerichtet. Auf dem Gasherd stand ein blitzblanker Kupferkessel. Im Ofen brannte ein helles Feuer; hier wurde nicht mit Kohle geknausert. Ich folgte dem Weg seitlich ums

Haus und blickte durch das nächste Fenster. Bei dem Raum musste es sich um das Arbeitszimmer des Pfarrers handeln, denn an allen Wänden standen Bücherregale, und auf dem Tisch lag ein Stapel Blätter.

Durch das Wohnzimmerfenster sah ich Miss Trimble regungslos vor dem Ofen liegen, den Kopf gefährlich nah an der Ecke des Schutzgitters.

Die Haustür war verschlossen, daher lief ich zur Hintertür. Sie war offen. Von hier eilte ich durch die Küche in den Flur und rief: »Jemand zu Hause?«

Niemand antwortete.

Ich öffnete die Wohnzimmertür. *Sei am Leben!*

Sie musste vorgehabt haben zu läuten und hingefallen sein. Mein erster verrückter Gedanke war, dass sie vielleicht eine Maus gesehen hatte und in Ohnmacht gefallen war, aber der Läufer lag windschief, als wäre sie gestolpert.

»Miss Trimble?«

Angst und Schlafmangel mussten meine Wahrnehmung trüben. Sie atmete. Ja, ich war sicher, dass sie atmete. Ihre Lider flatterten panisch, und ihre Lippen bewegten sich. Ich beugte mich tiefer, um sie zu verstehen. »Bitter«, sagte sie.

»Alles wird gut.«

Ich holte eine Decke vom Sofa und legte sie über sie, während ich sie in eine stabile Seitenlage brachte. Es schien nichts gebrochen zu sein, aber sie war so kalt.

Als ich ihre Hand nahm, um ihren Puls zu messen, bemerkte ich Teppichfasern unter ihren Fingernägeln. Hatte sie die Hände in den Läufer gekrallt? »Fühlen Sie etwas?«, fragte ich.

Ihre Augen flackerten ängstlich.

»Tut Ihnen irgendwas weh?«

Sie starrte mich an, und ihre Furcht war nun deutlicher. Mir wurde klar, dass sie den Kopf nicht bewegen konnte, um zu bejahen oder zu verneinen. Es gab ein reibendes Geräusch, als sie langsam und hörbar angestrengt ausatmete, als wäre dies ihr letztes Erschaudern. Mit übermenschlicher Mühe hielt sie meinen Blick fest und schöpfte sehr wenig Atem, die Augen weit aufgerissen vor Schreck ob des schrillen, krächzenden Lautes, der ihr entwich. Sie hauchte ein einzelnes Wort, »Dandy«, und das war schon kaum zu hören, dennoch dringlich vor Verzweiflung.

Die arme Frau war von Sinnen, halluzinierte. »Ich rufe den Arzt. Alles wird gut. Machen Sie sich keine Sorgen.«

Die Angst in ihren Augen bewirkte, dass ich mich nicht von der Stelle rührte. Ich kniete mich neben sie, hielt ihre Hand und stützte ihren Kopf. Sie wurde ruhig und sehr still. In ihrem Blick spiegelte sich noch etwas Intensiveres als Furcht – Verlust, Liebe, Entsetzen. Und dann war sie tot. Ich schloss ihr die Augen.

Benommen ging ich zurück in den Flur und nahm den Telefonhörer ab. »Verbinden Sie mich bitte sofort mit dem Arzt. Dies ist ein Notfall.«

»Wer spricht?«, fragte die Vermittlung eher neugierig als bemüht.

»Mein Name ist Mrs. Shackleton. Ich rufe vom Pfarrhaus an. Verbinden Sie mich bitte.«

Die Frau auf dem Läufer würde keine Treffen von Vereinen für Mädchen mehr leiten.

Für einen beleibten Mann bewegte sich der Arzt verblüffend leichtfüßig. Er war nicht mehr ganz jung, ging jedoch wie selbstverständlich auf die Knie, um Miss Trimble zu untersuchen. Da ich ahnte, dass das Aufrichten für ihn schwieriger würde, als nach unten zu kommen, stellte ich einen Stuhl neben ihn. An dem stemmte er sich wieder nach oben, fragte mich, wie ich sie vorgefunden hätte, und nickte betrübt bei meiner Schilderung.

»Ich bin Ihnen sehr verbunden, Madam. Die arme Frau war Asthmatikerin und herzkrank.«

»Halten Sie das für die Todesursache?«

Er runzelte die Stirn und änderte sogleich die Haltung ob meines unverhohlenen Zweifels.

Beim Verlassen des Pfarrhauses war mir, als wären sämtliche Knochen in mir aufgeweicht. War Miss Trimble gestorben, weil sie etwas wusste? Und hatte dieses Etwas damit zu tun, dass sie angeblich Mary Jane am Steinbruch gesehen hatte? Aber sie hatte bereits ihre Aussage gemacht. Der Arzt wollte offensichtlich keine Komplikationen, und Herzversagen war stets eine befriedigende Todesursache. Doch ihr sehr unruhiger Blick, als sie mich zuerst angesehen hatte, dieses Gefühl, dass sie mir etwas mitteilen wollte, beunruhigten mich sehr. Vielleicht spielten meine Nerven mir übel mit, oder mein Gespür für böse Taten verleitete mich, Miss Trimbles Tod vorschnell für einen Mord zu halten.

Es war nur ein kurzer Weg bis zum Friedhof. Jemand hatte eine runde Bank um eine Eiche herum gebaut. Als das Frösteln begann, setzte ich mich dort hin. Mit zitternden Händen nahm ich den Flachmann mit Brandy aus meiner Tasche.

Seit heute Morgen um halb fünf war ich auf den Beinen. Meine Besuche im Steinbruch, bei der Polizei und auf Applewick Hall hatten mich einer Antwort auf die Frage, was mit Ethan Armstrong geschehen war, keinen Schritt nähergebracht. Ich musste nachdenken, bevor ich Mary Jane wiedersah. Vor lauter Anstrengung, Ethans Verschwinden zu verstehen, bekam ich Kopfschmerzen. Die wenigen Informationen, die ich hatte zusammentragen können, drohten, von diesem plötzlichen Tod verdrängt zu werden, den der Arzt so dringend zu einem natürlichen Tod erklären wollte.

Wüsste ich mehr über die Betroffenen – über mein eigen Fleisch und Blut beispielsweise –, könnte ich besser begreifen, was hier vor sich ging. Harriet hatte mir von ihrer Angst erzählt, dass ihr Vater in dem Wasserbecken des Steinbruchs liegen könnte. Hatte sie mir gegenüber davon gesprochen, weil es leichter war, sich einer Fremden anzuvertrauen, oder gab es einen finstereren Grund? Könnte es sein, dass Harriet einen Grund hatte, sowohl ihrer Mutter zu misstrauen als auch um ihren Vater zu fürchten? Es würde erklären, warum sich die Kinder an dem Samstag mit Essen für ihren Vater aus dem Haus geschlichen hatten, solange Mary Jane fort gewesen war – und warum sie den Hund von der Farm eingefangen hatten, um ihn nach Ethan suchen zu lassen. Es würde außerdem erklären, warum Miss Trimble eine Gestalt in einem karierten Cape nachmittags nahe dem Steinbruch gesehen hatte.

Austin behauptete, einen Kobold hinter der Werkstatt gehört zu haben. Eine richtige Tante wüsste, ob es in Austins Fantasie nur so von furchterregenden Ungeheuern wimmelte oder ob er wirklich jemanden gehört hatte, der nicht gesehen werden wollte und hinter der Steinmetzhütte lauerte.

Es konnte doch gewiss nicht Mary Jane gewesen sein. Sie hätte nicht zugelassen, dass ihre Kinder ihren toten Vater fanden. Das wäre widernatürlich.

Wie lange ich auf der Bank saß, wusste ich nicht. In meinem Hinterkopf war der vage Gedanke, dass der Vikar diejenige würde sprechen wollen, die seine sterbende Schwester gefunden hatte. Ich hörte Kinderlärm von der Schule. Ein oder zwei von ihnen nahmen die Abkürzung über den Friedhof, achteten jedoch nicht auf mich.

Und dann sprach jemand. Ich hörte deutlich den Namen Ethan Armstrong.

Woher war die Stimme gekommen? Hatte ich sie mir eingebildet?

Ich ging den Weg zwischen den Gräbern entlang, betrachtete indes nicht die alten Grabsteine, sondern die neuen. Ethan Armstrong musste einige dieser Namen eingemeißelt haben. Und sein Lehrling Raymond würde vielleicht den Namen seines Lehrherrn meißeln, sollte Ethans Leiche jemals gefunden werden.

Und dann sah ich ihn, wie er sich wiegend über ein Grab beugte und vor sich hin murmelte. Hatte ich Ethan Armstrong gefunden? Meine Stimme klang fremd, als ich ihn ansprach.

Der Mann drehte sich zu mir um. Er war es nicht, den Mary Jane mir auf dem Foto gezeigt hatte. Und er wirkte nicht verlegen, schien sich seines Wiegens und Murmelns nicht bewusst zu sein. Vielmehr wirkte sein Starren auf mich, als versuchte er zu erfassen, in welchem Land er war und welche Person ihn ansprach.

Dann trat er zurück, starrte mich weiterhin an und schien plötzlich zu begreifen, welch befremdliches Bild er abgab. Er war ein drahtiger Mann mit eingefallenen Zügen und langen Armen. Nun neigte er den Kopf und hob die Hände, um zu signalisieren, dass er harmlos war – oder um sich zu ergeben. Mit einiger Mühe lächelte er und entblößte dabei gerade, beinahe weiße Zähne. Seine breite Stirn und die dichten Augenbrauen verliehen ihm etwas Trauriges. Er hatte den rosigen Teint von jemandem, der auf dem Land arbeitete, und seine Augen waren steinfarben. »Meine Frau Georgina sagte, ich solle nach Ihnen Ausschau halten. Sie müssen Mrs. Shackleton sein.«

»Ja. Mr. Conroy?«

»Bob. Verzeihen Sie das Murmeln. Ich habe mit meinem Bruder gesprochen.« Er nickte zu dem Grab. »Er kam letztes Jahr im Steinbruch ums Leben.«

»Ich hörte Sie Ethans Namen sagen. Haben Sie Ihrem Bruder von ihm erzählt?«

»Ja«, antwortete Bob Conroy leise. »Mein Bruder Simon war ein wahrer Farmer, ein Schäfer. Er verlor sein Leben im Steinbruch, als er ein verirrtes Lamm rettete. Und diese Sache mit Ethan rüttelt alles wieder wach.« Er trat ein wenig zur Seite, sodass ich mich neben ihn stellen konnte.

Ich las die Inschrift, das Datum von Simons Tod, das gerade ein Jahr, einen Monat und einen Tag her war.

Bob beobachtete mich. »Ethan hat auch auf der Rückseite etwas eingraviert. Lesen Sie das.«

Er wartete. Ich schritt von dem Weg und las die rückwärtige Inschrift.

Wer nicht durch die Tür in den Hof der Schafe geht, sondern anderswo hinübersteigt, der ist ein Dieb und ein Räuber. Wer aber durch die Tür hineingeht, ist Hirte der Schafe.

Diese Zeilen aus dem Johannes-Evangelium schlugen bei mir eine falsche Saite an. Solche Worte hätte ich nicht gewählt, um einen Schafhirten zu würdigen, der bei der Rettung eines Lamms gestorben war.

Ich neigte den Kopf zu dem Grabstein, weil ich das Gefühl hatte, mir würde ein Toter vorgestellt, wenn es üblicher wäre, mich mit den Lebenden bekannt zu machen. »Das hat Ethan gemeißelt?«

»Ja.«

»Sie sind ein guter Freund von Ethan, wenn ich es richtig verstanden habe?«

Er schob das Kinn beinahe aggressiv vor. »Ja, Freund und Kamerad. Wir sind zusammen zur Schule gegangen, haben zusammen gekämpft. Harriet muss sich irren. Er wird wiederauftauchen.« Diese erzwungene Zuversicht in seiner Stimme erreichte seine Augen nicht und veränderte auch seine ernste Miene nicht.

Vielleicht lag es an der Brise, die durch die Weidenzweige wehte, oder an der Tatsache, dass wir hier zahlenmäßig den Toten unterlegen waren – jedenfalls lief mir ein kalter Schauer über den Rücken.

»Ich habe Briefe an unsere Kameraden geschrieben«, sagte Bob, »und gefragt, ob Ethan sich bei ihnen gemeldet hat. Heute habe ich ein halbes Dutzend losgeschickt. Ich kann nicht glauben, dass er ohne ein Wort fortgehen würde.«

»Mit den Kameraden, an die Sie geschrieben haben, meinen Sie Kriegskameraden?«

»Ich meine seine Freunde in der Gewerkschaft und der Arbeiterbewegung. Und, ja, einige von ihnen dienten in unserem Regiment.«

Ich erinnerte mich an die vielen Papiere in Ethans Truhe, an die unendlich öden Protokolle von Treffen in Ethans und noch einer anderen Handschrift – vielleicht Bob Conroys. Briefe zu schreiben mochte Bob etwas zu tun geben, und er kannte sicher alle Leute, mit denen Ethan Kontakt aufgenommen haben könnte.

»Mich freut, dass Sie das tun, Mr. Conroy. Also waren Sie wie Ethan für eine Revolution?«

Er lachte leise. »Ethan ist ein Schwärmer, aber er macht sich keine Illusionen. Diejenigen, die fürchten, dass wir kurz vor einer Revolution stehen, überschätzen uns. Es gibt zu viele mächtige Leute, die mit Klauen und Zähnen kämpfen werden, damit alles bleibt, wie es ist.«

»Dann muss Ethan Feinde haben.«

»Dafür sind wir nicht wichtig genug, auch wenn Ethan etwas anderes sagen würde.«

Wieder blickte ich zu der Inschrift hinten auf dem Grabstein des Schäfers. »Und das hat Ethan gemeißelt?«

»Ja.«

»Es ist …«

»Nur zu.« Sein Kopf schnellte vor wie der einer Schildkröte, die aus ihrem Panzer lugte. »Verraten Sie mir, was *Sie* glauben, das er damit gemeint hat.«

Als ich nicht sofort antwortete, seufzte er, als widerstrebte es ihm, dieses Gespräch fortzusetzen, oder als hätte der Mann im Grab die Ohren gespitzt. »Wollen wir uns irgendwo setzen, Mrs. Shackleton?«

Wir gingen den Pfad hinunter an den alten Gräbern und der Weide vorbei, bis wir zu dem Platz kamen, an dem ich erst kürzlich gesessen hatte.

»Ginge es hier?«

Conroy lehnte sich so dicht an den Baumstamm, dass ich unweigerlich an alte Gemälde vom »Grünen Mann« denken musste, der mit der Baumrinde zu verschmelzen schien.

»Also, Mr. Conroy, warum hat Ethan diese Bibelzeilen in den Grabstein gemeißelt?«

»Unsere Farm grenzt an Ledgers Land. Wir haben das Eigentumsrecht. Letztes Frühjahr überbrachte ein Kind uns die Nachricht, dass sich eines der Lämmer verirrt hatte und beim Steinbruch war. Es war ein Sonntag, und dort arbeitete keiner, der es hätte einfangen und nach Hause bringen können. Ich weiß nicht genau, wie es passiert ist, aber Simon ist allein hingegangen, um das Lamm zu retten. Und als Nächstes habe ich erfahren, dass er tot unten im Steinbruch liegt.« Er seufzte. »Ich habe ihn selbst nach Hause getragen.«

Er umfing seine Knie mit seinen großen Händen wie ein Junge, der hingefallen war und sie sich aufgeschürft hatte. Dabei wiegte er sich leicht vor und zurück.

Ich dachte, er hätte vergessen, dass er mir die Inschrift erklären wollte, doch nach einer längeren Pause sagte er: »Mit ›Wer nicht durch die Tür in den Hof der Schafe geht, sondern anderswo hinübersteigt, der ist ein Dieb und ein Räuber‹, meinte Colonel Ledger.«

»Colonel Ledger? Warum?«

»Der Colonel wollte unsere Farm kaufen. Ethan hat vermutet, dass Ledger hinter Simons Tod steckte. Wir beide wussten, was der andere dachte. Ethan hat geglaubt, dass Ledger meinen Bruder aus dem Weg haben wollte, weil er hoffte, ohne Simon würde ich verkaufen. Er hatte ein Angebot gemacht, als mein Bruder noch lebte, und eine Woche nach Simons Beerdigung machte er noch eines.«

»Wozu sollte Colonel Ledger Ihre Farm wollen?«

»Weil der jetzige Steinbruch fast erschöpft ist. Eines Tages hat der Colonel seinen Ingenieur rübergeschickt zu unserer hinteren Weide. Simon hat ihn erwischt, wie er Proben genommen hat. Da ist ein üppiges Flöz – Mühlsteinkies von hoher Qualität. Wir sind nahe an der Bahnlinie, er hat seine Arbeiter hier. Und Ledger zählte darauf, dass ich das Land aufgebe, wenn Simon nicht mehr da ist. Hätte ich auch fast. Ich brachte es nicht übers Herz weiterzumachen. Doch Ethan hat mir gut zugeredet, hat mich beschworen durchzuhalten. Was wäre, wenn ich einen Sohn bekäme?, hat er gesagt. Dann würde es mir leidtun, die Farm verloren zu haben.«

»Aber der Tod Ihres Bruders war ein Unfall. Er war auf der Suche nach einem verirrten Lamm.«

»Ja, das glaube ich auch. Doch Ethan erkennt auch, was für andere Motive hinter etwas stecken können, und manchmal hat er recht. Wir haben nie herausgefunden, welches Kind die Nachricht gebracht hatte.«

»Denken Sie, der Colonel hat Simon in den Tod gestoßen?«

»Nicht der Colonel selbst, aber er könnte diesen Wunsch geäußert haben. Es war auch nicht Ledger selbst, der uns das Angebot unterbreitet hatte, sondern seine rechte Hand.«

»Doch damals haben Sie nicht verkauft.«

»Ethan hat mich überredet, es nicht zu tun. Er hat mir geholfen, wann immer er konnte. Aber es nützte nichts. Wir hatten einen schlimmen Winter, kranke Tiere, und die Futterpreise sind nicht mehr bezahlbar. Gestern vor einer Woche habe ich Ethan gesagt, dass ich das Angebot des Colonels angenommen habe.«

Wir schwiegen beide. Bei einem Grab in der Nähe legte eine alte Frau eine Fußmatte aus und kniete sich hin. Sie erzählte dem Verstorbenen zunehmend lauter und klagender von einer abgebrochenen Küchenschranktür.

Nachdem er offen über seine Gefühle und seinen Verdacht gesprochen hatte, was den Tod seines Bruders betraf, legte Conroy die Hände auf die Bank und schien sich wieder zu fangen.

Ich riskierte eine Frage: »Mr. Conroy, vielleicht können Sie mir bei etwas helfen, das mir Rätsel aufgibt.«

»Und was wäre das?«

Ich gab ihm den Zeitungsausschnitt.

Eine gut gestellte und angenehme Dame sucht
einen liebenswerten Herrn, mit dem sie ihr Leben
und das gemeinsame Vermögen genießen kann.
Postfach 49

»Sagt Ihnen das irgendwas?«

Er überflog die Anzeige und wurde rot. »Mary Jane denkt hoffentlich nicht, dass Ethan hinter einer anderen her sein könnte.«

»Sie wusste nicht, was sie davon halten soll.«

Conroy schüttelte den Kopf. »Das würde er nicht tun.« Er stand auf. »Ich muss zurück zu meiner Arbeit.«

Wir gingen gemeinsam über den Friedhof. An der überdachten Pforte versuchte ich es noch einmal: »Wissen Sie, warum Mary Jane im letzten Jahr nicht aus Great Applewick wegwollte, als Ethan am Yorkshire Minster hätte arbeiten können?«

Er zögerte. »Denken Sie nicht schlecht von Mary Jane. Sie müssen wissen, dass da mehr dran ist.« Für einen Moment wirkte es, als bereute er seine Worte. »Sie … Es ist so … Nun, sie haben zwei Kinder hier auf dem Kirchhof der Kapelle begraben. Vielleicht sind sie es, was Mary Jane hier hält.«

»Davon wusste ich nichts«, sagte ich schlicht.

»Ich glaube, sie redet nicht gern darüber. Soll ich sie Ihnen zeigen?«

Wir überquerten die Straße zum anderen Gotteshaus und gingen hinter die Kapelle, wo die Grabsteine ordentlich in Reih und Glied standen. Es war ein kleiner Grabstein. Zwei Kinder, nach Harriet geboren, die im Abstand von einem Monat gestorben waren, zwei und drei Jahre alt; eines war nach dem Vater benannt, das andere nach mir.

»Sie hatten Keuchhusten«, erklärte Conroy. »Mary Jane war außer sich vor Kummer.«

Er ließ mich vor dem Grab stehen. Manchmal schien die Welt wie ein Kreisel aus Verlusten, der sich beständig schneller drehte, als wollte er uns alle davonschleudern.

Langsam ging ich zum Cottage zurück. Mir kam der Gedanke, dass es eine Menge gab, über das Mary Jane ungern sprach.

Elf

Als ich einige Meter vor dem Cottage um die Ecke bog, kamen mir Mary Janes Kinder entgegen. »Wollt ihr irgendwohin?«

Austin antwortete mürrisch: »Ich will nicht wieder gehen.«

Harriet seufzte. »Wir müssen uns entschuldigen, dass wir Billy mitgenommen haben, damit er nach Dad sucht.«

»Billy?«

»Der Schäferhund der Conroys.«

»Habt ihr viel abgesucht?«

Harriet schüttelte den Kopf. »Billy wollte nicht. Er ist weggelaufen.«

»Wir waren nicht im Moor«, warf Austin ein.

»Im Moor?«

»Da wollten wir suchen gehen«, erklärte Harriet leise. »Wir gehen da manchmal hin.«

Austin blickte munterer auf und trat von einem Fuß auf den anderen.

Ich wartete, was er zu sagen hatte.

»Wir können in deinem Automobil fahren!«

»Ein andermal. Ich muss mit eurer Mam sprechen.«

»Wohin fahren Automobile?«, fragte er.

»Die können überall hinfahren.«

Harriet zupfte an seinem Ärmel. »Jetzt komm.«

»Es war eine schlaue Idee von dir, Harriet, dass du Billy an der Mütze deines Vaters schnuppern und suchen lassen wolltest.«

Sie antwortete nicht. Die beiden trotteten langsam weiter,

als hätten sie am Morgen schon sämtliche Energie für den Tag aufgebraucht bei dem Versuch, einen Schäferhund in einen Bluthund zu verwandeln.

Ich klopfte und öffnete die Cottagetür. Der Raum war makellos aufgeräumt und blitzblank. Während ich alles stehen und liegen gelassen hatte, um Mary Jane zu Hilfe zu eilen, spielte sie die gute Hausfrau.

Als hätte sie meine Gedanken gelesen, sagte sie: »Wenn Ethan zurückkommt, soll er sehen, dass alles ist, wie es sein soll. Ich will nicht, dass er denkt, ich würde seinetwegen verzweifeln. Ich werde nicht gleich zusammenbrechen, nur weil er auf die Idee kommt zu verschwinden.« Sie zeigte zu dem Sessel am Feuer. »Setz dich lieber und erzähl mir, wie du vorangekommen bist.«

Ich sank in den Sessel.

»Du hast schon wieder deine Schuhe schmutzig gemacht.« Sie setzte sich auf einen Hocker und band meine Schuhe auf. »Du darfst nicht herumlaufen, als wärst du gerade über Hawksworth Moor gestapft. Ich putze sie dir.«

Ich war zu erledigt, um zu widersprechen, und ich wusste nicht, wo ich anfangen sollte. Als Erstes müsste ich ihr von Miss Trimble erzählen, aber das hatte ich selbst noch nicht recht begriffen. »Warst du heute Nachmittag aus?«, fragte ich.

»Nein. Warum?«

»Nur so.«

»Ich kenne dich seit elf Stunden, und du fragst nichts nur so. Was ist passiert?«

Sie breitete eine Zeitung auf dem Tisch aus, stellte meine Schuhe darauf und holte die Schuhputzkiste von ihrem Platz auf der Treppe.

»Dazu komme ich noch«, sagte ich und dachte an Miss Trimble. »Doch ich habe erfahren, dass Ethan eine ziemlich turbulente letzte Woche hatte. Am vorletzten Samstag hatte er einigen streikenden Minenarbeitern auf Streik eine Spendensammlung gebracht.«

Sie bürstete den Matsch von meinen Schuhen. »Ja, ich weiß.«

»Und am Sonntag hat Bob ihm mitgeteilt, dass er die Farm an Colonel Ledger verkauft hat.«

Mary Jane hielt mitten im Bürsten inne. »Hat er nicht! Das wusste ich nicht. Was hat Ethan sich gedacht, mir nichts zu sagen?« Sie tippte die Bürste in die Schuhcreme und begann, sie aufzustreichen.

»Habt ihr miteinander gesprochen? Ich weiß, dass ihr euch gezankt habt.«

»Wer hat das behauptet? Wir haben uns gut verstanden, auf unsere Art.«

»Am Samstag brachte Ethan die Spenden weg, am Sonntag erfuhr er von der Farm, und am Montag verlor er die Streikabstimmung.«

»Und ich bin froh, dass er die verloren hat. Wovon sollen die Leute leben, wenn sie keinen Lohn bekommen?« Ihr Polieren wurde energischer.

»Er hatte herausgefunden, wer ihn verraten und dem Vorarbeiter erzählt hat, wer wofür stimmte.«

»Und? Was ist daran so geheim? Irgendein Großmaul gibt es immer. Ich verstehe nicht, was es damit zu tun hat, dass er so gefunden wurde … wie Harriet sagt, oder verschwunden ist.«

»Alles zusammen ergibt ein Bild von einem Mann, der eine Krise durchmacht, Mary Jane. Hat er über irgendwas hiervon gesprochen?«

»Nein.« Sie begann, meinen zweiten Schuh mit rhythmischen Bewegungen zu polieren, und starrte das Leder an. »Du denkst, dass ich etwas verheimliche.«

»Entweder das, oder ich übersehe etwas. Da gibt es einen Unterschied.«

»Tja, rede weiter. Frag mich nur aus.«

»Hattet ihr Probleme? Falls ja, wird es ohnehin herauskommen. Ethan hat mit Mrs. Conroy geredet und eine verständnisvolle Zuhörerin in ihr gefunden.«

»Niemals!« Sie nahm eine Polierbürste auf und begann, wie verrückt die Spitzen meiner Schuhe zu polieren, wobei sie sicherheitshalber auch noch draufspuckte. »Er hat sie nicht gemocht. Ich war die, die Georgina mochte.«

Sie brachte mir meine Schuhe zurück, bückte sich und stellte sie hin. Mein Blick fiel auf ihren Kopf – kastanienbraunes Haar ohne eine einzige graue Strähne. Nun setzte Mary Jane sich mir gegenüber hin.

»Mary Jane, sollte sich Harriets schlimmste Befürchtung bewahrheiten und die Polizei eingeschaltet werden, wird man von einem Verbrechen ausgehen. Es wird eine ganze Reihe von Personen geben, die man dann überprüft. Zunächst dürfte Raymond einige Fragen beantworten müssen. Er ist Ethans früherer Lehrling und …«

»Ach, den kannst du streichen.«

»Lass mich ausreden. Er ist Ethans früherer Lehrling und sagt selbst, dass er dessen Stelle und dieses Haus übernimmt.«

»Und wo sollen wir hin?«

»Es ist die Dienstwohnung des jeweiligen Steinmetzen.«

Nun begriff sie. »Aber …«

»Josiah Turnbull, der Vorarbeiter und Raymonds Vater, war ein erklärter Feind von Ethan und hatte ihn bei der Streikabstimmung geschlagen. Sie können aneinandergeraten sein. Er hat den Steinbruch am Samstag als Letzter verlassen. Und dann ist da Colonel Ledger …«

»Bist du von Sinnen? Der Colonel …«

»Ethan war ihm ein Dorn im Auge. Der Colonel bewunderte Ethans handwerkliches Können, gab ihm einen Auftrag, der durchaus einigen persönlichen Kontakt mit dem Colonel selbst oder einem der Bediensteten erfordern würde.«

»Du solltest Detektivgeschichten schreiben. Das ist alles reine Fantasie.«

»Warte. Das war das untere Ende der Liste. Du könntest feststellen, dass du selbst ganz oben stehst, Mary Jane, und deshalb möchte ich, dass du mir die wahre Geschichte erzählst.«

»Alles, was ich dir gesagt habe, ist wahr.«

»Nein, ist es nicht. Du und Ethan, ihr wart zerstritten. Die Kinder haben ihm heimlich Essen gebracht, weil …«

»Ich wollte, dass er nach Hause kommt, deshalb hatte ich ihm kein Essen eingepackt.«

»Du hast gelogen, was den Grund betrifft, aus dem Miss Trimble das Gebetbuch zurückverlangte. Harriet wurde zehn Monate nach eurer Trauung geboren und nicht, wie du angedeutet hast, weniger als neun Monate.«

Sie lächelte. »Na gut. Aber Miss Trimble fordert das Gebetbuch in solchen Fällen zurück, das habe ich miterlebt. Wenn du es unbedingt wissen willst, ich hatte aufgehört, in die Kirche zu gehen, und bin stattdessen in die Kapelle gegangen, zur Konkurrenz. Ich mag Miss Trimble nicht, und den Vikar mag ich auch nicht. Er ist ein Snob, furchtbar überheblich und von sich eingenommen. Die Mitglieder seiner Gemeinde schöpfen ihr Wasser aus Brunnen und können sich keine Kerzen leisten, und er hat sich ein Badezimmer einbauen lassen und eine moderne Küche mit allem, was man sich denken kann. Die Gemeinde hat es bezahlt. Ethan hatte recht, was ihn angeht. Und wir verstehen uns, Ethan und ich. Wir haben unsere Differenzen, aber wir sind beide gleich, wütend auf die Welt, wie er immer sagt, und das stimmt.« Sie verschränkte die Arme fest vor ihrem Oberkörper und kniff die Lippen zusammen, als wollte sie nie wieder ein Wort sagen.

Die Müdigkeit kroch mir von den Zehenspitzen den Körper hinauf. Plötzlich erschien es mir entschieden zu mühsam, meine Schuhe wieder anzuziehen. »Mary Jane, ich habe dich gefragt, wo du heute Nachmittag warst, weil im Pfarrhaus etwas sehr Ernstes passiert ist, und es hat mit Miss Trimble zu tun.«

»Gut. Sie ist eine Kuh.«

»So würdest du nicht reden, wenn du Bescheid wüsstest.«

»Was? Soll das heißen, sie ist tot?«

»Ja, und ich habe sie gefunden. Sie ist in meinen Armen gestorben. Es war schrecklich. Der Arzt sagt, dass es Herzversagen war, aber ich bin mir nicht so sicher.«

Sie schloss die Augen. »Mir tut leid, dass sie tot ist. Sie war nett zu mir, als ich neu herkam, und dann wurde sie gehässig.«

Ich zog meine Schuhe an. Während ich die Schnürsenkel band, dachte ich, wären wir gemeinsam aufgewachsen, würde ich sie gut genug kennen, um ihre Ausbrüche und ihr Schweigen zu deuten. »Ich habe heute eine Menge erfahren, Mary Jane, und irgendwann ergibt es vielleicht einen Sinn. Morgen werde ich nicht wiederkommen, denn da besuche ich meinen Vater in Wakefield. Jemand muss Sergeant Sharp dazu bringen, Ethans Verschwinden ernster zu nehmen.«

»Und was soll ich machen? Ich komme mir nutzlos vor.«

»Was ist mit deiner Mutter und Barbara May? Sollten sie nicht wissen, was du durchmachst?«

Sie seufzte. »Solange sie nichts wissen, fühlt es sich nicht real an. Aber ich muss es ihnen vielleicht erzählen.«

Ich stand auf. »Denk nicht, dass ich aufgebe. Falls du mich brauchst, bitte Sergeant Sharp, mich anzurufen, oder schick mir ein Telegramm.«

Sie folgte mir zur Tür.

Ich ging zu meinem Wagen und stieg ein.

»Warte!« Mary Jane war hinter mir. »Kate, warte! Rutsch mal rüber. Ich muss mit dir reden.«

Ich rückte ein Stück über den Sitz, und sie stieg ein. In der Ferne erklang das Pfeifen eines Zuges.

Ohne mich anzusehen, sagte sie: »Du hast recht, dass ich nicht wegziehen wollte, als Ethan die Arbeit am Minster angeboten wurde. Ich wollte immer fort, und als es dann ernst wurde, konnte ich einfach nicht. Ich kann es nicht erklären.«

»Versuch es.«

Sie schwieg.

Mir fiel ein, was Bob Conroy gesagt hatte, und ich fragte: »Hat es mit den beiden Kindern zu tun?«

Ihre Stimme war kaum hörbar. »Etwas in der Art.«

»Erzähl es mir.«

»Kann ich nicht.«

»Von Bob weiß ich, dass du zwei Kinder verloren hast und sie auf dem Friedhof der Kapelle begraben sind.«

Sie stockte, bevor sie antwortete: »Ja, das hat mir das Herz gebrochen.« Mary Jane sah ihre Hände an, die vom Waschen rissig und gerötet waren. »Da ist noch etwas. Ich nehme an, du hast in mein Sparbuch geschaut. Viel entgeht dir ja nicht.«

»Ja, ich habe es gesehen.«

»Letzte Woche habe ich es Ethan gezeigt. Er wusste nichts davon, doch dann war er vergangene Woche so unglücklich wegen allem, was passierte. Die armen Minenarbeiter, die ausgesperrt waren und hungerten. Es ist kein Streik in der Mine des Colonels, sondern eine Aussperrung. Ich habe ihm erklärt, wenn er das machen will, was Bob sagt, und fürs Parlament kandidieren möchte, würde ich eine Anzahlung auf ein Haus leisten und ihm helfen. Dann hat er mich ausgehorcht, woher das Geld ist.« Mary Jane brach ab. Die Schatten der Hecken wurden länger.

»Woher ist es?«

»Es war eine Art Mitgift von Mrs. Ledger, als sie dachte, dass ich Bob Conroy heiraten würde. Ethan war außer sich vor Wut und schwor, das Geld nicht anzurühren. Er hat geflucht und mich beschimpft.«

»Hat er gedacht, hinter Mrs. Ledgers Geschenk steckte mehr als reine Freundlichkeit?«

»Ja, und er hatte ja recht. Ich wollte es ihm nicht verraten, aber da hat er sich bloß das Schlimmste ausgemalt. Er sagt, Leute wie sie verschenken kein Geld, ohne eine Gegenleistung zu verlangen.«

Gewiss war es gut, dass wir nebeneinander im Wagen saßen, statt einander gegenüber. Denn könnten wir uns ansehen, würde sie wohl nicht reden.

»Ich war erst fünfzehn, als ich bei den Ledgers in Stellung ging, und ich war ein hübsches kleines Ding, aber sehr schüchtern. Mrs. Ledger machte sehr viel Aufhebens um mich, und ich hatte ja keine Ahnung von der Arbeit einer Zofe. Mrs. Ledger hat mir gezeigt, was eine Zofe können muss, hat mir schöne Kleider gegeben. Es war wie ein Spiel, wie zum Vergnügen. Und ich fühlte mich gar nicht wie ein Dienstmädchen. Der Colonel hat fotografische Aufnahmen von uns gemacht. ›Künstlerisch‹, hat er sie genannt. Ich wollte eine nach Hause schicken, aber dort hätten sie das Künstlerische nicht verstanden. Sie hätten bloß gesagt, dass die Aufnahmen unanständig sind.«

Ich fragte mich, wie unanständig, hielt es jedoch für besser, wenn sie weiterredete. »Mary Jane, ich bin in einem Fotografierklub. Wahrscheinlich habe ich solche Aufnahmen schon gesehen.«

»Deshalb habe ich das Geld, das sie mir gegeben hat, zur

Bank gebracht und Ethan nie etwas davon erzählt. Na ja, das tut man doch nicht, oder? Welche Frau wäre so dumm, ihrem Mann zu verraten, was sie in der Hinterhand hatte? Aber letzte Woche, als er so niedergeschlagen war und überlegte, was wir tun könnten, habe ich ihm gesagt, dass wir ein Haus anzahlen und er seine eigene Werkstatt aufmachen könnte ... oder für das Parlament kandidieren – was ihm lieber ist. Und er hatte schon mit der Sonnenuhr angefangen. Ich denke, er wollte sie vollkommen machen, um zu zeigen, dass er es kann, und sie dann zerschlagen, aus Rache an dem, der sie in Auftrag gegeben hat. Und ich glaube, Ethan ist weggegangen und kommt nicht wieder zurück. Oder es ist etwas Entsetzliches geschehen.«

Längere Zeit schwiegen wir.

»Wolltest du deshalb nicht zum Herrenhaus und den Colonel fragen, ob er im Steinbruch gewesen war, um sich die Sonnenuhr anzusehen? Fühlst du dich den Ledgers noch verbunden, nach dem, was sie getan haben? Du warst doch noch ein Kind.«

»Nein, ich fühle mich ihnen nicht verbunden. Und ich denke, dass Miss Trimble einen Blick oder irgendwas zwischen uns bemerkt haben musste, zwischen dem Colonel und mir. Ich weiß es nicht. Jedenfalls wandte sie sich auf einmal gegen mich, und ich konnte mir vorstellen, warum. Ich weiß, dass ich längst hätte fortgehen sollen, doch manchmal ist man an einen Ort gebunden, egal, was passiert.«

»Wegen deiner Kinder auf dem Friedhof?«

»Ja«, seufzte sie. »Deshalb. Es ist dumm, nicht? Ich kann die beiden nicht verlassen. Sie sind ja noch meine Kleinen. Was würden sie von mir halten, wenn sie wüssten, dass ich einfach weggehen könnte?«

»Aber du musst an Harriet und Austin denken.«

»Weiß ich.«

»Mary Jane, du hast mich um Hilfe gebeten. Und ich tue, was ich kann. Doch ich bin nicht deine richtige Familie, nicht wie deine Mutter oder deine Schwester Barbara May. Du brauchst sie jetzt, da Ethan fort ist. Erzähl es ihnen. Falls Ethan dich verlassen hat oder einen Unfall hatte, brauchst du deine richtige Familie.«

Sie öffnete den Mund und schloss ihn wieder. Ob sie mir hatte zustimmen oder widersprechen wollen, konnte ich nicht wissen.

Mary Jane stieg aus dem Wagen. »Ich denke darüber nach. Vielleicht besuche ich meine Mutter morgen.« Sie drehte sich zu mir. »Und, Kate, erzähl keinem von den Ledgers und mir oder meinem Geld auf der Bank. Ich werde es nie anrühren. Es soll für Harriet und Austin sein.«

Als ich den Motor anließ, rief sie wieder: »Warte!« Dann lief sie ins Haus. Einen Moment später erschien sie mit den Armen voller Ordner und Zeitungen. »Nimm Ethans Sachen mit. Ich ertrage es nicht, sie zu lesen, doch da muss sich ein Hinweis finden, was in seinem Leben vor sich ging, von dem ich nichts weiß. Ich möchte, dass du dir das durchliest.«

Zwölf

Es war schwierig, sich auf die Straße zu konzentrieren, wenn mir das Bild der toten Miss Trimble so deutlich vor Augen stand, als säße sie bei mir im Automobil. Sieh auf die Straße, ermahnte ich mich. Achte auf die Straßenbahnen.

Ich verpasste nicht etwa die Abbiegung nach Kirkstall, sondern nahm versehentlich eine frühere, woraufhin ich inmitten steiler Hügel landete, malerisch, aber mir gänzlich unbekannt, und schließlich an einem hohen Punkt oberhalb der Wälder ankam, von wo aus die Fahrt bitterkalt wurde. Schließlich hielt ich an, um mit vor Kälte zitternden Händen die Karte zu konsultieren. So gelangte ich via Butcher Hill und nach einem Umweg durch West Park nach Hause.

In Headingley erinnerte ich mich, dass heute der Abend war, an dem meine Haushälterin bei den Nachbarn gegenüber war und mit der Schwester des Professors Bücher tauschte.

Anstatt direkt nach Hause zu fahren, begab ich mich nach Woodhouse, um mit Mr. Sykes zu sprechen. Jim Sykes ist meine rechte Hand, ein ehemaliger Polizist, der nichts lieber tut, als Schuldige in die Ecke zu drängen und zu überführen. An diesem Morgen müsste er beim Kaufhaus Marshall & Snelgrove gewesen sein, wo vor einigen Wochen ein Ozelotmantel verschwunden war. Sykes hatte einen Kurs für die Mitarbeiter vorgeschlagen, und der erste Termin dafür war heute Morgen gewesen.

Mit Sykes über die Ereignisse meines langen Tages zu reden würde mir vielleicht helfen, ein wenig Klarheit zu gewinnen.

In Woodhouse klopfte ich an die Haustür, und Mrs. Sykes

öffnete. Die rundliche, freundliche Frau strahlte mich zur Begrüßung an und bat mich ins Haus.

»Es ist Tee da, und Sie essen einen Scone mit mir, heute frisch gebacken.«

»Das klingt wunderbar.«

Sie stellte eine Platte mit Scones auf den Tisch, eine Butterschale, einen kleinen Teller und ein Messer. »Die werden binnen Minuten verputzt sein, wenn die Horde erst nach Hause kommt. Jim und die Kinder sind im Moor zum Kricket-Spielen, aber es wird ja bald dunkel. Also werden sie gleich heimkommen.«

Während ich meinen Scone butterte, blickte ich mich um. Ich war erst zum zweiten Mal hier im Haus. Es war ein gepflegtes Reihenhaus mit diesem einen Raum unten, zwei Zimmern oben und einem Keller. Der Herd war auf Hochglanz poliert, und darin brannte ein kleines Feuer. Der Flickenteppich war ein wildes Farbgemisch ohne erkennbares Muster. Ich vermutete, dass sie ihn alle zusammen an langen Winterabenden gefertigt hatten.

Die Sykes' lebten seit sechs Jahren in Woodhouse, drei Jahre weniger, als ich in Headingley wohnte.

Mrs. Sykes beobachtete, wie ich in den Scone biss. »Es ist ein neues Rezept mit einem Klacks Käse. Meine eigene Erfindung.«

»Köstlich!«

»Dann nehmen Sie einen für Mrs. Sugden mit.«

»Sehr gern, danke.« Mrs. Sugden wäre wenig angetan, sollten sich Mrs. Sykes' Scones als leckerer erweisen als ihre eigenen.

»Jim war so zufrieden mit sich heute bei dieser Sache drüben bei Marshall & Snelgrove. Jetzt kann ich es Ihnen ja sagen, weil er nicht da ist. Er ist ein ganz anderer Mann, seit er für Sie arbeitet, Mrs. Shackleton. Es gefällt ihm, ein wenig Unabhängigkeit zu haben und hin und wieder das Automobil fahren zu dürfen.«

Warum ich in diesem Moment an Lohn denken musste, weiß ich nicht. Auf jeden Fall kam mir in den Sinn, dass ich Sykes nicht genug zahlte. Andererseits hatte er bei mir auch keine richtige Stellung. Wir wussten nie, was als Nächstes oder ob überhaupt etwas kam.

Als hätte sie meine Gedanken erraten, fuhr Mrs. Sykes fort: »Er ist sehr dankbar für den Bonus, den Sie ihm nach dem Auftrag von dem Juwelier gegeben haben.«

Es war das Mindeste, was ich hatte tun können. Bei dem Fall waren wir uns uneins gewesen und würden es wohl auch bleiben. »Das freut mich.« Ich aß meinen Scone auf und lehnte dankend einen zweiten ab.

»Und da ist noch etwas anderes, doch verraten Sie nicht, dass ich Ihnen das erzählt habe. Hätten wir nicht diese Ferien in Robin Hood's Bay gemacht, wäre Thomas nie zu dem Tischler dort gekommen und hätte erfahren, wie gut ihm die Arbeit gefällt. Dann hätte er seine Lehrstelle nicht bekommen.«

»Er hat eine Lehrstelle? Wie wunderbar! Davon wusste ich nichts.«

Sie legte einen Finger an ihre Lippen. »Jim wollte es Ihnen selbst sagen.«

»Dann werde ich kein Wort verraten. Es gibt ein oder zwei Dinge, über die ich mit ihm sprechen muss.« Ich trug meinen Teller und die Tasse zur Spüle.

»Ach, lassen Sie nur.«

»Ich werde ihnen entgegenlaufen. Vielleicht kann ich eine Runde mit Mr. Sykes spazieren gehen und mit ihm über etwas sprechen, das sich ergeben hat.«

Ihre Augen blitzten. »Mehr Aufträge?«

»In gewisser Weise«, antwortete ich. »Eine familiäre Angelegenheit.«

»Ah.« Sie nickte. Jeder wusste, wenn die Familie ins Spiel kommt, fiel die Bezahlung aus.

Woodhouse Moor ist eine der kostbaren Grünflächen nahe dem Stadtzentrum. Als ich hinkam, entdeckte ich Jim Sykes und seine Kinder. Thomas, mit vierzehn Jahren der ältere der beiden Jungen, schlenderte mit einem Kricketschläger in der Hand umher. Halb laufend, halb gehend warfen sich das jüngere Mädchen und der jüngere Junge den Ball zu und lachten, wenn einer von ihnen ihn fallen ließ. Sykes war ein kleines Stück hinter ihnen und hob die Hand zum Gruß.

Ich dachte an das letzte Jahr, als mein Vater mir erstmals vorgeschlagen hatte, Sykes für mich arbeiten zu lassen. Da hatten wir verabredet, uns hier zu treffen. Jim Sykes hatte in der Mitte einer Bank direkt am Weg gesessen. Wir beide waren skeptisch gewesen – ich, weil ich ein Vorstellungsgespräch mit einem möglichen Mitarbeiter führen musste, Sykes, weil Skepsis ein Charakterzug von ihm ist. An dem Tag hatte er einen Filzhut getragen, und als er ihn lüpfte, schaute ich unwillkürlich nach einer Öffnung für das dritte Auge im Hinterkopf.

Es wurde dunkel genug, dass die Kinder immer wieder den Ball verfehlten. Sykes streckte sich, fing ihn und warf ihn zurück. Als er näher kam, bemerkte ich, wie munter er sich bewegte und wie viel glücklicher er wirkte als bei unserer ersten Begegnung. Da war er arbeitslos gewesen und bei der Gendarmerie nicht wohlgelitten. Einer seiner Vorgesetzten hatte den Falschen für ein Verbrechen verhaftet, und als Sykes versucht hatte, es zu korrigieren, war klar gewesen, dass er keine Zukunft bei der Polizei haben würde. Man drangsalierte ihn, bis ihm keine andere Wahl blieb, als zu kündigen.

Thomas sah mich, winkte und kam auf mich zugerannt. Vergangenes Jahr noch hatte er praktisch nur aus Ellbogen und Knien bestanden. Er war immer noch ein bisschen schlaksig, hatte aber das Linkische abgelegt. »Hallo, Mrs. Shackleton. Sehen Sie einen Unterschied bei mir?«

»Thomas, du trägst eine lange Hose!«

»Raten Sie mal, wieso!«

»Hm, das weiß ich wirklich nicht.«

»Raten Sie!«

»Ich könnte mir nur denken, dass du eine Stelle hast.«

»Ich habe heute mit meiner Tischlerlehre angefangen!« Er hüpfte regelrecht vor Freude.

»Wenn du dich da so geschickt anstellst wie bei dem Schild für mein Haus, werden die überglücklich sein, dich zu haben.«

Er hatte das Namensschild aus Stieleiche gefertigt und mein Haus »Pipistrelle Lodge« getauft, nach den Zwergfledermäusen, die im nahen Wäldchen leben.

Die jüngeren beiden Sykes-Kinder hielten sich im Hintergrund, um Thomas seinen glorreichen Moment zu gönnen.

Dann gingen wir alle zusammen aus dem zusehends dunkler werdenden Park.

»Sagt eurer Mutter, dass ich ein bisschen später komme«, wies Sykes seine Kinder an, und die drei zogen frohgemut von dannen. Zweifellos bremsten wir sie ohnedies nur unnötig aus.

»Was für wunderbare Neuigkeiten von Thomas!«, sagte ich.

Sykes grinste, was eher selten vorkam. »Ich nehme an, dass Rosie es Ihnen schon erzählt hat. Sie kann gar nicht aufhören, darüber zu reden. Da ist sie schlimmer als der Junge selbst.«

Die Straßenlaternen gingen flackernd an. Bis wir nochmals den Park umrundet hatten, hatte Sykes mir alles erzählt, was er den Angestellten bei Marshall & Snelgrove über das Entdecken von Ladendieben beigebracht hatte.

Meine Geschichte dauerte ein bisschen länger, angefangen mit Mary Janes Erscheinen vor meiner Haustür in den frühen Morgenstunden dieses Tages.

Sykes hörte mir mit ernster Miene zu. »Ich hatte keine Ahnung, dass Sie adoptiert wurden.«

»Ich habe auch seit Jahren nicht mehr darüber nachgedacht. Jetzt jedoch bleibt mir keine andere Wahl. Morgen fahre ich nach Wakefield und spreche mit meinem Vater. Er und Mutter müssen erfahren, dass mich eine meiner Schwestern kontaktiert hat. Mein Vater wird mir natürlich sagen, dass ich zu persönlich involviert bin, um Mary Jane zu helfen, und nicht objektiv sein kann, und damit hätte er recht. Es hilft auch nicht, dass ich sie ausquetschen muss wie eine Zahnpastatube, um Informationen zu bekommen.«

»Was hält sie denn zurück?«

»Etwas an den dortigen Großgrundbesitzern stört mich, Colonel und Mrs. Ledger, Great Applewicks Landadel. Wie sich herausstellt, hat Mary Jane früher als Mrs. Ledgers Zofe gearbeitet, und ihr Verhältnis war nicht ganz und gar konventionell, falls Sie verstehen.«

Bewundernswert war, dass Sykes nicht mal eine Augenbraue hochzog – oder es war zu dunkel, als dass ich es erkennen könnte. »Derlei kommt vor.«

»Mary Jane hat eine ziemlich hohe Lebensversicherung auf Ethan und ein Bankguthaben, von dem Ethan bis wenige Tage vor seiner Ermordung oder seinem Verschwinden nichts wusste. Einhundertfünfzig Pfund davon steuerte Mrs. Ledger bei, bevor Mary Jane und Ethan heirateten. Was die anderen hundertfünfzig Pfund betrifft, weiß ich nicht, woher sie stammen. Sie wurden in kleineren Beträgen eingezahlt.«

»Das ist eine Menge Geld für eine Zofe oder die Frau eines Steinmetzen. Hat sie angedeutet, wie sie ...«

»Es verdient hat?«

»Ja.«

»Mit anzüglichen Fotografien. Es klingt harmlos, doch jeder, der es objektiv betrachtet, würde Mary Jane auf die Liste der Mordverdächtigen setzen, falls Ethan es herausgefunden und gedroht hatte, sie zu verlassen.«

»Zusammen mit den Ledgers, obwohl ich vermute, dass sich der Colonel grundsätzlich nicht selbst die Hände schmutzig macht. Sonst noch etwas, das ich wissen sollte, Mrs. Shackleton?«

Ein riesiger Hund, den sein Halter von der Leine gelassen hatte, überholte uns auf dem Weg.

»Letztes Jahr bekam Ethan woanders Arbeit angeboten, aber Mary Jane wollte nicht wegziehen.«

»Wegen der Ledgers? Steht sie noch … in Verbindung zu ihnen?«

»Nein, ich glaube, nicht. Die Geschichte ist lange her. Wahrscheinlich sieht Mary Jane jene Vorkommnisse heute in einem anderen Licht. Und da ist noch etwas anderes. Nach Harriet hatte sie zwei Kinder verloren. Sie sind auf dem Friedhof der Kapelle begraben. Bob Conroy – er ist der Farmer und Ethans alter Freund – glaubt, deshalb fällt es ihr schwer fortzugehen, wovon ich indes weniger überzeugt bin.«

»Könnte sein«, sagte Sykes. »Für manche Menschen ist es ein wichtiger Teil ihres Lebens, die Gräber ihrer Lieben zu besuchen. Also, können Sie mir ein bisschen mehr über diese Miss Trimble erzählen? Sie zu finden, muss ein furchtbarer Schock gewesen sein.«

Eine Gruppe von Hundebesitzern hatte sich mit ihren Tieren versammelt und unterhielt sich wenige Meter entfernt. Mit einiger Mühe zwang ich mich, meinen kaum begründbaren Verdacht zu Miss Trimbles Tod zu äußern. »Ich bin sicher, dass sie vergiftet wurde, auch wenn der Arzt mich angesehen hat, als wäre ich verrückt. Gibt es eine Verbindung? Ich weiß es einfach nicht.«

»Wenn sich die Polizei in den Fall einschaltet, müssen wir dem nicht weiter nachgehen«, sagte Sykes grimmig.

»Ich kann das nicht auf sich beruhen lassen, Mr. Sykes. Sie ist meine Schwester. Diese Kinder … das kleine Mädchen erinnert mich so sehr an mich selbst in dem Alter. Sie ist tapfer und will unbedingt wissen, ob sie glauben kann, was sie mit eigenen Augen gesehen hat. Ich kann sie nicht im Stich lassen. Verstehen Sie das?«

»Tue ich. Aber heißt das, dass Sie persönlich ermitteln müssen? Ich bin sicher, wenn Sie morgen mit dem Superintendenten sprechen, wird er …«

»Mein Vater wird mir befehlen, mich rauszuhalten. Doch lassen Sie mich Ihnen noch ein wenig mehr erzählen.«

Ich beschrieb Josiah Turnbull, den Vorarbeiter im Steinbruch, und seinen Sohn Raymond, wie auch meine Unterhaltung mit Colonel und Mrs. Ledger.

Sykes hörte aufmerksam zu, fragte nach Details.

Ich hatte meinen Wagen am Rande des Moors geparkt. Als wir uns ihm näherten, wollte Sykes wissen: »Was genau soll ich für Sie tun?«

»Es würde nicht schaden, wenn Sie nach Great Applewick fahren, sich nur ein wenig umsehen. Falls jemand meinen Schwager ermordet hat, will ich es wissen.«

»Sogar, wenn es Ihre Schwester war?«

Ich antwortete nicht direkt. »Es ist von Vorteil, dass niemand dort weiß, wer Sie sind, Mary Jane eingeschlossen. Sie könnten nützliche Informationen aufschnappen, obwohl ich nicht weiß, wie Sie es angehen sollen. Es ist einer dieser Orte, an denen ein Fremder auffällt wie ein bunter Hund.«

»Ich denke mir etwas aus.«

»Und das wird jetzt sehr hinterhältig klingen.«

»Nur zu.«

»Vor meiner Abfahrt drängte ich Mary Jane, ihrer Mutter oder ihrer Schwester zu erzählen, dass ihr Mann verschwunden ist. Sie sind ihre richtige Familie und werden ihr eine weit größere Hilfe sein, als ich es sein könnte, egal, was am Ende herauskommt, ob Ethan sie verlassen hat, einen Unfall hatte oder …«

»Ermordet wurde.«

»Und dann braucht sie ihre Familie. Sie hat gesagt, dass sie vielleicht ihre Mutter besucht. Morgen, meine ich.«

»Aber Sie glauben nicht, dass sie es wirklich macht?«

»Die Kinder wären in der Schule, und sie vertraut Harriet, sich um Austin zu kümmern, also könnte sie es. Falls ja, würde mich interessieren, mit welcher Bahn sie fährt.«

Sykes entgeht normalerweise nicht die kleinste Andeutung oder Betonung. So war es auch jetzt. »Sie trauen ihr nicht, und Sie fragen sich, ob sie jemanden ganz anderen besucht?«

»Ich glaube nicht, dass sie Ethan umgebracht hat. Aber sie hilft kein bisschen bei der Aufklärung. Mal ist sie ehrlich bis hin zur Dummheit, mal erzählt sie dämliche Lügen, mal hält sie etwas zurück. Sie versucht, in einer Situation ihre Privatsphäre zu wahren, in der es schlicht nicht sinnvoll ist.«

Sykes warf mir einen kurzen Blick zu, und mir wurde ein wenig mulmig, als hätte er gesagt: Tja, wer beschreibt sich hier gerade selbst?

Dreizehn

Das Haus war leer. Ich schaltete das Licht in der Diele ein. Neben die Post von heute hatte Mrs. Sugden eine Nachricht auf den Dielentisch gelegt.

Abendessen auf dem Teller auf dem Topf
Anrufe habe ich erledigt:

1. *Keine Krankenhäuser in der Nähe haben ein Unfallopfer, auf das Ethan Armstrongs Beschreibung passt.*
2. *Ihr Vater trifft Sie morgen um 12 Uhr zum Mittagessen im Websters.*

Einer der Briefe war von Marcus, ein anderer von der Yorkshire Mutual Insurance Company. Doch bevor ich die Post las, würde ich nach Sookie sehen. Sie musste inzwischen ihre Jungen bekommen haben.

Ich rief nach ihr.

Natürlich antwortete sie nie. Ich kniete mich auf den Boden und blickte unter die Kommode. Dort war sie nicht. Auch nicht auf dem Sofa im Wohnzimmer oder dem Sessel im Esszimmer. Ich ging nach oben. Mrs. Sugden machte stets alle Türen im oberen Stock zu. Keine Sookie, die versehentlich im Gästezimmer oder dem Bad eingesperrt war. Keine im Wäscheschrank. Was für ein Glück! Mrs. Sugden wäre überaus verärgert gewesen, hätte Sookie ihren Wurf inmitten der sauberen Wäsche bekommen. Sookie war nicht unter meinem Bett und auch nicht auf dem Rattansessel neben dem Waschtisch. Es war sinnlos, bei einsetzender Dunkelheit durchs Fenster zu spähen und nach einer Katze zu sehen, dennoch tat ich es. Ich nahm mir eine Strickjacke aus der Kommode.

Wo könnte sie sein?

Wahrscheinlich gab es ein altes chinesisches Sprichwort, das davor warnte, in einem dunklen Wald nach einer schwarzen Katze zu suchen; und falls nicht, sollte es eines geben.

Dessen ungeachtet würde ich kurz im Garten und dem Wäldchen nachschauen. Ich griff nach der Taschenlampe und ging durch die Hintertür hinaus. Sookie hat eine kleine Höhle unter der Scheinbeere. Ich linste durch die Lücke, die sie als Eingang benutzte. Der Lampenstrahl schreckte eine Haselmaus auf.

Langsam ging ich durch Batswing Wood, spähte unter gefällte Stämme, wo die weiche Baumrinde meiner Katze als Unterlage dienen könnte. Eine Zwergfledermaus streifte mein Haar.

»Sookie!«

Falls sie hier geworfen hatte, könnte ein Fuchs die Kätzchen töten – und sie in ihrem geschwächten Zustand ebenfalls.

Schließlich gab ich es auf und kehrte ins Haus zurück. Mrs. Sugden hatte mir eine Pastete und Erbsen vorbereitet.

Beim Essen las ich Marcus' Brief.

Liebste Kate,
ich war nach Kings Cross geeilt in der Hoffnung, Dich verabschieden zu können. Dein Zug verließ eben den Bahnhof. Es tut mir sehr leid, dass ich Dich verpasst habe und nicht richtig Auf Wiedersehen sagen konnte. Unsere gemeinsame Zeit hat mein Leben mit Licht erfüllt.
Bis zum nächsten Mal, ich hoffe, bald.
In Liebe, Marcus

Volle Punktzahl für Kürze, Marcus.

Erst gestern war ich aus London zurückgekommen, und es schien mir, als wäre eine Ewigkeit seither vergangen. Während unserer gemeinsamen Zeit hatte ich das Gefühl gehabt, Marcus wollte mir einen Antrag machen, und mir war keine freundliche Art eingefallen, Nein zu sagen.

Ich hatte seine Gesellschaft genossen. Ich hatte in seinem Bett geschlafen. Aber das bedeutete nicht, dass ich die Ehefrau eines Police Inspectors sein, in Hampstead wohnen und brav warten wollte, dass mein Mann am Abend nach Hause kam. Trotzdem munterte mich sein Brief auf. Das warme Gefühl verursachte mir ein schlechtes Gewissen, was mir wiederum bestätigte, dass ich mich wohl nie wieder hoffnungslos und Hals über Kopf verlieben würde.

Umso erfreulicher war das Schreiben der Yorkshire Mutual Insurance Company, deren Geschäftsführer mich bat, ihn anzurufen und einen Besprechungstermin mit ihm und dem Leiter der Schadensabteilung zu vereinbaren. Falls es darum ging, Versicherungsbetrüger aufzuspüren, wäre es für meinen Kollegen Sykes genau das Richtige. Es würde zu ihm passen wie die polierten Stiefel, die er immer trug.

Ich zog mich in meine Dunkelkammer zurück, wurde mithin selbst zu einer schwarzen Katze in einem dunklen Wald. Wir hatten kurz nach unserem Einzug eine Speisekammer zu einer Dunkelkammer umgebaut. Die Kammer hatte den Vorteil, vollkommen lichtgeschützt darin arbeiten zu können, allerdings war sie auch sehr stickig.

Ich hatte einen Film mit Langzeitbelichtung für die Aufnahmen im Steinbruch benutzt. Vorsichtig wickelte ich die Spule in den Behälter ab, goss den Entwickler hinein und wartete. Mein grünes Sicherheitslicht war angenehmer zum Arbeiten als das rote.

Minuten vergingen, dann goss ich den Entwickler aus und gab Fixierlösung in den Behälter. Im grün getönten Dämmer wünschte ich mir naiv, das Leben könnte sich so leicht darstellen lassen wie ein Bild auf einer Fotografie.

Ich hatte etwas Verstohlenes getan. Außer den Aufnahmen im Steinbruch hatte ich auch zwei auf der Farm gemacht. Eine angeblich von dem Lamm, auf der indes auch Mrs. Conroy zu sehen war, und eine von Arthur mit seiner Hand in dem Mutterschaf. Und stets hatte ich im Hinterkopf, meine Fotografien bei Wettbewerben einzureichen.

Die Aufnahmen von der kaputten Sonnenuhr, dem Blick auf den Steinbruch und die Werkbank stellten sich als recht passabel heraus.

Mit meinen heimlichen Porträts der Farmersfrau und des Farmarbeiters hingegen würde ich keine Preise gewinnen.

Nun wurde es Zeit, mich der Fotoplatte zu widmen, die ich für die Aufnahme der Abdrücke genutzt hatte und bei denen es sich um eine Männerferse und die Spur eines gezogenen Körpers handeln könnte. Ich hatte diese Fotografien am Rande des Wasserbeckens aufgenommen, wo der Boden feucht war und die Abdrücke sehr klar zu erkennen waren.

Als ich die Aufnahmen gemacht hatte, hatte ich das Becken für tief genug gehalten, um eine Leiche zu verstecken. Das war gewesen, bevor Raymond mich erhellte. In Stiefeln könnte jemand in dieses trügerische Becken waten, ohne dass seine oder ihre Knöchel nass wurden.

Dennoch wollte ich das Bild sehen.

Ich habe ein kleines Büchlein, das ich gern lese – *The Gentle Art of Photography*. Der anonyme Autor schreibt, dass jede Fotografie eine exakte Schwarz-Weiß-Abbildung der Szenerie sein muss, auf die die Kamera gerichtet war.

Die Szenerie, auf die ich meine Kamera richtete – und mein

verlässliches Aktinometer einsetzte, um die genaue Belichtungszeit zu ermitteln –, könnte Spuren von einem Absatz und einem gezogenen Körper aufweisen oder nicht. Wer würde eine Leiche zu einem Wasserbecken schleppen, das nur wenige Zentimeter tief war?

Als ich mir erlaubte nachzusehen, begann das Bild hervorzutreten. Sehr schwache Konturen zeigten sich auf dem Boden, ebenso wie der Umriss eines Steins.

Es verläuft ein schmaler Grat zwischen Entwickeln und Überentwickeln, genauso schmal wie zwischen der Wahrheit und ein wenig mehr oder weniger von der Wahrheit. Was würde dieses Bild sagen, außer dass ich auf der falschen Fährte war und meine Fantasie nebst Harriets kindlicher Angst mit mir durchgehen ließ.

Ich goss den Entwickler zurück in den Messbecher, kippte die Platte aus der Wanne und nahm sie mit den Fingerspitzen an den Rändern auf. Es war ein leicht verschwommenes Detail, aber der dunkle Stein war deutlich zu sehen und ließ mich vermuten, dass das Negativ nicht ausreichend entwickelt war.

Jedes Mal, wenn ich einen Bogen von dem selbst tönenden Fotopapier aus der Verpackung nehme, stellt sich ein Gefühl von Staunen und Verzücken ein. Fotografisches Material wird von den Herstellern mit solcher Umsicht und Ehrfurcht behandelt, dass es eine Freude ist, damit umzugehen. Könnte das Leben doch der Menschheit ebensolche Behutsamkeit angedeihen lassen! Ich legte die glänzende Seite auf mein Negativ, fixierte die Rahmenrückseite und trug alles in die Küche, um es ins Licht zu legen.

Inzwischen war ich bereit fürs Bett. Die Schlafzimmertür stand einen Spalt offen, und erst als ich sie ganz aufschob, vernahm ich sehr leises Maunzen.

Sookie blinzelte, als ich das Licht einschaltete. Sie lag in der untersten Kommodenschublade, die ich offen gelassen hatte, als ich eine Strickjacke herausgenommen hatte. Ich kniete mich hin, um genauer hineinzusehen. Die Katze blickte mich vorwurfsvoll an. *Gaff nicht so! Hol mir Futter!* Blinde Kätzchen krabbelten übereinander, um an die Zitzen zu gelangen. Ein schwarzes, zwei schwarz-weiße, zwei Tiger und eine eigenartige kleine Mischung aus rotem Tiger und Weiß. Sechs Kätzchen.

Seufzend ging ich nach unten, um Milch und Futter zu holen.

Ein Lamm blökte in meiner Schlafzimmerkommode. Ein Kind zurrte an meiner Hand. Mrs. Sugden, die nicht Mrs. Sugden war, sagte: »Sechs Kinder.« Sookie und ihre Kätzchen erschienen in meinem Entwicklerbad. Ich fand nicht aus dem dunklen Wald, und es war nicht Batswing Wood. Der Weg führte woandershin, zu einem flachen Teich, in dem eine Leiche lag.

Als ich aufwachte, war es meine eigene Stimme, die im Traum gerufen hatte: »Er ist nicht tief!«

Wer die Leiche zu dem Teich getragen hatte, war wie ich. Er – oder sie – glaubte, das Wasser wäre tief und ein Mann mit steinbeschwerten Taschen würde spurlos darin versinken. Ethans Leiche war zu dem Wasserbecken geschleppt worden und dann von dort weg. Aber wohin?

Dienstag

You can allus tell a Yorkshireman –
but you can't tell him much.

VOLKSWEISHEIT

Sinngemäß: Man kann jemanden aus Yorkshire auf Anhieb erkennen, aber erzählen lässt der sich nicht viel.

Eins

Sykes wachte am Dienstagmorgen mit der festen Überzeugung auf, dass etwas an dieser Mary Jane und ihrem verschwundenen Ehemann nicht stimmte. Und er beabsichtigte, es zu ergründen.

Sykes stand an der Küchenspüle und bückte sich zu dem fleckigen Spiegel, der im Fenster lehnte, um sich das Haar zu glätten. Im Hintergrund sah er seinen Sohn Thomas am Tisch sitzen und Porridge löffeln.

»Ich leihe mir dein Rad aus, Thomas.«

Dem Jungen fiel die Kinnlade herunter, was mit dem Mund voller Haferbrei kein hübscher Anblick war. »Oh, Dad!«

»Mach den Mund zu, sonst fährt dir die Straßenbahn hinein.«

»Wie soll ich denn zur Arbeit kommen?«

»Lauf.«

»Oh, Dad!«

Sykes griff in seine Tasche und angelte ein Sechs-Pence-Stück heraus. »Du bist eh besser dran mit der Straßenbahn, bis du weißt, wo du dein Rad sicher abstellen kannst.«

»Ich weiß, wo ich es sicher abstellen kann.« Thomas nahm die Münze und wog die Unannehmlichkeit gegen das Bestechungsgeld ab. »Was soll ich den Leuten sagen? Sie wissen, dass ich mit dem Rad komme.«

»Tja, heute kommst du mit der Straßenbahn.«

Nach einem knappen Kilometer die Otley Road hinauf wünschte Sykes sich, er hätte Thomas das Rad gelassen. Es war zu lange her, seit er im Sattel gesessen hatte, und es kostete mehr Puste, als er sich erinnern konnte.

Armer Thomas. War man alt und schon lange draußen in der Welt unterwegs, vergaß man, wie es für den Jungen unter einer Horde Männer sein musste: nicht zu wissen, was man über dieses oder jenes sagen sollte, für die simpelsten Dinge keine Worte zu finden. Thomas hatte sich als Lehrling eingeführt, der mit dem Fahrrad kam. Jetzt, nach nur einem Tag, war er der Junge, der die Straßenbahn nahm. Das reichte aus, um einen jungen Burschen zu verwirren.

Sykes fühlte, wie ihm Schweiß den Rücken hinunterrann. Warum hatte er daran nicht vorher gedacht? Er bog in die North Lane. Er würde mit dem Rad in Headingley in den Zug steigen. Nachdem er diesen Entschluss gefasst hatte, trat er kräftiger in die Pedale, lenkte mit einer Hand und lockerte die Krawatte. Der Fahrtwind kitzelte seine Wangen und kühlte seinen Hals.

Der Bahnhofsvorsteher hielt eine Gießkanne über einen Pflanzkübel. »Nee, mein Guter, von hier kommen Sie nicht nach Great Applewick. Da müssen Sie erst nach Leeds rein und umsteigen.«

Sykes stöhnte. Er holte ein großes Taschentuch hervor und wischte sich die Stirn. Einen tollen Handelsvertreter würde er abgeben. Hinten auf das Fahrrad hatte er einen braunen Aktenkoffer voller ordentlich gefalteter Damenstrümpfe und Herrensocken geschnallt. Seine Tarnung für die Ermittlungen zu dem verschwundenen Ethan Armstrong sollte sein, dass er als Handelsreisender für Strumpfwaren unterwegs war. Am vergangenen Abend hatte er seinen Freund, den Markthändler, besucht, der ihm noch ein oder zwei Gefallen aus alten Zeiten schuldete. Müsste Sykes länger observieren, würde er sein Reparaturset herausnehmen und einen imaginären Platten richten. Langsam.

Nachdem er sich verirrt hatte – wovon er Mrs. Shackleton nichts sagen würde – und den Weg zur High Street von Great Applewick gefunden hatte, war es beinahe Mittag.

Mit dem Bild im Kopf, das Mrs. Shackleton ihm beschrieben hatte, bog er nach rechts zu einer Straße mit Reihenhäusern ab und links auf den Weg entlang der Bahnlinie.

Nun wünschte er, er wäre im Ort geblieben und hätte sich ein Wirtshaus gesucht, um sich zu erfrischen. Als er gerade überlegte umzukehren, bemerkte er, dass das Gras neben der Bahnlinie gräulich weiß war. Er musste in der Nähe des Steinbruchs sein. Dort war es sinnlos, es mit »Observieren« zu versuchen. In seinem braunen Anzug und auf dem Jungenrad würde er innerhalb einer Minute zur Witzfigur werden. Lieber hielt er sich rechts, wo er nach Nether End gelangen müsste.

Er wurde langsamer, als er dem näher kam, was Mary Janes Cottage sein musste.

Wäre er noch bei der Polizei, hätte man eine wohldurchdachte Tarnung für ihn, auch wenn ihm nicht einfiel, was die sein sollte. Hier war weit und breit keine Hecke, die dringend gestutzt werden müsste. Die Trockenmauer könnte ein bisschen ausgebessert werden, doch sollte er sich daran versuchen, würde er es gründlich vermurksen – nicht zu vergessen, dass er für solche Tätigkeiten falsch gekleidet war. Nein, das Einzige, was ihm blieb, war, ausreichend Abstand zum Cottage zu halten und zu beobachten.

Die teils eingefallene Trockenmauer hatte den Vorteil, dass Sykes sein Rad hinüberheben, hinterhersteigen und sich unbemerkt dahinterducken konnte. Würde er entdeckt, könnte er behaupten, seinen Platten jenseits der Straße reparieren zu wollen, um nicht vom nicht vorhandenen Verkehr überrannt zu werden.

Nach einer knappen Stunde drohte Sykes' rechtes Bein einzuschlafen. Es kribbelte so heftig, dass er schreien wollte. Mary Jane könnte auf dem Markt sein. Einzig das Wissen, dass Frauen ihre Hausarbeit morgens erledigten, hielt ihn an Ort und Stelle – so dicht wie eine Flechte an den Steinen.

Die Cottagetür ging auf. Vorsichtig linste Sykes über die Mauer. Kate hatte gesagt, dass Mary vielleicht fortgehen würde und er sie beobachten sollte.

Ein Mädchen kam aus dem Haus, gefolgt von einem Jungen. Sie drehten sich um, winkten ins Haus und eilten die Straße entlang, als wären sie spät dran für die Schule. Sie waren also zum Mittagessen nach Hause gekommen. Mary Jane stand in der Tür und schaute ihnen nach, bis sie eine Wegbiegung erreichten. Von hinten sah Sykes nur ihr aufgestecktes Haar, das graue Kleid und die Bänder einer weißen Schürze.

Sykes' Magen grummelte; sein Schädel pochte, und die Waden taten ihm verteufelt weh. Die Frau wollte nirgends hin. Dies hier war Zeitverschwendung. Sykes rieb sich die Hände, um wieder Gefühl in die Finger zu bekommen. Ich sollte einige Kniebeugen machen, dachte er und erinnerte sich an den alten Sportlehrer aus seinen ersten Tagen bei der Polizei. Rücken gerade, Knie gebeugt und rauf und runter, rauf und runter. Wäre jemand an dieser Trockenmauer vorbeigegangen, hätte er vermutet, Sykes wäre frisch aus dem Irrenhaus entlaufen. Er blickte auf seine Uhr. Erst halb zwei. Geh irgendwohin, Frau, wenn du überhaupt wegwillst. Sykes riskierte es aufzustehen. Wie ein Greis stemmte er sich hoch. Und schüttelte abwechselnd die Beine aus, wobei er sich an der Mauer festhielt. So war es besser. Als Nächstes schwenkte er die Arme. Fordere das Schicksal nicht heraus. Zurück hinter die Mauer. Hinhocken und observieren. Wem gehörte diese Weide? Würde irgendein wütender Farmer aufkreuzen, mit einem Bullen im Schlepptau? Selbst schuld, wenn Sie auf die Hörner genommen werden, Mann!

Um zehn Minuten vor zwei wurde die Tür wieder geöffnet.

Mary Jane kam heraus, schloss ab und schob den Schlüssel durch den Briefschlitz. Sie trug einen grauen, wadenlangen Mantel, einen Hut mit Krempe, schwarze Strümpfe und schwarze Halbstiefel. Eine Tasche hatte sie nicht bei sich. Sykes musterte sie. Sie war ungefähr einen Meter fünfundsechzig groß, hatte schmale Schultern und hielt sich sehr gerade. Ihre Haltung ähnelte der von Mrs. Shackleton; sie hatte etwas Zurückhaltendes und Unberührbares an sich. Mit dem Unterschied, dass Mrs. Shackleton stets schnell ging, wie jemand, der eine Verabredung einhalten wollte, während sich Mrs. Armstrong langsam bewegte, als hätte sie noch einen langen Weg vor sich und müsste mit ihren Kräften haushalten.

Was es schwierig für Sykes machte, ihr auf dem Fahrrad zu folgen, erst recht bergab. Doch er wagte nicht, das Rad hinter der Mauer stehen zu lassen. Es zu verlieren wäre ein zu hoher Preis.

Also hob er es über die Mauer und stellte es behutsam ab. Noch steif vom langen Warten, stieg er über die Mauer und trat einen Stein los. Sehr bedauerlich.

Sykes schwang sich auf sein Rad. Er fand, dass er ganz und gar wie ein Handelsreisender aussah, obwohl er wünschte, in seinem braunen Aktenkoffer mit den Strumpfwaren wären auch ein Krümel Brot und Käse.

Nun war das Fahrradfahren eine wahre Tortur. Er bemühte sich, die Pedale zu treten, während er seinen Allerwertesten ein wenig über dem Sattel hielt. *Du darfst dein Rad zurückhaben, Thomas. Nie wieder!*

Mary Jane blickte weder nach links noch nach rechts, als sie an der Weberei vorbeiging. Sykes lauschte dem Rattern der Webstühle, bewunderte die hohen Kathedralenbögen der Fenster und dankte Gott, dass er nicht in solch einer Fabrik arbeitete.

Nun ging Mary Jane eine schmale Straße hinauf und überquerte eine Brücke. Jemand kam ihr entgegen, grüßte sie, setzte jedoch seinen Weg fort. Wäre es Rosie, würde sie an jeder Ecke stehen bleiben, um zu plaudern, und es schier unmöglich machen, ihr unauffällig zu folgen. Bei Mary Jane war es leicht. Niemand verwickelte sie in ein Gespräch.

Ah, da wollte sie also hin! Sie betrat den Bahnhof. Sykes sprang auf sein Rad, vergaß allen Schmerz und alles Muskelreißen und strampelte so schnell, wie es seine Beine erlaubten. Er wollte direkt hinter ihr am Schalter stehen und hören, was für eine Fahrkarte sie löste.

Bis er ankam, war sie bereits durch die Schranke. Er sah sie auf dem Bahnsteig von Gleis eins stehen.

»Fährt der Zug nach Leeds von Gleis eins?«, fragte Sykes am Schalter. Er vermutete, dass sie hinfuhr, um in einen anderen Zug umzusteigen.

»Ja. Der Zug fährt in drei Minuten.«

Sykes löste eine Fahrkarte und schob sein Rad durch die Schranke. Nun würde es komplizierter, weil er das Fahrrad zum Gepäckwaggon bringen müsste und Mary Jane damit aus den Augen verlor. Aber es war nicht zu ändern. Allerdings bewunderte er ihre Zeitplanung.

Der Zug stampfte in den Bahnhof. Ein älterer Herr hielt Mary Jane eine Abteiltür auf. Sie nickte zum Dank und stieg elegant und ruhig in den Zug.

Sykes' Armmuskeln schmerzten, als er sein Fahrrad in den Gepäckwaggon hob.

Aber es war eine Wohltat, aufrecht zu stehen.

Der Bahnhofswärter blies in seine Pfeife. Tuckernd verließ der Zug den Bahnhof, und die Geräusche und Bewegungen lullten Sykes in einen Tagtraum. Als der Zug jedoch hielt, blickte er nach draußen – für alle Fälle.

Sie fuhr nicht nach Leeds. Dies war Horsforth, und sie stieg aus. Wie ärgerlich! Sykes wurde sogleich hektisch. Er stieß mit dem Schaffner zusammen, als er nach dem Fahrrad griff, entschuldigte sich, es sei ein Notfall, und hielt dem Mann seine Fahrkarte unter die Nase, bevor er das Rad auf den Bahnsteig hob.

Seine Sorge war unbegründet gewesen. Gelassen schlenderte Mary Jane den Bahnsteig entlang. Sykes folgte ihr, schob das Fahrrad durch die Schranke und kam sich albern vor. Er hätte heute Morgen den Zug nach Horsforth nehmen und seine Fahrt erheblich verkürzen können. Der Zug fuhr zwar nicht von Great Applewick nach Headingley, sehr wohl aber von und nach Horsforth.

Mary Jane verließ den Bahnhof wie eine Schauspielerin, die ihren großen Auftritt hatte. Ein Stück weiter die Straße hinunter stieg ein Mann aus einem Wolseley. Er trug einen edlen dunklen Anzug und hatte sich einen Kaschmirmantel über die Schultern gehängt. Sein Gang war unbeschwert und selbstsicher. Mary Jane schritt ihm entgegen. Der Mann berührte nur ihre Hand, doch wie er es tat und wie sie Seite an Seite weitergingen, war vielsagend. Sie würden Sykes nicht einmal bemerken, wenn er direkt vor ihnen wäre, so sehr waren sie aufeinander konzentriert. Der Mann half Mary Jane langsam und routiniert in den Wagen.

Dann fuhr er los.

Sykes vergaß seinen wunden Allerwertesten, sprang auf sein Rad und trat in die Pedale. Und trat und trat. Bergab ließ er das

Fahrrad rollen und behielt das Automobil im Blick, bis es vor einem Gasthaus anhielt. Er würde sich ohrfeigen, sollte sich dies hier als fruchtloses Unterfangen erweisen und sich herausstellen, dass die Frau nicht Mary Jane Armstrong war. Was wäre, wenn er das falsche Cottage beobachtet hatte? Nein, ausgeschlossen. Sie war es.

Der Mann verließ den Wagen, öffnete seiner Begleiterin die Tür und reichte ihr die Hand. Erhobenen Hauptes, als stiege sie täglich aus modernen Automobilen, glitt sie hinaus auf den Gehweg. Gemeinsam betraten sie das Gasthaus durch eine Seitentür.

Sykes radelte näher heran, schob sein Fahrrad hinter das Gebäude und schloss es dort an ein Geländer. Kein Auftrag war den Verlust von Thomas' Fahrrad wert. Als Nächstes löste er den Vertreterkoffer vom Gepäckträger. Dann fiel ihm rechtzeitig ein, die Hosenklammern abzuziehen.

Durch die blanke Eichentür gelangte er in ein Vestibül mit zur Hälfte verglasten Innentüren zu beiden Seiten. Links konnte Sykes in dunkelgrüner Leuchtschrift das Wort *LOUNGE* ausmachen, rechts stand *WIRTSHAUSSTUBE*. Er entschied sich für das Nebenzimmer, weil er annahm, dass er von dort freien Blick über die Bar in die Lounge hätte.

Ein Kellner in einer langen weißen Schürze stand hinter dem Tresen und polierte hingebungsvoll ein Glas. Er trug sein Haar im Stil von Rudolph Valentino, dunkel von Pomade und nach hinten gekämmt. Auch sein schmaler Schnauzbart glänzte pomadig. Der Mann wandte sich Sykes zu und fragte munter: »Was darf es sein, mein Herr?«

»Servieren Sie Essen?«

»Oh ja. Pastete und Erbsen.«

»Dann nehme ich eine Portion und ein Glas von ihrem halbdunklen Bier bitte.«

»Ausgezeichnete Wahl, Sir.« Der Kellner verschwand.

Sykes vermutete, dass er in die Küche ging, um die Essensbestellung aufzugeben, und blickte durch die Bar in die Lounge. Keine Spur von dem Automobilisten und der Dame.

Er ging durch die Lounge und nach hintenraus, wo sich ein paar Toiletten mit frisch gestrichenen Türen fanden, die weder oben noch unten bis zum Rahmen reichten. Sykes betrat eine. Ordentlich geschnittenes Zeitungspapier hing an einem Nagel. Er benutzte die Toilette und kehrte in die Wirtshausstube zurück. Dort stand sein Bier auf dem Tisch, und daneben lagen ein Messer und eine Gabel.

Durchs Fenster sah er den Wagen, dessen Lack im Nachmittagssonnenschein blitzte. Es musste noch irgendeinen Speisesaal geben, einen Raum für Festlichkeiten oben oder vielleicht einen Privatsalon. Dieses Paar wollte nicht gemeinsam in der Öffentlichkeit gesehen werden.

Sykes nahm einen kräftigen Schluck von dem schaumigen Bier und wischte sich mit dem Handrücken über den Mund.

»Hier, bitte sehr, Sir.« Der Kellner balancierte den Teller auf seinem Handballen. Das gefaltete weiße Geschirrtuch über seinem Arm kam Sykes' linkem Auge gefährlich nahe.

Was werden die mir hierfür abknöpfen?, fragte Sykes sich. Für saubere Schürzen und schneeweiße Tischwäsche musste man stets teuer bezahlen.

»Danke.« Dampf und ein aromatischer Soßengeruch stiegen von dem Teller auf. »Das sieht gut aus.«

Ach, was soll's. Egal, wie viel es kostete, nach dem anstrengenden Morgen und all der bisher vergeblichen Mühe hatte er es sich verdient.

Der Kellner nickte zu seinem Koffer. »Sind Sie Handelsreisender?«

»In gewisser Weise. Strumpfwaren und so.«

»Damenstrümpfe?« Der Rudolph-Valentino-Kellner wirkte angemessen beeindruckt.

»Einige«, antwortete Sykes. »Nach dem Essen zeige ich Ihnen gern den Koffer, wenn Sie möchten.«

Traurig schüttelte der Mann den Kopf. »Sicher übersteigen die Sachen meine Mittel.«

»Kann man nie wissen«, entgegnete Sykes munter und schnitt in seine Fleischpastete.

»Lassen Sie es sich schmecken.«

»Werde ich.«

Wenig später kehrte der Kellner mit einem zweiten Glas Bier zurück. »Geht aufs Haus.«

»Zum Wohl!«, sagte Sykes und fragte sich finster, ob ihn dieses Bier ein Paar Strümpfe kosten würde. Er nickte zum Fenster. »Das ist ein schönes Automobil.«

»Ja, ist es.«

»Gehört es dem Wirt?«

»Nein, der ist seinen Pferden noch treu. Der Wagen gehört dem Colonel.«

»Colonel Ledger?«, riet Sykes.

»Ja. Kennen Sie ihn?«

»Nur vom Hörensagen. Ich vermute, das tut jeder in dieser Gegend. Denken Sie, er könnte an einem Paar Strümpfe interessiert sein?«

Der Kellner grinste. »Gut möglich, aber ich wäre nicht so lebensmüde, ihn anzusprechen. Verstehen Sie mich nicht falsch, er ist ein netter Mann, nicht so wie sein verstorbener Vater.« Er zog sich hinter den Tresen zurück, polierte ein Glas und verschwand.

Sykes aß langsam und genüsslich seine Pastete. Es kam nicht oft vor, dass ein Auftrag ihm einen Vorwand lieferte, in einem für seine Verhältnisse zu teuren Gasthaus zu sitzen und gemütlich zu Mittag zu essen. Er legte sein Besteck ab, ließ aber noch einiges Bier in seinem Glas übrig. Wie lange könnte er hier sitzen, ohne den Eindruck zu erwecken, er hätte nichts zu tun? Er konnte nicht einmal behaupten, nicht in den Regen zu wollen, denn es war ein schöner sonniger Tag.

Nun, er würde es riskieren. Sykes holte sein Notizbuch hervor. Handelsreisende führten schließlich Buch über ihre Verkäufe und ihre geplanten Besuche. Und dieser Ort war so gut wie jeder andere, um sich mit seiner Buchführung aufzuhalten.

Der Kellner erschien wieder hinter der Bar. »Darf es sonst noch etwas sein, Sir?«

»Nein, danke, aber ich zahle schon mal.« Sykes steckte sich den Stift hinters Ohr und brachte seinen Teller hinüber zum Tresen.

»Danke«, sagte der Kellner.

Sykes bezahlte und kehrte an seinen Platz zurück. Dann fiel ihm etwas ein. Er öffnete den Aktenkoffer und nahm ein Paar Strümpfe heraus. »Mit meiner Empfehlung.«

»Das ist überaus großzügig von Ihnen. Ich wollte aber nicht …«

»Weiß ich. Doch das Essen war gut, und Sie haben mir ein Bier ausgegeben. Was kann sich ein Mann mehr wünschen?«

Abgesehen von ein paar mehr Informationen in Zukunft. Es war immer gut, jemanden zu haben, an den man sich wieder wenden konnte.

»Entschuldigen Sie mich, Sir«, sagte der Kellner, weil eine Glocke geläutet hatte.

Sykes nahm den Koffer auf. Es würde seltsam wirken, sollte er jetzt noch länger bleiben. Außerdem würden sie hier bald schließen.

Auf dem Hof hinten legte er seine Hosenklammern wieder an und schloss sehr langsam sein Fahrrad auf. Dann befestigte er den Aktenkoffer auf dem Gepäckträger und schob das Rad über den Hof.

Der Mann und die Frau kamen durch die Seitentür heraus und gingen zu dem Automobil. Sie berührten sich nicht, und es war ein knapper halber Meter Abstand zwischen ihnen. Leider hatte Sykes keine Ahnung, was das zu bedeuten hatte.

Höflich reichte der Mann ihr die Hand zum Einsteigen. Sie schien zu zögern und lieber weggehen zu wollen, doch er insistierte. Also stieg sie ein, obgleich ein wenig linkisch, wie Sykes fand.

Er rechnete damit, dass der Wagen wenden und wieder den Hügel hinauffahren würde, doch er setzte seine Fahrt nach unten fort, also folgte Sykes ihm.

Der Mann hatte eine Hand am Lenkrad liegen, die andere auf der Schulter der Frau.

Als Sykes unten am Hügel ankam, gab der Wagen gerade wieder Gas und brauste davon. Die Frau stand auf der anderen Straßenseite an der Haltestelle der Straßenbahn, die sie zurück nach Great Applewick bringen würde.

Zwei

»Ein spätes Mittagessen«, hatte mein Vater zugestimmt.

Es war bereits mitten am Nachmittag, also würde es ein sehr spätes Mittagessen werden. Und ich war mir nicht sicher, ob für die Fahrt nach Wakefield genug Benzin im Tank war.

Die Jowett und ich fuhren über die vertraute Strecke durch die verrauchte Stadt, vorbei an Lagerhäusern, Webereien und Maschinenfabriken. Ruß verdunkelte meine Schutzbrille, und ihn mit Handschuhfingern abzuwischen half nicht viel. Dann aber folgte weite Landschaft mit Feldern, Schachtsohlen und baufälligen Cottages.

In Newton Hill hielt ich zum Tanken an. Als ich aus dem Wagen stieg, erschien ein untersetzter, rothaariger Tankwart aus einer Hütte. Er trug einen dunkelblauen Arbeitskittel und roch beruhigend nach Maschinenöl. »Kommen Sie von weit her?«

»Nur aus Leeds. Würden Sie bitte auch meinen Reservekanister auffüllen?«

Ich war froh, mir für einen Moment die Beine vertreten und den Staub abschütteln zu können. Mein Tag hatte mit einem sehr klaren und verstörenden Traum in den frühen Morgenstunden begonnen. Eine geisterhafte Miss Trimble stand in einem maulwurfsbraunen Kleid neben der Bank auf dem Friedhof, den Kopf halb mir zugewandt. An beiden Enden der Bank saßen von weißem Steinbruchstaub bedeckte Geister, und alle drei wetteiferten darum, sich Gehör zu verschaffen, redeten durcheinander. Was hatten die Toten gesagt?

Miss Trimble murmelte: »Ohne mich wird der Verein der Damen zerfallen …«

»Mein Hund Billy horcht, ob er meine Schritte hört«, sagte der tote Schäfer.

Ethans Worte verklangen, ehe ich sie verstehen konnte.

»Unterwegs nach Wakefield, Miss?«, rief der Tankwart mir zu.

»Ja, mein Vater lädt mich zum Essen ein.«

»Tja, wer's mag.« Er pfiff vor sich hin, während er den Tank befüllte.

Die Sonne schien und machte die Welt zu einem heiteren Ort für jene, die nicht von Gespenstern aus der Vergangenheit belästigt wurden.

All die Jahre hatte ich willentlich nicht darüber nachgedacht, dass ich adoptiert worden war. Ich hatte es schlicht aus meinen Gedanken verbannt. Und jetzt, dank Mary Jane, explodierte diese Information in meinem Kopf und hörte gar nicht mehr auf.

Jede Familie ist auf ihre eigene Art kompliziert. Ich kann auf eine lange Linie von Vorfahren seitens meiner Mutter zurückblicken. Der erste Baron gewann seinen Titel mittels seiner Schreibgewandtheit im Dienste von Elizabeth I. Mutter hatte es mir auf einem Bogen Kanzleipapier aufgemalt, als ich fünf Jahre alt war. Und sie gab mir einen Atlas, mit dem ich den Landraub ihrer Vorfahren nachvollziehen konnte.

Der Tankwart hatte meinen Tank befüllt und begann, Fliegen und Schmutz von meiner Windschutzscheibe zu waschen. »Unglaublich, dass Sie dadurch noch was gesehen haben, Miss.«

»Sie machen das wunderbar«, sagte ich, war jedoch mit den Gedanken woanders.

Die Familie meines Vaters blickt auf eine lange Militärgeschichte zurück. Er war der Erste, der zur Polizei ging. Ein ganzes Regal in dem Porzellanschrank der Familie ist angefüllt mit polierten Orden, die zurückgehen bis ins späte achtzehnte Jahrhundert.

Auch die Familie meines Mannes Gerald kann einige Historie vorweisen. Sie waren über die Grenze von England nach Schottland und wieder zurück gezogen. Wenn ich an die Shackletons denke, stelle ich mir einen Exodus in Kilts vor, angeführt von klugen Frauen und Heilern.

Wie passe ich in irgendeine dieser beachtlichen Geschichten hinein?

Gar nicht. Ging es nach der biologischen Abstammung, wusste ich ungefähr so viel wie der Spatz, der an irgendwas neben der Benzinpumpe pickte.

Als ich etwa sieben Jahre alt war, erzählte meine Mutter mir, dass ich adoptiert wurde und was es bedeutete. Danach nahm sie ein kleines Blatt hervor und fragte, ob ich es aufgemalt haben wollte. Ich verneinte und kritzelte auf dem Blatt.

Indem sie unangekündigt aufgekreuzt war, hatte Mary Jane mich gezwungen, einen riesigen roten Strich durch meine eigene Geschichte zu ziehen. Biologisch war ich Mrs. Whitaker, Barbara May und dem verlorenen Bruder, Cousin und Onkel verbunden, die im großen Krieg gefallen waren.

»Alles fertig«, verkündete der Tankwart.

Ich bezahlte und gab ihm ein Trinkgeld für seine Munterkeit. Das war mal ein Mann, der seine Arbeit liebte.

Als ich wegfuhr, wurde ich das Bild nicht los, das Mary Jane mir in den Kopf gepflanzt hatte: ein Säugling, der im angewinkelten Arm meines Vaters aus einem Haus in Wakefield getragen wurde.

Ich parkte in der Bull Ring, als wäre ich eben aus der Straßenbahn gestiegen, tauschte meine Autokappe gegen einen dunkelblauen Hut mit breiter Krempe, stopfte meinen weiten Mantel hinten in das Automobil und ging über den Cross Square. Schon jetzt war ich zehn Minuten zu spät, und mein Vater ist ein solch pünktlicher Mensch.

Wir hatten verabredet, uns im *Websters* zu treffen. Dort waren meine Mutter und ich vor meiner Heirat oft auf unseren Einkaufsausflügen eingekehrt. Es kam mir seltsam vor, meinen Vater inmitten all der elegant gekleideten Leute zu treffen.

Dad winkte mir zu, stand auf und zog mir einen Stuhl unter dem Tisch hervor. Andere Gäste schauten sich diskret zu uns um. Mein Vater hatte seinen Regenmantel ausgezogen und trug die Uniform der West Riding Constabulary. Mit deutlich über einem Meter achtzig war er schwerlich zu übersehen.

Er lächelte.

»Entschuldige die Verspätung, Dad. Ich musste unterwegs zum Tanken anhalten.«

»Ist schon gut. Unser neuer Chief Constable ist heute außer Haus, also wird keiner auf die Uhr sehen.« Er zeigte zur Speisekarte. »Ich habe schon für uns bestellt, was dir hoffentlich recht ist. Ich wusste ja, dass du bald hier sein würdest.«

»Und was esse ich?«

Er sah ein wenig verlegen aus. »Ich habe für uns beide den Hackbraten bestellt. Mein Zahn schmerzt ein bisschen; deshalb möchte ich möglichst wenig kauen. Aber falls du lieber …«

»Nein, das ist prima.«

Er neigte sich vor, und seine Augen blitzten. »Nun, was hat es mit dieser Heimlichtuerei auf sich? Für gewöhnlich lässt du mich nicht von Mrs. Sugden im Dienst anrufen, um ein Mittagessen zu verabreden.«

Ich faltete meine Serviette auseinander.

»Hatte sie es missverstanden?«, fragte mein Vater. »Hätte ich deine Mutter mitbringen sollen?«

»Nein, ich wollte mit dir reden. Nun, eigentlich mit euch beiden, aber ich dachte, vorher mit dir.«

Je mehr ich herumdruckste, desto schlimmer würde es werden. Ich kenne meinen Vater sehr gut und erkannte sofort, dass er glaubte, es gäbe Neuigkeiten zu mir und Marcus Charles. Vermutlich hatte Tante Berta meiner Mutter erzählt, wie viel Zeit ich während der Woche in London mit Marcus verbracht hatte.

Im Geiste konnte ich meine Tante laut und klar am Telefon hören. »Ginny, meine Liebe, Kate war immerzu mit diesem Polizistenfreund aus, und habe ich ihn mal zu Gesicht bekommen? Nein. Habe ich irgendwas gehört? Nein. Aber etwas geht da vor sich, glaub mir.«

Mein Vater sagt, wäre die Gendarmerie halb so gut darin, das Telefon zu nutzen, wie es Mutter und Tante Berta sind, würde es die Kommunikation innerhalb der Polizei erheblich verbessern.

Und seine nächsten Worte bestätigten meinen Verdacht. »Deine Tante Berta hat uns erzählt, wie bedauerlich sie es fand, Inspector Charles nicht kennenzulernen, als du in London warst. Er hört sich nach einem netten Mann an.«

»Ja, ist er.«

»Übrigens musst du dich nicht verpflichtet fühlen, um Jim Sykes' willen mit deiner Detektei weiterzumachen. Zwar war es mein Vorschlag, dass du ihn überhaupt engagierst, doch er würde auch eine andere Stellung finden. Und dasselbe gilt für Mrs. Sugden.« Er sah mich an und erkannte seinen Irrtum sofort. »Springe ich gerade in ein Fettnäpfchen?«

»Ja, tust du. Dad, ich weiß nicht, was Tante Berta erzählt hat, aber dir ist bekannt, wie gern sie Leute verkuppelt. Ich habe nicht vor, meine Arbeit aufzugeben oder mein kleines Haus zu verlassen.«

»Entschuldige, es ist nur …«

»Der Grund, weshalb ich dich sehen wollte, Dad … Ich weiß nicht, wo ich anfangen soll. Es hat nichts mit Marcus oder meinem Besuch in London zu tun.«

»Was ist es dann?«

»Gestern in den frühen Morgenstunden suchte mich eine Frau auf, deren Mann verschwunden ist, und die Umstände, wie es dazu kam, sind ungeklärt. Sie hat sich in den Kopf gesetzt, dass ich die Richtige bin, ihn zu finden.«

Dad nickte. »Ich verstehe, warum sie das denkt. Bei solchen Fällen kannst du einige Erfolge vorweisen.«

»Ihr Name ist Mary Jane Armstrong geborene Whitaker.«

Für einen Moment wirkte er verwirrt; dann fiel bei ihm der Groschen. »Whitaker?«

»Ja.«

»Aus Wakefield?«

Ich bejahte. »Sie sagt, dass sie in einem der Yards aufgewachsen ist, die von der Westgate abgehen.«

»White Swan Yard?«

»Ja, genau.«

»Tja, dann hat sie den richtigen Namen und die richtige Adresse. Glaubst du ihr?«

»Ja, ich glaube ihr, dass sie meine Schwester ist. Wir sehen uns nicht sehr ähnlich, aber da ist irgendwas. Sie hat zwei Kinder, und so komisch es ist, erinnert mich das Mädchen an mich in dem Alter. Die Kleine ist ungefähr zehn.«

Er nahm sein Messer mit der rechten Hand auf, gab es in seine linke und wieder zurück, bevor er es auf den Tisch legte. »Wir hätten wohl damit rechnen müssen, dass so etwas passieren kann. Wie hat sie dich gefunden?«

Ich erzählte ihm kurz von der anderen Schwester, die meinen Werdegang verfolgt hatte.

Mein Vater beugte sich vor und sagte leise: »Du musst das nicht tun, wenn du nicht willst. Du kannst den Fall an die Polizei abgeben.«

»Habe ich bereits versucht, ebenso wie Mary Jane. Der Sergeant vor Ort hatte am Samstagabend eine Suche organisiert, die nichts erbrachte.«

»Wo wohnt sie?«

»In Great Applewick.«

»Möchtest du mir von dem Fall erzählen?«

»Ja, das sollte ich, denn er ist komplizierter, als er auf den ersten Blick scheint. Gestern gab es einen Todesfall dort, eine Miss Trimble, und ich kann mich des Gefühls nicht erwehren, dass die beiden Geschehnisse zusammenhängen. Es müsste eine Autopsie vorgenommen werden, um die Todesursache festzustellen, doch ich glaube, der Arzt wird den Totenschein unterschreiben, ohne eine vorzunehmen.«

Nun wirkte mein Vater interessiert, denn er begriff, was nicht ausgesprochen wurde. Wir könnten während des Essens und darüber hinaus ausschließlich den Fall besprechen, doch mich trieb etwas Persönlicheres um. »Bevor wir näher darauf eingehen, kannst du mir hoffentlich eines erzählen.«

Die Bedienung brachte unseren Hackbraten mit Kartoffeln und Erbsen, alles bedeckt von einer verdächtig dunklen Bratensoße.

»Was möchtest du wissen?«, fragte mein Vater, als sie wieder gegangen war.

»Kann ich nicht genau sagen. Mutter hat meine Adoption früher ein- oder zweimal angesprochen. Ich schätze, sie hielt es für ihre Pflicht, aber ich wollte zu der Zeit nichts davon wissen. Jetzt bleibt mir keine andere Wahl.«

»Wäre es dann nicht besser, mit deiner Mutter zu reden?«

»Noch nicht. Erst will ich meine Gedanken ordnen. Es ist so, dass Mary Jane sagt, *du* wärst gekommen, um mich zu holen. Und sie behauptet, dass sie es verhindern wollte.«

»Daran erinnere ich mich nicht. Aber es waren noch andere Kinder dort.«

»Also hat sie recht. Du hast mich bei ihnen abgeholt.«

»Ja. Deine Mutter war draußen. Ich hatte mir einen Wagen geliehen. Ginny wollte nicht mit reingehen. Ich bin nicht sicher, wovor sie sich fürchtete. Vielleicht dachte sie, es könnte Tränen geben oder eine Szene. Deine Mutter ist recht empfindsam.«

»Weshalb ich erst einmal selbst alles richtig verstehen möchte. Wenn du mir meine Fragen beantwortest, brauche ich Mutter nur noch zu erzählen, dass ich meine ursprüngliche Familie kennengelernt habe. Ich möchte nicht, dass es zu einem großen Drama wird.«

Von denen gab es wahrlich schon genug. Mutter hatte den Verlust von Gerald bisher ebenso wenig verwunden wie ich.

Mein Vater konzentrierte sich sehr auf das Kauen seines Hackbratens und zerdrückte ein Stück Kartoffel mit seiner Gabel. Er bemühte sich, nur seine linke Mundhälfte zu benutzen.

»Du musst zu einem Zahnarzt, Dad.«

»Weiß ich. Aber du weißt auch, was ich von den Burschen halte.«

»Mach trotzdem einen Termin.«

»Werde ich.« Er schluckte. »Ich habe gehört, dass ein neuer irgendwo in der Nähe der Kirkgate eröffnet hat. Vielleicht versuche ich es mal bei ihm.«

»Tu das. Soll ich mitkommen?«

»Das würde ein schönes Bild abgeben, was?« Mit der Gabel nahm er einige Erbsen auf. »Was möchtest du noch wissen?«

»Warum jene Familie? Warum gaben die Whitakers mich weg?«

Dad legte sein Besteck hin. Wären wir nicht in der Öffentlichkeit, er wäre ganz gewiss aufgestanden und rausgegangen – wegen seiner Zahnschmerzen und seines Unbehagens. Er runzelte die Stirn. »Deine Mutter und ich ...« Er stockte. So würde es von jetzt an sein. Selbst das Wort »Mutter« hätte einen anderen Klang. »Wir waren drei Jahre verheiratet, und sie wollte unbedingt Kinder. Über Adoption hatten wir nie gesprochen, aber eines Tages kam ich früh nach Hause, und sie war nicht da. Als ich sie später fragte, wo sie gewesen war, sagte sie, dass sie im Bede Home war ...«

»Dem Waisenhaus?«

»Ja. Dort fand einer der jährlichen ›Pfundstage‹ statt, an denen die Leute ein Pfund Mehl, ein Pfund Zucker und so weiter spendeten, und sie hatte sich daran beteiligt. Ich kann nicht sagen, wie viele Pfund sie hingetragen hatte, die sie zuvor bei ihren Freundinnen gesammelt hatte. Und da wusste ich Bescheid. Wir Männer sehen anderen nicht immer ins Herz. Jedenfalls ging mir nicht aus dem Kopf, dass sie im Bede Home gewesen war und was sie über all die Jungen in dem Heim gesagt hatte. Es waren nur Jungen. Beinahe erwartete ich, dass sie vorschlug, einen von ihnen zu adoptieren, doch das tat sie nicht. Dann kam jener kalte, neblige Tag im Oktober, und ich ging betrübt nach Hause. Einer meiner besten Männer war plötzlich an einem Herzinfarkt gestorben. Er war erst fünfundvierzig und hatte elf Kinder.«

»Elf?«

»Es war das letzte Jahrhundert, Kate. Da wusste man wenig bis gar nichts über ...«

Er musste es nicht aussprechen; mir war auch so klar, was er meinte. Ohne das, was ich durch Marie Stopes und ihresgleichen über Familienplanung wusste, hätte ich niemals gewagt, was ich letzte Woche mit Marcus gemacht hatte. Allerdings brachte es mich ins Grübeln. Wenn meine biologische Mutter so unsagbar fruchtbar war, warum war es mir dann nicht gelungen, ein Kind zu empfangen, ehe mir Gerald genommen worden war?

»Du warst erst wenige Monate alt. Mrs. Whitaker war vierundvierzig und ausgelaugt. Nach dem Tod ihres Mannes hatte sie den Mut verloren ... Sie hatte Töchter, die alt genug waren, für dich zu sorgen, doch mussten die arbeiten gehen. Als ich nach Hause kam und Ginny alles erzählte, rechnete ich nicht damit, dass sie Mrs. Whitaker besuchen wollen würde. Doch das tat sie, und an dem Abend erzählte sie mir, dass sie dich adoptieren wollte.«

»Einfach so?«

Er zögerte, und mir wurde klar, dass es nicht ganz so simpel gewesen war. Meine Mutter dürfte sämtliche Eventualitäten abgewogen haben. Wie ich sie kenne, hatte sie wahrscheinlich die anderen Kinder genauestens gemustert, um sich zu vergewissern, dass sie körperlich und geistig auf der Höhe waren.

Bedächtig sagte mein Vater: »In dem Moment, in dem sie dich sah, wollte sie dich mit nach Hause nehmen. Wir sprachen darüber, und ... Ich bin sicher, dass deine Familie dich nicht weggeben wollte, doch unter den Umständen ...«

Ich nickte. Nein, hierbei würde ich ihm nicht helfen. Es war an ihm, mir zu erzählen, was ich wissen wollte, und ich würde ihn nicht durch Fragen ablenken.

»Fahr fort«, sagte ich. Diesen kleinen Polizistensatz hatte ich bei Marcus aufgeschnappt.

»Wie du weißt, hat deine Mutter dir nie verheimlicht, dass wir dich adoptiert haben. Aber als Kind warst du nicht neugierig. Nachdem die Zwillinge geboren waren, schienst du nur entschlossener denn je zu sein, Teil unserer Familie zu sein und keiner anderen.«

Das stimmte. Ich erinnerte mich gut, wie meine kleinen Brüder aus dem Entbindungsheim nach Hause kamen, ich sie unbedingt beschützen wollte und mir wünschte, sie würden schnell wachsen, damit ich mit ihnen spielen und sie herumkommandieren konnte.

Dad fuhr fort: »Deine Mutter hatte mehrere hübsche Ansprachen geplant, falls du ihr Fragen stellen solltest, doch das hast du nie.«

Wozu hatte sie hübsche Ansprachen gebraucht, wenn nicht, um irgendetwas Bitteres zu vertuschen? »Wurde Geld gezahlt?«, fragte ich.

Er schüttelte den Kopf. »Nein. Ich sorgte dafür, dass die Familie Zuwendungen aus der Unterstützungskasse der Polizei bekam, und es wurde eine Sammlung für sie veranstaltet. Für die älteren Kinder fand man Arbeit. Als zwei Jungen nach Kanada gehen wollten, schrieb ich ihnen Empfehlungsschreiben für die dortige berittene Polizei.« Er lächelte. »Wochenlang lernten sie Reiten ohne Sattel auf einer Farm in Outwood. Ich glaube, sie haben sich recht gut gemacht.«

»Lebt die Familie noch an derselben Adresse?«

Natürlich wusste er, dass ich nicht nach der »Familie« fragte, sondern nach meiner Mutter.

»Mrs. Whitaker wohnt in dem zweiten Haus rechts im White Swan Yard. Ich sehe hin und wieder nach ihr. Sie fragt nach dir.«

Auf einmal überkam mich eine bleierne Schwere, sodass ich mich wie festgeklebt auf dem Stuhl fühlte. Würde es jetzt einen Feueralarm geben, müsste man mich nach draußen tragen.

Die Kellnerin erschien und fragte munter, ob wir eine Nachspeise wünschten. Wir verneinten, bestellten jedoch eine Kanne Tee.

Als sie gegangen war, sagte mein Vater: »Ich nehme an, du möchtest Mrs. Whitaker kennenlernen.«

»Ja, sollte ich wohl. Sie muss schon ziemlich alt sein.«

»In den Siebzigern. Ich bin froh, dass du mich nach ihr fragst. Oft schieben wir Dinge im Leben auf, bis es zu spät ist.«

Zum Glück bedrängte er mich nicht mit Fragen, wann ich zu ihr wollte. Etwas sagte mir, dass es besser wäre, meine Mutter zu sehen und ihr alles zu erzählen, bevor ich diese andere Mutter im White Swan Yard besuchte.

Eine Weile schwiegen wir. Der Tee wurde serviert, ich rührte ihn um und schenkte uns ein.

»Ich muss meinen abkühlen lassen.« Mein Vater rieb sich die Wange.

Die Zahnschmerzen hielten ihn indes nicht davon ab, reichlich Zucker in die Tasse zu löffeln.

»Aber erzähl mir von Mary Janes vermisstem Ehemann«, sagte er. »Konntest du viel herausfinden?«

»Nein, und es ist ein sehr seltsamer Fall. Seine Kinder, zumindest seine Tochter, hatten ihn regungslos im Steinbruch liegen gesehen. Und jetzt ist er nirgends zu finden.«

»Regungslos?«

»Tot. Ich glaube, dass er ermordet wurde und noch jemand in der Nähe lauerte, um die Leiche loszuwerden.«

»Was ist mit dem dortigen Sergeant? Du hast gesagt, dass der Steinbruch abgesucht wurde.«

»Ja. Ich könnte mich irren. Harriet könnte sich irren. Sie ist ein kleines Mädchen, doch irgendwie denke ich das nicht. Der Sergeant hat beschlossen, ihr nicht zu glauben und es als Märchen abzutun. Ethans Werkzeug ist verschwunden. Deshalb meint der Sergeant, dass Ethan nach einem Streit mit seiner

Frau fortgegangen ist. Und dann der Tod der Vikarsschwester, Miss Trimble. Ich bin sicher, sie hätte mir etwas erzählen können. Aber mir ist bewusst, wie weit hergeholt das alles klingt.«

Dad rührte in seinem Tee. »Wie heißt der Vermisste?«

»Ethan Armstrong.«

Mitten im Rühren hielt er inne und starrte mich an. »Ethan Armstrong aus Great Applewick?«

»Ja.«

»Und er arbeitet als ...?«

»Steinmetz.«

»Aha.«

»Was ist?«

Mein Vater rührte weiter und vergaß anscheinend, dass sich der Zucker längst aufgelöst haben dürfte.

»Katie, ich möchte, dass du mit mir zum Revier zurückkommst. Und dann erzählst du mir bitte alles, was du weißt.«

»Aber ...«

»Es wird das Beste sein, wenn ich nichts mehr sage. Doch natürlich, wenn ich die Einzelheiten habe ... wird die Chance weit größer sein, ihn zu finden.«

Er sah mich nicht direkt an, als er einen Schluck Tee trank. Dabei verzog er das Gesicht, was jedoch auch an seinem kranken Zahn liegen konnte.

Mein Vater nahm meinen Arm, als wir den Bull Ring überquerten, als rechnete er damit, dass ich unter eine Straßenbahn geraten könnte. Auf dem Weg die Wood Street hinunter plauderte er vor sich hin.

Seine Worte wehten über mich hinweg.

Mrs. Whitaker wohnt in dem zweiten Haus rechts im White Swan Yard.

Er hielt meinen Arm weiterhin, obwohl wir außer Reichweite irgendwelcher Straßenbahnlinien waren. »Deine Mutter hofft, dass du für ein paar Tage zu uns kommst. Letzte Woche hat sie mich ins Empire gezerrt, um *Blut und Sand* anzusehen. Und irgendetwas ist im Grand, von dem sie geredet hat. *Zwei Waisen im Sturm*, das war es. Ich besorge euch gern Karten, falls du den Film sehen willst.«

Zweites Haus rechts, White Swan Yard.

Wir hatten die Back Bond Street erreicht, und gleich würden wir das rote Backsteingebäude der West Riding Constabulary betreten.

Zweites Haus rechts, White Swan Yard.

Ich blieb stehen. Noch nie fühlte ich mich weniger in der Verfassung, eine Aussage zu machen, und um die bat mein Vater mich. Armer Dad. Er hatte sein Bestes gegeben, es wie eine Routineangelegenheit darzustellen, die im Nu vorbei wäre. Doch ich kannte ihn zu gut. Warum hatte sich seine Haltung so schlagartig verändert, als er Ethan Armstrongs Namen gehört hatte?

Eigentlich hatte ich vorgehabt, den Fall abzutreten – an Sergeant Sharp oder Jim Sykes – doch nun erkannte ich, dass es mein Fall war. Mary Jane hatte sich an mich gewandt.

White Swan Yard, das zweite Haus rechts.

Mir kam es falsch vor, meinen Vater zum Revier zu begleiten.

»Warum, Dad? Woher rührt dein plötzliches Interesse? Bevor du Ethans Namen erfuhrst, warst du noch dafür, die Sache dem dortigen Sergeant zu überlassen.«

Mein Vater gab sich ganz professionell. Er war nicht mehr mein Dad, sondern der Superintendent, der sprach wie bei einer öffentlichen Versammlung, nicht wie zu seiner Tochter. »Der Mann wird vermisst, womit es in unsere Zuständigkeit fällt. Ich werde überprüfen, ob schon eine Meldung vorliegt.«

»Alles, was ich dir erzählen kann, weiß ich lediglich aus zweiter Hand von Mary Jane, Harriet und ...«

»Exakt.« Er hielt mir die Tür auf. »Du hast bereits ermittelt. Das könnte uns eine Menge Zeit ersparen.«

»Dad! Du bittest mich ...«

Doch wir waren bereits im Gebäude und durchquerten den Empfangsbereich, wo meine flachen Absätze auf dem Fliesenboden klackerten. Auf der Treppe kamen wir an einem Mann in Zivil vorbei. Mein Vater nickte einem jungen Burschen zu, der schwere Aktenordner trug; er sprach leise mit dem Mann.

In seinem Büro wies Dad auf einen Stuhl vor seinem Schreibtisch und nahm selbst dahinter Platz.

Mir entging nicht, wie widerwillig es sich anhörte, als ich sagte: »Mary Jane hat ihre Aussage bei der Polizei vor Ort gemacht. Dem habe ich wirklich nichts hinzuzufügen.«

»Katie, was ist mit dir? Du willst den Mann doch finden, oder nicht?«

»Doch, natürlich. Nur ist da etwas, das du mir nicht erzählst. Und das ist nicht fair.«

Mein Vater seufzte. »Sagen wir mal, Ethan Armstrong ist wegen seiner politischen Aktivitäten unter polizeilicher Beobachtung. Hast du dich in ihrem Haus umgesehen?«

»Ja.«

»Was hast du gefunden?«

Ich schüttelte den Kopf. »Wenn ihr ihn schon wegen seiner politischen Aktivitäten auf eurer Liste habt, wisst ihr bereits, was ich gefunden habe. Da war nichts versteckt. Er ist in der Gewerkschaft, was ja nicht strafbar ist, oder? Dad, du weißt, wie es für die Männer ist, die aus dem Krieg zurückgekommen sind und dachten, sie würde eine neue Welt erwarten, sie würden wie Helden empfangen und mit Heimen ausgestattet werden. Mich überrascht nicht, dass sie versuchen, etwas zu unternehmen, weil sie im Stich gelassen wurden.«

»Aber da gibt es Mittel und Wege, Katie. Manche dieser Gruppen stiften Unfrieden, rufen zum Generalstreik auf oder dazu, dass die Arbeiter die Produktionsstätten übernehmen. Sie glauben sich im Russland von 1917. Sie haben den Fabrik- und den Farmbesitzern den Krieg erklärt, und sie alle kamen zurück mit dem Wissen, wie man tötet. Das sind Männer, die äußerlich aussehen wie vorher, doch was in ihren Köpfen vorgeht, lässt sich nicht so leicht erkennen.«

Ich lächelte. »Dad, er schreibt Briefe. Da war die Rede von einem Zusammenschluss der Gewerkschaften – der Minen- und der Steinbrucharbeiter – und von Unterstützung der Männer, die streikten oder ausgesperrt waren von einer Grube, in der die Löhne gekürzt wurden. Er sammelte alles Erdenkliche an Wissen durch Zeitungsausschnitte an und hat seine eigene Bibliothek voller Bücher, die er verleiht. Da ist nichts Finsteres. Überhaupt nichts. Er hat eine Sammlung für die Familien der streikenden Minenarbeiter veranstaltet, aber in der Kasse fehlt kein Geld.«

Es klopfte an der Tür, und mein Vater rief: »Herein!«

Der junge Mann, dem wir auf der Treppe begegnet waren, kam lautlos herein und reichte meinem Vater eine Notiz mit den Worten: »Keine Meldung zu Ethan Armstrong.«

Dad sah ihn erbost an. »In Zukunft falten Sie die Nachrichten, wenn sie vertraulich sein sollen, und enthalten sich jeden Kommentars. Nicht, dass es im gegenwärtigen Fall nötig wäre, denn dies ist meine Tochter, Mrs. Shackleton.«

Der junge Mann wurde feuerrot. »Verzeihung, Sir. Madam.«

»Fragen Sie in Otley nach, Simpson. Vielleicht hocken die auf einer Vermisstenmeldung zu Ethan Armstrong und einem plötzlichen Todesfall …« Er sah mich an.

»Trimble. Miss Aurora Trimble aus dem Pfarrhaus.«

»Ja, Sir.« Der junge Mann eilte zur Tür.

Mein Vater verschränkte die Finger und betrachtete die aneinandergefügten Handballen. Sein Ton war beschwichtigend: »Sicher hast du recht, was Mr. Armstrong angeht. Ich mache diese Listen des Innenministeriums nicht, und in jedem Bezirk wird eine Menge vor Ort für sich behalten. Es ist gut möglich, dass Sergeant Sharp seine eigenen Erkundigungen einzieht. Wovon er dir nicht erzählt haben wird, doch er wird an dem Fall dran sein. Ich bitte dich nicht um eine offizielle Aussage oder etwas dergleichen ...«

Ach nein?, dachte ich. So klang es aber, als du Ethan Armstrongs Namen hörtest. Einzig mein Trotz lässt dich die Taktik ändern.

»Erzähl mir einfach, was du da gehört und gesehen hast, Katie. Es ist gut möglich, dass sich alles noch heute auf die eine oder andere Weise klärt. Und vielleicht ist sogar schon eine Meldung auf dem Weg hierher. Also, was hatte Mary Jane zu sagen?«

»Wenn du noch heute einen Bericht bekommst ...«

So leicht ließ mein Vater sich nicht ablenken. »Ich würde es lieber von dir hören.«

Ich entkam diesem Verhör nicht.

»Ungefähr um fünf Uhr am Samstagnachmittag brachte Harriet ihrem Vater Essen zum Steinbruch. Er arbeitete da allein, stellte noch eine Sonnenuhr für Colonel Ledger fertig. Harriet beschreibt, dass sie ihren Vater gesehen hat und sicher war, dass er tot ist. Sie ist zu den nächsten Nachbarn gegangen, um Hilfe zu holen – zur Farm der Conroys.«

»Sehr vernünftig.«

»Ich ging gestern gleich als Erstes mit ihr zum Steinbruch und habe einige Fotografien gemacht.«

»Hast du die bei dir?«

»Die Aufnahmen zeigen nichts Eindeutiges.« Ich nahm sie aus meiner Tasche und legte sie auf den Schreibtisch. »Dies hier ist hinter der Steinmetzhütte. Es sind Fußspuren zu sehen, was eigentlich nicht ungewöhnlich ist, aber eine von ihnen ist eher klein. Es könnte der Fußabdruck einer Frau sein oder eines kleinen Mannes oder Jungen. Austin, Mary Janes Sohn, dachte, dass ein Kobold hinter der Hütte ist. Es gehen alle möglichen Schauergeschichten über den Steinbruch um, die Kinder von dort fernhalten sollen. Aber Austin könnte wirklich etwas gehört haben. Und dann ist da noch dies hier.«

Mein Vater betrachtete die Aufnahme von dem flachen Wasserbecken, dem Fußabdruck und den Schleifspuren auf dem feuchten Grund. »Ja, ich erkenne, wie das aussieht. Und dieser Teich …«

»Das dachte ich auch. Er sieht tief aus, doch es ist aufgestiegenes Grundwasser und Regen, ziemlich flach, nicht tief genug, um eine Leiche zu verbergen.«

»Bist du sicher?«

»Einer der anderen Steinmetze hat es mir gesagt.«

»Trotzdem könnten wir es überprüfen.«

»Mir kam der Gedanke …«

»Fahr fort, Katie. Egal, wie unsinnig es klingen mag.«

»Jemand, der den Steinbruch nicht kennt, könnte das Gleiche angenommen haben wie ich und die Leiche zu dem Teich geschleppt haben. Dann hat er seinen Fehler bemerkt und musste sich etwas anderes ausdenken, wie er den Toten verschwinden lässt.«

»Kann ich die Aufnahmen behalten?« Dads Finger zuckten um die Fotografien.

»Wenn ihr ermittelt und nicht ich, brauche ich sie nicht mehr. Aber wozu dieses Mantel-und-Degen-Gehabe? Armstrong ist ein ehrbarer Arbeiter, der sich für bessere Arbeitsbedingungen einsetzt. Was ist daran so revolutionär?«

»Katie«, erwiderte Dad in einem Ton, der mir bedeuten sollte, ich wisse weit weniger, als ich glaubte. »Ethan Armstrong gehört zu einem großen Netzwerk. Unterschätze die Motivation von Menschen nicht, die eine radikale Veränderung der Gesellschaft wollen. Wir müssen wachsam sein. Diese Männer haben Zugang zu Sprengstoffen. Und es sind noch eine Menge Kriegswaffen im Umlauf, die Soldaten mit nach Hause gebracht haben. Im ganzen Land behalten wir die eng verbundenen Gruppen politisch Aktiver im Blick, und nicht nur die Iren.«

»Ich bin über keine Anarchistenbomben oder Pistolen gestolpert. Die Armstrongs wohnen in einer eintönigen Straße namens Nether End, in einem feuchten Cottage, das immerhin über ein anständiges Dach und einen Garten verfügt, um ein bisschen Gemüse anzubauen. Ethan Armstrong mag Zugriff auf Sprengstoffe haben, doch mir scheint er eher ein Mann zu sein, der vorzugsweise Papier und Tinte benutzt.«

Dad nickte. »Du bist eine gute Menschenkennerin, Katie, aber vergiss nicht, dass du ihm nicht persönlich begegnet bist. Nach allem, was du sagst, könnte dies hier nichts mit Politik zu tun haben. Es könnte sich um eine rein häusliche Angelegenheit handeln oder eine Meinungsverschiedenheit am Arbeitsplatz. Es könnte am Ende eine sehr einfache Erklärung herauskommen. Jetzt überlass das uns, Katie. Fahr nicht wieder dorthin.«

Ich hatte nicht vorgehabt, wieder hinzufahren, dennoch überraschte mich, dass mein Vater mir praktisch befahl, es nicht zu tun. »Es stimmt, dass ich Mühe habe, objektiv zu sein. Deshalb ist Sykes heute in Great Applewick und schaut sich um.«

»Dann ruf ihn bitte zurück.«

»Dad, was verschweigst du mir?«

Denn was ich *dir verschweige, ist, dass auch Mrs. Sugden unbedingt nach Great Applewick fahren und ein wenig auf eigene Faust herumhorchen möchte. Sykes als Ladendetektivin zu helfen ist ihr zu Kopfe gestiegen.*

Mein Vater trommelte mit den Fingern auf dem Tisch. »Diese Geschichte ist dir viel zu nahe. Mary Jane hätte nachdenken und diskreter sein sollen.«

»Diskretion ist nicht das Erste, was einer Frau in den Sinn kommt, deren Ehemann vermisst wird.«

Er bejahte und sagte ruhiger: »Was noch ein Grund für dich ist, dich zurückzuziehen. Überlass das mir. Und ich möchte dir einen Tipp bezüglich Harriets Geschichte geben. Man kann sich nicht immer auf das verlassen, was Kinder sagen, erst recht nicht bei Mädchen in dem Alter. Sie fantasieren gern. Sind sie einmal im Rampenlicht, wollen sie es bleiben und halten an ihrer Geschichte fest, ganz gleich wie erfunden sie ist.«

Drei

Ich war den kurzen Weg von der Back Bond Street zum Cross Square oft genug gegangen, um ihn so blind zu finden wie ein Pferd mit Scheuklappen. Doch an der Ecke Wood Street spielte ein alter Soldat solch eine bewegende Melodie auf seiner Flöte, dass ich stehen blieb. Ich ließ ein Geldstück in seine Mütze fallen. So viele tapfere Männer da draußen versuchten, sich so etwas wie ein Leben zusammenzukratzen. Ich wünschte, ich hätte die Kraft, entweder nicht hinzusehen oder mich einer noblen Sache zu verschreiben.

Und mir kamen Mary Janes Worte in den Sinn, wen unsere Familie im Krieg verloren hatte: einen Bruder, einen Cousin, einen Onkel. Sei nicht neugierig auf diese Familie, ermahnte ich mich. Frag dich nicht, wie sie sind, ob jemand das absolute Gehör, ein Faible für Pferde, für Fotografie oder Rudolph Valentino hat; ob jemand belesen ist und es zu Ruhm und Reichtum brächte, hätte er die Möglichkeiten gehabt, die mir geboten wurden.

Wie hatte Dad gesagt? Mrs. Whitaker hatte den Mut verloren, als ihr Ehemann starb – den Mut, mich zu behalten.

Aber waren sie alle entmutigt gewesen? Bei zehn anderen Kindern mussten zumindest einige von ihnen gearbeitet haben und andere groß genug gewesen sein, um einen Säugling zu füttern und zu wickeln. Sie hätten mich behalten können.

Ich war froh, dass sie es nicht getan hatten.

Den Mut verlieren. Nun, ich wusste, wie sich das anfühlte. Ich hatte den Mut verloren, was Hilfe für Mary Jane betraf.

Mein Grund, Sykes in den Kampf zu schicken, war der, dass ich mich dem nicht stellen konnte. Mary Jane hätte nicht zu mir kommen dürfen. Ihr Vater war Polizist gewesen. Dort musste es noch jemanden geben, den ihre Mutter kannte – und sei es mein Vater – und an den sie sich hätte wenden können. Von ihrer Schwester Barbara May wusste sie, dass ich Gerald verloren hatte. Dennoch hatte sie mir die Wahl genommen, indem sie vor meiner Tür aufgekreuzt war. Nun, jetzt hatte ich wieder eine Wahl und sie getroffen. Sollte die West Riding Constabulary wegen des Todes oder Verschwindens von Ethan Armstrong ermitteln.

Ich wollte kein Teil der Whitaker-Familie sein. Nach allem, was Dad mir erzählt und was ich von Mary Jane gehört habe, schienen sie mir ein seltsamer Haufen zu sein. Reiter, die sich zum anderen Ende der Welt aufmachten; eine neugierige Barbara May, die herausgefunden hatte, wo ich wohnte; eine Zofe, Mary Jane, die von ihrem Chef bezahlt wurde, um für anzügliche Fotografien zu posieren, und seither immerfort unzufrieden war. Es waren Leute, die sich in alle Richtungen und keine bewegten, die um sich selbst kreisten. Eine Familie, getrieben von Not, ohne jemals einen Moment Ruhe, in dem sie überlegen konnten, was ein schönes Leben wäre, und ohne die Fähigkeit, in einem nützlichen Beruf voranzukommen.

Trotzdem wollte ich sehen, woher ich kam – nicht die Familie, nur die Straße.

White Swan Yard, zweite Tür rechts.

Also ging ich zurück über den Cross Square, vorbei an der Bread Street und über die Westgate. Da war es: White Swan Yard. Ich betrat den kleinen Hof. Nur ein Blick, sonst nichts. Ein kurzer Blick auf den Ort.

Ein säuerlicher Abwassergeruch mischte sich mit dem nach Kohl und dem Hopfenaroma aus dem *White Swan*. An einer

Wäscheleine hinten in dem Hof hingen ein gräuliches Laken, ein Unterrock und eine lange Unterhose. In der Mitte der Häuserreihe schrubbte eine Frau in einem langen schwarzen Kleid und einer weißen Schürze einen Fenstersims. Der Blecheimer neben ihr auf dem Boden war von Wasserspritzern umgeben. Auf den Steinplatten lag ein zufriedener Hund, der sich träge das Ohr kratzte.

In diesen Hof kamen nie Fremde, vermutete ich. Sie hätten keinen Grund.

Ich sah zum zweiten Haus in der Reihe. Die untere Fensterhälfte war von einer weißen Gardine verhüllt und die obere von einem halb heruntergelassenen Rollo beschattet. Die Eingangsstufen und der Fenstersims waren blitzsauber, und blaue Vorhänge hingen im Fenster oben. Die Tür war braun gestrichen.

Die erste Haustür ging auf, und kleine Kinder kamen herausgelaufen.

War sie da, in dem zweiten Haus, die Frau, die mich geboren und weggegeben hatte? Wenn ich lange genug hier stand, würde dann ein mir unbekannter Bruder zum Abendessen nach Hause kommen, oder lebte sie allein? Vielleicht arbeitete sie oder hütete Enkelkinder. Ich hatte keine Ahnung. Es wäre einfach, das herauszufinden. Ich musste nichts weiter tun, als an die Tür zu klopfen.

Aber ich wollte es nicht wissen. Das hier reichte. Es bloß mal anzusehen. Ich ballte eine Hand zur Faust, jedoch nicht, um an die Tür zu klopfen. Stattdessen verließ ich die Sackgasse, ging die Straße auf und ab, überquerte sie und wechselte erneut die Straßenseite, und schließlich kehrte ich zum White Swan Yard und dem zweiten Haus rechts zurück.

Elf Kinder hatten Mr. und Mrs. Whitaker bekommen, und es könnten noch diverse Fehlgeburten dazwischen gewesen sein. Wen hatte Mrs. Whitaker weggegeben? Mich. Logik und Vernunft sagten mir, dass es nichts damit zu tun hatte, wie ich aussah, mich anfühlte oder roch, und dennoch, wie hatte sie das tun können? Wie ein unerwünschtes Kätzchen war ich genommen und weggeschickt worden.

Abermals formte ich meine Hand zur Faust, bereit, sie gegen die Tür zu schlagen. Nein, ich brauchte keine weiteren Komplikationen in meinem Leben. Mary Jane hatte sie hereingedrängt und anderen Plänen in den Weg gestellt.

Morgen würde ich die Versicherung besuchen und hoffentlich einen neuen Auftrag übernehmen. Am Besuchstag würde ich zum Catterick Hospital fahren und … Ich erlaubte mir nicht, den Gedanken zu Ende zu denken, dass ich unter den Männern nach Gerald suchen würde, die ihr Gedächtnis verloren oder solch schwere Verletzungen erlitten hatten, dass sie sich für immer von der Welt abwenden wollten. Einige kleinere Hospitäler in diversen Teilen des Landes hatten ihre Pforten geschlossen und die Männer nach Catterick verlegt. Es war eine vage Chance, und dennoch …

Die braune Tür des zweiten Hauses im White Swan Yard entwickelte ein Eigenleben. Alles andere in der Sackgasse verschwamm zu nichts. Da waren nur ich und diese Tür.

Wären drinnen Stimmen, könnte ich sie hören, wenn ich näher heranginge? Vielleicht befolgte Mary Jane meinen Rat und erzählte ihrer Mutter in diesem Moment von ihren Sorgen – und berichtete von der nutzlosen Schwester, die damals weggegeben worden war. Sie hatten richtig gehandelt, sie auszuschließen.

Kein Geräusch.

Was wäre, wenn sie heute Nacht starb, diese Frau, die mich zur Welt gebracht hatte? Würde es eine Rolle spielen, dass ich sie nie gesehen hatte? Ich könnte mich entscheiden, nicht zu klopfen. Alles, was ich zu tun bräuchte, wäre, die Sackgasse zu verlassen, nach rechts abzubiegen, zurück zu meinem Automobil zu gehen und nach Hause zu fahren.

Mein Vater hatte recht. Sollte die Polizei Mary Jane helfen. Wenn etwas Sache der Polizei war, dann dies. Ich hatte es von Anfang an gesagt. Wenn sich die Wogen geglättet hatten, würde ich vielleicht wieder herkommen und an die Tür klopfen.

Außerdem sollte ich zuerst mit meiner richtigen Mutter reden, der Frau, die mich aufgezogen und gesund gepflegt hatte, wenn ich krank gewesen war. Die, die sich dauernd beklagte, dass niemand außer mir mit ihr ins Lichtspielhaus ging. Was natürlich nicht stimmte, aber sie sagte es, um mich nach Hause zu locken.

Dem schläfrigen Hund wurde es zu langweilig, mich anzustarren, und er schloss die Augen.

Ich klopfte an die Tür. Das Fenster war so nahe, dass ich durch den Spalt zwischen Gardine und Rollo hineinsehen konnte. Da war sie, saß in einem Sessel am Herd. Ein wenig Ruhe also. Sie hatte sich hingesetzt und genoss Frieden und Stille.

Die hagere, grauhaarige Frau in dem langen dunklen Rock und der dunkelblauen Weste über einem langärmeligen Pullover stemmte sich aus dem Sessel hoch. Ich wandte den Blick ab, damit sie mich nicht dabei ertappte, wie ich durchs Fenster spähte. Und dann wurde die Tür geöffnet.

Wir sahen einander einen Moment lang an. Die Haut unterhalb ihrer hohen Wangenknochen war von Linien durchzogen wie die Straßenbahn-Endhaltestelle, voller sich kreuzender feiner Falten. Dann verengten sich ihre Augen, als versuchte sie, mich einzuordnen.

»Mrs. Whitaker?«

»Wer will das wissen?«

»Kate Shackleton. Sie kennen mich vielleicht, wenn ich Catherine Hood sage.«

Ihre Hand wanderte zu ihrem Herzen. Was für eine Idiotin ich war! Sie könnte vor Schreck tot umfallen, und es wäre meine Schuld.

Im zweiten Haus rechts im White Swan Yard fiel heute eine Frau tot um vor Schreck, als sie mit ihrer lange verschollenen Tochter konfrontiert wurde. Eine der Familie nahestehenden Person sagte …

Entschuldige, Mary Jane. Deinen verschwundenen Mann konnte ich zwar nicht finden, aber ich habe deiner Mutter eine hübsche Herzattacke verpasst. Vielleicht könntest du ein Doppelbegräbnis arrangieren, sollte Ethans Leiche auftauchen.

Doch sie fiel nicht tot um; sie öffnete die Tür weiter. »Kommen Sie lieber rein.« Beim Sprechen schaute sie zum Kaminsims, als wäre dort eine Uhr, als wollte sie sich den genauen Zeitpunkt von Catherines Rückkehr einprägen. Doch da war keine Uhr. Sie blinzelte nicht oder wirkte sonst im Geringsten überrascht, sondern sagte beinahe beiläufig, als griffe sie irgendein Thema wieder auf: »Im ersten Augenblick dachte ich, ich habe meine Tante Phoebe vor mir. Sie kommen nach ihr.«

»Ich war gerade in der Nähe«, erklärte ich. »Ich bleibe auch nicht lange.«

Nicht länger, als du mich hast bleiben lassen.

Ich sah mich im Haus um. Es gab nicht viele Sitzgelegenheiten. Abgesehen von dem Sessel, in dem sie gesessen hatte, beschränkte sich die Möblierung auf ein paar Hocker und einen Tisch.

Sie bemerkte, dass ich mich umschaute. »Du hattest Glück, hier rauszukommen, Mädchen.«

»Sie haben elf Kinder gehabt? Hier?« Es war nicht beabsichtigt, dass es so herauskam.

»Zehn, ohne Sie. Möchten Sie sich setzen?«

Ich begriff, dass sie den Sessel meinte, zog mir jedoch einen Hocker unter dem Tisch hervor und ließ mich darauf nieder.

Sie kehrte in ihren Sessel zurück. »Sie waren gerade in der Nähe?«

Zweiunddreißig Jahre hatte es gedauert, bis ich zufällig vorbeikam.

»Ich hatte mich mit Dad auf einen Happen im *Websters* getroffen.«

»Sehr nett.«

»Ich habe ihn nach Ihnen gefragt und dachte, es wäre an der Zeit, dass wir uns wenigstens mal Guten Tag sagen. Das ist hoffentlich in Ordnung.«

»Und wenn nicht, wäre es nicht mehr von Bedeutung. Sie haben jetzt Guten Tag gesagt.« Sie musterte mich von oben bis unten, von meinem Hut über den Mantel und die Strümpfe bis zu meinen Schuhen. »Hat er Ihnen erzählt, wie es kam, dass sie Sie bei sich aufgenommen hatten?«

»Ja.« Sie benutzte das Wort »adoptieren« nicht. »Sie waren verwitwet.«

Sie seufzte. »Ja, so war es. Und mir tut leid, dass Sie durch den Krieg zur Witwe geworden sind. Unsere Barbara May hat es mir erzählt.«

»Barbara May scheint recht viel über mich zu wissen.«

Sie nickte und war sichtlich stolz auf Barbara Mays umfangreiches Wissen. »Es gibt immer einen, der die Familie zusammenhält, sich an alle Geburtstage, Hochzeiten, Todestage und die Namen der Kinder erinnert. Bei uns ist das Barbara May. Sie stellt uns alle in den Schatten. Sie hat sogar rausbekommen, wo Sie wohnen, und gesagt, sie fährt mal mit mir hin, dann könnten wir durchs Fenster hineinsehen, wenn Sie nicht da sind. Ich wollte nicht. Aber jetzt sind Sie hier. Habe ich Barbara May zu verdanken, dass Sie gekommen sind?«

»Nein, Mary Jane.«

»Mary Jane?« Sie zog den Kopf ein Stück zurück und drückte das Kinn nach unten, als bräuchte sie mehr Platz, um diese unerwartete Information zu verdauen.

»Sie war bei mir.«

»Ach, war sie das? Dann muss sie in Schwierigkeiten stecken. Sie besucht nie jemanden, wenn sie nicht irgendwas von ihm will. Was ist los?«

Nun wünschte ich, dass ich Mary Jane herausgehalten und diesen Besuch auf ein anderes Mal verschoben hätte. »Dann sehen Sie sie und die Kinder nicht oft?«

»Nein. Doch Ethan kommt schon noch. Er ist ein guter Kerl. Wenn er mal bei einem seiner Treffen hier ist, schaut er jedes Mal vorbei, und nie mit leeren Händen. Immer bringt er ein paar Eier oder ein Schinkenstück mit oder ein Pfund Mehl. Einmal hat er mir sogar ein Huhn gebracht.« Sie kicherte, weil es ihr so außergewöhnlich vorkam. »Ich kann Ihnen sagen, das Rupfen war nicht ohne!«

Ich lächelte und stand auf, um zu gehen. »Ich komme Sie ein andermal wieder besuchen, wenn es Ihnen recht ist.«

»Wenn Sie mögen. Falls Ihnen danach ist.«

»Tja, auf Wiedersehen.«

Was sollte ich tun? Ihr die Hand schütteln, sie auf die Wange küssen oder ihr Haar berühren? Ich tat nichts von alldem. Als ich an der Tür war, legte sie eine Hand auf meinen Arm.

»Was ist mit Mary Jane, dass sie zu Ihnen zum Jammern gekommen ist?«

Es hatte keinen Sinn zu lügen, denn sie würde es über kurz oder lang doch erfahren.

»Ethan ist fort. Sie hat ihn seit Samstag nicht mehr gesehen.«

Sie griff um mich herum und nach einem Mantel, der drinnen an der Tür hing. »Ich fahre lieber zu ihr.«

»Nein, wirklich, ich bin sicher …«

»Ich bin die, zu der sie hätte kommen sollen. Können Sie mich hinbringen? Ich weiß, dass Sie ein Automobil haben. Es ist blau.«

Barbara May musste ihr das erzählt haben.

»Geben Sie mir den Einkaufskorb, ja?«

Ich nahm einen Korb vom Tisch auf.

»Wir können unterwegs noch ein oder zwei Sachen besorgen, wenn sie sowieso nicht mit uns rechnet – jedenfalls nicht mit mir.«

Ich könnte Nein sagen. Ich sollte Nein sagen. Was tat ich überhaupt hier?

Wir waren draußen. Sie schloss die Tür ab und ließ den Schlüssel an einer Schnur durch den Briefschlitz fallen.

Der Hund schaute zu uns hoch, richtete seinen alten Körper von den Steinen auf und wedelte mit dem Schwanz.

Als wir den Hof verließen, trottete er uns nach.

»Der Hund folgt uns.«

»Ah, ja, das ist mein Hund Benjie. Er muss natürlich mit.«

Beim Gemüsehändler und beim Schlachter bat sie darum, anschreiben zu dürfen, doch ich bezahlte. Warum hatte ich das Gefühl, dass ich weiterhin bezahlen würde, und das nicht bloß in Bargeld?

Während der gesamten Fahrt saß sie stocksteif da, die Schutzdecke über ihren Schultern und den großen Hund auf dem Schoß, von dem gerade mal der Kopf aus der Decke lugte. Manchmal sah er besorgt nach draußen, als wir durch stille Straßen fuhren, und hin und wieder bellte er ein Nichts an. Als wir in den Lärm und Qualm der Stadt kamen, entspannte er sich und schloss die Augen.

Dies ist das Beste, was ich tun kann, sagte ich mir. Nun wird Mary Jane jemanden aus ihrer richtigen Familie haben, der bei ihr ist, und die Polizei kann Ethans Verschwinden nachgehen. Ich kann mich zurückziehen.

Es wurde allmählich dunkel, als wir Great Applewick erreichten. Dort folgte ich dem inzwischen bekannten Weg zu Mary Janes Cottage. Im Erdgeschoss waren die Vorhänge zurückgezogen und die Rollos oben. Eine Kerze brannte auf der Fensterbank, als wollte sie Ethan nach Hause locken.

Mrs. Whitaker schlug die Decke zurück, und Benjie sprang hervor. Der Hund rannte zur Cottagetür.

Ich half Mrs. Whitaker aus dem Wagen, und wir gingen gemeinsam zur Haustür. Sie öffnete und trat geradewegs ein. Die Kinder waren in ihren Pyjamas. Mary Jane saß am Tisch, trank Tee und rauchte eine Zigarette.

Überrascht sah sie auf. »Hallo, Mam. Dich hatte ich nicht erwartet.«

»Wann wolltest du es mir erzählen?«, fragte Mrs. Whitaker, während sie ihren Mantel aufknöpfte.

»Grandma!«, rief Harriet. Sie lief auf Mrs. Whitaker zu, die sie in die Arme schloss und küsste.

Der Hund hatte sich noch draußen an dem Apfelbaum erleichtert und kam nun hereingeflitzt. Im Zimmer wurde es bedeutend enger, und ich blieb an der Tür.

Mary Jane sah mich vorwurfsvoll an. »Du hast gesagt, dass du heute nicht kommst.«

»Ich kann nichts mehr tun, Mary Jane. Die West Riding Constabulary ermittelt im Fall von Ethans Verschwinden. Damit ist mir die Sache aus der Hand genommen. Wenn ich etwas zu berichten habe oder tun kann, werde ich da sein.«

Harriet war ganz Ohr. Hastig stand Mary Jane auf, zog mich nach draußen und schloss die Tür hinter uns. »Kleine Ferkel haben große Ohren«, sagte sie. Und als wir außer Hörweite waren, fragte sie: »Nichts? Nichts?«

»Ich habe den Fall nicht aufgegeben.«

»Den Fall? Dann bin ich ein Fall?«

»Du weißt, was ich meine.«

»Mam wird das genießen. Kommt hier an und kommandiert alle herum. Und dann noch ihr stinkender Hund! Hast du seinen Atem gerochen?«

»Die Kinder mögen den Hund. Er wird sie ablenken.«

»Oh ja, wird er. Die werden ihn an einem Tau durchs Dorf führen.« Sie zog an ihrer Zigarette, die so kurz war, dass sie ihr die nikotinfleckigen Finger verbrennen musste. »Danke für nichts.«

Ich öffnete die Tür und verabschiedete mich von Mrs. Whitaker und den Kindern. Mary Jane ging ins Cottage und schloss wieder die Haustür. Somit war ich ausgesperrt.

Als ich eben in meinen Wagen stieg, kam Harriet barfuß angelaufen. »Raymond hat das hier für dich gebracht. Es ist ein Stück Schiefer von der Sonnenuhr.«

Sie gab mir ein Tuch, das an allen vier Ecken verknotet war und in dem sich etwas Hartes befand. Es mussten die Blumen sein, mit denen Ethan den Fehler im Schiefer hatte verdecken wollen. Sollten es vier sein, hatte er seine Arbeit abgeschlossen gehabt. Bei dreien oder weniger war er unterbrochen worden, bevor er sie beendet hatte.

Es könnte noch ein Puzzlestück sein oder nicht. Ich legte das Päckchen neben mich auf den Sitz.

»Vielen Dank, Harriet.«

»Ich bin froh, dass du Grandma gebracht hast.«

»Bin ich auch. Dann gute Nacht.«

»Gute Nacht.«

Sie stand noch an der Straße, als ich den Motor anließ. »Geh ins Haus, sonst erkältest du dich.«

»Glaubst du mir? Glaubst du, was ich gesagt habe, denn Sergeant Sharp denkt, dass ich eine Lügnerin bin.«

»Ja, Harriet, ich glaube dir.«

»Hat jemand Dad ermordet? Und Miss Trimble?«

»Ich weiß es nicht.«

»Und denkst du …«

»Was?«

»Wenn ich Dad früher sein Essen gebracht hätte, wäre dann alles gut gewesen? Ist es meine Schuld, Tante Katie?«

Zum ersten Mal nahm sie mein Angebot an, mich »Tante« zu nennen.

»Nichts hiervon ist deine Schuld, Harriet. Frag deine Grandma. Sie wird dir das Gleiche sagen.«

Vier

Es war nach acht Uhr, als ich in ein dunkles Haus heimkehrte. Ich schaltete das Licht in der Diele ein. Die zweite Post lag auf dem Dielentisch. Ich ging durch in die Küche, wo ein kleines Feuer im Herd brannte.

Als ich an die Tür zu ihrem Anbau klopfte, antwortete Mrs. Sugden nicht. Also kehrte ich in die Küche zurück, schürte das Feuer, stellte eine Gasflamme an und befüllte den Kessel.

Auf dem Tisch lagen zwei Nachrichten. Die erste lautete:

6 Uhr. Sookie wurde gefüttert und gekrault. Habe dreimal im Abstand von jeweils zwei Stunden nach ihr gesehen. Kätzchen machen einen guten Eindruck. Eliz Merton

Elizabeth Merton wohnt gegenüber. Sie ist die Schwester des Professors und seine Haushälterin.

Die zweite Nachricht steckte in einem versiegelten braunen Umschlag mit meinem Namen in Mrs. Sugdens ordentlicher, geschwungener Handschrift. Ich öffnete den Umschlag und zog das kleine linierte Blatt heraus.

Sie haben recht. Bei solch einem Fall sind alle Kräfte gefragt. Nehme die Straßenbahn bis zur Endhaltestelle. Treffen in der Spiritualist Church in Great Applewick heute Abend.
P.S.: Ihr Termin mit Mr. Wright von Yorkshire Mutual Insurance ist morgen um 9.30 Uhr.
P.P.S.: Habe für alle Fälle eine kleine Reisetasche mitgenommen.

Ich hatte nichts davon gesagt, dass alle Kräfte gefragt wären. Mrs. Sugden war es mit ihrem Strickzeug zu langweilig geworden, sie hatte alle ausgeliehenen Bücher gelesen und wollte nun ein wenig herumspionieren.

Es läutete. Eilig ging ich hin, weil ich mit einer müden Mrs. Sugden rechnete, die zu erschöpft von herumwirbelnden Geistern und der Rückreise in der Straßenbahn war, um in ihrer Tasche nach den Schlüsseln zu wühlen.

»Hallo! Sie sehen so aus, wie ich mich fühle.«

Es war Sykes. Er nahm ein Paket aus der Satteltasche eines Fahrrads, das er anschließend in die Diele schob. »Ich habe uns Fish and Chips mitgebracht.«

Noch nie war ich so froh gewesen, ihn zu sehen. »Kommen Sie mit in die Küche. Haben Sie gewusst, dass Mrs. Sugden losgefahren ist, um herumzuschnüffeln?«

»Ja. Sie war bei mir zu Hause und hat es Rosie erzählt. Anscheinend wusste sie von einer Spiritistengemeinde da draußen und denkt, wenn sie die mal besucht, könnte es Früchte tragen.«

»Was für Früchte?«

»Sie glaubt, Leute, die solche Kirchen besuchen, um mit den Verstorbenen zu sprechen, wissen alles, was es über die noch Lebenden zu wissen gibt.«

Sykes öffnete das in Zeitungspapier gewickelte Paket. Umgehend roch die Küche wie ein Imbiss.

Ich stellte die Teekanne und Tassen auf den Tisch und wandte mich zur Besteckschublade um.

»Vergessen Sie das Besteck. Ist nur unnötiger Abwasch.« Sykes teilte die Portion Fish and Chips auf. »Haben Sie eingelegte Zwiebeln?«

Ich sah im Schrank nach. »Sie sind im obersten Regal, also müssten Sie die herunternehmen.«

Währenddessen suchte ich nach einer langstieligen Gabel und spülte sie unter dem Wasserhahn ab; Mrs. Sugden übertreibt es gern mit der Silberpolitur.

Beim Abendessen erzählte ich Sykes, dass mein Vater mir untersagt hatte, weiter für Mary Jane zu ermitteln. »Ich bin nur froh, dass er heute keine Leute dort hatte, die direkt über Sie, mich und Mrs. Sugden gestolpert sind.«

»Waren Sie dort?«

»Ich habe Mrs. Whitaker zu Mary Jane gefahren.«

»Mrs. Whitaker?« Sykes spießte eine Zwiebel auf.

»Mary Janes Mutter.« Und meine natürlich.

»Aha.« Die Zwiebel plumpste zurück ins Glas, und Sykes hatte Mühe, sie wieder einzufangen. Dabei fragte sein Blick: *Was soll ich jetzt sagen?*

Ich seufzte und erklärte: »Ich hatte meinen Mut zusammengenommen und an ihre Tür geklopft.«

White Swan Yard, Wakefield, zweites Haus rechts.

»War es das erste Mal, dass Sie Ihre ... Mrs. Whitaker gesehen haben?«

»Ja, und ich muss ihr zugutehalten, dass sie sofort zu Mary Jane wollte. Ein Freund in der Not und so. Wahrscheinlich nützt Mary Jane und den Kindern ihre Anwesenheit mehr, als meine es könnte.«

Was ich ausließ, waren meine Empfindungen zu Mrs. Whitaker. Sykes würde nicht mit irgendeinem Gefühlsausbruch rechnen, und ich war mir noch viel zu unsicher, was ich empfinden oder denken sollte, geschweige denn sagen.

»War Mary Jane froh, ihre Mutter zu sehen?«

»Nein, sie war nicht entzückt.«

Sykes bot mir eine eingelegte Zwiebel an, die ich nahm. Dann spießte er zwei weitere für sich auf.

An der Konzentration, mit der er die Panadekrümel aß, erkannte ich, dass er mehr zu erzählen hatte. Er knüllte sein Stück fettiges Zeitungspapier fest zu einem Anzünder zusammen. »Ich habe Mary Jane heute gesehen, zuerst an ihrer Tür, wie sie den Kindern winkte, als sie nach dem Mittagessen in die Schule gingen. Und dann in einem schicken grauen Mantel und einem Hut mit einer Blume dran, wie sie den Zug nach Horsforth nahm.«

»Horsforth? Ich frage mich, ob da die schlaue Schwester Barbara May gelandet ist. Sie ist die, die in der Familie alle auf dem Laufenden hält.«

»Sofern Barbara May keinen Mohairanzug und Kaschmirmantel trägt, einen Wolseley fährt und Colonel Ledger als Alias dient, nicht. Sie sind in einem Privatzimmer im *Station Hotel* verschwunden.«

Mir blieb ein Pommes-Stück im Hals stecken. »Ich vermute, sie muss es gewesen sein, wenn Sie ihr von ihrem Haus aus gefolgt sind?«

Er ging zur Spüle, drehte den Wasserhahn auf und wusch sich die Hände, sodass er mir den Rücken zugekehrt hatte. »Sie haben einen ähnlichen Gang, was Sie hoffentlich nicht falsch verstehen.«

»Fahren Sie fort. Ich werde Sie auch nicht mit eingelegten Zwiebeln bewerfen.«

»Wie soll ich es beschreiben? Fließend, sehr aufrecht, als hätten Sie einen Kochtopf auf dem Kopf.«

»Danke.« Demnach hatte Mary Jane die gleiche Haltung, die ich dank Tante Berta für vornehm hielt. Ich müsste Mary Jane mal fragen, ob sie jemals gedrängt worden war, mit einem Wörterbuch auf dem Kopf herumzulaufen. »Woher wissen Sie, dass der Mann, den sie getroffen hat, Colonel Ledger war?«

»Der Kellner ist sehr freundlich, besonders, wenn man ihm ein Paar Strümpfe schenkt.«

Kein Wunder, dass Mary Jane mir gegenüber so verschlossen gewesen war. Vielleicht hatte sie all die Jahre eine Affäre mit dem Colonel. Das *Station Hotel*. Colonel Ledger musste ein Vermögen besitzen, und Mary Jane gab sich mit dem *Station Hotel* zufrieden.

»Hatte der Kellner erwähnt, ob die beiden sich dort regelmäßig treffen?«

»Ich wollte es nicht zu weit treiben. Aber sicher könnte ich es herausfinden.«

Ich wischte den Küchentisch ab, um Zeit zum Nachdenken zu haben. »Legen Sie bitte noch ein Kohlenstück auf?« Ich wollte ihm Ethan Armstrongs Unterlagen und die Stücke von der Sonnenuhr zeigen, doch zunächst musste ich verarbeiten, was er über Mary Jane erzählt hatte. »Ich gehe nach Sookie und ihren Jungen sehen.«

Ich wollte einen Moment allein sein und in Ruhe nachdenken. Meine Gedanken bewegten sich in ein Dutzend verschiedene Richtungen, als ich mir Mary Jane und Ledger vorstellte.

Langsam trug ich einige Fischstückchen für Sookie nach oben. Sie und ihre Jungen schliefen. Auf dem Boden neben der Kommode lag eine alte Zeitung, auf der ein leeres Schälchen und eine beinahe leere Untertasse standen. Beides brachte ich ins Bad und spülte es ab. Als ich in mein Schlafzimmer zurückkam, war Sookie wach und sah mich an.

Es war immer gut, etwas Neues und sehr Konkretes zu haben, um das man sich sorgen konnte. Was wäre, wenn sie oder eines der Kätzchen über die Rückwand der Schublade kletterten und ins Nichts fielen? Jemand, beispielsweise die freundliche Elizabeth Merton, könnte ins Zimmer kommen, versehentlich die Schublade zuschieben und sie zerquetschen.

Das konnte ich im Moment nicht verhindern, es sei denn,

ich zog die Schublade ganz heraus. Gute Idee. Was Sookie nicht fand. Sie murrte, weil ihr Dach verschwunden war. Manche Katzen erlaubten sich schlicht nicht, dankbar zu sein.

»Ist alles in Ordnung?«, rief Sykes von unten, als die Schublade auf den Fußboden rumste.

»Ja.« Ich brauchte ihn wahrlich nicht hier oben.

Sykes stand unten an der Treppe. »Rosie macht das auch, setzt sich plötzlich in den Kopf, Möbel umzustellen. Es hält uns alle auf Trab.«

Sykes hatte frischen Tee aufgebrüht, als ich wieder zu ihm kam.

Ich legte das Tuchpäckchen von Harriet in die Mitte des Küchentisches. Drinnen fanden sich vier blaue Schieferscherben, jede mit einer zarten Blume darauf.

»Was ist das?«, fragte Sykes. »Sammeln Sie jetzt Schieferstücke?«

»Bei der Arbeit an der Sonnenuhr stieß Ethan auf einen Fehler im Schiefer. Er hat eine Blume hineingemeißelt, um ihn zu verdecken, und wollte dann drei weitere hineinritzen. Ich hatte Raymond gebeten, in den Scherben nachzusehen, ob Ethan die Arbeit beendet hatte.«

Sykes nahm hintereinander alle Blumen auf. »Wie es aussieht, hatte er.«

»Ja. Folglich ist unwahrscheinlich, dass er aus Wut seine eigene Arbeit zerstört hat. Der Colonel deutete an, dass es einen Fehler in dem Schiefer gegeben haben könnte, irgendeinen verborgenen Riss, der Ethans Arbeit ruinierte und zur Folge hatte, dass die Platte im letzten Moment auseinanderbrach. Aber diesen Teilen nach zu urteilen, würde ich sagen, dass er fertig wurde und zufrieden gewesen sein dürfte.«

Sykes überlegte. Er drängte mich nicht, mich zu Mary Jane und dem Colonel zu äußern, sondern fragte: »Sollten wir nach dem heutigen Tag noch alles für bare Münze nehmen, was der Colonel sagt?«

»Wohl nicht.« Ich wickelte die Schieferstücke wieder ein.

»Natürlich könnte das Treffen der beiden heute Nachmittag recht harmlos gewesen sein.«

Sykes hielt nie irgendwas, das irgendjemand tat, für recht harmlos. Er wollte eine Reaktion von mir, und ich fragte: »Wenn es harmlos war, warum traf Mary Jane ihn dann nicht in der Öffentlichkeit?«

Sykes schüttelte den Kopf. »Weiß ich nicht. Vielleicht wollte sie nicht zum Herrenhaus gehen und riskieren, die Frau des Colonels zu sehen.«

Ich holte die Papiere aus Ethan Armstrongs Truhe, die Mary Jane mir aufgenötigt hatte, aus dem Esszimmer. »Mein Vater wird nicht begeistert sein, dass ich die hier habe. Er nimmt an, dass Ethan nichts Gutes im Schilde führte, politisch. Die Special Branch, die Sonderabteilung für Staatssicherheit, hat ihn auf ihrer Liste.«

Sykes stieß einen leisen Pfiff aus. »Sollten Sie denen dann nicht die Papiere übergeben? Wenn es um Politisches geht, ist es Sache der Spezialisten, Mrs. Shackleton.«

»Wir sind Spezialisten, Mr. Sykes. Wir müssen alles Mögliche verstehen, um uns durch dieses Dickicht zu arbeiten.«

»Aber wir sind nicht mehr an dem Fall dran, oder doch?«

»Kann sein. Was uns indes nicht davon abhält, neugierig zu sein, nicht wahr?«

»Nein«, antwortete er nachdenklich. »Und wenn die Constabulary und die Sonderabteilung alles aus einer bestimmten Warte betrachten, schadet es nicht, dass wir mal in eine andere Richtung schauen.«

»Auf den Colonel und meine Schwester?«

Er nickte. »Und sei es nur, um sie streichen zu können.«

»Oder nicht.«

»Oder nicht.«

Wir teilten uns Ethan Armstrongs Unterlagen auf und lasen sie sorgfältig.

Nach einer Stunde konstatierte Sykes: »Viel verlangen sie nicht, diese Gewerkschafter. Nur ein neues Jerusalem auf grünem englischen Boden.«

»Ich denke nicht, dass es ganz so uneigennützig ist. Sie wünschen sich eine Vierundvierzig-Stunden-Woche, bessere Bezahlung und bessere Arbeitsbedingungen. Hier ist nichts, was Frauen und Kindern hilft.«

»Einen Mann gut zu bezahlen hilft seiner Familie.«

»Nicht zwangsläufig, Mr. Sykes.«

Ich sah die Namen der Gewerkschaftsmitglieder an und fragte mich, wer von ihnen seine Kameraden verraten haben könnte. Der einzige mir bekannte Name war Raymond Turnbull, Ethans ehemaliger Lehrling und Sohn des Vorarbeiters. Ich erzählte Sykes von Raymonds Bemerkungen – dass Ethan gesagt hatte, es gebe einen Spitzel unter ihnen.

»Die gibt es immer«, sagte Sykes. »Manche Leute fühlen sich gut dabei, Informationen weiterzugeben. Sie kommen sich dann wichtig vor.« Er nahm die Zeitungen auf und schaute die Erscheinungsdaten nach. »Das ist eigenartig. Armstrong hat all diese Ausgaben vom *Daily Herald*, und diese eine von letzter Woche vom *Wakefield Express*, und da ist dieselbe Anzeige auf der Titelseite, von der Sie mir erzählt haben.«

Er gab mir die Zeitung.

Eine gut gestellte und angenehme Dame sucht einen liebenswerten Herrn, mit dem sie ihr Leben und das gemeinsame Vermögen genießen kann.
Postfach 61

Das Telefon läutete, und ich sprang auf. »Das könnte Mrs. Sugden sein. Falls sie aus irgendeinem gottverlassenen Nest abgeholt werden will, sind Sie hoffentlich noch munter genug zu fahren, denn ich bin es nicht.«

»Solange ich nicht das vermaledeite Fahrrad nehmen muss«, antwortete Sykes. »Ich hatte mir geschworen, dass ich nie wieder draufsteige, aber mir blieb nichts anderes übrig. Sonst hätte es kalte Fish and Chips gegeben.«

Ich nahm den Hörer auf.

»Katie?«

»Oh, hallo, Dad.«

»Wie geht es dir?«

»Gut, danke.«

»Du warst nicht bei deiner Mutter.«

»Nein, doch ich komme morgen.«

Für einen Moment blieb es ruhig. Er dachte bestimmt: Gut, das bedeutet, dass sie auf mich hört und den Fall Ethan Armstrong aufgegeben hat. Oder nicht? Um sicherzugehen, sagte er: »Ich wollte dir nur mitteilen, dass alles in die Wege geleitet wurde. Du musst dir keine Sorgen mehr wegen der Angelegenheit machen, über die wir geredet haben.«

»Gut. Und, Dad, da ist etwas, das ich dir erzählen sollte. Ich war heute bei Mrs. Whitaker und habe sie zu Mary Jane gebracht. Ich hielt es für das Beste.«

Während der sechzig Sekunden Stille, die nun folgten, konnte ich ihn förmlich denken hören. Dann meinte er: »Gute Idee. Es erspart dir, dort sein zu müssen, nicht?« Das also war seine Botschaft. Laut und deutlich. Ich zählte im Geiste bis fünf und wartete ab, was er als Nächstes sagen würde. »Wahrscheinlich kommt jemand aus London.«

»Ach ja? Wissen wir schon, wer?«

»Ich muss Schluss machen. Es ist jemand an der Tür.«

»Gute Nacht, Dad.«

»Gute Nacht, Katie.«

Sykes hatte genug gehört, um zu wissen, mit wem ich gesprochen hatte.

»Wurden wir verwarnt?«

»Doppelt sogar. Aber jetzt schuldet er mir auf jeden Fall einige Erklärungen. Ich würde gern erfahren, ob ich mit meiner Vermutung richtiglag, dass Miss Trimble vergiftet wurde.«

»Es ist seltsam«, sagte Sykes. »Das Verschwinden oder die Ermordung Ethans war chaotisch und unbedacht, denn seine Tochter hatte ihn tot gesehen, und danach war die Leiche weg. Miss Trimbles Tod hingegen ist sehr sauber. Hätten Sie die Frau nicht bei dem Blick durchs Fenster entdeckt und wären reingegangen, bevor ihr Bruder nach Hause kam, wäre es fast sicher als natürlicher Tod gedeutet worden.« Sykes betrachtete seine Hände, die von der Druckerschwärze der Zeitungen verfärbt waren. »Ich nehme nicht an …«

»Was?«

»Nun, ich weiß, dass wir uns aus dem Fall raushalten sollten, doch ich habe all diese Strumpfwaren im Koffer. Entweder verkaufe ich sie, oder ich gebe sie zurück, doch es scheint mir ein Jammer, da ich morgen ja nicht viel anderes zu tun habe.«

»Und in Great Applewick könnten Sie einiges verkaufen?«

»Von Tür zu Tür.«

»Ich sehe keinen Grund, der dagegenspricht. Begleiten Sie mich morgen früh zu der Versicherung, und hinterher gehen wir jeder unserer Wege und sehen mal, was der Tag bringt.«

In diesem Moment wurde die Haustür geöffnet. Ein großer Seufzer wehte durch den Flur, gefolgt von Mrs. Sugdens schweren Schritten. Etwas sagte mir, dass das Spiritistentreffen ein Reinfall gewesen war, aber zumindest war sie heil wieder zu Hause.

In der Küchentür nahm sie den Hut ab. »Es war wenigstens kein ganz vergeblicher Ausflug. Ich habe die Haushälterin von Applewick Hall kennengelernt, und wir haben uns sehr gut verstanden.«

Sykes sah mich an und zog seine erstaunlich bewegliche linke Augenbraue hoch.

Mrs. Sugden kam schnuppernd in die Küche und streifte die Handschuhe ab. »Hatten Sie Fish and Chips?«

»Ja. Entschuldigen Sie, dass wir keine für Sie übrig gelassen haben.«

Sie schnaubte. »Ich hätte es Ihnen ohnehin nicht gedankt.«

»Hat die Haushälterin noch etwas über die Ledgers erzählt?«

»Sie sagt, dass der Colonel und Mrs. Ledger einander über alles lieben.«

»Setzen Sie sich.« Ich zog für sie den dritten Küchenstuhl unter dem Tisch hervor.

Mrs. Sugden knöpfte den Mantel auf und nahm Platz. »Alle Bediensteten waren heute bei der Enthüllung der Sonnenuhr dabei. Es war Mrs. Ledgers Geburtstag und ihr Hochzeitstag.«

Sykes holte noch eine Tasse und schenkte Tee ein.

Kritisch blickte Mrs. Sugden in ihre Tasse. »Es war kein guter Abend für die Geister.« Sie lächelte. »Nicht sehr hilfreich, oder? Aber die Mitglieder der Spiritistengemeinde haben mich sehr herzlich aufgenommen. Sie sagten, ich dürfe jederzeit wiederkommen.« Sie schaute sich um, ob wir die Küche auch nicht furchtbar verwüstet oder gar Pommes frites auf den sauberen Boden fallen gelassen hatten. Mrs. Sugden entging gewöhnlich nichts.

»Was noch?«, fragte ich.

Sie winkte ab. »Ach, nur dies und das.«

»Irgendwas über Mary Jane?«

Mrs. Sugden seufzte. »Die Bediensteten in der Hall mögen sie nicht.«

»Aus einem bestimmten Grund?«

Nun wurde sie beinahe rot, was ich nicht für möglich gehalten hätte. »Sie sagen, dass sie es auf den Colonel abgesehen hatte und Mrs. Ledger sie loswerden musste. Da hatte sie ihr eine Mitgift gegeben und sie verheiratet. Sie sollte eigentlich einen Burschen von der Farm heiraten, Bob Dingsbums …«

»Bob Conroy?«

»Ja, genau den. Aber Ethan Armstrong hat ihr den Kopf verdreht.«

Sykes sah mich fragend an.

»Bob Conroy ist Ethans bester Freund. Ich habe ihn gestern auf dem Friedhof gesehen. Er ist erschüttert, dass Ethan vermisst wird.«

Sykes trommelte leise mit den Fingern auf dem Tisch. »Ist er erschüttert, weil er für Ethans Tod verantwortlich ist?«

Mittwoch

Damit bat er mich, ihm mehr Decken auf die Füße zu legen.
Ich streckte meine Hand in das Bett und befühlte sie,
und sie waren so kalt wie Stein; darauf befühlte ich
seine Knie und so immer weiter und weiter hinauf,
und alles war so kalt wie Stein.

SHAKESPEARE, Heinrich der Fünfte, II, 3

Eins

Am Mittwochmorgen faltete ich mein liniertes Blatt auseinander. Sykes und ich hatten den Abend zuvor jeder eines beschrieben. Auf meinem stand:

Ungefährer Zeitablauf
Ethan zuletzt lebend gesehen: 1:10 am Samstagmittag von Josiah Turnbull, Vorarbeiter im Steinbruch
5.15 – Ethans Leiche von Harriet gefunden
5.50 Arthur von der Farm: Keine Spur von Ethan – Sonnenuhr heil
6.30 – MJ kommt zum Steinbruch – Sonnenuhr zertrümmert
7.30 – Steinbruch wird abgesucht von Sergeant Sharp, Josiah und Raymond Turnbull und zwei anderen Arbeitern

Fragen
Was ist zwischen Col. Ledger und Mary Jane?
Bedeutung der Anzeige der »gut gestellten Dame«?
Mary Jane – Gelegenheit, Ethan nachmittags bei der Arbeit zu »besuchen«, als die Kinder zum Einkaufen waren. Sie behauptet, nicht dort gewesen zu sein. Miss Trimble behauptete, um vier Uhr eine Person (Mary Jane?) in einem karierten Cape gesehen zu haben.
Wer zerstörte die Sonnenuhr – ist es ein Ablenkungsmanöver?
Ethan A. – Verbündete und Freunde?
Feinde?

Tod des Schafhirten Simon Conroy letztes Jahr im Steinbruch Zufall?
Verbindung zwischen Ethans und Miss Trimbles Tod?

Möglichkeiten
Verbrechen – Ethan wurde angegriffen; Täter versteckte sich, als Kinder kamen; Täter versteckte Leiche, als Kinder weg waren.
Falls Leiche versteckt, kann sie nicht weit weg sein, es sei denn, sie wurde nachts bewegt – von wem?
Falls Ethan angegriffen wurde, wie? Wo sind seine Werkzeuge?

Meine Karte und die Strichmännchen, die Pfeile miteinander verbanden, waren keine große Hilfe. In Großbuchstaben stand da die Frage:

WER PROFITIERT VON ETHAN ARMSTRONGS TOD?

Auf diese Frage gab es eine simple Antwort. Mary Jane erhielt eine große Summe von Ethans Lebensversicherung. Doch wie sie selbst sagte, ist ein gesunder Arbeiter lebendig mehr wert als tot. Sollte Ethan jedoch etwas über Mary Jane erfahren haben, das ihre Ehe in Gefahr brachte, sähe es anders aus.

Falls Mary Jane und Colonel Ledger eine Affäre hatten und Ethan dahintergekommen war, könnte es für den Colonel günstiger sein, Ethan aus dem Weg zu haben.

Wir waren nicht mehr an dem Fall. Aber es musste etwas geben, das ein wenig Licht auf die Geschichte warf, und sei es nur, um meine Neugier zu befriedigen. Wieder nahm ich die Anzeige auf, die nochmals im *Wakefield Express* erschienen war. Eine gut gestellte Dame, die einen ähnlichen Gefährten suchte.

Der Mann, der die Zeitungen besser im Blick behielt als irgendjemand sonst, den ich kannte, war Mr. Eric Duffield, der

Zeitungsarchivar des *Herald* in der Albion Street. Zum Glück hatte ich ihm letzte Weihnachten eine Flasche Whisky zum Dank für seine Hilfe im Braithwaite-Fall geschickt.

Ich ging in die Diele und hob den Telefonhörer ab. Wenig später versicherte mir Mr. Duffield, dass er mich um zehn Uhr dreißig sehen könne.

Sookie erschien auf der Treppe. Majestätisch kam sie in die Diele stolziert, und ihre kaum merkliche Kopfbewegung sagte mir, dass sie etwas brauchte. Ich folgte ihr in die Küche. Nun würde ich sie rauslassen und warten müssen, bis sie wieder zurückkam.

Sie marschierte mit schnurgerade gerecktem Schwanz nach draußen. In der Zwischenzeit fand ich den flachen Korb, den Mrs. Sugden beiseitegestellt hatte, legte eine alte Decke hinein und brachte ihn nach oben. Vorsichtig hob ich meinen einst makellosen weißen Pullover mitsamt dem Wurf Kätzchen in den Korb, zählte nach, ob auch alle da waren, schob die Schublade zurück in die Kommode und schloss sie fest. Sollte es Sookie nicht gefallen, war es eben Pech.

Als ich nach unten kam, war Sookie zurück. Sie beschloss, in der Küche zu fressen, was ich als Zeichen deutete, dass sie wieder bei normaler Verfassung war.

Nach unserer Besprechung mit dem Direktor der Yorkshire Mutual Insurance Company gratulierten Sykes und ich uns zu einem neuen Auftrag. Wir würden zu Versicherungsbetrügen ermitteln.

In der Park Row trennten wir uns; Sykes machte sich mit seinem Strumpfwarenkoffer auf den Weg zum Bahnhof, und ich ging das kurze Stück zur Redaktion des *Herald,* um Mr. Duffield zu besuchen.

Lange musste ich nicht warten, bis mein höflicher Bekannter mich begrüßte und mit mir in dem klappernden Fahrstuhl in den obersten Stock fuhr.

»Privatannoncen sind immer wieder faszinierend«, stimmte Mr. Duffield mir zu, als ich ihm von dem Ausschnitt erzählte, der meine Neugier geweckt hatte, und ihm den Text zitierte, den ich inzwischen auswendig kannte.

»Eine gut gestellte Dame, was?« Der Aufzug hielt ratternd an. Mr. Duffield öffnete die Tür für mich. »Entweder wirft die Dame ihr Netz weit aus, oder es handelt sich um eine empfohlene Formulierung – vielleicht von einer dieser Heiratsvermittlungen.« Er tippte sich seitlich an die Nase, um private Informationen anzudeuten, die er mir nicht prompt verraten würde.

Mr. Duffield sah genauso aus wie bei unserer letzten Begegnung – ruhig und gelassen in dem gestärkten Hemd und den von Druckerschwärze verfärbten Fingern. Wir erreichten das Zeitungsarchiv mit den hohen Fenstern, den antiken Holztischen und einer Vielzahl von Kästen und Aktenschränken. Es roch nach Tinte, Haaröl und Tabak. Mr. Duffield herrschte hier über alles: Stapel von Zeitungen, Aktenfächer mit Ausschnitten und ein Katalogsystem, das die Sondereinheit ratlos machen würde.

»Bitte.« Er zog einen Stuhl neben seinen Schreibtisch und verneigte sich, bevor er sich selbst setzte.

»Würden Sie auf solch eine Annonce antworten?«, fragte ich. »Falls Sie auf der Suche nach einer Ehefrau wären, meine ich.«

»Kommt darauf an«, antwortete Mr. Duffield zögerlich.

»Worauf?«

»Ob ich zum Beispiel sehr in Eile bin? Vielleicht ist dringend eine Ehefrau erforderlich, sagen wir, wäre ich ein kranker Mann, der Pflege braucht, oder denken würde, dass ich bald krank werden könnte.«

»Würden Sie dann nicht inserieren, dass Sie eine Krankenschwester suchen?«

»Krankenschwestern können teuer sein. Ein wohlsituierter Mann ist wohlhabend geblieben, weil er sein Geld beisammengehalten hat, und das Gleiche darf man von der fraglichen Dame annehmen. Geld findet zu Geld.«

Ich probierte es mit meiner Theorie, dass es sich bei dieser Annonce um eine codierte Botschaft handeln könnte.

»Ah, das wäre möglich.« Mr. Duffield sog die Lippen ein. »Ja, es wäre durchaus denkbar. Es würde diese Gegenanzeige erklären, oder sollte ich eher von einer Parallelannonce sprechen?« Er blätterte in den Zeitungen auf seinem Schreibtisch und angelte eine Ausgabe des *Harrogate Advertiser* heraus. »Sehen Sie hier nach, meine liebe Mrs. Shackleton – dieselbe Annonce.«

Tatsächlich war der Wortlaut im *Harrogate Advertiser* derselbe.

Eine gut gestellte und angenehme Dame sucht
einen liebenswerten Herrn, mit dem sie ihr Leben
und das gemeinsame Vermögen genießen kann.
Postfach 53

Es war die Zeitung von dieser Woche. »Der Ausschnitt aus Ethan Armstrongs Jackentasche und die Anzeigen im *Harrogate Advertiser* und dem *Wakefield Express* sind identisch. Einzig die Postfachnummer variiert.«

Er nickte weise. »Ja. Es erscheint mir seltsam, dass diese Person in verschiedenen Landesteilen inseriert. Sie wirft ihr Netz sehr weit aus.«

Mich durchfuhr ein Kribbeln, dass ich wirklich etwas hatte. Nur, was? Es war möglich, dass Ethan Armstrong diese Anzeige ausgeschnitten hatte, weil sie ihn amüsierte, doch irgendwie schien es mehr als das zu sein. Die Annonce könnte von einer Frau sein, die einen Ehemann suchte – oder von einem russischen Spion, der auf diesem Weg mit seinen Mitverschwörern kommunizierte. »Können Sie Einzelheiten über die Person herausbekommen, die diese Anzeige aufgegeben hat?«

Mr. Duffield entging mein Anflug von Aufregung nicht. »Ah, wie spannend! Und wie überaus reizvoll.« Er lächelte versonnen. »Was die Zeitung aus Harrogate betrifft, kann ich nicht weiterhelfen, aber ich habe eine junge Freundin beim *Wakefield Express,* die Tochter meiner Vermieterin. Sie bekam die Stelle auf meine Empfehlung hin und könnte uns auf die richtige Spur führen. Einen Moment bitte.«

Er griff nach dem Telefon. Solange er darauf wartete, verbunden zu werden, deckte er die Sprechmuschel ab.

»Ich vermute, die Dame betreibt Bigamie, heiratet Männer überall und reist zwischen ihnen hin und her.« Beim Lächeln bleckte er die großen Zähne. »Wenn wir sie entlarven, können wir uns vielleicht bei diesen Hochzeiten einschleichen, und sobald der Pfarrer sagt …«

»›Wenn jemand einen gerechtfertigten Grund vorbringen kann …‹«

Dann war seine Telefonverbindung da. Weil ich nicht an seinen Lippen kleben und dadurch seine Unterhaltung trüben wollte, bändigte ich meine Aufregung, indem ich im *Wakefield Express* blätterte und über den bevorstehenden Besuch von Prinzessin Helena Victoria las, die den YMCA-Basar im Rathaus eröffnen würde. Eventuell verbarg sich hinter dieser mysteriösen Annonce ein Attentatsplan gegen die königliche Hoheit.

Nach einer Weile legte Mr. Duffield seufzend wieder auf. »Leider kein Glück. Die Annonce wurde per Brief aufgegeben, mitsamt einer Postanweisung zur Bezahlung und der Bitte, Antworten mögen an ein Postfach in Leeds geschickt werden.«

»Ist das nicht ein bisschen ungewöhnlich? Würde Ihre Zeitung nicht eine richtige Postanschrift verlangen?«

»Nicht, wenn im Voraus bezahlt wird. Und natürlich ist bei solch einer Angelegenheit ein gewisses Maß an Diskretion ein durchaus verständlicher Wunsch der Inserentin. Meine junge Freundin merkte an, dass es sehr mutig von der Dame sei, ihre Wünsche offen zu äußern.« Er wiegte sich auf seinem Stuhl vor und zurück und hakte die Daumen unter das Revers seiner Jacke.

Ich betrachtete ihn ruhig, während ich überlegte. Letztlich beschloss ich, dass er im schlimmsten Fall ablehnen könnte. »Mr. Duffield, dürfte ich Sie um einen Gefallen bitten?«

»Nur zu, Mrs. Shackleton.«

»Würden Sie mir helfen, eine Antwort an diese gut gestellte Dame zu entwerfen? Ich denke, es lässt sich nur auf eine Weise ermitteln, wer sie ist, und zwar mit einer Einladung zu einem Treffen mit einem gut gestellten Herrn.«

Mr. Duffield beorderte seinen Helfer an den Schreibtisch, während wir uns an einen alten Eichentisch in der Ecke zurückzogen, wo Staubkörnchen in dem einzelnen Sonnenstrahl tanzten, der durch das hohe Fenster hereinfiel.

Nach einigen verworfenen Versuchen brachten wir ein recht passables Schreiben an eine holde Dame zustande.

Sehr geehrte Dame,
als kinderloser Witwer von etwas mehr als mittleren Jahren darf ich von mir behaupten, bei guter Gesundheit und mit, wie ich glaube, noch einigen schönen Jahren vor mir zu sein. Mein Temperament würde ich als ausgeglichen beschreiben, meine Person als reinlich und besonnen.

Nach dem Tod meiner Frau habe ich unseren Landsitz verlassen und wohne nun in einer Etage eines ehrenwerten Hauses, wo mir meine Vermieterin meine Mahlzeiten bereitet. Halten Sie dies bitte nicht für ein Anzeichen von Armut. Ich habe mich willentlich gegen die Wahl einer Haushälterin entschieden, sind mir diese doch allzu oft mit Launen gesegnet, denen mich anzupassen ich wenig geneigt bin.
In meinen jungen Jahren war ich mit Im- und Export befasst und genieße nun ein Einkommen von eintausend Guineas im Jahr, was mir erlaubt, mein Kapital größtenteils unangetastet zu lassen. Meine Familie besitzt eine Wohnung in Mayfair in London, daher besuche ich hin und wieder die Hauptstadt.
Ich wäre überaus interessiert an einer Freundschaft oder mehr mit einer ehrbaren Dame, deren Mittel nicht zwingend meinen eigenen entsprechen müssten (und im Falle, dass sie es täten, von mir nicht angerührt würden). Ich habe überdies keine Abneigung gegen Kinder, solange sie von ruhigem Naturell sind.
Würden Sie mir die Ehre erweisen, sich mit mir zu treffen? Ich werde einen Tisch zum Mittagessen im Griffin *in der Boar Lane in Leeds für den kommenden Samstag reservieren. Verzeihen Sie meine Voreiligkeit und fühlen Sie sich frei, dieses Arrangement zu ändern, sollte es Ihnen nicht recht sein.*

Nach einigem Überlegen, wie wir abschließen sollten, sagte Mr. Duffield, die Dame würde genau den Richtigen kennenlernen wollen, einen Felsen von einem Mann. Er schlug P. L. Wright oder Peter Wright vor. Wir konnten uns nicht entscheiden, wofür das L stehen sollte, waren uns indes einig, dass es dem Alias das gewisse Etwas verlieh, weil es Licht, Liebe und schnöde Liquidität signalisierte. Also unterschrieb Mr. Duffield mit:

Hochachtungsvoll,
P. L. Wright

Dann runzelte er die Stirn. »Was ist mit einem Absender? Ich möchte ungern meine Adresse angeben.«

»Da die Dame in der Zeitung von Wakefield annonciert, wäre eine Adresse dort am besten. Und ich weiß genau die passende.«

Mr. Duffield erklärte sich bereit, den Brief in seiner besten Reinschrift zu verfassen. Ich für meinen Teil würde mit Mutter sprechen und sie bitten, die Post im Auge zu behalten, sollte der Brief mit dem Vermerk *Empfänger unbekannt* zurückkommen.

Wir waren uns einig, dass es nicht lange dauern würde, bis wir erfuhren, ob unsere Inserentin ein Geschöpf aus Fleisch und Blut war oder ein Geheimcode.

»Wir haben heute Vormittag noch eine Lieferung nach Wakefield. Ich sorge dafür, dass mein Brief von der Zeitungsredaktion dort an das Postfach der Dame geschickt wird.«

Zwei

Als ich nach Hause kam und aufschloss, läutete das Telefon. Mrs. Sugden nahm ab.

»Einen Moment bitte.« Sie legte die Hand über die Muschel und flüsterte laut: »Es ist ein Chief Inspector vom New Scotland Yard.«

»Chief Inspector?«

»Das hat die Vermittlung gesagt.«

»Danke.« Ich übernahm das Telefon von ihr. »Hallo? Hier ist Mrs. Shackleton.«

»Kate.«

»Marcus?«

»Ja.«

»Es ist nur, dass Mrs. Sugden glaubte, die Vermittlung hätte Chief Inspector gesagt.«

»Ah, das wollte ich dir erzählen.«

»Du bist befördert worden?«

»Ja.«

»Gratuliere. Kommt das nicht recht plötzlich?«

»Es lag so etwas in der Luft«, antwortete er bescheiden.

Mir war klar, dass Beförderungen nicht aus heiterem Himmel kamen oder »in der Luft lagen«. Offenbar war er besser darin, Dinge für sich zu behalten, als ich gedacht hatte. Marcus war also befördert worden. Was mehr Geld bedeutete. Und eine passende Ehefrau erstrebenswert machte? Diese Gedanken gingen mir durch den Kopf, bevor ich auch nur im weitesten Sinne über die Ermittlungen nachdachte, mit denen er zu tun bekäme.

»Ich bin übrigens früher wieder in deiner Gegend, als ich erwartet hätte.«

Ich verstand nicht einmal, was er meinte. War er jetzt hier, oder würde er es bald sein?

»Beruflich oder zum Vergnügen?«

Er zögerte. Warum rief der Mann mich an, wenn er nicht vorhatte, etwas zu sagen?

»Da ist ein furchtbares Knistern in der Leitung, Kate.«

Ich versuchte es erneut. »Darf ich fragen, welche Gegend du besuchst?«

Ausweichend antwortete er: »Sie ist ein wenig nordwestlich von dir.«

»Marcus, wird das eine Erdkunde-Prüfung?«

Er lachte. »Ich hoffe, dass wir uns sehen können, und ich wollte dich damit nicht überfallen.«

Nun erfuhr ich, dass er in Otley wäre, der zuständigen Zentrale für Great Applewick. Ich legte das Telefon wieder auf. Sofern in Otley nichts furchtbar Finsteres geschehen war, das nach einem Mann von Scotland Yard verlangte, dürften es die Ereignisse in Great Applewick sein, die Marcus herführten. Ich müsste abwarten, ob sich seine Ermittlungen auf Ethan Armstrongs Verschwinden konzentrierten oder auf Miss Trimbles vorzeitiges Ableben.

Und wie passte ich da rein?

Eines jedenfalls war sicher. Nun konnte ich nicht mehr bis Sonntag warten, um meiner Mutter von Mary Jane und Mrs. Whitaker zu erzählen. Marcus müsste schon aus reiner Höflichkeit bei der Zentrale der West Riding Constabulary vorstellig werden. Bei Dad. Und der würde zu Mutter sagen: »Ich glaube, Kates Freund ist in der Gegend.«

Ich ging nach oben und zog mir ein Nachmittagskleid mit passendem Mantel an.

»Wollen Sie wieder ausgehen?«, fragte Mrs. Sugden, als ich nach unten zurückkam, und hob meinen Automantel vom Haken. Sie kann sehr aufmerksam sein.

»Ja, ich fahre meine Mutter in Wakefield besuchen.«

Mrs. Sugden wirkte überrascht, besaß indes hinreichend Taktgefühl, nicht anzumerken, dass heute nicht Sonntag war und wir einen Fall hatten.

»Die Sache ist die, Mrs. Sugden. Mein Vater wünscht, dass ich die Ermittlungen für Mary Jane zu ihrem verschwundenen Ehemann aufgebe. Und nichts könnte ihn mehr überzeugen, ich würde mich nach seinem Wunsch richten, als dass ich an einem Wochentag meine Mutter besuche.«

»Sind wir nicht mehr an dem Fall?«, fragte Mrs. Sugden.

»Doch, natürlich. Wir werden nur den Superintendenten der West Riding Constabulary nicht herausfordern, oder? Doch falls Sie weitere Besuche bei einer Spiritistengemeinde planen, gilt die Regel, dass es Ihre Angelegenheit ist, was Sie in Ihrer freien Zeit unternehmen. Und wundern Sie sich nicht, sollten Sie Mr. Sykes treffen, der Strumpfwaren verkauft.«

Meine Mutter beherrscht die Kunst, ein Haus gemütlich zu machen, und hat mir diesen Trick vererbt. Sie mag farbige Überwürfe auf Möbeln, aufgeräumte Zimmer und Teppiche, die wirken, als wären sie aus freien Stücken aus Persien hergeflogen gekommen. Schon bevor meine Eltern nach Sandal zogen, in dem Diensthaus der West Riding Constabulary, in dem ich aufwuchs, sah es bei uns vollkommen anders aus als in den anderen Polizeihäusern in Wakefield. Andererseits hatte auch nicht jede Polizistenfrau ein eigenes Einkommen, auf das sie zugreifen konnte.

Mutter war in ihrer Lieblingsecke im Esszimmer, wo sie mit angewinkelten Beinen in einem Sessel am Fenster saß und las.

Im Kamin brannte ein Feuer, und alles im Zimmer strahlte Behaglichkeit aus. Ich zog meinen Automantel aus.

Meine Mutter blickte freudig zu mir auf und strahlte über das ganze Gesicht. Sie markierte die Stelle in ihrem Buch, legte es hin und stand auf. »Du solltest wirklich lieber mit der Straßenbahn kommen, statt den weiten Weg zu fahren. Eines Tages wirst du dich noch schrecklich verkühlen.«

»Es sind zu viele Haltestellen. Ich würde wahnsinnig.«

Sie ging zum Sofa und klopfte auf den Platz neben sich. »Komm her und erzähl mir, wie es dir geht.«

Ich hängte meinen Mantel über die Rückenlehne des Sofas. »Es könnte nicht besser sein.«

»Und wie geht es Berta?«

»Tante Berta ist bei bester Verfassung. Sie schickt dir den Schal von Derry & Toms, den du haben wolltest.«

»Wie reizend!«

Den Schal zu bewundern würde den Moment hinauszögern, in dem ich das Thema »Mary Jane und Mrs. Whitaker« ansprechen müsste, ganz zu schweigen davon, dass ich die Adresse meiner Eltern einer mysteriösen Partnersuchenden gegeben hatte.

Meine Mutter nahm die Knopflochschere aus dem Nähkasten und schnitt damit die Schnur von dem Derry & Toms-Päckchen, bevor sie den farbenfrohen Schal ausschüttelte. »Perfekt! Er wird sehr gut zu etwas passen, das ich mir für den Sommer schneidern lasse. Ich zeige es dir später. Jetzt erzähl mir von deiner Woche in London. Und was höre ich da? Dieser nette Inspector Charles kommt wieder her?«

»Er ist jetzt Chief Inspector, und er wird wegen einiger Vorkommnisse in der Gegend um Otley herbeordert. Unter anderem wollte ich auch darüber mit dir reden.«

Wir saßen nebeneinander auf dem Sofa, und sie hörte zu,

als ich ihr erzählte, wie Mary Jane mich in den frühen Morgenstunden des Montags zu Hause aufgesucht und was sich in den letzten drei Tagen mit Ethans Verschwinden und Miss Trimbles Tod zugetragen hatte.

»Du lieber Himmel! Und ich habe nur ein paar Kapitel dieses Buches noch mal gelesen, aus denen ich überhaupt nicht schlau werde.«

Wir benahmen uns beide, als wäre meiner Begegnung mit Mary Jane kein größeres Gewicht beizumessen, doch jedes Vortäuschen war zwecklos. »Mutter, es ist eigentlich Mary Janes Besuch, über den ich mit dir reden möchte. Denn der hat mich zu Mrs. Whitaker in den White Swan Yard geführt.«

»Aha.« Mutter lehnte sich zurück, als hätte sie alle Kraft verloren, sich noch gerade zu halten. Sie sah mich nicht an. Schließlich sagte sie: »Ich wusste doch, dass etwas los ist. Als Dennis erzählt hat, dass er gestern mit dir zu Mittag gegessen hat und ihr hinterher auf der Wache wart, sagte er, dass du bald kommen und mir alles erzählen würdest. Ich hoffe, dass er Verbrechern gegenüber besser verbergen kann, was er weiß, denn ich sehe ihm sofort an, wenn er irgendwas zurückhält. Wie dumm von mir zu denken, dass es um dich und Marcus Charles geht! Er schien mir so charmant, als wir ihn letztes Jahr in Harrogate trafen. Aber das war es gar nicht. Es war deine … deine Mutter.«

Ich legte eine Hand auf ihren Arm. »Du bist meine Mutter und niemand sonst. Wie alt war ich, als Dad mich von den Whitakers abholte?«

»Acht Wochen, glaube ich. Man lässt ein Katzenjunges länger bei der Mutter, aber ich wollte sicher sein, und sie … «

»War froh, mich los zu sein.«

»Nein! Ganz und gar nicht. Das darfst du nicht denken. Doch wenn man etwas tun muss, tut man es lieber schnell.«

Für einen Moment sprach keine von uns. »Mutter, Mrs. Whitaker und ich hatten uns sehr wenig zu sagen. Ich habe sie zu Mary Jane gefahren. Aber ich bin nicht Teil jener Familie.«

Sie lächelte. »Ist schon gut. Es musste irgendwann passieren. Na ja, ich vermute, es hätte nicht so passieren müssen, dass du sie als Erwachsene kennenlernst, doch wenn man älter wird, gibt es alle möglichen Dinge, die man bereut, nicht, weil man sie getan, sondern weil man sie nicht getan hat. Und, wer weiß? Vielleicht lernt ihr euch kennen und mögt einander.«

»Vermutlich ist alles möglich«, sagte ich und stockte. »Dad hat erzählt, dass er mich aus dem Haus der Whitakers holte und du im Wagen gewartet hast.«

Sie betrachtete ihre Finger. »Selbst im letzten Moment hatte ich Angst, sie könnte es sich anders überlegen.« Sie blickte mit einem warmherzigen Lächeln zu mir und ergriff meine Hand. »Aber ich danke Gott jeden Tag, dass sie es nicht tat und du mit uns nach Hause gekommen bist.«

Später, als sie Tee einschenkte und wir Sandwiches mit Schmalzfleisch aßen, fragte Mutter mich nach meiner Zeit in London.

Und sie winkte ab, sobald ich begann, ihr von meinen Einkaufsbummeln und der Dinnerparty bei Tante Berta zu berichten. »Das hat Berta mir alles schon erzählt. An deinem letzten Tag hattest du eine Führung durch Scotland Yard. Erzähl mir davon und wie es mit Marcus Charles steht. Wenn er wieder herkommt und uns wahrscheinlich besuchen wird, muss ich wissen, was zwischen euch ist oder nicht ist.«

Ich schindete mit einem Sandwich Zeit.

»Es war großartig und katastrophal, wenn du es wissen willst.«

»Das klingt interessant. Welcher Teil war was?«

»Wir haben uns richtig gut verstanden. Er konnte einen

Tag freinehmen, den wir zusammen verbracht haben.« Ich erwähnte nicht, dass wir auch die Nacht zusammen verbrachten, doch das war in Ordnung.

Meine Mutter ist sehr gut darin, das Unausgesprochene zu hören.

»Aber?«

»Mutter, er ist so altmodisch!«

Sie warf mir einen verwunderten Blick zu, und ich fragte mich, wie viel Tante Berta über meine beinahe aushäusigen Nächte berichtet haben mochte. »Mir kam er nicht sehr altmodisch vor, als wir ihm in Harrogate begegnet sind.«

»Da hast du ihn fünf Minuten lang gesehen. Bei seiner Führung durch Scotland Yard hat er mir erzählt, wie sie 1918 weibliche Polizisten rekrutierten, die sie dann wegen Mittelkürzungen wieder entlassen mussten. Er sagte, dass sie anfangs immer in Zweiertrupps unterwegs waren ...«

»Na ja, sicher, warum auch nicht?«

»Mit zwei Aufpassern und erfahrenen Polizisten, die sechs oder zehn Meter hinter ihnen gingen. Er hat bedauert, dass es eingestellt wurde und man Frauen am Ende erlaubte, Verhaftungen vorzunehmen. Wie er es auch für einen Fehler hält, dass es jetzt eine Frau beim Criminal Investigation Department gibt.«

»Gibt es?«

»Ja, eine unter dreitausend Männern. Ich habe sie kennengelernt. Sie ist sehr tapfer und vernünftig. Trotzdem begreife ich nicht, wie sie das aushält. Jedenfalls verstehen Marcus und ich uns sehr gut, außer in grundlegenden Dingen. Da sind wir in allem unterschiedlicher Meinung.«

»Aber Gegensätze ziehen sich an. Sieh mich und deinen Vater an.«

»Nicht solche Gegensätze. Für mich ist es zu spät, meine

Ansichten zu allem zu ändern. Und jetzt ist er hier und ermittelt in einer Sache, über die ich ein wenig erfahren habe und die ich mit Dad besprochen habe, und sicher … ach, egal.«

»Nimm einen Scone.«

Ich kam der Bitte nach. Scones können ein bisschen klebrig sein. Eigentlich mag ich sie nicht, doch war mir nie in den Sinn gekommen, sie abzulehnen, genauso wenig wie man in der Kirche sitzen bleiben würde, wenn alle anderen aufstehen. »Ich mag keine Scones.«

Meine Mutter schenkte uns Tee nach. »Beruhige dich, Liebes. Nichts ist so wichtig, dass man sich deshalb aufregen muss. Ich lese gerade ein Buch von Helena Blavatsky, dem ich kaum folgen kann, aber es eröffnet einige außergewöhnliche Perspektiven. Es gibt so viele andere Philosophien. Möchtest du hören, was ich bisher verstanden habe?«

»Im Moment nicht.«

»Also im Kern geht es darum«, sagte sie, »dass du an diesem Fall dranbleiben willst, dein Vater und Marcus dich jedoch rausgedrängt haben.«

Mich überraschte, wie schnell sie erfasste, was ich nicht gesagt hatte.

»Ja.«

»Nun, wenn du meine unbedeutende Meinung hören willst – und natürlich weiß ich nichts –, denke ich, es wäre sehr närrisch von der Mordkommission, der West Riding Constabulary und …«

»Der Sonderabteilung …«

»Und der Sonderabteilung, dich auszuschließen. Und immerhin ist diese Mary Jane deine Schwester, Kate. Verwandte zu besuchen ist noch nicht strafbar, oder?«

»Nein, ist es nicht.«

Die revolutionäre Haltung meiner Mutter gegenüber dem

britischen Establishment überraschte mich nicht gänzlich. Ich glaube, dass ich meine Direktheit von ihr habe und meine Verschlagenheit von meinem Vater.

»Ich danke dir, Mutter. Das wollte ich hören. Und übrigens, falls hier ein Brief für einen P. L. Wright ankommt, würdest du ihn bitte öffnen und mir sofort Bescheid sagen?«

Ehe ich es erklären konnte, klingelte das Telefon.

»Ach, lass nur, Kate. Es wird Martha Graham sein. Die Frau ist verrückt nach Bridge. Ich habe ihr gesagt, dass ich heute nicht spiele.«

»Dann gehe ich lieber ran. Wenn sie mich hört, weiß sie, dass du anderweitig beschäftigt bist.« Ich nahm den Hörer ab. »Bei Hood.«

»Hallo, Kate.« Es war Marcus. »Ich bin in Great Applewick. Wir haben etwas gefunden, und ich frage mich, ob du vielleicht herkommen möchtest.«

Ob ich hinkommen wollte? Versuch mal, mich davon abzuhalten! »Eventuell«, sagte ich. Allzu interessiert wollte ich nicht wirken.

»Soll ich dir einen Wagen schicken?«

Wenn sie etwas gefunden hatten, konnte es nur eine Leiche sein. Ethan Armstrongs Leiche.

Drei

Bei meiner Ankunft in Great Applewick hätte ich keine einzige Frage zu der Fahrt von Wakefield beantworten können – weder zu der Umgebung noch zu Verkehrspolizisten, anderen Automobilen, Fahrrädern oder auch bloß meiner Gemütsverfassung. Erst in der Nether End, als ich ein Cottage und dann noch eines passierte und um die Wegbiegung fuhr, kam ich wie aus einer Trance zu mir. Zugleich suchte mich ein unheimliches Gefühl heim, das irgendwo um mein Kinn herum siedelte. Es sandte Angstwellen durch meinen Körper und sorgte dafür, dass sämtliche Nerven angespannt waren.

Vor Mary Janes Cottage bemerkte ich einen Constable, der an der Tür postiert war. Ich parkte auf meinem Stammplatz an der Trockenmauer gegenüber dem Haus. Der Constable beobachtete, wie ich aus dem Wagen stieg, und wartete, bis ich bei ihm war.

»Sie dürfen da nicht rein, Madam.«

»Ich muss mit Mrs. Armstrong sprechen.«

Er schüttelte den Kopf. »Niemand darf ins Haus.«

Ich blickte an ihm vorbei durchs Fenster. Eine Frau, die ich nicht erkannte, saß mit dem Rücken zu mir am Tisch. »Chief Inspector Charles bat mich zu kommen, Constable.«

»Sie dürfen da nicht rein«, wiederholte er.

»Wo ist Chief Inspector Charles?«

»Beim Steinbruch. Den werden Sie auch nicht betreten dürfen.«

»Wer ist das im Cottage? Und wo ist Mrs. Armstrong?«

»Mrs. Sharp sitzt drinnen bei der Dame.« Er schaute durchs Fenster, als müsste er sich vergewissern. »Sie ist die Frau des hiesigen Polizisten.«

Mary Jane war nicht bei ihr.

»Wo wollen Sie hin?«, rief der Constable, als ich um das Cottage verschwand.

»Zum Abort.«

»Sie dürfen nicht ... «

Mehr hörte ich nicht, als ich zum Toilettenhäuschen eilte und die Tür hinter mir zuknallte. Drinnen waren die Wände makellos weiß getüncht und der Sitz sauber geschrubbt. Ordentlich aufgefädelte Quadrate aus dem *Daily Herald* hingen an einem Nagel. Ich fragte mich, ob dies hier vom Sergeant oder von Mrs. Sharp an Marcus Charles gemeldet wurde: Die Armstrongs putzten sich den Hintern mit einem Radikalenblatt ab.

Als ich rauskam, war Mary Jane am Fenster.

»Was ist los?«, fragte ich stumm.

Sie schob das Fenster nach oben und lehnte sich heraus. »Oh, alles in Ordnung. Sie wollen, dass ich drinnen bleibe, weil ihre Suche zu aufwühlend für mich sein könnte.« Sie schnitt eine Grimasse und senkte die Stimme. »Mrs. Sharp ist so freundlich, mir Gesellschaft zu leisten. Ich kann sie ja schlecht wegschicken, nicht? Dieser Inspector war sehr nett. Ich bin eigentlich nur hergekommen, um mich hinzulegen. Ich habe fürchterliche Kopfschmerzen, Kate. Jetzt kann ich wirklich keine Konversation machen.«

Du arme Idiotin. Du stehst praktisch unter Arrest, und wahrscheinlich wirst du noch heute richtig verhaftet. »Wo sind Harriet und Austin?«

»Die bleiben in der Schule, bis der Aufruhr beim Steinbruch vorbei ist.«

»Was ist mit ihrer Grandma?«

Mary Jane verdrehte die Augen. »Du müsstest sie schnarchen hören! Wir haben uns gestritten, und sie ist nach Hause gefahren. Ich habe versprochen, dass die Kinder sie am Sonntag besuchen dürfen.«

»Dann leg dich hin und ruh dich aus«, sagte ich. »Ich sehe mal, was los ist.«

Sie zog sich ins Zimmer zurück. Ich schöpfte Wasser aus dem Brunneneimer, trank einen Schluck und wusch mir die Hände.

Der Constable musste unsere Stimmen gehört haben, denn er erschien mit finsterer Miene hinter dem Haus.

Langsam ging ich zurück zu meinem Wagen.

Am Eingang zum Steinbruch war ein rotes Band zwischen zwei mobilen Pfosten gespannt. Ich ging um den einen Pfosten herum, da lief ein Uniformierter herbei, um mich aufzuhalten. Doch ich kam ihm zuvor: »Würden Sie bitte Chief Inspector Charles ausrichten, dass Mrs. Shackleton hier ist.«

Er hätte mich gern zurück hinter das Absperrband gescheucht, gab sich jedoch mit einem offiziellen »Warten Sie bitte hier, Madam« zufrieden.

Eine unheimliche Stille lag über dem Steinbruch. Die Steinmetzhütte war weiträumig abgesperrt – ein bisschen spät, wie ich fand. Ich versuchte zu erkennen, ob die Scherben von der Sonnenuhr noch dort lagen, was jedoch wegen des unebenen Grundes nicht auszumachen war.

Der Constable ging zu zwei Männern, die von mir abgewandt hinter der Hütte des Vorarbeiters standen. Ich erkannte Marcus' lässige Haltung und die breiten Schultern. Er drehte sich zu mir um und winkte. Als er auf mich zukam, sah ich, dass der andere Mann einen Bluthund an der Leine hielt.

Als er näher bei mir war, blickte Marcus mir in die Augen und versuchte offenbar, mir stumm etwas zu signalisieren. War das Mitgefühl?

Er reichte mir die Hand und hielt meine schrecklich sanft. »Kate, danke, dass du gekommen bist. Ich hätte dir einen Wagen schicken sollen. Geht es dir gut?«

»Was ist los, Marcus?«

Als wäre es nicht offensichtlich; als wüsste ich es nicht.

»Ich erkläre es dir.« Er nahm meinen Arm und führte mich in Richtung Vorarbeiterhütte. »Drinnen ist es wärmer. Ich lasse dich zur Wache bringen, damit du einen Tee trinken kannst.«

»Nein, Marcus, ich will sehen, was ihr macht.«

Er zögerte. »Wir fangen gerade erst an. Es hat länger als erwartet gedauert, bis Mr. McSnout hier war. Sein Halter war mit ihm im Moor spazieren, und wir brauchten eine Weile, sie herzuholen.«

»Mr. McWer?«

»McSnout ist der beste Bluthund, und McManus ist sein Halter.«

Ich folgte seinem Blick. Der Mann, der eben noch bei Marcus gestanden hatte, zeigte dem Hund etwas. Es war Ethans Mütze, die Harriet unter der Bank in der Steinmetzhütte gefunden hatte. Sie hatte den Schäferhund überreden wollen, an ihr zu schnüffeln und die Fährte aufzunehmen, was die richtige Idee gewesen war, bloß der falsche Hund und das falsche Terrain.

Der Bluthund wedelte mit dem Schwanz, neigte den Kopf tief zum Boden und bewegte sich zügig auf die Steinmetzhütte zu. Sein Hundeführer hielt ihn an einer langen Leine und folgte ihm.

Zwei Gestalten kamen aus der Vorarbeiterhütte, um es sich anzusehen.

Marcus blickte zu ihnen. »Wir haben die Arbeiter nach Hause geschickt, bis auf den Vorarbeiter und seinen Sohn.«

»Josiah und Raymond Turnbull.«

»Bist du ihnen schon begegnet?« Er klang nicht überrascht.

»Am Montag.« Dies war nicht der Moment, um von dem bösen Blut zwischen Turnbull und Ethan Armstrong zu sprechen oder zu sagen, dass Raymond Ethans Haus und Posten im Steinbruch übernehmen würde. Vielleicht hatte Marcus es auch schon herausgefunden. »Sie sind nicht gerade desinteressiert«, war alles, was ich sagte.

Wir beobachteten den Hund, der nun die Steinmetzhütte erreichte.

»Nein«, antwortete Marcus, der meine Bemerkung über das Interesse der Turnbulls missverstand. »Der Ältere ist sehr betroffen. Ethan und er hatten sich wegen ihrer politischen Ansichten in den Haaren, aber sie achteten einander. Wir könnten vielleicht seine Hilfe brauchen, sollte Mr. McSnout etwas finden.«

Jemanden, meinte er, nicht etwas. Ethan Armstrongs Leiche.

Turnbull wirkte erheblich bedrückter als bei meiner letzten Begegnung mit ihm. Er gab vor, mich nicht zu bemerken, und sah über den Steinbruch. Raymond stand neben seinem Vater und begrüßte mich auf die für Yorkshire typische verhaltene Weise: Aus der Nähe war es mehr als ein Zucken der Augenlider, jedoch eindeutig weniger als ein Nicken. Ich erwiderte es.

Der Hund führte seinen Halter nicht, wie ich erwartet hatte, zu dem Teich, sondern tiefer in den Steinbruch, um eine Biegung und dann außer Sicht.

Keiner sagte etwas, weder Marcus und ich noch die Turnbulls noch der Constable oder Sergeant Sharp, der von irgendwoher aufgetaucht war und nun respektvoll einige Meter von Marcus entfernt stand.

Die Luft schien stillzustehen. Eine dünne Federwolke huschte über den Himmel, als wollte sie bloß weg von dieser melancholischen Szenerie. Die Stille knisterte.

Nach einer gefühlten Ewigkeit erschien der Hundeführer wieder. Er hob die Arme über den Kopf und malte mit drei Bewegungen ein X in die Luft. Marcus griff nach meiner Hand und drückte sie kurz. Dann winkte er dem Polizeifotografen, der aus der offenen Tür der Vorarbeiterhütte trat. Mr. Turnbull räusperte sich und spuckte im hohen Bogen aus. Der Fotograf nahm einen letzten langen Zug von seiner Zigarette, ließ sie fallen und trat sie mit dem Absatz aus.

Meine Brust dehnte sich, doch es kam nicht genug Luft in meine Lunge. Ich stand stocksteif da, den Mund offen wie ein frisch gefangener Fisch.

Marcus gab den Turnbulls und dem Fotografen ein Zeichen. Mr. Turnbull ging an mir vorbei. Ihm folgte Raymond mit einer Schubkarre, in der Pickel und Schaufeln waren.

Raymond wandte sich zu mir. »Das muss nicht er sein.« Er neigte die Schubkarre, sodass die Pickel und Schaufeln gegeneinanderschepperten. »Wir heben die Steine vorsichtig hoch. Die Werkzeuge sind nur für alle Fälle.«

Nachdem er mit dem Hundeführer gesprochen hatte, kam Marcus zurück zu mir.

»Was ist?«

»Am anderen Ende ist ein neuerer Geröllhaufen. Ich habe gesagt, dass sie ihn nicht bewegen dürfen, ehe ich hier bin. Wir lassen ihn erst mal fotografieren.«

»Ich möchte es sehen.«

»Nein, Kate. Das ist kein Anblick für dich.«

»Wäre Mary Jane nicht zu mir gekommen, würde niemand nach Ethan Armstrong suchen.« Ohne es zu wollen, blickte ich mich zu Sergeant Sharp um, der verlegen in der Nähe auf Anweisungen wartete. »Marcus, warum hast du mich hergerufen, wenn ich nicht dabei sein darf?«

»Weil ich Grund zu der Annahme habe, dass Mary Jane einige unangenehme Fragen beantworten muss, und ich möchte, dass du bei ihr bist, wenn ich sie ihr stelle. Du kennst sie besser als ich und wirst wissen, ob sie die Wahrheit sagt. Und du sollst sehen, dass ich sie fair und gerecht behandle.«

Er sah nicht mich, sondern den Staub auf seinen Schuhen an. *Ich soll sehen, dass du sie fair und gerecht behandelst, weil ich es dir, sollte ich daran zweifeln, für immer vorhalten werde. Tja, da hast du recht.*

»Wenn ich um Mary Janes willen hier bin, dann lass mich sehen, was McSnout gefunden hat. Ethan Armstrong war mein Schwager. Mary Jane wird die Wahrheit erfahren wollen. Und hör bitte auf, mich zu schützen. Ich war im Krieg in Frankreich, wie du weißt. In diesem Steinbruch kann nichts so schlimm sein wie die Dinge, die ich dort gesehen habe. Außerdem entsteht das eigentliche Entsetzen in der Fantasie und beim Warten.«

Er nickte. »Na schön.«

Dann rief er dem Sergeant zu: »Sharp, würden Sie dafür sorgen, dass eine Trage bereit ist? Und bringen Sie den Arzt rüber, sobald er da ist.«

Der Sergeant salutierte und ging zum Eingang des Steinbruchs.

Ich schritt neben Marcus den staubigen Pfad entlang, der an dem Steinbrechschuppen vorbei zum anderen Ende des Steinbruchs führte, wo der Hundeführer mit McSnout stand. Die Schlappohren des Hundes schleiften über den Boden, als er an den Steinen schnupperte.

Marcus wechselte einige Worte mit Mr. McManus, und ich schnappte dessen Worte auf: »Mac hat sich bisher noch nie geirrt.«

»Hatten Sie am Samstagabend hier gesucht?« Marcus' Frage war an Mr. Turnbull gerichtet.

Turnbull hatte sich ein rotes Taschentuch um den Hals gewickelt. Nun berührte er es, als wäre der Knoten zu eng und würde ihn würgen. »Ja, Sir. Wir sind den ganzen Steinbruch mit Laternen abgewandert nach dem, was Ethans kleines Mädchen gesagt hatte. Da war keine Spur von Ethan.«

»Und dieser Geröllhaufen sah am Samstag genauso aus wie jetzt?«

»Nein, da sind noch ein paar mehr Steine runtergefallen, Sir, aber nicht sehr viele.«

»Haben Sie eine Fotografie gemacht?«, wandte Marcus sich an den Fotografen.

»Habe ich, Sir.« Er war ein aufmerksam wirkender junger Bursche mit einem hellen Schnauzbart. Und er ging sehr vorsichtig mit seiner Thornton-Pickard-Reflexkamera um.

Marcus drehte sich zurück zu den Turnbulls. »Dann mal los. Aber behutsam.«

Vater und Sohn bückten sich, um die Steine umzuschichten. Sie rollten einen großen Stein zur Seite.

Hund und Hundeführer wandten sich von der Szene ab, und die großen braunen Augen des Bluthundes schienen enttäuscht dreinzublicken.

»Verzeihung, Mr. McManus.«

Er blieb stehen.

»Würde McSnout dem Duft des Mannes durch den Steinbruch folgen oder direkt an diese Stelle gehen? Es ist nur so, dass ich dachte, Mr. Armstrong, der Vermisste, könnte zunächst zu dem Teich auf der anderen Seite geschleppt worden sein.«

»Kann auch sein.« McManus hielt die Leine locker, und der Hund schnüffelte am Boden. »McSnout würde dem Geruch nicht kreuz und quer durch den Steinbruch folgen. Er geht dahin, wo er am stärksten ist. Und er weiß, wonach er sucht.«

»Vielen Dank.«

Wir Zuschauer, Marcus, der Fotograf und ich, standen ein wenig auf Abstand, während Vater und Sohn Turnbull die Felsbrocken und Steine vorsichtig hochhoben.

Plötzlich stieß Raymond einen erstickten Schrei aus und sprang zurück, als hätte er sich verbrannt.

Marcus trat näher, um nachzusehen.

Es war eine Hand, die Innenfläche wie bittend nach oben gekehrt.

Marcus gab dem Fotografen ein Zeichen, der mit seinem Stativ zu ihm kam. Wir standen regungslos da wie Kinder, die Statuen spielten, während der Fotograf arbeitete.

Marcus sah mich fragend an.

»Ich bleibe, Marcus.«

»Wenn du meinst.«

Nach seinem unabsichtlichen Aufschrei legte Raymond sich besonders ins Zeug, konnte die Felsstücke und Steine gar nicht schnell genug zur Seite räumen. Unterdes verlangsamte Josiah Turnbull auf Schneckentempo, als dämmte eine Verzögerung den Schrecken dieser Entdeckung ein.

Ein Ärmel, staubig und zerrissen – ein Klicken der Kamera. Ein eingerissenes Hosenbein, ein sehr bleiches, mit Blut und Schmutz verschmiertes Bein – ein Klicken der Kamera. Ein abgerutschter Stiefel, noch eine Hand, Haar steif von Staub, und ein geschwollenes Gesicht, blutig und von weißem Steinmehl bedeckt – klick, klick, klick. Diese unwirkliche Gestalt, die nun enthüllt war, sah nicht gebrochen und geschunden aus, sondern schmutzig und zerlumpt, beinahe so, als wäre er bloß gestürzt, hätte sich das Gesicht angeschlagen und wäre danach eingeschlafen.

Wieder wechselte der Fotograf die Platte und machte noch eine Aufnahme. Dies also war Ethan Armstrong, der Briefeschreiber, der Kämpfer für die Rechte der Arbeiter, Vater, Ehemann, Graveur von Schiefer und Stein.

Raymond Turnbull starrte Ethan an, bückte sich und berührte dessen Hand, als könnte er ihn wieder zum Leben erwecken. Josiah Turnbull ging zu seinem Sohn, wollte vielleicht mit ihm reden oder ihn anfassen, entschied sich jedoch dagegen. Stattdessen blieb er stehen und sah weg. Armer Raymond. Er schien unter Schock zu stehen, und das war nicht fair. Ein älterer Mann hätte diese Aufgabe übernehmen müssen. Am Samstag wollte Raymond heiraten, und ein Bräutigam dürfte nicht solch einen Horror mit sich herumtragen.

Sergeant Sharp und der Constable, der vorn Wache gestanden hatte, kamen mit einer Trage zu uns. Sie legten sie auf den Boden und ließen den Arzt vorbei, der sich über den Toten beugte. Dann richtete er sich wieder auf, sprach kurz mit Marcus und hockte sich neben Ethan, um dessen Hand und Gesicht zu berühren, als wollte er sich von ihm verabschieden.

Als der Arzt wieder aufgestanden war, drängte Raymond sich vor den Constable. »Ich hebe ihn hoch. Lasst mich und meinen Dad ihn hochheben.«

Überaus behutsam hoben Ethans alter Feind, Josiah Turnbull, und sein vormaliger Lehrling, Raymond Turnbull, den Toten auf die Trage.

Nun war es der Arzt, der vorausging.

Die Schubkarre blieb an der Fundstelle stehen.

Marcus und ich folgten der Prozession.

»Ich möchte es Mary Jane sagen, Marcus.«

»Ist gut.«

Wir standen am Eingang zum Steinbruch und schauten zu,

wie die Trage mit Ethans Leiche vorsichtig zum wartenden Fahrzeug getragen wurde.

Ich legte eine Hand an Marcus' Arm. »Sie wird ihn sehen wollen. Bringt ihr ihn zu ihr?«

Marcus sah mich nicht an. »Ich habe den Fahrer angewiesen, ihn zum Hospital zu bringen. Dort wird Mrs. Armstrong ihn offiziell identifizieren müssen. Ich werde beim Leichenbeschauer eine Obduktion beantragen.«

Plötzlich rutschte Ethan Armstrongs Arm unter der Decke heraus und baumelte seitlich von der Trage, sodass er ein letztes Mal zum Boden wies. Ich erschauderte.

Marcus drückte meinen Unterarm. »Alles in Ordnung?«

»Ja. Nur … Ich frage mich, ob es ein Unfall war, ob es einen Erdrutsch gab …« Es wäre schöner, das zu glauben, aber dann dachte ich daran, was Harriet gesehen hatte. »Kann es nicht gewesen sein, oder?«

»Das werden wir herausfinden.«

»Warum hast du einen Mann vor Mary Janes Tür postiert?«

»Ich wollte nur nicht, dass sie auf die Idee kommt, hier mit nachsehen zu wollen, sonst nichts«, antwortete er ruhig.

»Und warum sitzt die Frau des Sergeants bei ihr?«

»Damit sie nicht allein ist.«

»Marcus, die Kinder kommen bald aus der Schule, und wenn sie einen Polizisten vor der Tür sehen …«

»Die Kinder bleiben in der Schule, bis sie abgeholt werden. Ich habe vorhin mit dem Mädchen gesprochen und erklärt, dass wir das Verschwinden ihres Vaters untersuchen. Sie ist eine gute kleine Zeugin, wich keinen Zentimeter von ihrer Geschichte ab.«

Wir hatten den Eingang erreicht. Marcus ging weg und sprach mit dem Fahrer, der überwachte, wie die Trage eingeladen wurde, und die Türen schloss.

Einen Moment später war Marcus wieder bei mir. »Wie ich sehe, hast du deinen Wagen hier. Soll ich dich fahren? Wir können zusammen mit Mrs. Armstrong sprechen.«

»Nein, ich komme zurecht.«

»Dann folge ich dir. Wir gehen zusammen rein, und du überbringst ihr die Nachricht. Aber ich könnte mögliche Fragen von ihr beantworten.«

Er vermutete, dass sie hiermit zu tun hatte. Seine Haltung und Stimme waren neutral, doch dieser leise Verdacht, der in seinen Worten mitschwang, beunruhigte mich.

Die Fahrt zum Cottage war viel zu kurz. Ich hätte mir weit mehr Zeit gewünscht, bevor ich solch eine furchtbare Nachricht überbrachte.

Und die Kinder! Bald würden sie die entsetzliche Wahrheit erfahren müssen. Müssten wir mit ansehen, wie ihre kleinen Gesichter einen Ausdruck fassungslosen Elends annahmen?

Ich hielt den Wagen an. Marcus' Fahrer stoppte hinter mir. Als Erstes sprang Marcus heraus und redete mit dem Constable an der Tür. Der nickte und ging zur Seite des Cottage. Als Marcus klopfte, war es Mrs. Sharp, die öffnete. Es machte mich wütend, und ich merkte, wie ein Schrei in mir aufstieg.

Marcus sprach leise. Mrs. Sharp verschwand im Cottage und kam mit ihrem Mantel zurück. Marcus und sie wechselten einige Worte unter dem Apfelbaum, dann ging sie fort.

Mary Jane richtete sich von ihrem Platz am Tisch auf. Dort standen zwei Tassen. Mrs. Sharp und sie mussten sich unterhalten haben. Vielleicht hatte Marcus die Frau instruiert, irgendwas aus Mary Jane herauszubekommen – irgendeinen kleinen Versprecher, Kritik an Ethan, Beschwerden über ihre Ehe.

Marcus trat dicht hinter mir ins Haus.

Mary Jane starrte mich an, wartete, dass ich etwas sagte, und stützte sich mit der flachen Hand auf den Tisch.

»Setz dich lieber, Mary Jane.«

Sie rührte sich nicht.

»Setz dich bitte hin.« Ich nahm ihren Arm und führte sie zu dem Sessel am Feuer.

Ahnend, was wir ihr eröffnen würden, sank sie kopfschüttelnd hinein.

»Ethan wurde tot in dem Steinbruch gefunden. Es tut mir so leid.«

Sie schloss die Augen. »Aber die Männer hatten da gesucht. Sie hatten am Samstag gesucht.«

Marcus hielt sich zurück und ließ mich es erklären.

»Er war … am anderen Ende des Steinbruchs. Mr. Turnbull und Raymond haben geholfen, ihn zu bergen. Er war …«

Marcus tippte mir warnend auf den Rücken. Sag nicht zu viel.

»O mein Gott.« Sie hob ihre weiße Schürze und bedeckte ihr Gesicht damit. »Armer Ethan. Was ist passiert? Was wollte er am Ende des Steinbruchs?«

Marcus antwortete: »Das werden wir herausfinden, Mrs. Armstrong.«

»Wo ist er?«

»Wir haben ihn ins Hospital in Otley bringen lassen.«

»Warum? Warum haben Sie ihn nicht nach Hause gebracht?«

»Das geht leider nicht. Der Leichenbeschauer muss informiert werden. Allerdings würde ich Sie bitten, mit mir zum Hospital zu kommen, um Ihren Mann zu identifizieren.«

Mir kam der Gedanke, dass es unnötig war, sie so zu hetzen. Die offizielle Identifikation konnte warten. Ich warf Marcus einen Blick zu, doch er sah mich nicht an. *Du willst Mary Jane befragen, solange sie noch erschüttert ist, weil du denkst, dass sie sich verraten könnte.*

Er sagte: »Die Leiche Ihres Mannes wird Ihnen zur Beerdigung zurückgebracht, wenn alle Formalitäten erledigt sind.«

Ich stellte mir einen Stuhl neben Mary Jane, nahm ihre Hand und zog die Schürze herunter, um ihr Gesicht zu sehen.

Sie schien nicht zu verstehen, was man ihr erklärte. »Also ... heißt das, er wird nicht nach Hause zu mir gebracht, damit ich ihn aufbahren kann?«

»Richtig«, bestätigte Marcus. »Nicht gleich. Aber, wie gesagt, ich kann jetzt mit Ihnen hinfahren ... «

Sie heulte. Anders ließ sich dieser herzzerreißende Schmerzenslaut nicht beschreiben. »Ethan, mein armer Junge! Ist er sehr entstellt?«

Obwohl ich zugeschaut hatte, wie seine Leiche geborgen worden war, konnte ich mich auf einmal nicht mehr erinnern, ob irgendwelche Gliedmaßen verdreht von gebrochenen Knochen hingen oder das Mal auf seinem Gesicht ein Bluterguss oder Schmutz war.

Sie drehte sich zu mir.

»Für mich sah er aus, als schliefe er«, sagte ich.

Sie wiegte sich vor und zurück und schüttelte den Kopf. »Ich will zu ihm. Ich muss ihn sehen.«

»Soll ich mit dir kommen?«

Marcus ging zur Tür und sprach mit dem Constable.

Mary Jane war blass und sah mich mit geröteten Augen an. »Wie soll ich es Harriet und Austin erklären? Sie hatte recht. Harriet hatte recht, und ich habe es gewusst. Das hatte ich gleich gesagt.«

»Darüber musst du nicht jetzt gleich nachdenken. Sie bleiben in der Schule, bis wir sie abholen.«

»Aber was müssen sie denken?«

»Mrs. Sharp sorgt dafür, dass sie im Büro der Schuldirektorin bleiben, wo es warm ist«, erwiderte Marcus. »Und sie bekommen Tee. Sorgen Sie sich nicht um die Kinder, Mrs. Armstrong. Ihnen geht es gut. Aber ich frage mich, ob Sie mir freundlicherweise etwas klären helfen würden, das mich wundert.«

Er sah mich nicht an. Gleich würde er die Bombe platzen lassen.

Kreidebleich und zitternd starrte Mary Jane ihn an, durchschaute seine ernste Miene und antwortete nicht.

»Es tut mir leid, dass ich Sie unter solchen Umständen fragen muss, Mrs. Armstrong, doch gewiss verstehen Sie, dass wir so viel herausfinden müssen, wie wir können.«

»Muss das jetzt sein?«, fragte ich. »Kann es nicht warten?«

»Möglichst nicht«, erklärte Marcus.

Die Tür ging auf, und Sergeant Sharp kam herein. Dies war wie ein bizarrer Tanz, bei dem alle ihre Schritte im Voraus kannten, nur Mary Jane und ich nicht in den Takt zu finden schienen.

Sharp streckte seinen Knüppel vor, an dem eine von Kohlenstaub bedeckte Leinentasche hing.

Marcus sah Mary Jane an. »Erkennen Sie diese Tasche, Mrs. Armstrong?«

Sie bekam große Augen. »Die sieht wie Ethans Werkzeugtasche aus.«

»Haben Sie die unter die Kohlen im Schuppen gelegt?«

»Nein!«

»Bringen Sie die Tasche bitte her, Sergeant.«

Sergeant Sharp wollte sie auf den Tisch legen. Hastig zog ich eine Zeitung hinter der Kohlenschütte vor und breitete sie auf dem Tisch aus. Nun ließ der Sergeant die Tasche auf den Tisch hinunter.

»Machen Sie sie auf«, befahl Marcus.

Vorsichtig öffnete der Sergeant die Tasche, trotzdem schwärzten sich seine Finger.

»Nehmen Sie die Werkzeuge heraus.«

Als Erstes hob Sergeant Sharp einen Meißel heraus, dann einen Hammer und legte sie sorgsam auf die Zeitung.

»Sehen Sie sich bitte die Werkzeuge an«, sagte der Inspector zu Mary Jane.

Sie gehorchte und flüsterte: »Ja, das sind Ethans Werkzeuge. Auf dem Hammergriff sind ein Stern und seine Initialen eingeritzt.«

»Was glauben Sie, wie die Sachen in Ihren Kohlenschuppen gelangt sind?«

»Ich weiß es nicht.«

»Schauen Sie sich den Hammer genau an, Mrs. Armstrong.«

Sie tat es.

»Was sehen Sie?«

»Einen Hammer. Ethans Hammer.« Sie blickte mich an, als könnte ich ihr einen Tipp geben, was sie antworten sollte.

»Und der Hammerkopf?«, fragte der Inspector. »Da ist etwas an dem Hammerkopf.«

»Ich sehe nichts.«

»Ich denke, unsere Wissenschaftler werden da Spuren von Blut und Haaren finden.«

Sie schüttelte den Kopf. »Ich weiß nicht, was ich sagen soll.«

»Du musst gar nichts sagen.« Ich legte einen Arm um sie und funkelte Marcus wütend an. »Ist das wirklich nötig?«

»Leider ja.«

»Ich habe keine Ahnung, wie sein Werkzeug in den Schuppen gekommen ist. Ehrlich, ich weiß es nicht.«

»Na gut. Danke, Mrs. Armstrong.« Marcus nickte Sergeant Sharp zu, worauf der die Werkzeuge zurück in die kohlengeschwärzte Tasche legte und alles zusammen in eine große Beweismitteltüte packte. Anschließend verließ er das Cottage.

Angespannt klammerte Mary Jane sich an die Armlehnen des Sessels, sodass ihre Fingerknöchel weiß wurden, und blickte zu mir. »Sie denken, dass ich ihn umgebracht habe. Sag ihnen, dass ich es nicht war, Catherine.«

»Keiner, der bei Verstand ist, denkt das.« Abermals sah ich wütend zu dem schweigenden Marcus und legte eine Hand auf Mary Janes. »Ich hatte am Montag Kohle reingeholt. Da hätte ich die Tasche gesehen, aber sie war nicht im Schuppen.«

»Wollen wir, Mrs. Armstrong?«, fragte Marcus. »Ich bringe Sie ins Hospital, damit Sie Ihren Mann identifizieren können. Vielleicht möchte Mrs. Shackleton Sie begleiten.«

»Ja!«, antwortete ich rasch.

Doch Mary Jane sagte: »Geh du die Kinder abholen, Kate. Bring sie zur Farm. Dort waren sie schon häufiger.«

»Aber du bist nicht lange weg. Ich kann hier bei ihnen bleiben. Du wirst sie sehen wollen – und sie dich.«

»Nein, noch nicht. Ich kann es ihnen nicht sagen. Ich kann ihnen nicht ... ihnen nicht erzählen ... nicht sagen ... ich weiß nicht. Aber ich will sie nicht hierhaben. Sie sollen mich nicht so sehen.«

Ihre Atmung war stockend. Sergeant Sharp erschien wieder. »Kommen Sie mit, Mrs. Armstrong. Ich bleibe bei Ihnen.« Er nahm ihr Cape von dem Haken an der Tür. »Das ist Ihres, nicht?«

Es war das karierte Cape, von dem Miss Trimble behauptete, Mary Jane damit um vier Uhr am Samstagnachmittag beim Steinbruch gesehen zu haben.

»Ja«, antwortete sie.

Ich trat auf sie zu. »Ich fahre lieber mit dir.«

»Nein. Kümmere dich um Harriet und Austin.« Mit diesen Worten ging sie.

Marcus stand an der Tür. »Kate, es tut mir leid. Du verstehst sicher, dass ich meine Arbeit tun muss.«

»Ich hatte es dir gesagt. Als ich den Kohleneimer befüllte, stürzte der Haufen ein. Da war nichts. Warum sollte sie das belastende Werkzeug in ihrem eigenen Garten verstecken? Es ergibt keinen Sinn. Und ich dachte, du willst sie bloß zur Identifikation bringen. Falls du sie verhörst …«

»Werde ich nicht. Aber offensichtlich gibt es Fragen. Eine Frau, auf die ihre Beschreibung passt, wurde an dem Nachmittag beim Steinbruch gesehen, als Mrs. Armstrong angeblich allein hier zu Hause war …«

»Miss Trimble sagte, dass sie eine Frau in einem karierten Cape gesehen hatte. Denkst du, die Webereien produzieren gerade genug Stoff für ein einziges Cape? Es muss Dutzende Umhänge und Capes ganz ähnlich dem von Mary Jane geben.«

»Sie und ihr Mann hatten sich gestritten. Und sie erwartet eine beträchtliche Summe aus seiner Lebensversicherung.«

»Er ist Steinmetz, arbeitet mithin in einem gefährlichen Beruf, warum sollte er da nicht gut versichert sein? Und es gibt auch eine Police auf ihren Namen. Außerdem war diese Werkzeugtasche nicht da! Jemand hat sie erst nach Montag dort deponiert.«

Marcus runzelte die Stirn. »Versteh doch bitte, dass wir hier die Fachleute sind. Wir wissen, wie man eine gründliche Suche durchführt, und uns ist bewusst, wie schwierig das für Leute sein kann, die keine vollständige Ausbildung hierin genossen haben.« Er nickte so gnädig wie überheblich. »Aber wir werden alle Möglichkeiten berücksichtigen. Sobald wir den Autopsiebericht haben, werde ich genauer wissen, wie weiter vorzugehen ist. Wenn du mich jetzt bitte entschuldigst?« Seine Hand lag auf dem Türknauf.

»Was ist mit Miss Trimbles Tod? Ist der nicht verdächtig? Und da war Mary Jane nicht mal in der Nähe des Pfarrhauses, was ich bezeugen kann. Ich war dort. Warum verhaftest du mich nicht?«

»Miss Trimbles Tod ist nicht ungeklärt. Sie hatte Asthma und ein schwaches Herz. Sie starb an Ateminsuffizienz.«

Sergeant Sharp war wieder an der Tür. »Mrs. Armstrong sitzt jetzt im Wagen, Sir.«

Ich kam mir vollkommen hilflos vor. »Bringst du sie wieder nach Hause?«

Angesichts Marcus' gereizter Miene rechnete ich beinahe damit, dass er mir sagte, er unterhalte keinen Taxidienst.

Ausnahmsweise gab sich Sergeant Sharp menschlich und sprang ein: »Ich werde Mrs. Armstrong nach Hause begleiten, falls es erforderlich ist, Sir.«

»Danke.« Marcus klang verdrossen. Wahrscheinlich bedauerte er, mich miteinbezogen zu haben, womöglich meine bloße Existenz.

Taktvoll zog sich der Sergeant zurück.

»Wiedersehen, Kate.«

»Wiedersehen, Marcus.«

Er kam näher, beugte sich vor und küsste mich auf die Wange. »Entschuldige. Das muss sehr hart für dich sein.«

»Du redest, als wäre sie schuldig.«

»Ich hoffe, dass sie es nicht ist. Für sie und für dich.«

Ich antwortete nicht, folgte ihm aber nach draußen.

Mary Jane sah durchs Wagenfenster zu mir. Vielleicht dämmerte ihr jetzt die ganze Tragweite ihrer Situation. Mit den Lippen formte sie die Worte »Hilf mir.«

Nickend hob ich eine Hand.

Sie sagte noch etwas, das ich nicht verstand.

Der Wagen fuhr los, und ich ging zurück ins Haus.

Nun musste ich mich den Kindern stellen. Eigentlich sollte Mary Jane diejenige sein, die es ihnen sagte. Auch ihre Großmutter wäre gut hierin, denn sie hatte Ethan gekannt und gemocht.

Aber es musste getan werden. Wenn ich es ihnen nicht sagte, würden sie es anderweitig erfahren. Schon jetzt dürfte es irgendwelche Klassenkameraden geben, die mitbekommen hatten, wie Erwachsene über Ethans Leichnam redeten, den man unter Steinen begraben gefunden hatte.

Die Kinder bräuchten Pyjamas. Zahnbürsten standen in einer Tasse mit einem Sprung auf dem Fensterbrett. Ich fand eine Tasche mit bambusrohrverstärkten Griffen an der Tür und begann, Sachen für sie zusammenzupacken.

Vier

Anstatt die Jowett zu nehmen, ging ich langsam die Straße hinauf und bog in Richtung Dorf ab, um mich im Schneckentempo zur Schule zu begeben. Eine leere Schule hat bei mir stets den Effekt, dass ich mir Generationen von Kindern vorstelle – widerwillige, eifrige, kluge und dumme, für die Klassenzimmer wie Schulhof der Himmel oder die Hölle sein können. Hier lag der Hof leicht oberhalb der Straße, und ich ging durch eine Tür mit der Aufschrift *Jungen*.

Einzig meine Schritte durchbrachen die nahezu greifbare Stille. Auf einem Schrank in der Halle stand eine große Handglocke. Ich widerstand dem Impuls, sie aufzunehmen und Ethan Armstrongs Tod auszuläuten.

An leeren Klassenzimmern vorbei ging ich in einen anderen Korridor, in dem es nach Kreide und Füßen roch, und hatte keinen Schimmer, wo ich nachsehen sollte. Oben. Ich öffnete eine Tür und fand eine Besenkammer. Panik überkam mich, dass ich nie wieder nach draußen finden würde.

Und dann, am Ende eines langen Korridors, stand eine Tür einen Spaltbreit offen. Auf die eilte ich zu.

Jemand hörte meine Schritte, und die Tür öffnete sich weiter. Eine hagere Frau, die ihr grau meliertes Haar seitlich zu Wasserwellen frisiert hatte, schritt mir entgegen.

Wir stellten uns einander vor. Miss Patterson, Harriets Klassenlehrerin. Dass sie die Kinder in die Obhut einer Frau geben sollte, die sie nicht kannte, führte zu einem Stirnrunzeln, was meiner Ansicht nach für sie sprach.

Ich hörte Harriet, bevor ich sie sah. Sie las laut vor.

In dem behaglichen Arbeitszimmer saßen Harriet und Austin auf niedrigen Kinderstühlen am Ofen. Harriet brach ab. Beide sahen erst zu mir auf, dann zu Miss Patterson.

»Eure Tante Kate hat traurige Nachrichten für euch.«

Um Himmels willen, wie machte man das? Sykes würde es wissen, denn er hatte Kinder. Auch meine Mutter wüsste es.

»Ist es wegen Dad?«, fragte Harriet leise. »Was ist mit ihm?«

»Euer Dad ist tot.«

Alles an Harriet erschlaffte. Ihr Kopf sank nach unten, ihre Arme schienen länger zu werden. Ich hob sie von ihrem Stuhl, drückte sie an mich, und sie begann zu weinen.

Als ich versuchte, auch Austin an mich zu ziehen, entwand er sich mir und stieß mich weg. »Was ist?« Er machte sich auf seinem kleinen Stuhl stocksteif wie ein Schneemann in grimmigem Frost.

»Ich habe recht gehabt«, sagte Harriet. »Wir sehen Dad nicht wieder, Austin. Er ist gestorben und jetzt im Himmel.«

Austin sah erst sie und danach mich an, als hätten wir den Verstand verloren. »Wie kann er denn? Er muss wiederkommen und zur Arbeit gehen. Er hat meine Stiefel nicht für die Schule geputzt. Wo ist er?«

»Im Himmel.«

»Ich will nicht, dass er im Himmel ist.«

Miss Patterson sagte: »Lasst uns für ihn beten, Kinder.«

Sie kniete sich hin, und wir alle taten es ihr nach, weil wir nicht wussten, was wir sonst tun sollten. Sie rezitierte den dreiundzwanzigsten Psalm, und ich dachte unweigerlich: Ja, wenn man Lehrerin ist, sollte man wirklich für jede Gelegenheit etwas parat haben.

Als sie fertig war, sagten Harriet und ich: »Amen.« Austin wiederholte das Amen und schaute sich erwartungsvoll um, als glaubte er, dass wir eine Art Zauber gewirkt hätten und sich darob irgendeine grundlegende Veränderung im Raum ereignen würde.

Er benetzte sich die Lippen mit seiner kleinen Zunge und horchte auf Schritte auf dem Flur.

Zu dritt verließen wir die Schule und gingen den Hang hinunter.

Als wir die Straße erreichten, fragte Harriet: »Wann kommt Mam wieder?«

»Wahrscheinlich nicht heute Abend.«

»Bald?«

»Das hoffe ich.«

»Ich will nach Hause«, sagte Austin. »Ich will nicht zur Farm.«

»Ich fahre euch in meinem Automobil hin.«

Es schien ihn zu beruhigen, bis wir das Cottage erreichten. Ich half ihm in meinen Wagen.

Plötzlich meinte Harriet: »Ich habe noch was vergessen.« Sie lief zur Haustür und winkte mich zu sich.

Nachdem sie aufgeschlossen hatte, gingen wir ins Cottage. »In der Pause habe ich heute Polizisten in der High Street vor der Schule gesehen. Auch einen Mann mit einem Bluthund. Hat der Dad gefunden?«

»Ja.«

»Wo war er?«

»Im Steinbruch.«

»Er war die ganze Zeit da? Ganz allein?«

»Er ist nicht mehr allein.«

»Ist Mam bei ihm?«

»Ja.« Es war eine Notlüge mit einem Fünkchen Wahrheit. »Sie haben ihn nach Otley gebracht, ins Hospital, und deine Mam ...«

»Ins Hospital?« Hoffnung blitzte in ihren Augen auf. Im Hospital wurden Leute gesund gemacht.

»In eine besondere Abteilung des Hospitals, wo sie Menschen hinbringen, die gestorben sind. Und deine Mam ist dort.«

Harriet drehte sich von mir weg, nahm ein Geschirrtuch auf und hob den Deckel von einem Behälter, um einen halben Brotlaib herauszuholen.

»Es ist schwer zu verstehen, Harriet. Und es tut mir furchtbar leid. Das sind schreckliche Neuigkeiten.«

Sie legte den halben Brotlaib auf das Geschirrtuch und knotete alle Ecken zu. »Austin versteht das nicht. Es heißt, dass ich Halbwaise bin.«

»Ja.«

Harriet nickte ernst. »Wann kommt Mam wieder?«

In mir regte sich eine neue Entschlossenheit. »So bald, wie ich sie zurückholen kann, was sehr bald sein wird, glaub mir, Harriet.«

Austin hatte sich auf den Fahrersitz gesetzt und spielte mit dem Lenkrad. Das hatte mir gerade noch gefehlt: ein losrollender Wagen und ein zerquetschter Sechsjähriger! Er indes wirkte enorm munter. »Dieses Automobil kann überallhin fahren«, rief er. »Das hast du gesagt.«

»Ja.«

»Dann bring uns in den Himmel. Ich will zu meinem Dad.«

»Automobile können nicht in den Himmel fahren.«

»Aber du hast gesagt …«

Harriet sah zuerst ihn an und dann zu dem Brachfeld hinter ihm, als blickte sie weit über Raum und Zeit hinaus. »Wir sehen Dad nicht wieder, Austin. Tot heißt dasselbe wie bei den beiden Kleinen im Grab, die nie groß geworden sind. Dad ist jetzt bei ihnen. Sie sind dran, Dad für sich zu haben.«

Fünf

Sykes stand vor dem Tor von Great Applewick Mills, als die Frauen und Mädchen herausgeströmt kamen. Solch eine Gelegenheit wollte nicht versäumt werden, war man ein Handelsreisender in Strumpfwaren. Mit einem Paar Strümpfe über dem Arm und seinem gezückten Notizbuch stand er da und lächelte, wie er hoffte, gewinnend der ersten jungen Frau entgegen, die durchs Tor trat. »Bestellungen werden aufgenommen, und die Lieferung erfolgt am Zahltag!«

Die graue Maus huschte hurtig davon.

Sykes versuchte, einer rothaarigen Schönheit zuzuzwinkern.

Sie zwinkerte zurück. »Kann ich mir nicht leisten, Schätzchen, es sei denn, ein hübsches Gesicht macht dich spendabel.« Sie blieb lange genug stehen, um sich überzeugen zu lassen.

Es wirkte. Er nahm nicht nur siebenunddreißig Bestellungen auf, sondern bekam Einladungen zu einem Tanzabend im Gemeindesaal, dem Lichtspielhaus in Yeadon und einer Hochzeit am Samstag. Wenn diese Frauen am Freitag ihren Lohn erhielten, würde ihm der Strumpfverkauf mehr einbringen, als ihm Mrs. Shackleton für zwei Wochen Arbeit bezahlte. Ein kleiner Trost dafür, dass er mit seinen Ermittlungen keinen Schritt weitergekommen war.

Er hatte beobachtet, wie die Polizei mit einem ganzen Geschwader im Dorf angekommen war, mit den Männern von der West Riding als Verstärkung für Mrs. Shackletons Freund vom Scotland Yard. Polizisten gingen von Tür zu Tür und befragten die Leute. Sykes folgte mit seinem Warenkoffer, stellte jedoch nur fest, wie wenig die Bewohner von Great Applewick zu sagen hatten. Sämtliche Polizeifragen betrafen Ethan Armstrong. Falls bei Miss Trimble eine Obduktion vorgenommen worden war, verriet es niemand.

Sykes machte sich auf den Weg zur Farm, um mit Ethans altem Freund Bob Conroy zu sprechen. Doch je näher er seinem Ziel kam, desto mehr bezweifelte er, dass er Bob Conroy für Strumpfwaren würde begeistern können.

Bald sah er, wie sich der Rauch aus dem Schornstein des Farmhauses mit den weißen Schäfchenwolken vermischte. Und es dauerte nicht lange, bis er eine Note von Dung, Kühen, Schafen und Erde in der Luft wahrnahm.

Ein Police Sergeant in der Uniform der West Riding Constabulary kam ihm von der Farm aus entgegen. Prompt wünschte Sykes sich, er wäre seinen Koffer los. Seine Tarnung als Handelsreisender war wie geschaffen dafür, bei jedem Polizisten Verdacht zu erregen.

»Na, junger Mann«, sagte der Sergeant leutselig, was so viel heißen sollte wie: Wer sind Sie, wo wollen Sie hin, und was haben Sie hier zu suchen?

Bei der Anrede »junger Mann« umfing Sykes den Koffergriff fester. »Guten Tag, Officer. Bin ich hier richtig, wenn ich zur Farm will?«

»Ja, aber was Sie auch wollen, es passt jetzt nicht.«

»Ich verkaufe. Und Farmersfrauen auf abgelegenen Höfen schauen sich gern mal Kurz- und Strumpfwaren an.«

Der Sergeant musterte ihn prüfend. »Da ist es heute nicht gut.«

»Ach nein? Und warum nicht?«

»Weil ich ihnen gerade eine Nachricht gebracht habe, nach der die Dame des Hauses nicht in Kauflaune sein dürfte.«

Sykes wurde weggescheucht, doch wenn die Conroys eben

eine schlechte Nachricht zu Ethan Armstrong erhalten hatten, war jetzt genau der richtige Zeitpunkt. Entweder schickten sie ihn direkt weg, oder er erfuhr etwas über die Freundschaft der beiden Männer. Sollte Ethan sich jemandem anvertraut haben, wäre es sein Freund Bob Conroy.

Also mimte Sykes den interessierten Auswärtigen. »Ich habe gehört, dass etwas um den Steinbruch herum los ist und die Arbeiter nach Hause geschickt worden sind.«

»Wo haben Sie das gehört?«

»Am Webereitor, als ich einige Bestellungen aufgenommen habe«, sagte Sykes. »Am Freitag komme ich wieder und mache meine Lieferung«, ergänzte er, um den Sergeant wissen zu lassen, wo er diesen Vertreter notfalls wiederfand.

Der Sergeant richtete seinen Helm. Du erkennst mich, dachte Sykes. Du kennst mich nicht persönlich, aber du erkennst einen anderen Polizisten, wenn du einen siehst, und jetzt denkst du, dass du dich irrst, was dir nicht behagt.

»Auf der Conroy-Farm werden Sie heute kein Glück haben«, erklärte der Sergeant.

»Dann mache ich einfach einen Termin für einen Besuch, wenn ich das nächste Mal in der Gegend bin.«

»Wie Sie wollen. Dies ist ein freies Land.«

»Danke. Ich wünsche einen guten Tag, Officer.«

Sykes schritt weiter, blickte sich um und sah den Sergeant über einen Zaunübertritt auf eine Weide steigen, auf der vier Kühe grasten. Hieraus folgerte Sykes, dass der Sergeant Conroy nicht zu Hause angetroffen hatte und sich auf die Suche nach ihm machte.

Sykes schob das Farmgatter auf. Auf der Weide zu seiner Linken häufte ein kleines Mädchen Hundsgras auf ein Feuer und wärmte sich dabei die Hände. Sykes grüßte es: »Das ist ein tolles Feuer.«

Das Mädchen zeigte ein Beinahe-Lächeln. Die Kleine war dunkel wie eine Zigeunerin, und ihre Bewegungen waren so fließend und geschmeidig wie die eines Aals.

»Was verbrennst du da?«

»Hundsgras.«

Er blickte zu ihren schmutzigen Händen und den bleistiftdünnen Armen und Beinen. »Hast du das alles selbst ausgerupft?«

Sie schüttelte den Kopf. »Nur wenig.«

Weiter hinten auf der Weide brannte noch ein Feuer. Ein schwarzer Kessel hing über den Flammen, und neben ihm hockten zwei Männer. Einer von ihnen hielt ein Tier fest. Aus der Ferne kam Sykes die Szene wie irgendein uraltes Opferritual vor. Ich bin ein Stadtmensch, dachte er. Herzukommen ruiniert meine Vorstellung vom Landleben.

»Was machen die da?«, fragte er das Mädchen.

»Da drüben?« Sie sah ihn an, als wäre er blöd.

»Ja.«

»Schwänze abschneiden.«

»Was für Schwänze?«

»Lämmerschwänze.«

Mehr als zwei zusammenhängende Worte schien dieses Mädchen nicht von sich zu geben. Sykes wünschte, er hätte nicht gefragt. »Ist einer von ihnen Mr. Conroy?«

»Nein.«

Ein Hund begann zu bellen.

Das Mädchen warf mehr Hundsgras aufs Feuer und kehrte ihm den Rücken zu.

»Ich habe eine Tochter in deinem Alter. Die mag Schokolade. Sicher macht es ihr nichts aus, wenn du diesen Riegel bekommst und ich ihr einen anderen besorge.«

Sie drehte sich um, und er hielt ihr die Schokolade hin.

»Für mich?«

»Ja.«

»Danke, Mister.«

»Wie ist dein Name?«

Sie überlegte eine Weile. »Millie.«

»Wessen Tochter bist du?«

Sie antwortete nicht gleich, als wäre die Frage zu schwierig. Dann sagte sie: »Ihre.«

»Kanntest du Mr. Armstrong?«, fragte er und wollte sich auf die Zunge beißen, weil er von Armstrong in der Vergangenheit sprach.

Sie nickte.

»Er war oft auf der Farm, nicht wahr?«

An ihrem scheuen Blick erkannte er, dass sie nicht viel sagen würde, selbst wenn sie könnte. Sie hielt die Schokolade dicht vor ihre Brust, als fürchtete sie, dass Sykes sie ihr wieder wegnahm. »Was wollen Sie von mir, Mister?«

»Nichts.«

Nun brach sie ein Stück Schokolade ab, steckte es sich in den Mund und schob den Rest in ihre Schürzentasche, bevor sie sich nach mehr Hundsgras bückte. Das brennende Gras knisterte. Millie wischte sich mit der Hand über das verschmierte Gesicht.

Sykes sagte: »Da ist noch etwas.«

»Was?«

Ein spontaner Einfall inspirierte ihn zu der Frage: »Wie haben sich Mr. Armstrong und Mrs. Conroy verstanden, wenn er hier war?«

Mrs. Shackleton hatte erwähnt, dass Armstrong angeblich mit Mrs. Conroy über seine Sorgen gesprochen hatte. Was, wenn das nicht alles war? Wenn Armstrong und die Farmersfrau ein Verhältnis gehabt hatten und Conroy dahintergekommen war? Wenn es einen Kampf, einen tödlichen Schlag gegeben hatte? Das würde erklären, warum Conroy nicht hier war, als Harriet angelaufen kam. Er war bereits im Steinbruch, mit Blut an seinen Händen.

Er wartete auf Millies Antwort und betete, dass sie aus mehr als zwei Worten bestehen würde.

»Weiß nicht.« Sie befühlte die Schokolade in ihrer Tasche und sah ihn nicht an. Doch er hatte das Gefühl, dass er dicht an etwas dran war.

Sein drittes Auge im Hinterkopf blinzelte. Er drehte sich um und sah, dass die Tür zum Farmhaus geöffnet wurde. »Wiedersehen, Millie. Und iss nicht die ganze Schokolade auf einmal.«

Die Frau an der Tür beobachtete Sykes, als er auf das Haus zuging. Aus der Nähe sah er, dass sie ein rundes, freundliches Gesicht und faszinierend blaue Augen hatte. Sie betrachtete ihn neugierig und wartete, dass er etwas sagte.

»Guten Tag, Madam. Könnte ich Sie vielleicht für feine Strumpfwaren zu vernünftigen Preisen interessieren? Anschauen verpflichtet zu nichts.«

Sie blickte an ihm vorbei, als wäre er ein Tunichtgut, dessen Komplize um die Ecke lauerte, um sie zu überfallen.

»Ich bin Jim Sykes, und diese Woche bin ich mit einigen hervorragenden Waren aus Viskose in der Nähe. Wenn Sie die zwischen Daumen und Zeigefinger reiben, werden Sie glauben, dass es Seide ist.«

Sie zögerte.

»Eine Dame wie Sie wird die Qualität gewiss zu schätzen wissen.«

Sie öffnete die Tür weit genug, dass er hineingehen konnte. »Ich schenke Ihnen fünf Minuten, aber bloß, weil Sie nicht einer der vielen Vertreter sind, die mir Viehfutter andrehen wollen.«

Sykes blickte sich in der Küche um. »Wunderschön haben Sie es hier, und ein großartiges Feuer, Mrs. …« Gerade rechtzeitig bremste Sykes sich.

»Mrs. Conroy.«

»Wunderschön haben Sie es«, wiederholte er.

»Ich bemühe mich. Es ist ein nie endender Kampf, wenn ständig Männer zum Essen reinkommen.« Sie bewegte sich auf eine Tür zu. »Kommen Sie mit durch, denn Sie wollen sicher nicht, dass Ihre Waren mit Fett beschmiert werden oder nach gebratenem Bacon riechen.«

Er folgte ihr in die gute Stube, wo ein gepolstertes Rosshaarsofa und Sessel standen, nebst einem Sideboard, das sich bestens für einen Riesensalon geeignet hätte, und hinreichend Nippes, um ein Auktionshaus für eine Woche beschäftigt zu halten.

»Bewirtschaften Sie dies hier alles allein?«, fragte Sykes, der wartete, bis sie sich auf das Sofa setzte und ihm bedeutete, seinen Koffer abzustellen und Platz zu nehmen.

»Ich habe ein Mädchen, das mir hilft, und eine Zugehfrau, die zweimal die Woche aus dem Dorf kommt.«

»Na, ich ziehe meinen Hut vor Ihnen, Mrs. Conroy.« Er stellte den Koffer zwischen sie und klappte ihn auf. Dann nahm er ein Strumpfpaar heraus und hielt es ins Licht. »Nicht mal die Seidenraupe würde den Unterschied zwischen dem hier und echter Seide erkennen.«

Sie nahm ihm die Strümpfe mit ihren langen schmalen Fingern ab – Pianistenfingern, aber rau von der Arbeit. »Das sind wirklich hübsche Strümpfe. Was verlangen Sie für die?«

»Wie viel wären sie einer Dame wie Ihnen wert, deren Knöchel wirklich vorzeigenswert sind?«

Mehrere Minuten lang feilschten sie freundlich.

»Sie sind eine harte Verhandlungspartnerin«, konstatierte

Sykes, »aber da ich schon so weit gekommen bin und Sie drei Paare kaufen, sollen Sie die haben.«

»Tja, dann machen Sie schnell, ehe mein Mann zurück ist, sonst schimpft er, dass ich Geld zum Fenster hinauswerfe.«

Sykes nahm noch zwei Strumpfpaare und einen Bogen Seidenpapier aus dem Koffer.

»Nicht so schnell. Ich muss mich vergewissern, dass die anderen beiden Paare nicht minderwertig sind.«

»Wie ich sehe, macht Ihnen kein Mann etwas vor, Mrs. Conroy.«

Sie lachte, was sehr echt und warmherzig klang.

»Kommt Ihr Ehemann bald zurück? Vielleicht könnte ich ihn für ein Paar Socken erwärmen.«

»Er hat genug Socken für ein ganzes Leben. Seine Mutter hat sie ihm früher zur Strafe gestrickt.« Sie entdeckte Kinderstrümpfe. Sykes hob ein Paar Jungen- und ein Paar Mädchensocken aus dem Koffer. »Etwas für die Kinder vielleicht?«

»Ja, das denke ich auch gerade.«

»Wie viele haben Sie?«

»Keine eigenen, leider, doch es kommen zwei Kleine, die einen schrecklichen Verlust erlitten haben. Strümpfe machen den nicht wieder gut, aber ich nehme ein Paar für jedes Kind, damit sie sehen, dass sie hier willkommen sind.«

»Darf ich fragen, was für einen schrecklichen Verlust sie erlitten haben?«

»Der Vater.« Sie seufzte. »Er wurde vorhin tot im Steinbruch aufgefunden. Der Police Sergeant, dem Sie begegnet sein müssen, war eben hier, um es mir zu erzählen.«

»Das tut mir leid. Sie hätten es gleich sagen sollen, dann wäre ich ein anderes Mal wiedergekommen.«

Sie ging zur Kommode, öffnete die oberste Schublade und nahm eine Geldbörse heraus. »Nein, ich habe dem Mann nicht nahegestanden. Doch er war schon seit der Kindheit mit meinem Ehemann befreundet. Ihn wird es sehr schwer treffen.«

Sie standen beim Sofa, und sie zählte Sykes das Geld in die Hand. Ich frage mich, dachte er, als ihre Finger seine Handfläche streiften, ob etwas zwischen dir und Ethan war. Wenn du behauptest, du hättest ihm nicht nahegestanden, ist das vielleicht ein bisschen zu viel Leugnen? Dieser Gedanke verharrte in seinem Kopf, als sie Sykes zur Tür brachte und ihm einen guten Tag wünschte.

Abermals kam Sykes an dem Mädchen auf der Weide vorbei und stellte den Koffer oben auf der Trockenmauer ab. »Millie!«, rief er.

Sie blickte von ihrem Feuer auf.

»Hier ist ein Paar Strümpfe für dich.«

Ihre Augen weiteten sich. »Warum?«

»Um dich zu wärmen, wozu sonst?«

Das Mädchen nahm die Strümpfe und schob sie in ihre Schürzentasche.

In diesem Moment hörte Sykes das unverwechselbare Motorengeräusch von Mrs. Shackletons Jowett, das sich näherte. Er verabschiedete sich von dem Mädchen und ging zum Gatter.

Mrs. Shackleton blieb im Wagen und sprach mit Kindern, die ausstiegen. Wie zwei kleine Stoffpuppen, aus denen die Füllung entfernt worden war, schlurften sie langsam durch das Gatter und hielten sich am Wegesrand, um den Matsch zu meiden.

Sykes erhaschte einen Blick auf Mrs. Shackletons Gesicht, als sie die Kinder beobachtete. Er sah gleich wieder weg, denn die Trauer war zu offenkundig.

Dann ging er auf den Wagen zu und sagte munter: »Ich versäume nie eine Gelegenheit, meine Waren zu zeigen. Und das werde ich nun tun, während Sie mir erzählen, was als Nächstes kommt.« Er öffnete seinen Koffer und stellte ihn neben sie auf den Sitz.

»Ich weiß nicht, was als Nächstes geschieht, Mr. Sykes. Eben musste ich diesen Kindern mitteilen, dass ihr Vater tot ist.«

Er wollte an seinem breiten Lächeln ersticken. »Wo ist die Mutter?«

»Weg, um die Leiche ihres Mannes offiziell zu identifizieren. Aber ich weiß, dass sie auch verhört wird.«

»Von Ihrem Chief Inspector?«

»Ja. Ethans Werkzeug war unter den Kohlen in ihrem Schuppen versteckt. Als wäre sie so dumm!«

Es wurden schon Leute aufgrund noch weniger Beweise gehängt, wusste Sykes, behielt es aber für sich. »Ich habe vorhin den hiesigen Sergeant getroffen. Er ist auf dem Weg zu irgendeinem Feld weiter weg, um Bob Conroy die schlechte Nachricht zu überbringen.«

»Das ist nett von ihm«, sagte Mrs. Shackleton und nahm um des Theaters willen einen Strumpf auf. »Es sei denn …«

»Was?«

»Er könnte auf Anweisung handeln. Wenn ich mich nicht täusche, denkt Chief Inspector Marcus Charles, dass Mary Jane ihren Mann ermordet hat. Er könnte einen Verdacht haben, dass sie Hilfe von Bob Conroy hatte. Mrs. Ledger sagte, dass sowohl Bob Conroy als auch Ethan in Mary Jane verliebt gewesen waren, und Ethan hatte sie bekommen.«

Sykes hielt noch einen Strumpf in die Höhe, diesmal aus Baumwollgarn und in einem »unnatürlichen Hautton«, wie er fand. Solch einen Orangestich hatte er bisher noch bei keinem menschlichen Wesen gesehen. Gedankenverloren nahm Mrs. Shackleton den Strumpf. Obgleich Sykes es für das Beste hielt, nichts zu sagen, fragte er: »Was ist mit einer möglichen Verbindung zwischen Ethan Armstrong und Mrs. Conroy? Sie hat etwas.«

Mrs. Shackleton sah ihn kurz an, und zwei rote Flecken erschienen auf ihren Wangen. Sie erinnerten Sykes daran, dass er behutsam vorgehen musste. Diese Ermittlung ging ihr zu nahe, als dass sie objektiv sein konnte.

Sie ließ den fleischfarbenen Strumpf zurück in den Koffer fallen.

Sechs

Sykes marschierte mit seinem Warenkoffer den Weg hinunter, während ich zum Farmhaus eilte. Ich hatte ein schlechtes Gewissen, weil ich die Kinder allein hineingehen ließ. Doch wenigstens wusste Georgina Conroy von Ethan, sodass es nicht Harriet zufiele, die furchtbare Nachricht in Worte fassen zu müssen.

Ich klopfte an und ging hinein. »Entschuldigen Sie, dass ich die Kinder vorausgeschickt hatte. Ich wurde von einem Mann aufgehalten, der Strumpfwaren verkauft.«

»Haben Sie welche gekauft?«

»Nein. Sie?«

»Mir hat der arme Kerl leidgetan. Und immerhin macht er sich auf und versucht, sich seinen Lebensunterhalt zu verdienen. Nicht wie manche anderen armen Seelen, denen das Schicksal übel mitgespielt hat und die nie wieder auf die Beine kommen.«

Mrs. Conroy hatte die Kinder bereits ans Feuer gesetzt, wo sie ihre neuen Strümpfe anprobierten.

»Wie es aussieht, macht ihr es euch schon gemütlich«, sagte ich und bereute meine Wortwahl umgehend, weil es klang, als müssten sie länger hierbleiben.

Beide ignorierten mich. Harriet schien Mühe zu haben, die Strumpfferse an die richtige Stelle zu bekommen, und Austins Fuß steckte noch im Beinteil.

Mit dem Rücken zu den Kindern warf Mrs. Conroy mir einen traurigen Blick zu. »Ach, was für ein Aufruhr! Aber die

Kinder dürfen so lange bleiben, wie es nötig ist. Da können Sie Mary Jane beruhigen.«

Ich half Austin mit seinen neuen Strümpfen. Er ließ es geschehen, auch wenn er mich weder ansah noch meine Frage beantwortete, ob sie ihm gefielen.

Dankend lehnte ich das Angebot ab, zum Tee zu bleiben, und wollte gerade gehen, als die Tür aufflog und ein kalter Luftschwall hereinblies. Bob Conroy stand da und starrte in die Küche, als hätte er diesen Raum und die darin Anwesenden noch nie zuvor gesehen. Er stolperte einige Schritte herein, beachtete den warnenden Blick seiner Frau nicht. Sein Gesicht war verzerrt von Trauer, und er steuerte auf den Ofen und die beiden Kinder zu.

Georgina Conroy schloss die Tür hinter ihm und murmelte leise: »Bob!«

Doch er war schon auf dem Läufer vor dem Ofen, zwischen Harriet und Austin, und legte die Arme um sie beide. »Ihr könnt so lange bleiben, wie ihr wollt, und eure Mam auch, wenn sie wieder da ist.«

»Selbstverständlich können sie, mein Schatz«, sagte Georgina ruhig.

Sie kam zur Tür, wo ich stand und wartete, dass ich mich verabschieden konnte. Mrs. Conroy seufzte ob des dramatischen Auftritts ihres Mannes. »Die armen Kleinen brauchen jetzt keine Gefühlswallungen. Sie brauchen ein bisschen Ruhe und Fürsorge.«

Da ich die Kinder in guten Händen wusste, ging ich. Nächster Halt: Applewick Hall.

Nicht nur meine feste Überzeugung, dass die Ledgers mit Ethans Tod zu tun hatten, veranlasste mich, nach Applewick Hall zu fahren. Überdies hatte Marcus es recht eilig gehabt, mich auf die hohe Lebensversicherung aufmerksam zu machen, die Mary Jane ausgezahlt bekommen würde, jedoch ihr Sparbuch nicht erwähnt. Ich war mir sicher, er hätte mich danach gefragt, wüsste er davon. Und ich wollte wissen, warum sich Mary Jane am Dienstag mit Colonel Ledger getroffen hatte.

Ich parkte meinen Wagen direkt vor dem Herrenhaus und hoffte, meine laute Ankunft und die geradezu aufdringliche Platzierung meines Automobils würden die Bewohner auf mich aufmerksam machen. An der Haustür betätigte ich energisch den Klopfer und wartete. Ein Wort von jemandem, der »wichtig« war, hatte eine Menge Gewicht, und da Ledger als künftiger Lord Lieutenant der Grafschaft gehandelt wurde, war er eine »wichtige« Persönlichkeit. Ich hatte keinerlei Hemmungen, alle Register zu ziehen, um Mary Jane zu helfen. Der Butler erinnerte sich von meinem vorherigen Besuch an mich. »Ich muss dringend Mrs. Ledger sprechen.« Am besten ging ich konventionell vor und begann mit ihr.

»Madam empfängt momentan nicht.« Er zögerte. »Möchten Sie Ihre Karte dalassen?«

»Nein, ich werde warten, bis ich entweder Mrs. Ledger oder den Colonel sprechen kann. Sie werden es Ihnen nicht danken, sollten Sie mich abweisen.«

Ohne ein weiteres Wort öffnete er die Tür weit und führte mich in den Salon, wo ich bei meinem letzten Besuch schon gewartet hatte. Das Familienporträt beherrschte den Raum. Colonel und Mrs. Ledger schauten in all ihrer Pracht und mit einem Anflug von Verachtung auf mich herab. Die beiden kleinen Jungen mit ihren leuchtenden Augen und ihrer zuversichtlichen Ausstrahlung brachten einen Hauch von Freude in die Szene. Die geschwungenen Augenbrauen des Älteren verliehen ihm einen überraschten, leicht hochmütigen Ausdruck, wie eine Katze, die glaubte, nicht beachtet zu werden.

Lange musste ich nicht warten, bis Mrs. Ledger ins Zimmer geschwebt kam. Sie näherte sich mir vorsichtig. »Mrs. Shackleton?«

»Mrs. Ledger.«

»Möchten Sie sich nicht setzen?« Sie wirkte eigenartig spröde, wie ich es zuvor nicht bei ihr bemerkt hatte. Da war ein gereiztes Zittern, als ich ihre Einladung annahm und mich auf das Sofa gegenüber dem Porträt setzte, sodass ich gleichzeitig die Frau selbst und ihr gemaltes Abbild ansah. »Sie kommen in dringender Angelegenheit, wie ich höre?«

»Ja. Sie werden gewiss schon erfahren haben, dass man Ethan Armstrongs Leiche im Steinbruch gefunden hat.«

Sie nickte ernst. »Natürlich wurde es uns mitgeteilt. Sergeant Sharp rief meinen Mann an. Eine Tragödie.«

»Mrs. Armstrong wurde mitgenommen, um den Toten zu identifizieren und von der Polizei vernommen zu werden. Ich dachte, das würden Sie wissen wollen, da sie lange für Sie gearbeitet hat.«

Sie sah mich an, während sie überlegte, was ich nicht aussprach. »Aha?« Sie wirkte überrascht. »Wenn Sie sagen, sie wird vernommen werden, soll das heißen, dass ein Verdacht gegen Mrs. Armstrong vorliegt?«

»Ja, das glaube ich, auch wenn ich sicher bin, dass er gänzlich unbegründet ist.«

»Sie zu verdächtigen, ist absurd. Allerdings wüsste ich nicht, was ich tun kann. Hat sie Sie gebeten herzukommen?«

»Nein, ich bin hier, weil sie für Sie gearbeitet hat, als sie noch sehr jung war, und weil ihr Ehemann einer Ihrer Arbeiter war.«

Mrs. Ledger betrachtete mich prüfend, als wollte sie einschätzen, was Mary Jane erzählt haben könnte.

»Sie war meine Zofe, ja, doch das ist lange her. Braucht sie irgendetwas für sich oder die Kinder? Falls wir irgendwie helfen können, werden wir natürlich …«

In diesem Augenblick ging die Tür auf, und Colonel Ledger täuschte Erstaunen vor. »Entschuldige, meine Liebe. Ich wusste nicht, dass du Besuch hast.« Für einen Moment schien er durch mich hindurchzusehen, als hätte er Mühe, mich einzuordnen. Sehr schmeichelhaft.

Schließlich sagte er: »Mrs. Shackleton.«

»Colonel.«

Er durchschritt das Zimmer und setzte sich neben seine Frau. Eine vereinte Front. »Ich habe gehört, dass Armstrong gefunden wurde. Eine üble Sache. Nun wünschte ich, ich hätte daran gedacht, meine eigenen Hunde schon früher in den Steinbruch zu schicken.«

Mrs. Ledger streckte die Hand zu ihrem Mann aus, ohne ihn zu berühren. »Es ist wohl besser, wenn die Polizei diese Dinge regelt, Colonel.«

Sie nannte ihn »Colonel«? Ich versuchte, nicht zu schmunzeln.

Und nun berührte sie doch seinen Arm. »Anscheinend wurde Mrs. Armstrong von der Polizei mitgenommen, um die Leiche zu identifizieren und verhört zu werden.«

Er blinzelte mehrmals. »Warum? Ich meine, dies ist wohl nicht der Zeitpunkt, um sie zu befragen.«

Ich beschloss, ihnen nichts von Ethans Werkzeugtasche im Kohlenschuppen zu erzählen. So knapp, wie es mir möglich war, deutete ich Marcus' Verdacht an.

Der Colonel sprang auf. »Aber das ist grotesk! Ich werde mit dem Mann reden. Hat Mary Jane Sie hergeschickt?«

»Nein. Ich bot an, mit ihr nach Otley zu fahren, zu dem Hospital, doch sie bat mich, die Kinder aus der Schule abzuholen. Sie sind bei den Conroys.«

»Mein Lieber«, sagte Mrs. Ledger leise, »ich finde, wir sollten die Polizei diese Angelegenheit auf ihre Weise regeln lassen.«

Er seufzte und ging einmal im Zimmer auf und ab, ehe er auf seinen Platz zurückkehrte. »Du hast recht, Liebling. Natürlich hast du recht. Aber ich werde dennoch meinen Anwalt anrufen.«

Seine Wangenmuskeln zuckten, und er öffnete und schloss die zu Fäusten geballten Hände, was offensichtlich machte, wie aufgebracht er war.

Mrs. Ledger tätschelte seinen Arm. Die beiden nebeneinander auf dem Sofa hätten ein ideales zweites Porträt ergeben. Älter, doch unverändert selbstbewusst. Sie würden einen Anwalt engagieren und die Constabulary zur Vernunft bringen.

Ein wenig ruhiger sagte der Colonel: »Es war richtig von Ihnen, zu uns zu kommen, Mrs. Shackleton. Ich werde dafür sorgen, dass Mary Janes … dass Mrs. Armstrongs Interessen geschützt werden.«

Würde er? Der Teil von mir, der in der Erwartung erzogen worden war, dass Männer das Sagen hatten und Dinge regelten, wollte sich zurückziehen und es ihm überlassen, für Mary Jane zu sorgen. Aber die kleine Stimme in meinem Kopf warnte: Vertrau ihm nicht.

»Colonel Ledger, darf ich fragen, was Sie und Mary Jane bei Ihrem Treffen am Dienstag besprochen haben?«

Ihm fiel die Kinnlade herunter. Mrs. Ledger wandte den Kopf zu ihm und fuhr sich mit der kleinen Zungenspitze über die Unterlippe. Sie wusste Bescheid.

»Am Dienstag?« Er schüttelte den Kopf. Es fehlte nicht viel, und er würde mich zur Tür bringen lassen.

Wenn ich Informationen von ihm bekommen wollte, musste er wissen, dass ich ihm Probleme machen konnte. »Als

Sie sich am Bahnhof in Horsforth trafen und zum *Station Hotel* fuhren.« Er öffnete den Mund wieder, um zu leugnen oder mir zu unterstellen, dass ich mich irrte. Doch ehe ihm auch nur eine Silbe über die Lippen kam, sagte ich: »Ich frage mich nur, ob Mary Jane Ihnen ihr Sparbuch zur Aufbewahrung gegeben hat.«

Er tat verblüfft. »Warum sollte sie mir ein Sparbuch geben?«

»Weil das Geld auf ihren Mädchennamen angelegt ist. Es ist das Geld, das Sie ihr gaben, als sie bei Ihrer Frau in Stellung war … und danach.« Der letzte Teil war geraten, traf jedoch ins Schwarze.

Für den Bruchteil einer Sekunde erstarrten Colonel und Mrs. Ledger. Er schluckte. Sie räusperte sich, als wollte sie etwas sagen, aber er kam ihr zuvor. »Hat Mrs. Armstrong die Herkunft des Geldes erklärt?«

»Sie hat mir erzählt, dass Sie von ihr fotografische Aufnahmen in künstlerischer Pose gemacht hatten, als sie fünfzehn war.«

Er lächelte verhalten. »Die waren recht unschuldig.«

Mrs. Ledger bestätigte: »Vollkommen unschuldig.«

Dann trat für längere Zeit Stille ein. Mehr wollten sie nicht sagen, und warum sollten sie auch? Ich stand auf. »Also, wenn Sie das Sparbuch nicht haben …«

Der Colonel erhob sich ebenfalls und war merklich unsicher, ob er mich zur Tür begleiten sollte.

»Warten Sie!« Mrs. Ledger stieß ein kurzes, glockenhelles Lachen aus. Ihr Ehemann lächelte ihr zu und wartete ab, was sie vorhatte. Sie sagte: »Bitte, setzen Sie sich, Mrs. Shackleton. Es ist alles ganz einfach. Mary Jane war ein hübsches kleines Ding, und das wusste sie auch. Mein Ehemann ist ein eifriger Amateurfotograf, und er hat einige Porträts von ihr in einem griechischen Gewand aufgenommen, furchtbar anständig, doch in ihrer Naivität hielt sie die Aufnahmen für unsagbar gewagt. Ich bin sicher, wenn wir sie wiederfinden, könnten Sie sich selbst davon überzeugen. Ich gab ihr Geld, als sie dreiundzwanzig war und heiraten wollte. Da besteht kein Zusammenhang zwischen dem Geld und den Fotografien. Bei einem unserer Ernteessen war für jeden offensichtlich, dass Bob Conroy in Mary Jane verliebt war. Er sprach eines Tages mit dem Colonel und hielt um ihre Hand an, als wären wir ihre Eltern. Ich fand es rührend, und wenn Sie es unbedingt wissen wollen, betrachtete ich mein Geschenk als eine Art Aussteuer. Meine Familie und die Conroys sind einander seit Generationen eng verbunden. Wie sich herausstellte, war es letztlich Ethan Armstrong, der Mary Janes Herz eroberte, und das war keine Ehe, die im Himmel geschlossen wurde. Doch sollte irgendein Police Inspector glauben, dass Mary Jane ihren Ehemann ermordet haben könnte, und ihr auf der Wache in Otley ein Geständnis abpressen, gehört der Mann in den hintersten Winkel des Empires verbannt.«

»Meine Liebe, du solltest dich mit deinen Bemerkungen zurückhalten«, sagte der Colonel. »Es kann gut sein, dass der Chief Inspector Mrs. Armstrong lediglich die Möglichkeit geben will, weit weg von ihrem Zuhause und den Kindern klarer zu denken.«

»Und Ihr Stelldichein am Dienstag?«, hakte ich nach.

Er seufzte. »Es war kein Stelldichein. Sie bat mich um Rat. Sie wohnt in einem Diensthaus und fürchtet, herausgeworfen zu werden. Ich habe ihr versichert, dass nichts dergleichen geschehen würde.« Er sah seine Frau an. »Das war alles, meine Liebe.«

»Natürlich.« Sie drückte seine Hand.

»Wenn Sie mich jetzt entschuldigen wollen. Ich werde meinen Anwalt anrufen und zur Wache schicken. Es ist ein Unding, dass Mrs. Armstrong von ihren Kindern getrennt ist. Ich hätte Armstrong identifiziert.«

Er sprang vom Sofa auf. An der Tür drehte er sich um. »Weiß die Polizei, dass Mrs. Armstrong ein eigenes Sparbuch besitzt?«

Er würde sie auf der Stelle fallen lassen, wenn er damit seinen Ruf retten könnte.

»Nein.«

»Gut.« Er schloss die Tür leise von außen.

Mrs. Ledger lächelte herablassend. »Mary Jane war jahrelang bei mir, und ich mochte sie. Ich hoffe, die Sache klärt sich schnell auf. Aber die Kinder sind auf der Farm bei Mr. und Mrs. Conroy in guten Händen.« Es klang, als wollte sie einen Schlussstrich unter die Vergangenheit ziehen.

»Die nun natürlich Ihre Farm ist.«

Ihre Nasenflügel blähten sich kaum merklich. »Erwarten Sie bitte nicht, dass ich mich dazu äußere. Mich überrascht, dass Conroy so voreilig über den Verkauf spricht.«

Mich machte es traurig, dass Ethans vehemente Widerrede nichts genutzt hatte. Eine jahrhundertealte Farm würde aufgebrochen und vernichtet, da Ethan dem nun nicht mehr im Weg stand.

Doch hier ging noch etwas anderes vor. Ich spürte es, konnte jedoch nicht sagen, was es war.

Wenig später kehrte der Colonel zurück. Mein Anwalt wird direkt zur Polizei gehen. Er wird Mary Jane vertreten.«

Mrs. Ledger stand auf und ging zu ihrem Mann. »Danke, dass Sie uns unterrichtet haben, Mrs. Shackleton.«

Ich hatte einen Fehler gemacht. Diesen Leuten war nicht zu trauen, und Mary Jane würde ihnen ausgeliefert sein. Der Anwalt würde sich nur insofern für ihre Interessen einsetzen, als sie denen der Ledgers' entsprachen.

Langsam fuhr ich zurück durch das Dorf und wollte mich auf den Heimweg machen. Aber es zog mich zu Mary Janes Cottage. Wenn sie ihr Sparbuch nicht Colonel Ledger zur Aufbewahrung gegeben hatte, wo war es dann? Und wer hatte Ethans Werkzeug dort abgelegt, wo es gefunden und als Beweis gegen Mary Jane verwendet werden würde?

Eine dünne Rauchfahne stieg noch aus dem Schornstein auf und schlängelte sich nutzlos gen Wolken.

Ich zog den Schlüssel aus dem Briefschlitz und schloss die Tür auf. Sofort wusste ich, dass das Haus nicht verlassen war. Hier war jemand, dessen Präsenz ich so deutlich fühlte wie ein Atemholen. Ein Schritt war von der Treppe zu hören.

»Mrs. Shackleton.«

»Mr. Sykes! Was tun Sie hier?«

»Das Gleiche wie Sie, nehme ich an. Ich frage mich, wer das Werkzeug in dem Kohlenschuppen platziert hat und ob die Polizei etwas übersehen hat.«

»Und hat sie?«

»Nein. Soweit ich sehen kann, nicht.«

»Ich weiß nicht, wo Mary Jane ihr Sparbuch hingelegt hat. Zuerst dachte ich, sie hätte es dem Colonel gegeben, doch falls es so ist, verrät er es nicht.«

»Waren Sie bei den Ledgers?«

»Sie sind in Sorge, überspielen es aber. Mrs. Ledger behauptet, die anzüglichen Fotografien wären schlicht künstlerisch gewesen, in griechischen Umhängen und so. Wahrscheinlich haben sie Aufnahmen und Negative, um es zu beweisen, und alles andere wird auf mysteriöse Weise verschwinden.«

»Trotzdem würde es bedeuten, dass sie auf Mary Janes Seite sind.«

»Sie sind auf ihrer eigenen Seite, Mr. Sykes. Mary Jane würden sie jederzeit opfern.«

»Ihr Chief Inspector hat nichts Konkretes gegen Mary Jane in der Hand, ausgenommen das versteckte Werkzeug. Jeder könnte es dort hingelegt haben.«

Sykes entwarf bereits eine Verteidigungsstrategie. Er rieb sich das Kinn. »Heute Abend im Gasthaus wird sicher viel spekuliert werden.«

Mr. Sykes hält eine Menge von Wirtshaustratsch, weil er ihm einen Vorteil mir gegenüber verschafft, denn ich könnte auf diesem Wege keine Informationen sammeln.

»Wenn es sein muss. Aber seien Sie vorsichtig. Wir wissen nicht, wie viele Zivilermittler die gleiche Idee haben.«

Er kam mir entgegen. »Ich habe nicht vergessen, dass ich morgen um neun Uhr bei der Versicherung sein muss. Nur ein oder zwei Bier und eine Stunde Plaudern, dann fahre ich nach Hause.«

Ich schrieb eine kurze Nachricht für Mary Jane und legte sie in die Mitte des Küchentisches, sodass sie gleich auffallen würde, wenn Mary Jane von Sergeant Sharp nach Hause gebracht wurde – falls er sie nach Hause brachte.

»Gehen Sie lieber zuerst, Mr. Sykes. Ich werde noch dem Vikar mein Beileid aussprechen.«

Es gab eine Verbindung zwischen Ethan Armstrongs Tod und dem von Miss Trimble, und ich beabsichtigte, die aufzudecken.

Sieben

Ein schroffer Mann mit einem wohlgenährten Bauch begrüßte mich mit sanfter, kultivierter Stimme. Ich nahm an, dass der Vikar in Oxford studiert hatte, und erinnerte mich, dass seine Schwester gesagt hatte, er würde dem Herrn lieber in Brighton dienen als in der Einöde Yorkshires. Er machte den Eindruck eines Mannes, dem schon im Übermaß kondoliert worden war, und ich schloss nicht aus, dass er mich abweisen würde. Vielleicht war dies nicht der Moment, in dem er sich der Frau gegenübersehen wollte, die den Tod seiner Schwester bezeugt hatte.

Geübt stellte ich mich vor, nannte meinen Status und Beruf, Dads Stellung und den Titel meiner Mutter. Es wirkte.

Träge nahm er ein Buch vom Dielentisch auf. »Kommen Sie mit ins Arbeitszimmer, Mrs. Shackleton. Ihnen also muss ich danken, dass Sie meine Schwester gefunden haben.«

Ich äußerte einige passende Worte, und er schlug das Buch auf. »Beileidsbekundungen«, sagte er und wandte sich mir zu. »Die Leute sind sehr freundlich. Meiner Schwester war nicht bewusst, wie sehr sie gemocht wurde.«

Ich blickte zu den Seiten, die voller Unterschriften, Gebete und blumiger Gefühlsbeteuerungen waren.

Anscheinend sollte ich etwas ins Buch schreiben. »Leider muss ich sagen, dass ich Miss Trimble nicht gekannt habe. An dem Morgen war ich ihr erstmals begegnet. Wenn Sie mir einen Moment …« Selbst mit einem Moment Zeit wüsste ich nicht, was ich schreiben sollte.

»Die arme Aurora war an dem Tag bester Dinge«, sagte er finster. »Der Herr schenkte ihr in ihren letzten Tagen auf Erden Freude.«

»War sie aus einem bestimmten Grund erfreut?«

Er schob seine angefangene Predigt beiseite. »Sie hatte eine glückliche Woche bei unserer Cousine Clara in Clitheroe verbracht, die dort mit dem Kirchendiener verheiratet ist. Und natürlich liebte sie die Kirchenfenster, die Bleilichter und das Buntglas.«

»In Clitheroe?«

»Nein, hier. Arme Aurora!«

Während ich etwas Nichtssagendes in das Kondolenzbuch schrieb, überlegte ich, wie ich die Frage formulieren sollte: Gibt es jemanden, der den Tod Ihrer Schwester wollte? Stattdessen sagte ich: »Sie haben eine schöne Kirche.« Und dann fiel mir ein, dass eines der Fenster aus einfachem Glas war. »Sollten Sie ein neues Fenster bekommen?«

»Ja, deshalb war sie so glücklich. Farmer Conroy hatte am Sonntag mit meiner Schwester darüber gesprochen. Er wollte für das neue Fenster bezahlen, im Gedenken an seine Eltern und seinen Bruder.«

Bob Conroy. Also hatte er vor, den Erlös aus dem Farmverkauf zu spenden. Er war auf dem Friedhof gewesen, als ich das Pfarrhaus verlassen hatte, am Grab seines Bruders, und hatte unglücklich mit dem Toten gesprochen. Ich versuchte, mir nichts anmerken zu lassen, als ich mich fragte, ob Bob Conroy eventuell Aurora Trimble ins ewige Leben geholfen hatte, damit sie nicht gegen Mary Jane aussagen konnte.

Mr. Trimble sagte etwas, stellte mir eine Frage.

»Verzeihung, wie bitte?«

»Hat Aurora noch etwas gesagt, bevor sie starb?«

Ach du meine Güte. Gerald hat früher gern ein Spiel mit

einem befreundeten Arzt gespielt. Einer von ihnen nannte eine lebende oder tote Persönlichkeit, und der andere musste tatsächliche oder erfundene »berühmte letzte Worte« zitieren. Ich war versucht, jetzt etwas Wundervolles zu erfinden. Aber ich war bei dem Spiel immer hoffnungslos schlecht gewesen.

»Sie hatte nur zwei Worte gesagt, Mr. Trimble. ›Bitter‹ war das erste.«

»›Bitter‹ oder ›bitte‹?«

»›Bitter‹. Und das zweite war ›Dandy‹.«

»›Dandy‹?« Verwundert schüttelte er den Kopf.

Als ich zum Cottage zurückfuhr, war das Fenster erleuchtet. Mary Jane war zu Hause. Ich klopfte an die Tür, die verriegelt war.

»Wer ist da?«

»Ich bin es.«

Sie schloss auf, öffnete die Tür und wartete, dass ich eintrat. Sie sah erschöpft aus.

»Ich wollte nur nachsehen, wie es dir geht. War es schlimm?«

»Ja.« Sie kehrte zu ihrem Sessel am Feuer zurück und starrte in die Flammen. »So endgültig. Das ist er gar nicht mehr, Kate. Ethan ist fort. Die Leute sagen solche Sachen wie: ›Oh, er ist nur noch eine Hülle.‹ Ich habe nie verstanden, was das heißt. Jetzt wünsche ich mir, ich hätte ihn nicht so gesehen.«

»Hast du gegessen?«

»Ich habe keinen Hunger. Und sieh dir den Berg an.« Sie zeigte zum Tisch. Dort standen ein Topf mit Stew, ein Kuchen und eine Pastete. »Leute haben das vor die Tür gestellt. Wahrscheinlich für die Kinder. Mich mögen sie nicht.«

»Das kann nicht sein. Im Dorf hat man großes Mitgefühl mit dir.«

So ungern ich es tat, erzählte ich von meinem Besuch bei

den Ledgers und dem Anruf des Colonels bei seinem Anwalt. »Kann ich noch irgendwas tun?«

Konnte ich nicht.

Ohne die unausgesprochene Aufforderung zu beachten, mich nun zu verabschieden, nahm ich den Bettwärmer vom Herd auf. Es handelte sich um einen silbernen Schuh, der darauf wartete, mit kochendem Wasser befüllt zu werden. Ich brachte ihn zum Tisch, holte den Kessel und goss heißes Wasser in den Wärmer. »Den lege ich in dein Bett. Du siehst müde aus.«

Sie widersprach nicht. Oben schaute ich unter der Matratze nach dem verschwundenen Sparbuch. Es war nicht da.

Wir saßen zu beiden Seiten des Feuers, und Mary Jane blickte noch in die Flammen. »Was hast du zu den Kindern gesagt?«

»Ich habe es ihnen so verständlich erklärt, wie ich konnte. Austin, nun, er begreift es nicht.«

»Nein, kann ich mir denken. Wahrscheinlich hält er mich für feige, weil ich es ihnen nicht selbst sagen wollte.«

»Natürlich nicht.«

Sie stocherte im Feuer, sodass mehr Flammen aufzüngelten. »Es ist nur so, als unser Dad starb, hat Mam uns alles direkt erzählt, all die Einzelheiten. Er wurde nach Hause ins Zimmer unten gebracht, und wir alle mussten uns da hinsetzen, mit ihm auf einem Brett auf dem Tisch. Wir mussten ihn küssen. Es war furchtbar. Dann mussten wir zur Beerdigung gehen, und ich war zu klein. Meine Beine taten weh, doch das hat keiner gemerkt. Ich musste eben versuchen, mit den anderen mitzuhalten. Deshalb habe ich immer gesagt, sollten meine Kinder einmal … Ich wollte sie beschützen. Doch das kann man nicht, wie ich jetzt erkenne. Es gibt keine richtige Art, es zu tun. Mam hatte getan, was sie für das Beste hielt.«

»Möchtest du, dass ich bei dir bleibe?«

»Nein. Der Inspector, Chief Inspector oder was auch immer, hat gesagt, dass jetzt nichts mehr passiert, bis die Obduktion abgeschlossen ist und noch mehr Informationen eingeholt wurden. Ich weiß nicht, was er damit meint. Ich werde einfach durchhalten müssen, und allein kann ich das am besten. Mrs. Conroy wird sich um die Kinder kümmern. Ich möchte ein bisschen Zeit, hier zu sein, nur noch etwas länger. Ethan hat dieses Haus geliebt, und ich konnte es nicht erwarten, von hier fortzukommen. Tja, manchmal konnte ich nicht schnell genug weg, und dann wieder ... Ich habe es auch geliebt, zu Anfang. Morgen werden Leute herkommen. Damit muss ich mich abfinden. Und allein ist es am besten.«

»Na gut. Du weißt, wo du mich findest, falls du mich brauchst. Bitte Sergeant Sharp, mich anzurufen.«

Sie nickte.

Es klopfte an der Tür.

»Ich ertrage das nicht, Kate. Sag, dass ich ins Bett gegangen bin. Sag, du willst gerade gehen. Irgendwas.« Sie ließ ihren Schal auf den Boden fallen und eilte zur Treppe.

»Noch mal hallo.« Es war Bob Conroy.

»Mary Jane ist ... «

Doch sie war neben mir, lief auf ihn zu und rief: »Bob, oh, Bob!« Er kam herein und nahm sie in die Arme.

Ich ließ sie allein.

An der Straßenbahn-Haltestelle an der Hauptstraße hielt ich, um Sykes mitzunehmen.

»Stimmt etwas nicht?«, fragte er.

»Weiß ich nicht.«

Die einzige Person, die behauptete, Mary Jane zur maßgeblichen Zeit beim Steinbruch gesehen zu haben, war Miss

Trimble. Und Miss Trimble war tot. Die Person, die sich zum Zeitpunkt ihres Todes nahe dem Pfarrhaus aufgehalten hatte, war Bob Conroy. Aber der Arzt hatte Tod durch Herzversagen bescheinigt. Und Ärzte irren sich nie. Ich sollte den Gedanken an Gift aus meinem Kopf verbannen.

Donnerstag

Weise Schnecke, die du dich in dir selbst einrollst,
lehre mich sanft, Eile zu haben,
während meine Füße langsam schnelle gehen.

RICHARD LOVELACE

Eins

Der Donnerstag war zu Kindeszeiten mein liebster Wochentag gewesen. Donnerstags kam die Lebensmittellieferung von Lipton mit einem Schokoladenriegel von Fry's Five Boys. Und am Donnerstag hatte ich nach der Schule keine Verpflichtungen mehr – keine Ballettstunde (montags und mittwochs), kein Besuch vom Hauslehrer (dienstags), der Pfeife rauchte und ein muffiges Tweedjackett trug, in der Nase bohrte und sämtliche Berechnungen selbst machte, während ich vorgab, ihm zu folgen. In Wirklichkeit jedoch schaute ich zu, wie Hautschuppen von seinem Kinn auf das Blatt rieselten, wenn er Popel in seinen Bart rieb.

An diesem Donnerstag war ich in meinem Bett und blieb zum ersten Mal seit meiner Rückkehr aus London am letzten Sonntag länger liegen.

Mrs. Sugden umsorgte mich und brachte mir das Frühstück nach oben. »Bleiben Sie, wo Sie sind, Mrs. Shackleton. Sie sehen erledigt aus.«

Ich fühlte mich auch erledigt, aber eher vor Enttäuschung, weil ich keinerlei Fortschritte machte und zunehmend sicherer wurde, dass mir die Ermittlung zu Ethan Armstrongs Tod entglitt.

Wenn ich feststecke, hilft es manchmal, mir im Geiste aufzusagen, was bisher geschehen ist, und das tat ich nun in der Hoffnung, es würde mir verraten, wo ich als Nächstes nachsehen musste. Ein besonders eindrückliches Bild brachte mich ins Stocken. Jedes Mal, wenn ich die Geschichte durchging, blieb ich bei der Umarmung von Mary Jane und Bob Conroy stecken.

Conroy hatte seinen Handel mit Ledger abgeschlossen. Es wäre nur noch eine Frage der Zeit, bis das Vieh und das Farmgerät verkauft waren, dann würde Bob Conroy fortgehen. Aber wohin und mit wem – mit seiner eigenen Frau oder mit Mary Jane, ihren Kindern und ihrem Sparbuch?

Da ich nicht vorankam, ging ich wieder zurück zum Pfarrhaus, dem Wohnzimmer dort und Miss Trimbles letzten Worten. Bitter. Nun ja, Sterben war bitter. Dandy. Eine Person? In meiner kurzen Zeit in Great Applewick hatte ich niemanden gesehen, dem man vorwerfen könnte, sich übermäßig dandyhaft zu kleiden.

Mrs. Sugden kam ins Schlafzimmer, um das Frühstückstablett zu holen. »Möchten Sie sonst noch etwas?«

»Ja, aber das hole ich mir selbst.«

»Sie ruhen sich aus. Jede Frau, die eine Menge Sorgen mit sich herumträgt, sollte einen Tag im Monat in ihrem Nachthemd verbringen.«

»In dem Fall bringen Sie mir bitte das Wörterbuch. Miss Trimbles letztes Wort war ›Dandy‹, und ich komme nicht darauf, was sie gemeint haben könnte.«

»Dann lassen Sie es«, sagte Mrs. Sugden. »Wahrscheinlich hat sie wirr geredet. Ruhen Sie Ihr Gehirn aus, sonst reden Sie selbst bald wirr.«

Ich blickte zur Uhr. Es war halb zehn. Ich würde noch bis halb elf die Augen schließen und abwarten, zu welchen verblüffenden Einsichten ich gelangte.

Mrs. Sugden kehrte mit dem Wörterbuch in der Hand zurück. Sie blieb bei dem Korb mit den Kätzchen stehen und las: *»Dandy, Substantiv, maskulin: sich übertrieben modisch kleidender Mann; Schaluppe mit Bonaventuramast; Ergänzung zu einer*

Maschine; Kammer in einem Puddelofen; Flussschiffer auf dem Ganges; Hängematte an einem Bambusstab, die in Indien wie eine Sänfte benutzt wird. Dandyhaft, Adjektiv: bezogen auf oder typisch für einen Dandy oder Geck, eitel.« Sie schlug das Buch zu. »Und? Sind Sie jetzt schlauer, Mrs. Shackleton?«

»Nein.« Ich würde sie nicht bitten, mir die Bedeutung von »Puddelofen« vorzulesen.

Sie seufzte. »Es ist unwahrscheinlich, aber falls sie sich krank fühlte ...«

»Ja?«

»Na ja, da gibt es noch das Dandyfieber, nicht wahr?«

»Stimmt, doch wie könnte sie sich in Great Applewick mit Dandyfieber infiziert haben – oder bei ihrem Besuch in Clitheroe? Und sich dann selbst diagnostizieren, während sie im Sterben liegt? Ich glaube, das meinte sie nicht.«

Es blieb ein Rätsel. Ich entschied mich gegen mehr Zeit im Bett. Nach meinem Bad spazierte ich durch das Wäldchen und hoffte auf Inspiration. Dort war ich noch und bewunderte die Glockenblumen, als Marcus meinen Namen rief.

Er kam mit ausgebreiteten Armen auf mich zu. »Meine Waldnymphe! Jetzt sehe ich dich mal in deinem natürlichen Habitat.«

»Willkommen in Batswing Wood.«

»Es ist wunderschön hier.«

Wir hockten uns auf den Baumstamm, der als Bank herhielt. Marcus schaute sich um. »Du hast in deinem Wald sogar eine Naturbühne.«

»Ja. Die Kinder aus der Nachbarschaft führen hier ihre Stücke auf. Sie sind alle ein bisschen altklug, mit Akademikern und Ärzten als Eltern, die im Sommer herkommen, um ihre Kleinen anzuhimmeln, bevor sie in ihre langen Ferien fliehen.« Allerdings dürfte Marcus nicht hier sein, um über die Vorzüge von Batswing Wood und meine gebildeten Nachbarn zu reden. »Bleibst du zum Mittagessen, Marcus? Sicher ist genug da.«

»Vielleicht auf einen raschen Bissen.« Er neigte den Mund verspielt zu meinem Ohr.

»Bist du mit einem Fahrer hier?«

»Ja.«

»Bitte ihn hinein. Mrs. Sugden wird sich um ihn kümmern.« Ich griff nach seiner Hand. »Gehen wir ins Haus.«

Er hielt mich zurück. »Es tut mir leid, ich sollte nicht herumalbern und aufschieben, was ich dir sagen muss.«

»Fahr fort.«

»Heute Morgen war die Obduktion von Ethan Armstrong.«

»Erzähl es mir nicht hier, Marcus.« Ich stand auf. Es war lächerlich und irrational, doch ich wollte nicht, dass die Worte in meinem kleinen Wald ausgesprochen wurden. Nicht, dass die Glockenblumen sie mitbekommen würden, aber sie könnten auf ewig zwischen den Bäumen nachhallen. Wenn ich zum Nachdenken herkam oder um die Eichhörnchen zu beobachten, würde ich hören, was er nun zu sagen hatte. »Gehen wir die Straße hinauf. Es dauert nicht lange, und du kannst es mir dort erzählen, mit etwas Abstand zu meinem Wäldchen.«

Er widersprach nicht. An der Küchentür rief ich Mrs. Sugden zu, sie möge etwas Leichtes zum Essen vorbereiten und den Fahrer hereinbitten.

Wir gingen an dem großen Haus meiner Nachbarn vorbei, wo der Gärtner das Trimmen der Hecke unterbrach, und zum Ende der Straße. Der Weg von hier führte uns in ein anderes Waldstück, nicht meines.

»Jetzt erzähl.«

»Ethan Armstrong wurde mit einem stumpfen Gegenstand erschlagen. Ihn hat ein einzelner Schlag auf den Schädel getötet. Ein Schlag mit seinem eigenen Hammer.«

»Demnach war der Täter groß.«

Es war Bob Conroy, Josiah Turnbull, einer von Ledgers Männern, irgendwer, aber nicht Mary Jane.

»Nicht unbedingt. Es gibt Blutergüsse an einem Knie, und die Kniescheibe ist gebrochen. Die naheliegendste Erklärung ist, dass ihn der Angreifer zunächst dort getroffen hatte, sodass Ethan auf die Knie sank, und ihm dann den Hammer auf den Kopf schlug. Er erlitt eine Schädelfraktur und eine Hirnblutung.«

»Hast du irgendwelche Spuren?«

»Es ist noch sehr früh, Kate. Wir wissen jetzt, wie und wann ungefähr er gestorben ist. Ich muss herausfinden, warum und durch wen.«

»Wann hast du vor, es Mary Jane zu sagen?«

»Sie sollte erst mal den Tod verarbeiten und danach die Art und Weise.«

»Sie war es nicht.«

Ich müsste ihm von Bob Conroy erzählen, doch damit würde ich unweigerlich Mary Jane belasten.

Er reagierte nicht auf meine Behauptung, dass Mary Jane unschuldig war. »Du hast einige Papiere, die Mr. Armstrong gehörten. Gewerkschaftsdokumente und so.«

»Ja.«

»Die möchte ich gern mitnehmen.«

»Meinetwegen.«

Wir gingen zurück zum Haus. »Ich wollte dich sehr gern wiedersehen, Kate, doch nicht so.«

»Weiß ich.«

Er lachte reumütig. »Ich bin am Sonntag zum Mittagessen mit dir bei deinen Eltern eingeladen. Dein Vater rief heute Morgen an – auf Anweisung deiner Mutter, vermute ich.«

»Ja, das ist gut möglich. Nun, ich weiß, dass Dad dich gern

kennenlernen möchte, und Mutter hat seit eurer flüchtigen Begegnung in Harrogate mehrfach von dir gesprochen.«

»Wo werden wir bis Sonntag sein?«, fragte er und antwortete gleich selbst. »Ich kann es schlicht nicht sagen. Würdet ihr es verstehen, sollte ich in letzter Minute absagen müssen?«

»Daran sind Mutter und ich von Dad gewöhnt.«

Er blieb an meiner Pforte stehen. »Da ist noch etwas anderes, Kate.« Ich wartete. »Wenn ich Mrs. Armstrong wieder auf die Wache bringe, würde ich dich eventuell bitten, bei ihr zu sein.«

»Ja, natürlich.«

»Um bei ihr zu sein und zu beobachten.«

»Worauf willst du hinaus?«

»Du sollst dich überzeugen, dass alles fair und ordnungsgemäß abläuft. Hast du gewusst, dass mir der Anwalt der Ledgers in den Ohren gelegen hat?«

»Ich fürchte, das ist meine Schuld. Ich dachte, dass sie Mary Jane vielleicht helfen wollen, weil sie früher für sie gearbeitet hat. Jetzt frage ich mich, ob es sich nicht lohnen könnte, wenn du dir die Ledgers mal genauer ansiehst.«

»Du willst doch nicht andeuten, dass Ledger Ethan Armstrong umgebracht hat.«

»Sie haben kürzlich Bob Conroys Farm gekauft. Der Einzige, der jahrelang einem Verkauf im Weg stand, war Ethan Armstrong. Ledger hat Probleme in einer seiner Kohleminen, und Ethan hatte versucht, zum Streik aufzurufen.«

»Und Ledger hat Armstrong immer wieder übertrumpft. Er hatte es nicht nötig, auf rohe Gewalt zurückzugreifen. Der Colonel hätte Armstrong jederzeit zusammenstauchen und rauswerfen können. Komm, Kate. Lass uns einen Happen essen.«

Ich hätte mehr sagen können, und ich war versucht, ihm von dem Sparbuch, Ledgers Fotografien und der »Aussteuer« von

Mrs. Ledger zu erzählen. Aber es würde ein schlechtes Licht auf Mary Janes Charakter werfen, und ihre Aussichten waren bereits trübe genug. Vorerst würde ich diese Informationen für mich behalten.

Ich führte Marcus ins Esszimmer, wo Ethan Armstrongs Papiere am einen Ende des Tisches aufgestapelt waren. Ganz oben lag die Anzeige der gut gestellten Dame, die nach einem wohlsituierten Herrn suchte. So beiläufig wie möglich sagte ich: »Dem gehe ich nach.«

»Hast du einen Brief geschrieben?«

»Einen entworfen, ja.« Es war unnötig, Mr. Duffield mit hereinzuziehen.

Er lächelte nachsichtig. In diesem Moment wollte ich ihn ohrfeigen, und gemeinhin neige ich nicht zu Gewalt.

Freitag

Zu informieren – oder, im offiziellen Duktus, »zu bestätigen« – scheint dem Engländer so naturgegeben, wie einen Ball zu schießen oder ein Glas Bier zu trinken.

WILFRED MACARTNEY, Wände können reden

Eins

Am Freitagmorgen um zehn Uhr parkte ich die Jowett in der Courtyard Street, nur wenige Meter von der Polizeiwache Otley entfernt. Ich betrat die Wache mit einer Tüte Sandwiches für Mary Jane und einer Thermoskanne. Dies hier konnte sie unmöglich im Sinn gehabt haben, als sie vor meiner Tür erschienen war und um Hilfe gebeten hatte.

Der wachhabende Sergeant erwartete mich, sprang hinter seinem Tresen auf und begleitete mich nach oben.

Minuten später stand Marcus in seinem Büro auf, um mich zu begrüßen. Das Zimmer war im Behördengrün gestrichen und hatte einen abgewetzten Linoleumboden. Aus einem Metallpapierkorb roch es streng nach abgestandenem Zigarettenqualm. Sogleich fielen mir alle Geschichten und Berichte wieder ein, die ich jemals über Verhaftungen gehört hatte. Ich fühlte mich schrecklich unvorbereitet. Marcus setzte eine heitere Miene auf und fragte mich nach der Fahrt hierher, wie er es bei einem Fremden täte. Das Gespräch war zu formell, beinahe schon bemüht. Aus seiner Warte verstand ich, warum Mary Jane schuldig wirkte. *Das darfst du nicht mal dir selbst eingestehen, Kate. Benimm dich, als wäre sie unschuldig, dann wird sie es sein.*

»Danke, dass du gekommen bist, Kate. Ich weiß, dass es schwierig für dich sein muss.«

»Was ist passiert, Marcus?«

»Ein Mr. Nelson ist von Ledger als Anwalt für Mrs. Armstrong engagiert worden. Er wird um elf hier sein, und dann vernehme ich sie in seiner Anwesenheit.«

»Nachdem du sie über ihre Rechte belehrt hast?«

Er ignorierte meine Frage. »Es gibt etwas, das du für mich tun könntest – und für sie. Ich möchte nicht noch eine Polizistenfrau rekrutieren.«

»Wo ist Mary Jane? Wie lange ist sie schon hier?«

Er zögerte. »Wir hatten sie um acht hergeholt. Sie ist in einem Vernehmungszimmer. Keiner hier nimmt sie in die Mangel, Kate. Glaub mir, sie wird mit äußerster Höflichkeit und Fairness behandelt. Ich hatte heute Morgen schon Colonel Ledger am Telefon.« Er verzog das Gesicht. »Mit dir und dem Colonel an ihrer Seite kann sie sich sehr gut geschützt fühlen.«

»Dass du sie seit acht Uhr hier hast, bedeutet, du lässt sie in der Hoffnung schmoren, dass sie einknickt.«

»Also ehrlich, Kate, du solltest mich besser kennen.«

»Sollte ich? Nun, nur zu, was ist es, worum du mich bitten möchtest?«

Ob sein leichtes Erröten Verlegenheit oder Verärgerung geschuldet war, konnte ich nicht erkennen. »Ich möchte, dass du bei ihr bist und ihre Reaktion beobachtest, wenn zwei andere Individuen zur Befragung hergebracht werden.«

»Ich soll sie bespitzeln?«

»Du hast darum gebeten, sie zu sehen, und ich finde einen Weg, wie das möglich wird. Wenn du zustimmst, bringe ich dich in einen Raum mit Ausblick zum Haupteingang. Durchs Fenster kannst du sehen, wer kommt und geht.«

»Treib keine Spielchen mit mir, Marcus. Du denkst, dass sie ihren Mann umgebracht hat und einen Komplizen hatte, der die Leiche quer durch den Steinbruch geschleppt hat, weil sie dafür nicht stark genug ist. Jemand, der Ethan loswerden wollte.«

Er sah mich nicht an. »Warten wir ab, was passiert, ja?«

»Und wenn ich nicht zustimme?«

»Dann hole ich die Frau des Wachhabenden her.«

»Und ich werde Mary Jane nicht sehen.«

»Es tut mir leid, Kate. Ich bemühe mich, mein Bestes zu tun und fair zu sein. Und ich hoffe ehrlich, dass ich sie von der Liste der Verdächtigen streichen kann.«

»Die Vernehmung wird sie mit wehenden Fahnen bestehen, weil sie unschuldig ist.«

»Ich möchte, dass du ihre Reaktion beobachtest und dir anhörst, was sie sagt, wenn sie die Personen sieht.«

»Wer sind diese Leute?«

»Es werden zwei sein, die hintereinander hergebracht werden.«

Ich blickte ihn ernst an. Er verdächtigte Mary Jane. Er bezweifelte, dass sie die Kraft besaß, Ethans Leiche ohne Hilfe durch den Steinbruch zu ziehen. Da ich am Montagmorgen gesehen hatte, wie sie meine Koffer die Treppe hinauftrug, könnte ich seinen Irrtum korrigieren.

»Falls das deine Bedingungen dafür sind, dass ich Mary Jane sehen kann, tue ich es.«

Er kam um den Schreibtisch herum zu mir, beugte sich vor und nahm meine Hand. »Kate, ich vertraue dir blind.«

Dann bist du ein Narr, dachte ich. Aber natürlich log er.

»Sie ist im ersten Stock. Ich bringe dich zu ihr. Deine Tasche kannst du hierlassen.«

»Ich habe Sandwiches und eine Thermoskanne für sie.«

»Dann sorge ich dafür, dass sie die später bekommt.«

»Darf ich wenigstens Zigaretten mitnehmen?«

Er nickte.

So lief es also, wenn man in Schwierigkeiten mit der Polizei geriet. Ich steckte Zigaretten und Streichhölzer sowie heimlich ein Notizbuch und einen Stift in meine Jackentasche.

Sie saß auf einer Bank am Fenster in einem kleinen Raum, der von einem größeren abgeteilt worden war. Noch mehr Behördengrün – olivfarbene Wände, kakigrüne Tür- und Fensterrahmen. Ein kleiner Eichentisch voller Tassenränder, an dem drei Biegeholzstühle standen, dominierte den Raum. Auf dem Tisch befanden sich ein Blechaschenbecher voller Zigarettenstummel, ein Glas Wasser und ein Krug.

Ich holte die Zigaretten und die Streichhölzer hervor.

Mary Jane steckte sich sofort eine an und inhalierte tief. »Darf ich die behalten?«

»Ja.«

»Sie glauben, ich war es.«

»Die Wahrheit wird ans Licht kommen. Dessen bin ich mir sicher.«

Sie grinste spöttisch. »Da bin ich mir nicht sicher, überhaupt nicht. Die Wahrheit hat ihre eigene Art, sich unter Steine zu verkriechen.« Sie wandte sich zum Fenster und blickte hinunter zur Straße. »Vorhin hatten sie mich in einen fensterlosen Raum gesetzt. Das war schrecklich.«

»Chief Inspector Charles ist ein fairer Mann. Er wird sich für alle Möglichkeiten offenhalten, glaub mir.«

Und wenn ich mich nicht täusche, lauscht er in diesem Augenblick an der dünnen Trennwand.

»Das musst du ja sagen. Sie haben mich heute Morgen schon vor acht Uhr geholt. Ich habe keine Ahnung, was vor sich geht, außer dass dieser Anwalt angeblich kommt. Ich glaube das alles nicht. Es ist wie ein furchtbarer Traum. Nur wegen dieser verfluchten Versicherung, die nicht mal meine Idee war, denken sie, ich war es. Ethan war damals nach Hause gekommen und hatte es vorgeschlagen. Ich wollte nichts davon wissen. Sag ihnen, sie sollen den Mann von der Versicherung fragen. Er wird sich vielleicht daran erinnern, wessen Idee das war.«

Ich war ratlos, was ich antworten sollte. Sagte ich, dass der Anwalt dafür sorgen würde, dass solche Dinge herauskamen, würde es klingen, als rechnete ich mit einer Anklage.

Während ich schwieg, anstatt sie zu beruhigen, bemerkte sie: »Ich verstehe nicht, wie das Werkzeug in den Kohlenschuppen gekommen ist. Du musst Harriet danach fragen. Sie hatte Ethans Mütze gefunden. Hatte sie auch sein Werkzeug mitgenommen? Sie denkt womöglich, dass sie Ärger bekommt.«

»Möchtest du, dass ich die Kinder besuche?«

»Ja. Ich hatte ihnen gesagt, dass sie ihre Grandma am Sonntag sehen dürfen, und jetzt weiß ich nicht, ob sie mich vorher hier rauslassen.«

»Soll ich mit ihnen zu ihr fahren?«

»Würdest du?«

»Ja. Es wird sie freuen. Austin zumindest wollte nicht auf die Farm.«

»Armer Kleiner.« Sie seufzte. »Was für ein Schlamassel! Manchmal fragt man sich wirklich, wie anders das Leben hätte verlaufen können, nicht? Und dann stellt man fest, dass es zu spät ist.«

Halt den Mund, Mary Jane. Hier haben die Wände Ohren. Aber das konnte ich nicht aussprechen, also unterbrach ich sie. »Mrs. Conroy hat den Kindern je ein Paar Strümpfe geschenkt.«

Doch sie hörte nicht mehr zu. Sie war von etwas abgelenkt, das unten vor sich ging.

Ich schaute aus dem Fenster.

Turnbull, der Vorarbeiter, schwankte zwischen zwei Uniformierten. Er hatte die Brust vorgestreckt und das Kinn trotzig in die Höhe gereckt.

Mary Jane starrte zu ihm. »Sie haben Turnbull geholt! Er hat Ethan nie gemocht. Vielleicht denken sie doch nicht, dass ich es war. Sie wollen, dass Turnbull alles missversteht und sich verrät. Er ist sehr aufbrausend. Du solltest mal seine arme Frau sehen, und weißt du, was? Inzwischen versteckt sie es gar nicht mehr. Sie läuft herum und schert sich einen feuchten Kehricht darum, wer ihr blaues Auge sieht. Falls er Ethan umgebracht hat … Kate, ich habe schon mal zu seiner Frau gesagt: ›Er muss ja auch mal schlafen‹, habe ich gesagt. ›Wenn das mein Mann wäre, würde ich mit einem Messer auf ihn losgehen. Wäre er mein Mann, er würde tot aufwachen‹, habe ich gesagt.«

Sei still, Mary Jane! Solche Sachen darfst du hier drinnen nicht von dir geben.

Sie nahm noch einen Zug von der Zigarette. »Ich will nach Hause. Hätte ich geahnt, dass sie mich wieder herholen, ich hätte die Kinder bei mir behalten. Ich wollte doch bloß nicht, dass sie mich weinen sehen. Wann lassen sie mich gehen? Dieser feine Pinkel von Rechtsverdreher, auf den wir warten, ist wahrscheinlich Golf spielen. Wer ist das überhaupt?«

Würde Marcus nicht lauschen, hätte ich gestanden, dass ich bei den Ledgers gewesen war und der Colonel seinen Anwalt eingeschaltet hatte.

Die Asche an ihrer Zigarette wurde länger. Ich ging zum Tisch und nahm den verbeulten Aschenbecher auf. Es war zu spät, denn die Asche fiel bereits zu Boden, als Mary Jane wieder durchs Fenster hinausstarrte. »Hey, sieh dir das an. Sie haben auch Raymond Turnbull geholt! Na, Raymond können sie nicht verdächtigen. Glauben die, dass er gegen seinen Dad aussagen würde?«

»Sie holen wahrscheinlich nur Informationen ein, Mary Jane.« Doch ich erlaubte mir zu hoffen. Nur ein Constable begleitete Raymond.

Mary Jane drückte ihre Zigarette aus. »Raymond heiratet morgen. Ethan und ich sollten zur Hochzeit kommen. Er hat Ethan angebetet. Wenn er irgendwas weiß, wird er es sagen.

Das wird er.« Ihre Stimme senkte sich zu einem Flüstern. »Er wird unser Haus bekommen. Es geht immer an einen Steinmetz.«

Ein gedämpfter Laut war von der anderen Seite der Trennwand zu hören. Marcus hatte gesagt, dass er Mary Janes Reaktion auf zwei Männer erfahren wollte, die hergebracht würden. Nun hatte er sie. Gewiss würde man mich jeden Moment hier rausholen. Ich horchte aufmerksam auf Geräusche jenseits der Trennwand oder auf dem Korridor, aber alles war still.

Mit Ausnahme von Mary Jane. Sie setzte sich hin, stand auf, ging quer durch den Raum und zurück ans Fenster.

»Oh, sieh nur!« Freude leuchtete auf ihrem Gesicht auf. »Er ist gekommen, um ihnen zu sagen, dass ich es nicht war. Ich habe gewusst, dass er mir beistehen würde.«

Ich blickte nach unten. Ein Mann näherte sich allein und festen Schrittes dem Eingang. Es war Bob Conroy.

Wie lange sollte das noch weitergehen? Müssten wir hier die gesamte männliche Bevölkerung von Great Applewick beobachten, wie sie die Polizeiwache von Otley betrat?

Mary Jane hämmerte ans Fenster, um Bob auf sich aufmerksam zu machen.

Die Freude ließ ihr Gesicht jünger wirken. Bei Bobs Anblick schwanden ihre Sorgen, und ihre Wangen röteten sich. Er hatte sie nicht gehört, dennoch lächelte sie. »Man weiß, wer einem in dunklen Zeiten beisteht.«

Es waren die Konturen ihrer hohen Wangenknochen, die Bögen ihrer Augenbrauen, die Form ihres Mundes.

Und ich wusste Bescheid. Es traf mich wie ein Schlag in die Magengrube.

Ich nahm mein Notizbuch heraus und schrieb eilig:

Du musst dringend zur Toilette!

Sie sah die Seite an, die ich ihr hinhielt, und wollte meine Worte schon als Frage wiederholen, als sie mein energisches Kopfschütteln bemerkte. Ihr stand der Mund offen, während sie zu der dünnen Trennwand und der Tür schaute. Bei ihr fiel der Groschen.

»Ich muss zur Toilette, Kate. Ganz dringend.«

»Ich hole jemanden«, sagte ich und ging zur Tür. Sie war abgeschlossen. Ich rüttelte am Knauf und bedeutete Mary Jane stumm mitzuspielen.

»Es ist ... du weißt schon ... Kate, tu etwas, sonst wird es furchtbar peinlich für mich!«

Laut klopfte ich an die Tür. Als der Constable aufschloss, sagte ich im selben Tonfall, in dem ich eine scharfe Bombe melden würde: »Wo ist die nächste Damentoilette?« Ich sah ihm auf Anhieb an, dass er es nicht wusste. Offenbar hatte ihm noch niemand diese Frage gestellt.

»Ich finde es heraus«, sagte er nachdenklich.

»Es ist eine dringende weibliche Angelegenheit«, flüsterte ich, um die fragliche Dame nicht in Verlegenheit zu bringen. »Ich bürge dafür, dass Mrs. Armstrong wieder herkommt.«

Mit diesen Worten packte ich Mary Janes Hand und rannte mit ihr den Korridor entlang und die Treppe hinunter.

»Wo wollen wir hin? Laufen wir weg?«

»Nein, wir laufen nicht weg. Wir suchen eine Toilette.«

Wir eilten durch den unteren Korridor und noch eine Treppe hinunter.

Dort befand sich eine Herrentoilette, und sie stank, doch wenigstens war sie leer. Ich lehnte mich von innen mit dem Rücken an die Tür.

»Was ist denn?«, fragte Mary Jane. »Hat es mit Bob Conroy zu tun?«

»Nein.« *Obwohl du wahrscheinlich das Gefühl hast, die falsche*

Wahl getroffen zu haben, und dir wünschst, du hättest ihn geheiratet. »Das war es nicht, Mary Jane. Es war dein Gesichtsausdruck, als du ihn gesehen hast. Auf einmal wirktest du jünger, und ich überlegte, wo ich das Gesicht schon einmal gesehen habe.«

Es war wenig Licht in dem Raum, dennoch war die auffällige Ähnlichkeit nicht von der Hand zu weisen.

»Wovon redest du?«

»Du hast mir erzählt, dass du wegen der beiden Kinder nicht aus Great Applewick fortgehen konntest. Das erstaunte mich, weil du nicht Harriet und Austin gemeint hattest. Du hast mich glauben lassen, dass du von den beiden Kleinen auf dem Friedhof geredet hast. Aber das stimmte nicht. Es waren die anderen beiden Kinder, die dich hier hielten. Die Jungen, die Ledger-Jungen.«

Sie atmete zittrig ein. »Wie … wie kommst du …«

»Das Porträt im Salon der Ledgers. Die Ähnlichkeit ist da, so offensichtlich. Deshalb wollten dich die Ledgers aus dem Weg haben, für den Fall, dass jemand es errät, womöglich sogar die Jungen selbst. Kinder denken immer, sie würden eigentlich nicht zu der Familie gehören, in die sie geboren wurden. Diese Ledger-Jungen sind deine Söhne, nicht wahr?«

»Ich habe geschworen, niemals … Das rätst du nur.«

»Mary Jane, dein Leben könnte auf dem Spiel stehen. Ich bin auf deiner Seite und vielleicht die Einzige, die es tatsächlich noch ist.«

»Bob …«

Schritte näherten sich über den Korridor. Ich legte einen Finger auf meine Lippen. Die Schritte entfernten sich, und als sie verklungen waren, sagte ich: »Bestätige mir, dass ich recht habe.«

»Ich … Ich … Oh, Kate, ich kann nicht.«

»Vertrau mir. Ich bin deine Schwester, die Schwester, die du nicht verlieren wolltest. Nun, du hast mich wieder. Jetzt sag es mir.«

»Mrs. Ledger konnte keine Kinder bekommen. Sie … Wir sind zusammen in die Ferien gefahren, wir drei. Die Herrin wurde weggerufen, weil ihre Mutter krank war. Nur noch der Colonel und ich sind geblieben, und irgendwie … Er hatte sich in mich verliebt, Kate, ganz ehrlich. Mrs. Ledger war sehr verständnisvoll und hat gesagt, sie würde das Kind behalten, und niemand müsste etwas erfahren.«

»Und das ist zweimal passiert?«

Ich bemühte mich, nicht allzu ungläubig zu klingen. Wie konnte Mary Jane so naiv gewesen sein? Der Colonel wollte einen Erben und einen in Reserve, und da es mit seiner wohlhabenden Grundbesitzertochter nicht klappte, hatten die beiden sich eine subtile und effektive Art ausgedacht, wie sie das Problem lösten. Sie mussten enttäuscht gewesen sein, als Mary Jane nicht das Geld nahm und aus der Gegend verschwand. Mrs. Ledgers Märchen, dass Mary Jane seinerzeit Bob Conroy heiraten und auf der Farm leben wollte, war gelogen gewesen. Bei dem Steinmetz Ethan war am ehesten wahrscheinlich, dass er in Bälde weiterziehen würde. Ethan, der lästige Steinmetz, war von Anfang an die erste Wahl gewesen, um eine problematische Zofe loszuwerden. Doch vielleicht hatte Ethan alles herausgefunden.

»Wusste Ethan von den Ledger-Kindern?«, fragte ich.

»Nein. Keiner wusste es, außer dem Arzt und der Hebamme, und die wurden gut für ihr Schweigen bezahlt. Die Hebamme hat ein Haus in Ilkley, in dem sie lebenslang mietfrei wohnt.«

»Bist du sicher?«

»Ja.«

»Könnte Miss Trimble etwas geahnt haben?« Denn wenn ja, dachte ich, könnte es sie das Leben gekostet haben.

Stimmen riefen, dass die Frauen verschwunden waren. Marcus befahl, dass jemand draußen suchte.

Ich flüsterte wieder: »Könnte Miss Trimble etwas geahnt haben? Denk nach!«

»Da war dieser eine Tag, ein Sonntag, als die Ledgers mit den Jungen in die Kirche kamen und der Kleine zu weinen anfing. Ich sprang von meinem Platz auf und wollte zu ihm gehen. Es war keine Absicht. Es ist einfach passiert. Ethan war nicht bei mir. Ich war schon auf dem Mittelgang und eilte zu ihrer Bank, und Miss Trimble sah mich mit solch einem Blick an, als Bob kam, meinen Arm nahm und mich nach draußen führte. Ich gab vor, dass mir flau geworden war.«

Ich nickte. »Benutz lieber eine dieser stinkenden Toiletten, Mary Jane. Es wird wohl eine Weile dauern, bis du wieder gehen darfst. Ich halte die Tür zu.«

Wenig später traten wir hinaus auf den Korridor. Der Constable, der uns gefolgt war, überspielte seine Verlegenheit, indem er einen angestrengt barschen Ton an den Tag legte. »Sie hätten nicht so schnell vorauslaufen sollen. Ich war an dieser Tür vorbeigegangen, weil ich nicht dachte, Sie würden eine Herrentoilette betreten. Es läuft eine Suche nach Ihnen.«

»Entschuldigung. Es war ein Notfall. Wir konnten die Damentoilette nicht finden.«

Schweigend gingen wir hinter ihm her. Als wir wieder im Vernehmungsraum waren, öffnete der Constable Mary Jane die Tür, versperrte mir indes den Weg.

Ich lächelte ihn tapfer an und hob eine Hand.

Marcus' vertraute Schritte kamen die Treppe herauf. Ich hatte ihn noch nie zuvor außer Atem gesehen. »Du hast mir einen Schrecken eingejagt.«

»Tut mir leid.«

In seinem Büro, dessen Wandfarbe zu sehr an Erbrochenes

erinnerte, berichtete ich ihm, was er längst wusste, weil er uns durch die Trennwand belauscht hatte.

»Sie war nicht überrascht, den Vorarbeiter Turnbull zu sehen. Er ist ein gewalttätiger Mann, und er konnte Ethan nicht ausstehen. Sie denkt, dass du ihn vielleicht verdächtigst. Was Raymond Turnbull angeht, sagt sie, dass ihr Cottage an ihn geht – das Haus ist an die Stelle des Steinmetzen gebunden, und er heiratet am Samstag. Das bedeutet, dass er ein Dach über dem Kopf braucht. Aber sie glaubt nicht, dass er Ethan etwas getan hätte.«

»Danke, Kate.«

»Und Bob Conroy …«

»Den hatten wir nicht erwartet.«

»Mary Jane denkt, dass er sie immer noch gernhat. Er wollte sie heiraten, bevor Ethan ihn ausgebootet hat.«

»Ich glaube nicht, dass wir uns über ihn Gedanken machen müssen. Er hat ein Alibi für letzten Samstagnachmittag.«

»Wie praktisch.«

»Ein wasserdichtes Alibi mit zwei über jeden Zweifel erhabenen Zeugen.«

»War einer dieser Zeugen Colonel Ledger?«

»Du erwartest hoffentlich nicht, dass ich die Frage bejahe oder verneine.«

»Conroy hat seine Farm an den Colonel verkauft.«

»Was von keinerlei Belang für den Fall ist.«

»Etwas geht hier vor, Marcus, und ich neige zu dem Glauben, dass dieser Anwalt, den Ledger geschickt hat, nicht im Interesse Mary Janes handeln wird.«

»Was bringt dich zu dieser Annahme?«

Ich erzählte es ihm nicht. Wenn es Schmutz aufzuwühlen galt, würde ich noch weitergraben müssen. »Marcus, ich habe getan, worum du mich gebeten hast. Ich habe Mary Jane beobachtet und dir ihre Reaktionen geschildert. Lass mich dich jetzt eines fragen.« Ich ging näher zu ihm, als würden wir uns gleich küssen, blickte ihm in die Augen und berührte seinen Körper beinahe mit meinem. »Du musst nicht Ja oder Nein sagen, doch falls ich recht habe, lass es mich auf andere Art wissen, durch ein Nicken …«

»Oder ein Zwinkern«, sagte er halb im Scherz und kratzte sich den Hals unter dem steifen Kragen. Er wusste nicht, was ich ihn fragen wollte.

»Oder ein Zwinkern. Jemand meldete Ethans politische Aktivitäten, zu welchen Versammlungen er ging, mit wem er sich traf. Jemand berichtete, wie die Abstimmung verlief, als ein Streik ausgerufen wurde. Es wird allgemein angenommen, dass es sich bei diesem Informanten um einen der Arbeiter aus dem Steinbruch handelt, doch ich denke, dass es Bob Conroy war. Bob und Ethan gingen zu denselben politischen Versammlungen. Ethan hat in seiner Freizeit oft auf der Farm ausgeholfen. Er vertraute sich Bob an, und der verriet ihn. Habe ich recht?«

Anscheinend juckte etwas in Marcus' Gesicht, denn er kratzte sich seitlich an der Nase. Gleichzeitig senkte er den Kopf. »Erwarte nicht von mir, dass ich es bestätige oder leugne.«

Er hatte es bestätigt.

Uns trennte nicht mehr Raum, als für ein Seidenpapierblatt gereicht hätte. Für einen Moment dachte ich, er würde zurücktreten oder mich in die Arme nehmen, doch er tat weder das eine noch das andere. Ich rührte mich nicht vom Fleck und wartete.

»Ich kann dir lediglich verraten, dass Conroy wegen Armstrongs Tod erschüttert ist. Außerordentlich erschüttert.«

»Ja, ich höre förmlich die dreißig Silberlinge klimpern, die er in die Gosse wirft.«

»Er hat aus den anständigsten Gründen gehandelt, um Ethan vor sich selbst und der Ausbeutung durch Männer zu retten, denen es nicht um das Wohl unseres Landes geht.«

Er ergriff meine Hand, als ich mich abwandte. »Ich bin im *Red Lion* gebucht, doch falls du möchtest, dass ich heute Abend zu dir komme ...«

»Lieber nicht zu mir, Marcus. Doch danke, dass du mir verraten hast, wo ich dich finde.« Ich hätte es dabei belassen sollen, aber dann musste ich doch noch sagen, was ich sagte: »Miss Trimble wurde wegen etwas vergiftet, was sie wusste. Bob Conroy war an dem Nachmittag im Dorf, angeblich, um Briefe an Kameraden abzuschicken. Er war auf dem Friedhof, als ich aus dem Pfarrhaus kam. Er hatte am Sonntag mit Miss Trimble gesprochen und wollte der Kirche eine beträchtliche Spende zukommen lassen.«

»Miss Trimble ist eines natürlichen Todes gestorben.«

»Landärzte diagnostizieren gerne natürliche Todesursachen. Wie viele ungeklärte Tode werden auf die Weise abgehakt, weil es für alle Beteiligten einfacher so ist?«

»Welchen Grund könnte Conroy gehabt haben, sie umzubringen? Der Einzige, der mir einfiele, wäre der, dass sie behauptet, eine Person, auf die Mrs. Armstrongs Beschreibung passt, beim Steinbruch gesehen zu haben. Was deiner Argumentation ganz und gar nichts nützen würde.«

Marcus bestand darauf, mich zu meinem Wagen zu begleiten. »Danke, dass du gekommen bist, Kate. Ich weiß, dass es schwierig für dich sein muss.«

Er erwartete, dass ich fragte, ob ich bis nach Mary Janes Vernehmung bleiben könne, und überlegte sich bereits eine höfliche Ablehnung. Aber ich würde nicht fragen. Ich wollte Sykes erwischen, bevor er mit seiner Strumpflieferung für die Arbeiterinnen der Weberei nach Great Applewick aufbrach.

Als ich die Polizeiwache verließ, kam ein eleganter Herr in einem grauen Mohairanzug und mit Melone auf den Eingang zugeschritten, dem ein Untergebener mit einer Aktentasche in respektvollem Abstand folgte.

Wir sahen einander an, und ich erriet, wer er war. Ein von den Ledgers engagierter Anwalt würde nicht im ländlichen Tweed erscheinen. Derjenige, den die Ledgers als Anwalt aussuchten, würde ausschließlich Seidenhemden bester Qualität kaufen und seine Anzüge in der Savile Row ordern.

Ich richtete mich kerzengerade auf und war froh, dass ich selbst ein beigebraunes Seidenkostüm trug; es war eine gute Wahl gewesen. Nun stellte sich die Frage, wer von uns beiden als Erster etwas sagen würde.

Das war ich, weil ich nichts zu verlieren hatte und er nichts zu gewinnen. Er bekam sein Honorar von Ledger, und für ihn war dies hier bloß ein Geschäft.

»Verzeihen Sie.«

»Ja?«

»Ich glaube, Sie sind Mr. Nelson, von Colonel Ledger herbestellt. Ich bin Mrs. Shackleton, eine Freundin von Mrs. Armstrong.«

Er heuchelte Überraschung, obwohl ich annahm, dass er sehr wohl wusste, wer ich war. Der Colonel dürfte ihn gründlich informiert haben.

»Falls ich irgendwie helfen kann, Mr. Nelson …«

Er lüpfte den Hut. »Eine schlimme Sache«, sagte er, als äußerte er sich zu einem Regentag, der ein Spiel verdarb. »Aber sorgen Sie sich nicht, gute Frau. Ich werde Mrs. Armstrong sehr schnell wieder hier raushaben.«

So dumm es war, beruhigte mich seine unerwartet demonstrierte Unterstützung. »Das freut mich zu hören, denn sie möchte nach Hause zu ihren Kindern.«

Er senkte die Stimme, dabei konnte uns außer seinem Taschenträger ohnehin niemand hören. »Natürlich kennen Sie die Polizei, ganz besonders, wenn Scotland Yard involviert ist. Ich werde wohl ein wenig verhandeln müssen. Beispielsweise zustimmen, dass sie in die Obhut einer verantwortungsbewussten Person entlassen wird.«

»Nun, wenn ich …«

»Und natürlich gibt es niemanden, der als verantwortungsvoller gelten könnte als Colonel Ledger. Er hat sich bereits angeboten, sie bei sich aufzunehmen, bis dieses … Missverständnis geklärt ist. Ich glaube, die Kinder sind bis dahin in guten Händen.«

Wieder lüpfte er den Hut. »Meine Karte, Madam. Haben Sie keine Scheu, und so fort.« Damit war er weg.

Der Untergebene zückte eine Karte und hielt sie mir hin.

Colonel und Mrs. Ledger überließen nichts dem Zufall. Mary Jane würde bei ihnen eingesperrt werden, bis sie sich vergewissert hatten, dass sie den Mund hielt.

Zwei

Sykes wartete mit gezücktem Notizbuch am Tor der Weberei. In seinem Koffer waren siebenunddreißig Paar Strümpfe, einzeln in Seidenpapier gewickelt. Er hatte die Namensliste und eine Tasche voller Pennys, um Wechselgeld herausgeben zu können. Bei diesem Handel war er zwiegespalten. Es war eine nützliche Tarnung und eine nette Art, sich ein wenig zusätzliches Geld zu verdienen, doch während er sich für den Ansturm der Damen wappnete, empfand er seine Position als schmerzliche Demütigung. Er sehnte sich danach, wieder in Uniform und im Dienst zu sein.

Das Fabriktor öffnete sich, und die Belegschaft kam heraus. Sykes fragte sich, wie die alle in den Ort passten. Great Applewick war nicht größer als eineinhalb Quadratkilometer. Manche von ihnen mussten sich beeilen, um eine Straßenbahn zu bekommen, und liefen los.

»Da ist er!« Es war die Rothaarige, die mit ihm ins Lichtspielhaus gehen wollte. »Haben Sie es sich anders überlegt?«, fragte sie. »Führen Sie mich doch heute Abend aus?«

»Bedaure, meine Gute. Ich bin vergeben.«

»Schade.«

Er lachte. »Fangen Sie bei der morgigen Hochzeit den Strauß, lassen Sie einen der Herren Ihre Strümpfe sehen, und er wird Sie bis ans Ende Ihrer Tage ausführen.«

»Ja, das mache ich vielleicht.«

Also war die morgige Hochzeit noch aktuell. Mrs. Shackleton hatte recht. Zumindest der Bräutigam war nicht in Haft.

Sie hatte ihn gebeten, alles über Bob Conroy herauszufinden, was er konnte, aber Sykes wusste nicht, wie er das anstellen sollte. Man konnte nur einmal zu einem Farmhaus gehen, um Strümpfe zu verkaufen.

Mit von Münzen beschwerten Taschen begab Sykes sich zum *Fleece*, um sich eine Taktik zu überlegen, während er ein Glas Bier trank. Außer ihm hielten sich nur ein paar alte Männer in der Wirtshausstube des Pubs auf, vor denen ein ganzer Friedhof aus Dominosteinen auf dem Tisch stand.

Einer von ihnen trug einen Rip-Van-Winkle-Bart, der ihm über die Jahre einen Haufen Zeit erspart haben dürfte. Der Mann sagte zwar nichts, nickte aber sehr viel, was höchstwahrscheinlich ein nervöser Tick war. Der andere trug einen fransigen Schnauzbart, eine Augenklappe und war ansonsten sichtlich unrasiert.

Sykes hasste Domino. Das war ein Spiel für alte Männer, für das er noch genug Zeit haben würde, wenn er irgendwann senil würde. Doch als der Mann mit den Piratenstoppeln ihn fragte, ob er für einen Halfpenny mitspielen wollte, sagte er zu, um eine Stunde damit zu verbringen, sich beliebt zu machen.

In dieser Gegend waren alle miteinander verwandt. Der mit den Piratenstoppeln, der gleich zu Beginn einen Doppelsechs zog, war Josiah Turnbulls Vater und Raymonds Großvater. Die beiden hatten Ethans Leiche ausgegraben. Diese Tatsache hatte ihm ein Extra-Bier oder zwei eingebracht, und von diesem Ruhm zehrte er noch. Sykes gab Rip Van Winkle und dem Piraten ein Bier aus und fragte sie, was sie so machten, während er gestand, dass er kaufte und verkaufte. Er würde hier zur Witzfigur werden, sollte er Damenstrümpfe erwähnen. Deshalb schwenkte er auf den Steinbruch um.

»Glauben Sie, dass es ein Unfall war?«, fragte er. »Ein Erdrutsch oder ein Steinschlag?«

Der mit den Piratenstoppeln kicherte hämisch wie jemand, der als Letzter noch übrig geblieben war. »Kommt vor. Wer will das wissen?«

»Dann meinen Sie nicht, dass da Übles im Spiel war, wie manche sagen?«, hakte Sykes nach.

»Für Übles braucht es ja üble Gesellen, und ich zeige nicht mit dem Finger auf jemanden.« Der alte Dominospieler stopfte sich auf einmal das Solei in den Mund, das er sich aufgehoben hatte.

Sykes folgte dem Fünf-Zweier-Stein seines Gegners mit einem Zwei-Dreier-Stein. Das konnte ein langer Abend werden. Als er durch die Durchreiche in die Lounge sah, entdeckte Sykes den Mann, den Mrs. Shackleton beschrieben hatte, und plante seine Flucht. Das ist Bob Conroy, sagte Sykes sich, als er zu dem hageren, wettergegerbten Mann mit den hohen Wangenknochen und den tief liegenden Augen schaute. Mrs. Shackletons Beschreibung war gut gewesen. Und Conroy war schon betrunken.

Sykes ließ sich noch ein bisschen länger Zeit. Er verließ die Gesellschaft der alten Männer nicht, bevor ein wahrer Berg von einem Mann den Türrahmen zum Nebenraum ausfüllte. Der Mann hatte ein rotes Taschentuch um den Hals geknotet, trug eine Kniebundhose aus Cord und eine Jacke, die einstmals aus Tweed gewesen sein musste, aber von oben bis unten von Steinbruchstaub durchwirkt war. »Ah, na, Sohn?«, sagte der alte Mann.

Sykes machte Platz für den Mann, von dem er annahm, dass er Josiah Turnbull war, der Vorarbeiter aus dem Steinbruch, und floh in die Lounge.

Er ging langsam genug, dass er noch hörte, wie der alte Mann das Gespräch mit seinem Sohn eröffnet. »Wo ist der Junge an seinem letzten Abend als freier Mann?«

»Trinkt sich mit seinen Kumpels besinnungslos. Die schleppen ihn durch alle Pubs in Guiseley.«

Ethan wäre vielleicht bei ihm gewesen, würde er noch leben, dachte Sykes. Er hätte seinem ehemaligen Lehrling an dessen letztem Abend als Junggeselle einen Drink spendiert.

Als Sykes die Lounge betrat, verstummten alle kurz. *Oh Mist, die halten mich für einen Polizisten. Hier werde ich schon mal kein Glück haben.*

Conroy hingegen bekam nichts mit. Er bestellte sich ein Bier und einen Schnaps.

Der Wirt sagte: »Setz dich hin, Bob. Ich lasse es dir gleich bringen.« Er nickte dem alten Kellner zu.

»Nein, ich stehe da, wo ich immer stehe.« Conroy angelte in der Tasche nach seinem Geld und warf Münzen auf den Tresen. Der Wirt zählte sie und zuckte mit den Schultern. Er war offenbar nicht in der Stimmung, dem schwankenden Conroy zu erklären, dass er ihm zu wenig bezahlt hatte.

Bob Conroy vergaß wieder, dass er am selben Platz stehen wollte wie immer, drehte sich um und torkelte blindlings auf die Ecke am Feuer zu, wo Leute zur Seite rückten, um ihn durchzulassen. Männer rechts und links sprachen ihn an, doch er schwieg, als hörte und sähe er nichts außer den Flammen, die in den Schornstein hinaufzüngelten.

Im Spiegel beobachtete Sykes, wie Conroy den Schnaps kippte.

Da er mit dem Erlös von neununddreißig Strumpfpaaren ausgestattet war, kaufte Sykes zwei Whiskey, einen für sich und einen, den er Conroy hinschob, als der wieder an die Bar kam. »Sie sehen aus, als könnten Sie den gebrauchen.«

Conroy starrte ihn an und schien etwas zu ahnen. *Er hält mich auch für einen Polizisten in Zivil. Er denkt, dass ich ihn im Auge behalte, aber das nimmt er mir nicht übel. Mrs. Shackleton hatte recht. Er ist der, der Ethan an seine Bosse verraten hat. Und an die Sonderabteilung. Er ist ein Patriot, doch jetzt fragt er sich, ob er richtig gehandelt hat.*

»Kommst du allein nach Hause, Bob?«, wollte der Wirt wissen.

»Mir … mir geht's gut.« Conroy stürzte den Whiskey herunter.

Sykes trank mit ihm, bis der Wirt die letzte Runde ausrief. Er war selbst ein bisschen wackelig auf den Beinen und erinnerte sich, dass er nichts gegessen hatte. Obendrein war er mit seinem verflixten Vertreterkoffer sehr auffällig.

Als der Pub schloss, hatten Bob und Sykes eine Art Freundschaft geschlossen. Sykes war gut im unverfänglichen Plaudern. Sie zogen gemeinsam durch die kühle Nachtluft. Bob Conroy schwankte im Zickzack die Dorfstraße entlang, an der Methodisten-Kapelle vorbei und bog in die Over Lane. Du gehst falsch, dachte Sykes. Das ist ein Umweg zu dir nach Hause. Erst als Bob in die Nether End abbog, wurde Sykes klar, dass er zu Mary Janes Cottage wollte.

Dort war alles dunkel. Conroy steuerte auf die Tür zu, die Arme in die Seiten gestemmt, und begann, mit der Stirn an die Tür zu klopfen. Immer wieder rammte er den Kopf gegen die Tür.

Sykes ging zu ihm und zog ihn weg. »Komm mit, Bob. Na komm schon. Sie ist nicht da. Schaffen wir dich nach Hause, was?«

»Was habe ich getan?«, heulte Conroy. »Was habe ich getan?«

Genau das würde ich auch gern wissen, dachte Sykes, aber wenn ich es so direkt frage, werde ich es nie erfahren. »Na komm. Deine Frau wartet sicher schon auf dich. Gehen wir, ja?« Mit weiteren aufmunternden Worten legte er einen Arm um den Mann und lenkte ihn von der Tür weg. Allerdings wusste er nicht recht, wie er von hier zur Farm kam, ohne wieder zurück durchs Dorf zu gehen. Es gab einen Weg hintenherum, so viel wusste er. Mrs. Shackleton hatte ihm beschrieben, wie sie mit dem kleinen Mädchen zum Steinbruch gegangen war. Conroy stolperte in die Richtung, durch den Garten und einen Pfad entlang.

Sykes riskierte, seinen Koffer unter einem Strauch im Garten der Armstrongs zu verstecken. Er hatte seine Taschenlampe dabei, in seiner Innentasche, doch noch war das Mondlicht hell genug, um die Umrisse der Weißdornhecke zu erkennen.

»Vielleicht sehen wir ihn«, sagte Conroy. »Was ist, wenn Ethans Geist kommt, hier, wo er immer langgegangen ist?«

»Einen Fuß vor den anderen setzen, und alles ist gut«, antwortete Sykes.

»Ich weiß gar nicht, wie du heißt.«

»Jim.«

»Wenn wir weitergehen, kommen wir zum Hawksworth Moor, Jim. Das ist genau der richtige Ort für eine Nacht wie heute. Wir gehen ins Moor wie früher immer und bringen alles wieder in Ordnung.«

»Ein anderes Mal, ja? Wir haben beide ein bisschen zu viel getrunken.«

In der Nähe schrie eine Eule. Ein Baum seufzte.

Conroy sagte: »Du gehst so forsch, so wie er früher. Irgendwie entschlossen, wie jemand, der einen Termin hat, eine Arbeit zu erledigen. Der Beste. Ethan hat den Turm auf die Kirche gesetzt. Deshalb musste Mary Jane versichert sein. Ein Steinmetz kann schon mal stürzen.«

»Hat jemand bei seinem Sturz nachgeholfen?«, fragte Sykes.

Doch Conroy sagte nichts mehr. Er glitt aus Sykes' Arm, kniete sich auf den groben Pfad, senkte den Kopf und übergab sich ins Gras. Das Mondlicht beleuchtete sein weißes Ohr, als seine Mütze herunterfiel.

Er sah zu Sykes auf. »Ich weiß, wer du bist. Ich weiß, wer dich geschickt hat.«

Er denkt, dass ich von der Sonderabteilung bin. Tja, heute Abend bekomme ich nichts mehr aus dem Mann heraus außer betrunkenem Gefasel und Irrsinn.

Sykes verließ Bob am Farmgatter und beobachtete, wie der Mann über den Hof torkelte.

Drei

Das Hämmern an der Tür weckte Harriet aus einem Traum. Sie schoss in die Höhe und dachte: Es ist Dad. Er ist zu Hause. Und dann fiel ihr alles wieder ein. Sie streckte den Fuß aus, um Austin mit dem Zeh zu berühren. Sie lagen Kopf an Fuß, und er schlief, aber er war heiß, strahlte richtige Hitzewellen ab. Harriet ließ den Fuß bei ihm, um sich zu vergewissern, dass sie wach war, dass dies kein Traum war. Nun erinnerte sie sich, dass sie bei den Conroys war, wo sie nicht sein wollte. Sie wollte zu Hause sein bei Mam und Dad.

Sie hatte Tante Kate gemocht, doch jetzt mochte sie sie nicht mehr, denn sie hatte sie hergebracht und einfach hiergelassen.

Das Hämmern wurde lauter.

Harriet stand auf und tappte ans Fenster. Es war Onkel Bob, der seine Haustür anbrüllte. »Georgie, Georgina! Ich bin ausgesperrt!«

Er trat zurück und blickte nach oben. Dabei wankte er. Er war betrunken. Aber Onkel Bob war nie betrunken.

Ein Fenster wurde geöffnet. »Ja, du bist ausgesperrt. Ich dulde keine Trunkenheit. Du kannst da draußen bleiben, bis du wieder nüchtern bist.«

»Lass mich rein.«

»Geh und schlaf im Kuhstall!«

Harriet hatte Mitleid mit Onkel Bob. Er sah aus, als könnte er umfallen. Tante Georgie sollte ihn ins Haus lassen. Er ist betrunken, weil Dad tot ist, dachte sie. Weil sein Herz gebrochen ist. Sollte ich auch betrunken sein? Sollte ich mitten in der Nacht draußen sein und fast umfallen, nicht hier, als wäre alles wie immer?

Onkel Bob stieß einen Schrei aus wie ein Hund, der den Mond anheulte.

Und er hörte nicht auf.

Tante Georgie schloss das Fenster. Harriet hörte, wie sie leise die Treppe hinunterging. Gut. Sie wollte ihn reinlassen. Der Riegel unten wurde zurückgeschoben.

Onkel Bob jammerte, sagte die Namen ihrer Mam und ihres Dads, Ethan, Mary Jane, Mary Jane, Ethan, während Tante Georgie die Tür öffnete.

Tante Georgie hörte sich hart und gemein an. »Wenn du kein Bier verträgst, sauf es nicht.«

»Hab ein Herz, Weib.« Er stolperte, fiel hin und fluchte. Zu lange blieb er liegen, bevor er sich wieder aufrappelte.

»Hast du eine Ahnung, wie spät es ist? Wo bist du gewesen?«

»Ich wollte zu Mary Jane. Sie haben sie mitgenommen. Ich habe versucht zu erklären …«

Was meinte er? Wer hatte sie mitgenommen? Keiner sollte Mam mitnehmen. Ohne ihre Mutter wäre sie eine Vollwaise. Und Waisen passierten schlimme Sachen.

Harriet beobachtete. Anstatt Onkel Bob reinzulassen, schubste Tante Georgie ihn aus der Tür. Er torkelte rückwärts. Tante Georgie war wütend. »Halt den Mund. Ich habe die Kinder des Mannes oben; sie schlafen. Zeig ein bisschen Respekt.«

»Mary Jane … und Ethan, armer Ethan.«

»Was ist mit deiner Frau? Was ist mit mir? Mary Jane wollte Ethan verlassen. Das hat er mir erzählt. Sie wollte sie alle verlassen.«

»Nein, niemals. Nie im Leben.«

Onkel Bob stolperte. Tante Georgie ging hinter ihn, um ihm ins Haus zu helfen, dachte Harriet. Nein, doch nicht. »Du schläfst im Kuhstall, Mann, bis du weißt, wie man eine anständige Frau und zwei vaterlose Kinder respektiert.«

Er gab ein Schluchzen von sich, als würde er gleich richtig weinen.

Onkel Bob weint, dachte Harriet. Männer weinen nicht.

Die beiden waren weggegangen und nun in den Schatten verschwunden. Harriet konnte ihre Stimmen hören, aber nicht verstehen, was sie sagten. Es war, als schickte Mam Dad in den Kohlenschuppen. Das würde nie geschehen. Es war nicht richtig. Und was Tante Georgina behauptete, stimmte nicht. Sie würde es ihr sagen. Sie würde sagen: Mam verlässt uns nicht. Das stimmt nicht.

Harriet wartete am Fenster, bis Tante Georgie wieder ins Haus kam, bis sie hörte, wie sie die Treppe heraufstieg und in das Zimmer nebenan ging. Austin schlief noch. Obwohl man das bei ihm nie wissen konnte. Manchmal stellte er sich bloß schlafend. Und im Zimmer war es zu dunkel, um zu erkennen, ob er schlief oder nur so tat. Harriet horchte auf seinen Atem. Der war ruhig und regelmäßig. Also war Austin nicht wach.

Harriet legte sich hin. Was, wenn Dad nicht tot ist? Wenn das alles ein Irrtum oder ein Traum ist? Eine Geschichte? Sie müsste nicht in die Schule gehen und angestarrt werden. Sie wäre keine Halbwaise. Wenn sie einschlief, könnte sie in der Mitte der letzten Woche wieder aufwachen, als alles normal und wie immer gewesen war.

Sie wusste nicht, wie lange oder ob sie überhaupt geschlafen hatte. Etwas weckte sie. Sie bewegte den Fuß nach links und rechts. Alles, was sie fühlte, war das zerknüllte Laken unter ihrer Ferse und die Decke an ihrem großen Zeh. Harriet setzte sich auf. Das Bett war unten und an beiden Seiten flach. Es war untypisch für Austin, dass er nachts aufstand, um zur Toilette zu gehen. Er machte lieber ins Bett.

Auf einmal bekam Harriet Angst. Was wäre, wenn er vorhin nicht geschlafen hatte, als Onkel Bob den Radau gemacht hatte? Er könnte nach unten und aus dem Haus gelaufen sein, um im Kuhstall nach Onkel Bob zu suchen. Nein. Dann hätte er sie geweckt. Er hatte zu viel Angst, um allein loszugehen.

Das Licht im Fenster war nicht wie morgens, auch nicht wie bei Mondschein. Harriet ging, um nachzusehen.

Flammen quollen aus der Scheunenwand, und rote Funken flogen in die Dunkelheit. Harriet warf das Fenster auf und roch Rauch.

Vier

Natürlich versteckte sich der Mond hinter einer Wolke, wenn man ihn brauchte. Jupiter schien hell, aber nicht hell genug. Sykes nahm seine Taschenlampe hervor. Er kam sich wie das alberne Goldlöckchen vor, denn wo sonst könnte er hingehen als in das Cottage der drei Bären – in seinem Fall das Armstrong-Cottage, wo er wenige Stunden Schlaf riskieren und achtgeben würde, keinen Brei zu essen oder den Stuhl des Baby-Bären kaputt zu machen.

Der Wind kam jetzt von hinten und wehte eine scharfe, trockene Note herbei. Wie Rauch. Sykes drehte sich um und sah zum Himmel. Der leuchtete rot über der Farm. Funken stoben gen Himmel auf. Für einen Moment stand Sykes stocksteif da, als hätte irgendein Zeremonienmeister eine Ausstellung eröffnet und forderte seine Bewunderung ein. Und dann lief er los, den Pfad entlang zurück zur Farm, vorbei an dem unheimlichen Steinbruch mit seinen gespenstischen Schatten, den Feldweg hinauf und zur Auffahrt der Farm. Bis er dort ankam, war er nicht mehr allein.

Noch jemand hatte das Feuer gesehen. Ein Mann kam aus dem Farm-Cottage gelaufen und setzte sich eine Mütze auf. »Verdammt, Feuer!«, rief der Mann, offenbar ein Farmarbeiter. »Es ist der Kuhstall. Meine Tiere! Meine armen Tiere!«

»Wie viele sind da drin?«, fragte Sykes.

»Vier.«

Sykes vernahm das Brüllen des verzweifelten Viehs und das Bellen eines Hundes.

Als wäre einer der Höllenkreise zum Leben erwacht. Der Wind blies ihnen Rauch und Funken entgegen. Sykes glaubte, das Mädchen zu sehen, dem er Schokolade geschenkt hatte, wie es vorbeihuschte und hinter einem großen Umriss verschwand, der in diesem Licht eher wie ein wilder Elefant wirkte, nicht wie eine Milchkuh.

»Die Tiere sind frei«, sagte der Mann und rannte an dem brennenden Stall vorbei zu vier panischen Kreaturen, die muhten und sich gegenseitig anrempelten, als wollten sie jeden Augenblick zurück in die Flammen stürmen.

Wenn der Wind dreht, fängt das Haus Feuer, dachte Sykes. Er sah einen Eimer bei der Pferdetränke, tauchte ihn ins Wasser und schleuderte es auf die Flammen. Es war vergebens.

Der Farmarbeiter achtete nicht auf das Feuer. Sykes bekam vage mit, wie er mit den Kühen sprach und ihnen auf die Flanken klopfte.

Dann hörte er sie, bevor er sie sah. Das Kreischen kam von hinten. Er drehte sich um und sah die Frau, die Strümpfe gekauft hatte. Mrs. Conroy. »Bob! Mein armer Bob!«

Ein schauriges Heulen kam vom Haus, und eine kleine Gestalt in einem Nachthemd lief auf sie zu.

Doch es war ein anderes Mädchen, und es rief immer wieder einen Namen. »Austin! Austin!«

»Zurück, Harriet!«, befahl Mrs. Conroy. »Bleib zurück!« Sie packte den Arm des Kindes.

»Wo ist Austin?«

»Austin?« Die Frau starrte zu dem Feuer, zu Sykes und wieder zu Harriet. »O mein Gott.«

Harriet riss sich los und rannte auf den brennenden Stall zu. Sykes fing sie ab und hielt sie fest. »Du weißt nicht, ob er da drin ist, und falls ja, kannst du ihm nicht helfen.«

Sie zappelte und trat um sich. »Lass mich los!«

Ein Tritt traf Sykes da, wo es wehtat, und als er unweigerlich den Griff lockerte, befreite sie sich von ihm. Wieder rannte sie auf den Stall zu. Das Mädchen – er erinnerte sich, dass sie Millie hieß – erschien aus dem Nichts, einer zarten Rauchfahne gleich. Sie versperrte Harriet den Weg, stellte ihr ein Bein und fing sie im Sturz ab. Für einen Moment rangen die beiden Mädchen auf dem Boden miteinander, und Harriet schrie, Millie solle sie loslassen.

Ein Dachbalken stürzte in den brennenden Stall, sodass Funken und neue Flammen gen Himmel stoben. Dicker schwarzer Rauch waberte über den Hof. Sykes begann zu husten und hielt sich sein Taschentuch vor den Mund.

Als er Harriet wieder hochhob, war sie vollkommen erschlafft. Er trug sie ins Haus und trat die Tür hinter sich zu, um den Rauch draußen zu halten.

»Austin«, sagte sie. »Finde Austin.«

»Werde ich. Ich finde ihn.« Oder seine verkohlten Knochen und seine Asche.

Sie waren auf der Treppe. Sykes wollte Harriet in ein Schlafzimmer bringen, wusste jedoch nicht, in welches.

Sie zeigte auf eine Tür.

»Schlaf weiter, und lass die Fenster geschlossen.«

»Austin«, wimmerte sie. »Finde Austin! Er ist bei Onkel Bob. Millie hat mir gesagt, dass er mit Austin aus dem Stall gelaufen kam.«

Mrs. Conroy rief aus dem Erdgeschoss herauf: »Ist er da? Ist der Kleine da?«

Langsam ging Sykes zurück nach unten. Mrs. Conroy stand an der Treppe und sah ihn an. Er schüttelte den Kopf.

»Sie sind der Strumpfmann.«

Er fühlte sich demaskiert und angeklagt. »Ich war auf dem Rückweg vom Pub und habe das Feuer gesehen.«

Sie schloss die Augen. »Der Kleine schlafwandelt. Er muss rausgegangen sein, als ich die Tür geöffnet habe. Ich habe Bob gezwungen, draußen zu schlafen, weil er sturzbetrunken war, und der kleine Kerl …«

»Soll das heißen, dass er in den Kuhstall gegangen ist?«

»Ich habe die Tür offen gelassen, nur einen Moment, weil ich mit Bob draußen auf dem Hof war. Aber mehr als einen Moment braucht es nicht, um aus dem Haus zu schlüpfen.«

Harriet war auf der Treppe. »Sucht ihn. Jemand muss ihn suchen.«

Sykes holte seine Taschenlampe hervor. »Ich gehe. Suchen Sie im Haus, Mrs. Conroy, und ich schaue draußen nach.« Leise ergänzte er: »Ihr armer Mann muss eine Zigarette fallen gelassen haben.«

Sie zeigte auf eine Reihe Pfeifen auf dem Kaminsims. »Die nimmt er nie mit raus. Und er raucht höchstens mal eine Selbstgedrehte, wenn ihm jemand eine anbietet.«

Als Sykes schon draußen war, rief sie ihm nach: »Versuchen Sie nicht, den verdammten Stall zu retten. Finden Sie das Kind!«

Auf dem Hof stand der Farmarbeiter und schaute zu den Flammen. »Wir können nichts mehr tun, Meister. Bob muss die Tiere losgemacht haben, als er sich noch retten konnte. Aber so ist Bob nun mal. Er liebt die Tiere.«

»Falls der Wind dreht, holen Sie Mrs. Conroy und das Mädchen … Schaffen Sie Mrs. Conroy und Harriet aus dem Haus.«

»Ja, daran habe ich auch schon gedacht. Und ich habe die Tiere in den Windschatten gebracht.«

»Haben Sie den kleinen Jungen gesehen?«

»Nein.«

»Was ist mit Millie?«

»Die wird bei den Kühen sein und mit ihnen reden.«

»Zeigen Sie mir, wo.«

Der Lichtkegel von Sykes' Taschenlampe zitterte, als er sich und dem Mann den Weg über den Hof zum Stall leuchtete. Vier Paar Kuhaugen blickten ihnen erwartungsvoll entgegen. Doch nirgends war eine Spur von Millie zu sehen – oder von Austin.

Samstag

… sah ich auf einer Wolke ein Kind,
und es sagte lachend zu mir:
»Pfeif ein Lied von einem Lamm!«

WILLIAM BLAKE

Eins

Im Morgengrauen stand Sykes mit Sergeant Sharp auf dem Hof. Trübes rotes Licht erhellte die graue Asche und das verkohlte Holz. Es war alles, was von dem Kuhstall übrig geblieben war. Sage ich es ihm jetzt, fragte Sykes sich, oder halte ich den Mund?

Sergeant Sharp stocherte mit einem Stock in der Asche, als suchte er nach einer verlorenen gerösteten Marone. »Armer Conroy. Was für ein entsetzliches Ende.« Er schüttelte den Kopf. »Mrs. Conroy denkt, dass Austin Armstrong schlafgewandelt ist und Streichhölzer in der Tasche hatte. Sie sagt, sie hat ihn vorletzte Woche ertappt, wie er den Hühnerstall anzünden wollte.«

»Für mich ergibt es keinen Sinn.« Sykes wich von der heißen Asche zurück. »Kein Kind würde mitten in der Nacht rausgehen und ein Feuer legen. Eher war es eine Zigarette oder eine Explosion.«

»Bob hat keine Zigaretten geraucht. Und ein Kind würde das machen, wenn es in ihm steckt. Manche Kinder zündeln gerne. Es ist wie eine Krankheit. Aber es war gut von Ihnen, dass Sie ihn und Harriet nach Hause gebracht haben, weg von hier.«

»Ich habe nur Harriet zu ihrem Cottage gebracht. Austin war schon dort.«

»Ist weggelaufen, weil er schuldig ist. Ich rede mal mit dem Burschen. Sehen Sie, das steckt in ihm. Er hat es in sich, etwas Schlimmes anzustellen und dann wegzulaufen.«

Sharp war wild entschlossen, schlecht von den Kindern zu denken, selbst nachdem er sich bei Harriet so sehr geirrt hatte. Sykes entschied, was er tun würde.

Von jenseits des Hofgatters war Motorengeräusch zu hören.

»Das wird die Feuerwehr sein. Sie suchen hier alles nach dem armen Bob ab.« Sharp leckte sich einen Finger an und hielt ihn in die Höhe. »Wir können froh sein, dass der Wind das Feuer nicht zum Haus getrieben hat.« Er streckte Sykes die Hand hin. »Danke für das, was Sie getan haben. Ein Glück, dass Sie in der Nähe waren.«

»Es wäre Glück gewesen, hätte ich dafür gesorgt, dass Bob Conroy in sein Haus geht und nicht nur auf den Hof.«

»Überlassen Sie alles Weitere mir«, sagte Sharp. »Gehen Sie nach Hause. Wo erreiche ich Sie, falls es nötig ist?«

Sykes nahm sein Notizbuch aus der Tasche, schrieb seinen Namen und seine Adresse auf und gab sie dem Sergeant. »Soll ich später auf die Wache kommen?«

»Ja, tun Sie das.«

Nun klappte Sykes den Jackenkragen hoch, zog sich den Hut tiefer ins Gesicht und kehrte dem ausgebrannten Gebäude den Rücken zu. Der Feuerwehrwagen hatte das Gatter erreicht. Sykes öffnete es weit, und der Wagen fuhr hindurch.

Dahinter kam ein Fahrzeug von North Riding Alvis, und auf dem Rücksitz saß Chief Inspector Charles. Schlechtes Timing. Der Chief Inspector hatte ihn gesehen. Sykes umklammerte seinen lächerlichen Koffer, den er geholt hatte, nachdem er Harriet zum Cottage zurückgebracht hatte. Es wäre sagenhaft peinlich, müsste er den öffnen und das einzelne Paar Kunstseidenstrümpfe zeigen. Er verkniff sich ein Grinsen. Wie verrückt wäre es, sollte der Chief Inspector ein Paar für Mrs. Shackleton kaufen!

Chief Inspector Marcus Charles sah Sykes direkt an und

dann durch ihn hindurch. Er erinnert sich an mich, dachte Sykes, doch er will es sich nicht anmerken lassen. Na, dann werde ich dich eben auch nicht grüßen. Ich bin schließlich kein Speichellecker. Der Mann ist wahrscheinlich damit beschäftigt, mich zu verachten, weil ich mehr Zeit mit Mrs. Shackleton verbringe als er. Doch bei dem Gedanken an Mrs. Shackleton wusste Sykes, dass er mit ihm würde reden müssen, auch auf die Gefahr hin, dass er entdeckt wurde, wo er nicht sein sollte. Aber das würde er erklären. Sollte jemand fragen, würde er einfach sagen, dass er sich gestern Abend mit einem alten Freund im *Fleece* getroffen hatte und mit Conroy ins Gespräch gekommen war. Falls der Chief Inspector das glaubte, würde er alles glauben.

Zwei

Meine Mutter ist eine überaus entspannte Frau. Dad und ich haben einmal darüber gesprochen, und Dad behauptete, sie wäre schlicht so geboren. Ich hingegen kam zu dem Schluss, dass sie ihre Ausgeglichenheit ihrer privilegierten Kindheit auf dem Landsitz der Familie verdankte, wo Sorge, Mangel und Angst nicht existierten. Heute ist sie sich weltlicher Sorgen bewusst und weiß, dass das Leben nicht für jedermann in geschmeidigen Bahnen verläuft, doch es ist, als wären die schwierigen Aspekte des Daseins irgendwie unwirklich für sie und würden den tieferen Teil ihres Wesens nicht berühren. Was das Zusammensein mit ihr sehr angenehm macht. Es kommt selten vor, dass sie sich aufregt. Entsprechend wusste ich, dass etwas los sein musste, als sie mich aufgebracht anrief und bat, sie um zehn Uhr im Café von Marshall & Snelgrove in Leeds zu treffen. Und dieser Eindruck verstärkte sich noch, als ich eine Minute vor zehn dort ankam und sie bereits an einem Tisch saß und Kaffee trank.

Selbstverständlich kommt sie nie direkt auf den Punkt, und so plauderten wir zunächst über ihre Fahrt von Wakefield hierher, und ich erzählte ihr, dass ich Mary Jane im Gerichtsgebäude von Otley besucht hatte.

»Du meine Güte, war es sehr schrecklich?«, fragte sie.

Nun, es ist ein Gefängnis und eine Polizeiwache, Mutter, und sie steht kurz vor einer Anklage wegen Gattenmordes. Doch ich sagte: »Es ist keine unangenehme Gegend von Otley. Und Mary Jane hätte in schlechterer Gemütsverfassung sein können. Aber du hast mich nicht hergebeten, um darüber zu sprechen.«

»Nein, du hast recht. Es ist nur so, dass meine Information im Vergleich dazu so trivial wirkt.« Sie holte einen Brief aus den Tiefen ihres Retiküls; eine so elegante Frau wie meine Mutter würde nie eine einfache Handtasche mit sich herumtragen. Sie seufzte. »Dies kam mit der ersten Post heute Morgen, von der gut gestellten Dame. Und ich habe den Brief geöffnet, wie du gesagt hattest.«

Ich nahm den Briefbogen und las.

Sehr geehrter Mr. Wright,

vielen Dank für Ihr Schreiben und Ihren Vorschlag für ein Treffen, den ich gern annehme; ich freue mich darauf.

Es ist freundlich von Ihnen, mich an einem solch vornehmen Ort wie dem Griffin Hotel *treffen zu wollen. Dennoch würde ich einen privateren Rahmen vorziehen, falls es Ihnen recht ist. Sie waren so gütig, mir Ihre Adresse zu geben. Ich kenne mich in Wakefield gut aus, und anstatt Sie im* Griffin *zu treffen, werde ich Sie am Sonntagnachmittag um vier Uhr bei Ihnen zu Hause aufsuchen. Sollte es Ihnen gegenüber Ihrer Vermieterin unangenehm sein, stelle ich mich gern bei dieser Gelegenheit als entfernte Verwandte vor.*

Auch wenn dies Ihnen wie ein kühnes Ansinnen meinerseits erscheinen mag, seien Sie versichert, dass ich eine ehrbare und kinderlose Witwe von allgemein zurückhaltendem Naturell bin, gut versorgt von meinem verstorbenen Mann. Dennoch sehne ich mich bisweilen nach männlicher Gesellschaft.

Ich hoffe, dieses Arrangement findet Ihre Zustimmung und Sie verzeihen mir meine Kühnheit. Seien Sie versichert, dass unser Treffen für Sie keinerlei künftige Verpflichtungen beinhaltet, sofern Sie es nicht wünschen.

Bis dahin verbliebe ich, Sir, hochachtungsvoll,

Gertrude Alexander (Mrs.)

Ich sah meine Mutter an, und sie schaute mich an. »Was hältst du davon?«, fragte ich.

»Sie verschwendet keine Zeit und möchte den Vogel in seinem eigenen Nest sehen. Aber verstehst du mein Problem, Kate?«

»Ja. Sie hat keine Gelegenheit zur Antwort gegeben. Es ist eine Sache, Mr. Duffield zu bitten, dass er zum *Griffin* geht, aber eine ganz andere, den armen Mann zu euch nach Wakefield zu bitten, wo er als Mr. Wright Damenbesuch empfängt.«

»Am Sonntag«, betonte meine Mutter. »Um vier Uhr? Klingelt es da bei dir?«

Ich hielt mir eine Hand an die Stirn. »Oh nein! Das Sonntagsessen, zu dem du Marcus eingeladen hast.« Wieder sah ich zu dem Brief. »Mrs. Alexander hat keine Absenderadresse angegeben. Das ist ein bisschen sehr anmaßend von ihr.«

»Ja, genau. Die furchtbare Frau wird um vier Uhr vor unserer Tür stehen, wenn dein Vater und Mr. Charles da sind. Ich weiß nicht, wie ich das erklären soll.« Sie legte den Brief neben den Zuckertopf. »Entweder sagen wir, dass es ein Missverständnis gegeben hat, oder dein Mr. Duffield muss dort sein.«

Ich blickte zu meiner Uhr. »Was für eine Bescherung. Ich weiß nicht, wann Mr. Duffield sonntags arbeitet. Doch er muss es erfahren.«

Meine Mutter hielt eine Hand in die Höhe, um mich zu beruhigen. »Lass mich nachdenken.« Seufzend schloss sie die Augen, und beim Überlegen runzelte sie die Stirn. Als sie die Augen wieder öffnete, trat ein Lächeln auf ihr Gesicht. »Wie ist dieser Mr. Duffield so?«

»Er ist ungefähr fünfzig und ein sehr zurückhaltender Mann. Ich war erstaunt, dass er meinem Plan zustimmte. Ein wenig exzentrisch vielleicht, klug …«

»Und von Erscheinung und Auftreten?«

»Äußerlich ein typischer Junggeselle, ein wenig nachlässig gekleidet, doch ein sehr liebenswerter und ziemlich charmanter Mann.«

»Kann man sich gut mit ihm unterhalten?«

»Ich finde ihn immer sehr interessant. Er ist Zeitungsarchivar und nie um eine gute Geschichte verlegen.«

»Dann laden wir ihn am Sonntag zum Essen ein …«

»Aber du magst keine ungeraden Zahlen. Wir können schlecht …«, ich sah den Namen nach, »Gertrude Alexander erreichen …«

»Mr. Duffield wird zum Lunch kommen, und hinterher wird er da sein, um seinen Besuch zu empfangen.«

»Aber …«

Wieder hielt Mutter ihre Hand in die Höhe. Ich sollte Nachhilfe in Etikette erhalten. »Ich weiß, dass es am Sonntag eigentlich darum geht, dass Mr. Marcus Charles deinen Vater kennenlernt … Nein, warte, Kate, lass mich ausreden. Zwei Gäste mehr werden den Anlass weniger gewichtig machen. Außerdem gebe ich mir recht viel Mühe mit diesem Essen, und ich weiß, dass dein Chief Inspector im letzten Moment absagen könnte, ebenso wie dein Vater. Dann wären nur wir zwei übrig. Und wenn du schon solch ein großes Opfer von dem armen Mr. Wright …«

»Das ist nicht sein richtiger Name, Mutter. Er heißt Duffield.«

»Natürlich. Und wenn du schon solch ein großes Opfer von dem armen Mr. Duffield verlangst, ist das Mindeste, was wir tun können, Mr. Wright, ich meine, Mr. Duffield, ein anständiges Essen zu servieren. Schließlich bittest du ihn, diese offensichtliche Goldgräberin, diese Frau, zu treffen, die so vulgär ist, nach einem Ehemann zu inserieren und ihre eigenen Bedingungen zu stellen, wo sie ihn trifft. Sag, spielt Mr. Duffield Bridge?«

»Ich habe keine Ahnung.«

»Also wirklich, Kate! Du nennst dich Detektivin und erkennst nicht einmal, ob ein Mann Bridge spielt.«

»Mutter, was hast du vor?«

»Gar nichts, meine Liebe. Nur muss ich jetzt für eine gerade Zahl am Tisch sorgen, und es hilft, wenn das Verhältnis von Damen und Herren ausgewogen ist. Ich werde Martha Graham einladen.«

»Du willst kuppeln, und du bist dem Mann nicht einmal begegnet.«

»Kate, dein Mr. Duffield hätte diesem Plan niemals zugestimmt, wäre er nicht auf der Suche nach einer Romanze.«

Als die Kellnerin uns Kaffee – meine Mutter hatte einen zweiten bestellt – und einige Gebäckstücke brachte, folgte ihr der Restaurantleiter mit einer Nachricht für mich.

Anruf von Mrs. Sugden. Mr. Sykes hat ein Telegramm geschickt: Erschrecken Sie nicht, aber fahren Sie bitte so schnell wie möglich zum Cottage in Great A.

Ich dankte dem Restaurantleiter und reichte die Nachricht an meine Mutter weiter.

»Du lieber Himmel, Kate. Der arme Mr. Sykes muss alle Hände voll zu tun haben. Bedenkt man, dass du diese Mitglieder der Whitaker-Familie erst kürzlich kennengelernt hast, gebärden sie sich doch recht fordernd. Hoffen wir um deinetwillen, dass die anderen zehn Whitaker-Geschwister sich nicht in ähnlichen Bredouillen befinden wie Mary Jane.« Mutter schenkte den Kaffee ein. »Trink lieber einen Schluck und iss eine Kleinigkeit, ehe du fährst. Nichts ist so dringend, dass es nicht einen Moment warten kann, bis du dich etwas gestärkt hast, und ich möchte eines von den Vanilletörtchen.

Was Mr. … Duffield betrifft, überlass ihn bitte mir. Ich werde selbst zur Zeitung gehen. Es ist nur angemessen, dass ich die Einladung persönlich ausspreche, und ich würde mir ihn gern mal ansehen.« Sie nahm ein kleines Gebäckstück mit Schokoladenglasur. »Es kann sein, dass der Mann ein überzeugter Junggeselle ist und du es nicht bemerkt hast.«

Drei

Es war kein Umweg, kurz nach Hause zu fahren und einige Sachen zu holen, unter anderem Wechselkleidung für den Fall, dass ich über Nacht in dem Cottage bleiben musste. Auf der Fahrt nach Great Applewick fragte ich mich, was der Grund für Sykes' Telegramm sein mochte. Vielleicht eine neue Entwicklung bei unseren Ermittlungen. Ich hoffte inständig, dass Marcus einen Durchbruch erzielt und Mary Jane freigelassen hatte. Oder es könnte etwas mit den Kindern sein. Ich erinnerte mich, dass Austin nicht zur Farm hatte gebracht werden wollen. Die Conroys könnten genug von den beiden haben, was mir angesichts der so gutherzigen Nachbarn jedoch unwahrscheinlich erschien.

Während ich fuhr, bereute ich allmählich, dass ich der Annonce nachgegangen war und Mr. Duffield eingespannt hatte. Mein Vater würde es nicht gut aufnehmen, wenn sein Wohnzimmer als Ehevermittlung für Mr. Duffield und die mysteriöse Mrs. Alexander herhalten müsste. Doch nun war es zu spät.

Als ich beim Cottage ankam, hörte ich Stimmen aus dem Garten und ging um das Haus herum. Sykes schöpfte Wasser aus dem Brunnen, überwacht von Harriet und Austin. Die Kinder lachten über etwas, und ich war voller Bewunderung … und ein bisschen neidisch, weil sie sich bei ihm wohlzufühlen schienen und er sie sogar in dieser wohl finstersten Zeit ihres jungen Lebens zum Lachen bringen konnte.

Sykes begrüßte mich und gab sich angenehm überrascht. Also wussten die Kinder nicht, dass er mir telegrafiert hatte.

Harriet und Austin sahen mich an und gleich an mir vorbei, ob ich ihre Mutter mitgebracht hatte.

»Eure Mam kommt, sobald sie kann«, sagte ich. »Sie muss sich noch um einige Dinge kümmern. Und ich soll dafür sorgen, dass ihr morgen eure Granny besuchen könnt.«

Austin rief: »Ich war in einem Feuer. Dad hat mich nach Hause geholt.«

Er starrte mich an, als forderte er mich heraus, ihm ja nicht zu widersprechen und zu behaupten, sein Dad könne nicht wiedergekommen sein und ihn gerettet haben.

»Es gab wirklich ein Feuer«, erklärte Sykes leise. »Der Kuhstall hat gebrannt.«

Ehe ich fragen konnte, ob jemand verletzt worden war, sagte Harriet: »Austin, wie hat Dad gerochen, als er dich nach Hause geholt hat? Hat sein Haar nach Stein gerochen?«

»Er hat nach Guy-Fawkes-Tag gerochen.«

»Dad hat den Guy-Fawkes-Tag nie gemocht und würde nicht so riechen.«

»Hat er aber. Er hat nach Feuer gerochen.«

»Dann muss es Onkel Bob gewesen sein, der dich nach Hause gebracht hat.«

Eine kleine Explosion ereignete sich in Austin, als er mit etwas herausplatzen wollte, aber die Worte nicht fand.

Sykes zog die beiden zu sich und flüsterte ihnen etwas zu. Sie gingen ins Haus. Als sie fort waren, erzählte er mir von dem Brand auf der Farm, der entsetzlichen Furcht, dass Bob Conroy bei lebendigem Leib verbrannt war, und dass man seine Überreste bisher nicht in der Asche gefunden hatte.

Wir saßen uns an dem Brunnen gegenüber, und ich presste meine Hand auf den kühlen Stein.

»Heißt das, dass Conroy so schlimm verbrannt ist, dass nichts mehr von ihm übrig ist?«

»Das lassen die Polizei und die Feuerwehr die Leute jedenfalls glauben. Er ist entkommen, dessen bin ich mir sicher. Es könnte ein schrecklicher Unfall gewesen sein, oder er wollte, dass es so aussieht. Gegenwärtig sagen die Feuerwehrleute nur, dass sie den Brandort untersuchen.«

»Und woher wissen Sie, dass er entkommen ist?«

»Millie hat es Harriet erzählt. Sie hatte gesehen, wie Conroy mit Austin auf den Armen aus dem Kuhstall gelaufen kam. Ich denke, Bob Conroy ist untergetaucht.«

»Aber gestern kam er freiwillig auf die Polizeiwache. Mary Jane dachte, dass er dort wäre, um ihre Unschuld zu beteuern.«

Sykes spielte mit dem Griff der Brunnenkurbel, die quietschte. »Ich habe heute Morgen kurz mit Chief Inspector Charles gesprochen. Natürlich hat er mir nichts verraten, doch ich glaube, er bringt Bob Conroy mit dem Mord in Verbindung.«

Nur mühsam kam die Frage über meine Lippen: »Und Mary Jane?«

»Sie ist noch nicht entlastet. Ich weiß nicht, ob Ihre Schwester damit zu tun hat oder nicht, Mrs. Shackleton. Aber für Bob Conroy sieht es schlecht aus. Die Leute wissen, dass er und Mary Jane sich sehr nahestehen. Vielleicht war Ethan deshalb bei Mrs. Conroy und hat mit ihr geredet. Sie fühlten sich beide hintergangen. Und für Ethan war es ein doppelter Verrat, sollte er herausgefunden haben, dass Bob auch der Sonderabteilung Bericht über ihn erstattet hatte.«

»Haben Sie mich deshalb gebeten herzukommen, um bei den Kindern zu sein? Mrs. Conroy ist jetzt gewiss nicht in der Verfassung dazu, sie zu beaufsichtigen.«

Vor meinem geistigen Auge blitzte ein Bild auf: Ich als Fehlbesetzung in der Rolle der pflichtbewussten Tante, die tagtäglich für Kinder sorgen musste, deren Mutter durch den Galgen gestorben war.

Sykes antwortete: »Ich möchte nach Bob Conroy suchen.«

»Sucht die Polizei ihn nicht?«

»Doch, aber etwas, das er gestern Abend sagte und das auch Harriet gesagt hat, lässt mich ahnen, wo er sein könnte. Und da ist noch eine Sache.«

»Um Himmels willen, was?«

»Das kleine Mädchen, das für die Conroys arbeitet, Millie, ist auch verschwunden. Sie war nicht in dem Feuer. Vielleicht ist sie weggelaufen, weil sie denkt, dass sie in Schwierigkeiten steckt und man ihr Schuld gibt.«

»Was ist hier bloß los?«

»Wenn ich das wüsste! Bringen Sie die Kinder heute zu ihrer Grandma?«

»Nein, sie wurde schon genug herumgeschoben. Sollen sie einen Tag und eine Nacht in ihrem eigenen Zuhause haben.«

Sykes begann, den Eimer vom Brunnengrund nach oben zu kurbeln. »Ich habe sie ins Haus geschickt, damit sie den Essenskorb auspacken und Sie mit einem gedeckten Tisch überraschen. Den Korb hat die mildtätige Lady geschickt.«

»Die mildtätige Lady?«

»Mrs. Ledger. Hatten Sie nicht gesagt, sie sei hier so etwas wie die Landadlige von Great Applewick?«

»Ja, und ihr Anwalt hat vor, Mary Jane in ihre Obhut übergeben zu lassen. Gott stehe ihr bei!«

Für einen Moment schloss ich die Augen, um Kraft zu schöpfen, bevor ich ins Cottage ging und mich gegenüber den Kindern normal gab – was immer normal sein mochte. »Ich würde mein Leben darauf verwetten, dass Mary Jane unschuldig ist.«

»Natürlich würden Sie«, sagte Sykes. »Wie sollten Sie etwas anderes glauben?« Er hob den Wassereimer hoch.

»Sucht jemand nach dem kleinen Mädchen?«

»Arthur und der andere Bursche von der Farm. Mrs. Conroy hatte bereits spekuliert, wer schuld an dem Feuer war. Anscheinend ist Millie vorher weggelaufen.«

Wir gingen den Pfad hinauf, und Wasser schwappte aus dem übervollen Eimer.

Ich versuchte, mir das kleine Mädchen vorzustellen, das mit dem winzigen Lamm gesprochen und so lieb mit dem Schäferhund geredet hatte. »Was glauben Sie, woher die Kleine ist? Von hier nicht, oder?«

»Millie?« Sykes grinste. »Ganz sicher nicht. Wir hatten früher jemanden bei der Polizei, der ganz ähnlich gesprochen hat. Wenn er auf eine blonde Frau zeigte, sagte er: ›Dee do mit de geele Hor.‹ Ich würde schätzen, dass sie aus Lancashire ist, und wenn es genauer sein soll, würde ich sagen, aus Blackburn.«

Der Inhalt von Mrs. Ledgers Korb war auf dem Tisch ausgebreitet: Schinken am Knochen, Brot, Butter, Suppe, Pastete und Kuchen. Eier und Milch. Tee und *Dandelion Wine* – Löwenzahnwein.

»Ich will, dass Mam nach Hause kommt und auch davon isst«, sagte Harriet.

»Wir heben ihr etwas auf. Hör mal, Harriet, hast du einen Atlas von den Britischen Inseln?«

Sie ging zu dem Bücherstapel auf der Kommode und fand den Atlas. Ich machte Platz auf dem Tisch. »Sieh mal nach, ob du die Seite mit Lancashire findest. Ich würde gerne wissen, wie weit es von Blackburn nach Clitheroe ist.«

Mir kam ein neuer Gedanke: Es war möglich, dass Miss Trimbles vorzeitiger Tod gar nichts damit zu tun hatte, dass sie um vier Uhr ein kariertes Cape beim Steinbruch gesehen hatte.

Harriet maß die Entfernung mit Daumen und Finger und

sah zum Maßstab. »Es sind ungefähr fünfzehn Kilometer von Clitheroe nach Blackburn.«

Irgendetwas übersah ich, aber was?

»Bitter«, hatte Miss Trimble gesagt. Und »Dandy«. Wir hatten an alle Definitionen und Zusammensetzungen des Wortes gedacht, sogar an Dandyfieber. Aber was war, wenn es sich nur um einen Teil eines Wortes handelte? Bitter. Wagte ich es, von dem Wein zu kosten, den Mrs. Ledger geschickt hatte?

Vier

Sykes stieg in die Jowett. Er betrachtete sich mittlerweile als sicheren Fahrer. Weniger sicher war er, was seine Fähigkeit betraf, den verschwundenen Bob Conroy zu finden, und er wusste, dass er noch vermisst wurde, denn Sergeant Sharp war zweimal beim Cottage gewesen, jeweils unter dem Vorwand, nach den Kindern sehen zu wollen. Sogar Harriet hatte gesagt: »Der Sergeant sucht nach Onkel Bob.«

Während er auf Mrs. Shackleton gewartet und die Kinder beschäftigt hatte, war Sykes in Gedanken den gestrigen Abend im Pub durchgegangen, den Geruch von Bier, Schmutzwasser, vollen Aschenbechern und ungewaschenen Körpern wieder in der Nase. Ich habe den Klugen gemimt, dachte Sykes, und Bob nach Hause gebracht, wo ich ihn vor seinem Hof stehen ließ. Was ist, wenn er mir etwas vorgespielt, mich zum Narren gehalten hatte? Man sieht doch im Varieté, wie stocknüchterne Komiker betrunkene Narren spielen. Sykes tat den Gedanken ab. Conroy war getorkelt, hatte sich übergeben und nach Bier und Whiskey gestunken. Wäre er einen Moment länger in dem Stall geblieben, hätte er gebrannt wie ein Feuerwerk. Aus der Feuersbrunst zu entkommen dürfte ihn rasch nüchtern gemacht haben. Wo würde der Mann hingehen und warum? Glaubte er wirklich, dass er seinen eigenen Tod mit einem Brand vortäuschen konnte?

Sykes fuhr zum Rand des Moors. Bob hatte davon gesprochen, dass er früher mit Ethan hergekommen war. Ethan und er waren als Jungen jeden Sonntag diesen Weg gegangen, und sie hatten es bis zuletzt getan, wenn sich eine Gelegenheit ergeben hatte. Der Wind schob Sykes voran, und leichter Regen peitschte ihm in den Nacken. Er zog den Schal höher, den Rosie ihm gestrickt hatte, und zurrte ihn fester.

Harriet hatte erzählt, dass ihr Vater und Onkel Bob manchmal sonntags mit ihnen herkamen. Es war der Weg, den Bob Conroy beschrieben hatte.

Mit dem Wagen hatte Sykes die erste vermeintliche Strecke von Conroys Wanderung abgekürzt, fragte sich jedoch, ob er von der richtigen Stelle aus losging.

Der Weg führte durch raue Moorlandschaft. Schafe knabberten an dem groben Gras. Es wuchsen nur wenige Bäume hier. Dieser Teil des Moores bot keinen Schutz vor den Elementen. Als es unerwartet bergab ging, wurde der Boden sumpfig. Die soliden Stiefel, Teil von Sykes' Lohn als Sicherheitsmann bei einer Schuhfabrik, waren bald von Schlamm verkrustet.

Es war das, was Buchmacher als riskante Wette bezeichneten, doch Harriet hatte ihm Hinweise geliefert: flussaufwärts gehen, über eine wacklige Brücke, vorbei an den aufrechten Steinen, die wie Pilze aussahen. Nach einer Lichtung mit einer verlassenen Schutzhütte Ausschau halten.

Es hatte sich einfach angehört und wäre es zweifellos auch, würde Harriet dies hier abwandern. Landkinder konnten Landschaften auf eine Weise lesen, wie es einem Stadtmenschen nie gelang. Ohne Straßenschilder, Pubs oder Läden, um sich zu orientieren, kam Sykes sich wie eine Landratte vor, die auf einem Schlitten eine tosende See überquerte.

Nach einer guten Stunde Marsch fürchtete Sykes allmählich, dass er in die falsche Richtung zum Wald gegangen war, den Harriet ihm als verwunschen beschrieben hatte. Wohin jetzt? Bob Conroy hatte von der prächtigen Aussicht von den hohen Felsen geschwärmt.

Bei der feuchten Witterung und dem leichten Nebel war das Fernglas Sykes keine große Hilfe. Nirgends war ein einsamer Mensch zu sehen. Es musste hundert geheime Plätze, Höhlen und stillgelegte Minen hier geben, in denen sich ein Ortskundiger verstecken konnte.

In der Ferne sah Sykes einen Hain, und linker Hand befanden sich Farmgebäude.

Weit entfernt bellte ein Hund.

Sykes bog ab, um es auf der Farm zu versuchen, die er am Horizont sah. Ein Mann, der an solch einem Tag draußen war, brauchte einen Unterschlupf. Bob Conroy würde den Farmer kennen, doch Sykes wusste, dass die Polizei bereits suchte und auf mehr Männer sowie Ortskenntnis zugreifen konnte.

Als er endlich die Farm erreichte, rechnete er halbwegs damit, schwierige Erklärungen vorbringen zu müssen. Er ging in eine Scheune voller Farmgerät, das wie mittelalterliche Folterinstrumente aussah, und Stapel von Säcken mit einem stinkenden Inhalt. Ein leerer Kuhstall. Ein weiterer Stall, in dem ihn ein Pferd munter begrüßte und sich von ihm streicheln ließ. Enttäuscht klopfte er an die Tür des Farmhauses, bat um ein Glas Wasser und fragte, ob sein Freund Bob Conroy hier vorbeigekommen sei. Das Wasser wurde ihm sehr schnell gegeben, aber die Frage nach Bob Conroy erbrachte nichts.

Sein Instinkt trieb ihn weiter. Hatte Mrs. Shackleton nicht einmal zu ihm gesagt, wäre er ein Tier, würde er ein Bluthund sein? Ein Bluthund hätte seine Beute längst aufgespürt.

Er erreichte den Waldrand, wo Laub und Zweige unter seinen Stiefeln knackten. Fast hatte er schon jede Hoffnung aufgegeben, Bob Conroy zu finden. Überlass es der richtigen Polizei, höhnte die Stimme in seinem Kopf. Du wirst schon deine liebe Not haben, zurück zum Wagen zu finden. Die Bewegung, die er aus dem Augenwinkel wahrnahm, könnte ein Eichhörnchen oder eine Krähe gewesen sein. Dann aber erblickte er die Gestalt, die mit baumelnden Beinen auf dem niedrigen Ast eines nahen Baumes saß. Sie sah wie eine Illustration aus einem Kinderbuch aus: der grüne Mann oder ein agiler König Lear, ganz in Lumpen und schmutzig.

Bobs Gesicht war dreckverschmiert, seine Kleidung zerrissen. Sein irrer Blick verriet Sykes, dass sich der Mann nicht an ihn erinnerte. Bob fiel aus dem Baum und rannte los wie ein aufgeschrecktes Tier.

»Bob!«, rief Sykes ihm nach. »Ich bin es, dein Trinkkumpan Jim! Warte!«

Bob Conroy floh. Er hatte einen Schuh verloren, also würde er gewiss nicht länger solch ein Tempo halten können, doch zunächst huschte er zwischen den Bäumen hin und her, sodass Sykes ihn mal sah, dann wieder nicht. Ein Zweig knackte. Ein erschrockenes Perlhuhn flatterte auf, und die Flügel waren so nah an Sykes' Gesicht, dass er sich die Hände vor die Augen hielt. Als er wieder hinschaute, war Bob nicht mehr zu entdecken.

»Bob!«, rief er wieder. »Bob Conroy!«

Dann hatte er eine Idee. Er blieb unter einem Baum stehen, den Rücken an den Stamm gelehnt, und schaute hinauf in das Astwerk.

Er schürzte die Lippen und wiederholte den Pfiff, mit dem Harriet laut Kate am letzten Samstag nach ihrem Vater gepfiffen hatte, als sie beim Steinbruch angekommen war.

Sykes stieß einen langen Pfiff aus, gefolgt von einem kurzen. Er wartete kurz und wiederholte das Signal.

Nach mehreren Momenten hörte er ein Geräusch dicht hinter sich. Sykes blieb stehen und wartete.

Eine Hand erschien seitlich von ihm und berührte seinen Arm. Nur mit größter Mühe schaffte Sykes es, sich nicht zu rühren.

»Bist du das?«, fragte eine Stimme.

Sykes antwortete nicht. Langsam kam Bob um den Baumstamm herum. Seine Jacke war teils versengt vom Feuer, und er roch nach Rauch und Unterholz. »Du fühlst dich echt an, nicht wie ein Geist.«

»Ich bin kein Geist.«

»Du nimmst unterschiedliche Formen an, ja? Du bist es. Du warst im Feuer zu mir gekommen und hast mich gewarnt.«

»Wer?«

»Du. Ethan. Du hast eine andere ... Ich glaube ... Habe ich den Verstand verloren?«

Er sackte zu Boden, kroch auf allen vieren zwischen den Baumwurzeln herum, zerrte an Wildpilzen und bohrte die Fingerknöchel in die Erde. Er stopfte sich einen Pilz in den Mund.

»Mach das nicht, Mann!«, sagte Sykes. Als er ihm aufhalf, fühlte er, wie Conroy ein Zittern vor Kälte oder Angst durchfuhr. »Ich bin jetzt bei dir. Komm mit zu der Farm. Sie ist nicht weit.«

»Nein!«

»Dir passiert nichts. Es wird Zeit ... deinen Schuh zu finden. Komm mit mir.«

»Bist du ... nimmst du jetzt, wo du tot bist, andere Formen an?«

»Dein Verstand ist müde. Ich kümmere mich nun um dich.«

»Nimm mich mit. Nimm mich mit nach ... wo gehen wir hin? Über den Fluss ... wie heißt er noch? Haben wir das nicht mal gesagt?«

»Ja.« Sykes nahm seinen Arm. Entweder war der Mann wahnsinnig geworden, oder er täuschte es vor. Und wenn er es nur spielte, sollte er auf einer Bühne stehen. Vor allem aber täte er es in dem Fall vielleicht, weil er einen Mann ermordet hatte und als verrückt gelten wollte, nicht als böse.

Seite an Seite gingen sie zurück durch den Wald, und dabei gelangte Sykes zu der Überzeugung, dass Bob ihm nichts vormachte, denn er verzog nicht einmal das Gesicht, wenn er mit dem nackten Fuß auf einen Stein oder einen Dornenzweig trat. Er lief brav wie ein Lamm neben seiner Mutter.

»Wo wollen wir hin?«, fragte Bob.

Bobs Wahnsinn musste nicht zwingend seinen Orientierungssinn beeinträchtigen. Daher fragte Sykes: »Wie weit ist es von hier nach Otley?«

»Otley?«, wiederholte Bob, als handelte es sich um einen Ort im fernsten Tasmanien.

»Ja, dort finden wir Mary Jane. Sie fragt nach dir.«

Der lange Samstagnachmittag ging in den Abend über. Harriet und Austin blieben draußen, um zu schaukeln, wie Harriet sagte. Doch als ich nach draußen sah, hockten sie auf der Trockenmauer neben der Jowett und hielten Ausschau nach ihrer Mutter.

Schließlich ging ich zu den beiden. »Warum kommt ihr nicht ins Haus? Wir können ein Spiel spielen. Habt ihr das Leiterspiel oder einen Satz Karten?«

Widerwillig gaben sie ihren Wachposten auf, als ich ihnen erklärte, dass ihre Mutter heute nicht heimkommen würde und sie morgen ihre Grandma besuchen würden.

Harriet kramte ein Damespiel hervor und baute es auf dem Tisch auf. »Austin kann auf deiner Seite sein, Tante Kate.«

Wieder hatte ich das Gefühl, dass sie die Erwachsene wäre, die mir entgegenkam und ihre Verantwortung sehr ernst nahm. Ich hatte ihnen nicht erzählt, dass Mary Jane in Applewick Hall war, weil es zu nahe war. Sie könnten mich bitten, hingehen und sie nach Hause holen zu dürfen.

Mit der Dämmerung wurde es dunkel im Haus. Austin und

ich gewannen das Spiel. Er mochte die Damen, weil sie sich in alle Richtungen bewegen durften.

Harriet holte eine Wachskerze vom Kaminsims und zündete die Lampe an.

Eine weitere Stunde verging, bevor Sykes zurückkehrte. Er spielte auf Harriets Seite mit, und die beiden schlugen zwei unserer Damen.

Sykes trank ein Glas Löwenzahnwein und aß ein Stück Schweinepastete, während wir noch eine Partie Dame spielten. Dann sah er zum Fenster. »Es wird dunkel. Ich muss Ihnen leider beichten, dass ich einen Kratzer in Ihren Wagen gemacht habe, Mrs. Shackleton. Kommen Sie lieber mit raus und sehen Sie ihn sich an, solange man noch etwas erkennen kann.«

Wir gingen nach draußen und inspizierten aufmerksam einen alten Kratzer. »Ich habe Bob Conroy gefunden und ihn nach Otley gebracht. Der Chief Inspector hat einen Arzt gerufen, der ihn untersucht, und es kann sein, dass er ins Hospital kommt. Er steht unter Schock und ist verwirrt, hat Verbrennungen an den Händen und Armen.«

Im kühlen Wind fröstelte ich, und die untergehende Sonne ließ den Himmel orange leuchten.

»Was hat Conroy gesagt?«

»Nichts, das irgendeinen Sinn ergab, zumindest nicht für mich. Eventuell bekommt der Chief Inspector mehr aus ihm heraus.«

»Wie geht es ihm?«

»Er ist vollkommen wirr. Und er hat gesagt, dass er jetzt erkannt hat, dass es nie ein verirrtes Lamm gegeben hatte. Das Ethan recht hatte und sein Bruder ermordet wurde. Ich habe versucht, ihn zu beruhigen.«

»Gibt es Neuigkeiten von Millie?«

Ein paar Ringeltauben flatterten in einem nahen Baum.

»Nein. Hoffen wir, dass jemand sie aufgenommen hat und sie bald gefunden wird.«

Er verschwieg etwas. »Raus damit, Mr. Sykes! Was hat Bob Conroy noch gesagt?«

Sykes starrte auf seine verschlammten Stiefel und streifte eine Sohlenkante an einem Grasbüschel ab. »Nichts, das Sinn ergäbe. Er kam friedlich mit nach Otley zur Polizei, weil ich ihm gesagt habe, dass er Mary Jane sehen würde.«

Mir war klar, was er nicht sagte: dass sich Bob Conroy und Mary Jane gegen Ethan verschworen hatten. Sykes sah nicht mehr zu mir, sondern zu dem Kratzer am Wagen.

Ich drehte mich zum Cottage um. Die Kratzergeschichte hatte die Kinder nicht genarrt. Sie standen am Fenster und beobachteten uns. Wir mussten wieder ins Haus. Doch bevor wir hineingingen, sagte ich: »Ich weiß nicht, ob Conroy einen Mord begangen hat oder nicht. Aber mich stört sehr, dass er den Anschein erweckt, Mary Jane hätte Ethan loswerden wollen, was nicht stimmt. Sollte der falsche Conroy jemals das Geld für ein neues Kirchenfenster rausrücken, wäre ein Judasmotiv passend. Mary Jane mag Bob Conroy, weiter nichts.«

Weiter nichts? Ich wusste es nicht. Täte jemand anders mir gegenüber das, was ich hier tat, versuchte, überzeugend zu sein, würde ich behaupten, er hätte keinerlei Beweise.

»Was soll ich machen, Mrs. Shackleton? Soll ich nach dem kleinen Mädchen suchen?«

»Ich gehe ins Cottage und frage die Kinder. Vielleicht kennen sie Millies Versteck.«

Harriet und Austin waren wieder am Tisch und gaben sich sehr interessiert an einer weiteren Partie Dame.

»Mr. Sykes sagt, dass sich ein Arzt um euren Onkel Bob kümmert. Er wird wieder. Aber wisst ihr, wohin Millie gegangen sein könnte? Wir machen uns Sorgen um sie.«

»Weggelaufen«, sagte Austin. Er lehnte sich auf das Spielbrett, wobei einige Steine auf den Boden fielen.

»Wohin könnte sie gelaufen sein?«

Keines der Kinder antwortete.

»Hat sie erzählt, woher sie kommt?«

Harriet hob die Spielsteine auf. »Von da, wo du gesagt hast. Was ich ausgemessen habe.« Sie legte die Steine auf das Brett zurück.

»Aus Blackburn?«

»Nein, das andere. Clitheroe.«

»Fangt ihr schon mal an. Ich bin in einer Minute wieder da.«

Draußen erzählte ich Sykes, was die Kinder gesagt hatten.

»Soll ich es an den Chief Inspector weitergeben, Mrs. Shackleton? Er kann dort nachfragen. Aber ich wüsste nicht, wie das Kind so weit gekommen sein soll. Und sicher hat Mrs. Conroy ihnen schon alles erzählt, was sie wissen müssen.«

Ein roter Streifen am Horizont versprach morgen einen schönen Tag.

»Wie wäre es, wenn Sie morgen mal hinfahren, Mr. Sykes? Es mag unwahrscheinlich wirken, doch vielleicht ist Miss Trimble nicht gestorben, weil sie behauptet hatte, Mary Jane beim Steinbruch gesehen zu haben. Vielleicht starb sie wegen irgendeiner Verbindung nach Clitheroe.«

Sykes wartete, und sein Blick bat mich um mehr Informationen.

»Miss Trimbles Cousine Clara ist mit dem Kirchendiener in Clitheroe verheiratet. Mrs. Percival Watmough.«

»Warum sollte ich sie aufsuchen?« Sykes seufzte. »Das wird ein wunderbarer Auftrag. Verzeihen Sie, dass ich Sie in Ihrer Trauer belästige, aber meine Chefin denkt, dass Ihre Cousine Aurora Trimble vergiftet wurde, und es könnte mit etwas zu tun haben, das Sie gesagt haben. Außerdem ist da ein Mädchen mit einem Lancashire-Akzent, das vermisst wird.«

»Ich bin gewiss, dass Sie es wunderbar handhaben werden. In dem Ordner auf meinem Esszimmertisch finden Sie Fotografien. Da ist eine von Millie dabei.«

»Na schön. Ich sehe, was ich tun kann, aber es wird Millie sein, nach der ich suche. Ich kann nicht herumlaufen und behaupten, eine Frau wäre vergiftet worden, wenn wir keine Beweise haben und die Polizei nicht ermittelt.«

»Wir wissen nicht, worauf sich ihre Ermittlungen konzentrieren. Marcus erzählt mir nur, was ich seiner Meinung nach wissen muss.«

Sykes nickte wenig begeistert. »Na gut, ich fahre morgen hin.«

»Wie?«

»Ein Freund von mir hat ein Motorrad.«

»Sagen Sie nichts. Er schuldet Ihnen einen Gefallen.«

Sykes lachte. »Wie haben Sie das erraten?«

Als er weg war und ich wieder ins Haus kam, sagte Harriet: »Eigentlich baden wir am Freitag immer, und gestern Abend haben wir nicht gebadet.«

»Na, dann müsst ihr es heute Abend nachholen. Sagt mir, was ich machen soll.«

Es war zehn Uhr am Samstagabend. Harriet und Austin lagen im Bett, und ich saß in dem Schaukelstuhl am Feuer in Mary Janes Cottage und fühlte mich nutzlos.

»Wann kommt Mammy wieder?«, hatte Austin gefragt, als er auf sein Bad gewartet hatte, und nochmals, als ich ihn zu Bett brachte.

»Ich weiß es nicht genau, aber bald.«

»Morgen?«

»Wir werden sehen.«

Er kuschelte sich in seine Decke.

»Woher kennst du unsere Mam?«, wollte Harriet wissen, die sich aufsetzte und das Band ihres geflochtenen Zopfes fester zurrte.

Ich überlegte, ihr zu verraten, dass ich nicht bloß eine sogenannte Tante war, sondern eine richtige. Doch diese Information kam mir wie eine zusätzliche Belastung vor. »Unsere Eltern kennen sich schon sehr lange. Deine Mam und ich erzählen es euch eines Tages.«

Damit gab Harriet sich zufrieden. Mit der Kerze in der Hand stieg ich vorsichtig die Treppe hinunter. In Mary Janes und Ethans Bett zu schlafen widerstrebte mir. Unten nahm ich mir eine Laterne und die Kohlenschütte und ging nach draußen.

Im Kohlenschuppen stellte ich die Laterne ab und schaufelte Kohlen. Es war Unsinn zu denken, Mary Jane könnte hier Ethans Werkzeug versteckt haben. Falls sie schuldig war, hätte sie es im Steinbruch lassen oder in den Fluss werfen können. Wer das Werkzeug hier deponiert hatte, hatte es in der Absicht getan, Mary Jane zu belasten.

Den Vorarbeiter hatte ich bisher noch nicht von meiner Verdächtigenliste gestrichen, auch wenn Marcus sich nicht mehr für ihn zu interessieren schien – oder seinen Sohn, der heute in der hiesigen Kirche geheiratet hatte und zweifellos in nicht allzu ferner Zukunft dieses Haus übernehmen würde. Dann würde er hier rauskommen, um Kohlen zu schaufeln.

In der Stille und Dunkelheit nahm sich das Schaben der Schaufel wie ein Satansorchester aus, das eine Symphonie des Bösen anstimmte. Ich befüllte die Schütte und atmete den Kohlenstaub ein. Im Laternenschein glitzerten die Kohlen wie schwarze Diamanten.

Als ich aufhörte zu schaufeln, bemerkte ich ein anderes Geräusch, ein Rascheln und Scharren, als würde sich ein kleines Tier in Sicherheit bringen. Vielleicht hatte ich irgendein Nachtgeschöpf aufgescheucht.

Ich schüttelte das unangenehme Gefühl ab. Auf dem Lande wimmelte es von solchen Geräuschen, und auch wenn die Dorfmitte nur wenige Hundert Meter entfernt war, war dies hier plattes Land.

Im Cottage nahm ich die Zange auf und legte Kohlen nach. Unwillkürlich dachte ich an meine Mutter, die in ihrem ganzen Leben noch nie ein Feuer gemacht hatte, und an meine leibliche Mutter, Mrs. Whitaker, die gewiss schon Zeiten erlebt hatte, in denen allein Heizmaterial zu besitzen schon ein Luxus war.

Nun, dies würde ein gutes Feuer, nur für mich. Ich würde die Nacht in dem Sessel verbringen. Ich ging zur Waschschüssel, um mir die Hände zu waschen. Das Rollo war hochgezogen, weil Austin davon überzeugt war, dass seine Mammy hindurchsehen würde, wenn sie wiederkam, um nachzuschauen, ob sie hier waren.

Als ich eine Hand ausstreckte, um das Rollo herunterzuziehen, fiel mir draußen eine Bewegung auf. Jemand war in der Jowett und hatte sich eben weggeduckt. Wahrscheinlich ein neugieriger Junge aus dem Dorf. Nun, ich würde nicht riskieren, dass sich irgendein waghalsiger Dorfjunge für eine Wette mit meinem Automobil davonstahl. Ich öffnete die Haustür, schlich den Weg entlang zu dem Wagen und riss die Tür auf.

Ein kleiner Gnom stieß einen Schrei aus und versuchte, sich an mir vorbeizudrängen. Ich packte zu und fing ein zappelndes Kind ein.

»Was machst du hier?«

Ich stellte es hin und rechnete damit, dass es wegrannte.

Aber es schien erschöpft zu sein und genauso wenig Energie übrig zu haben wie ich. »Mir ist kalt.«

Es war Millie von der Conroy-Farm. »Wo bist du gewesen? Halb Yorkshire sucht nach dir.«

»Mir ist kalt.« Sie bibberte.

»Komm mit rein und wärm dich auf.«

»Schicken Sie mich nicht zurück.«

Da ich fürchtete, dass sie fliehen könnte, nahm ich ihre Hand. »Komm mit. Ist schon gut. Alles wird gut.«

Sollte ich jemals Kinder haben, würde ich ihnen einimpfen, nie jemandem zu glauben, der ihnen erzählte, dass alles gut würde.

Drinnen wich sie direkt zur Tür zurück. Das Licht vom Feuer und der Lampe füllte den Raum mit Schatten.

»Setz dich ans Feuer und wärm dich auf.«

Sie ging hin und streckte die Hände zu den Flammen aus, die sich durch die neuen Kohlenstücke brannten.

»Nicht so dicht, sonst bekommst du Frostbeulen.« Ich schenkte ihr ein Glas Milch ein.

Sie nahm es und trank.

»Trink langsam.«

Ich lernte allmählich, Kinder herumzukommandieren. Vielleicht hatte ich meine Berufung verfehlt und hätte Lehrerin werden sollen. Andererseits versetzte es mir einen kleinen Dämpfer, dass Millie nicht zu gehorchen schien.

Sie schaute sich um, als erwartete sie, dass dies hier eine Falle war. »Wo ist der nette Mann?«

Es dürfte Sykes gemeint sein. »Der Mann mit den Strümpfen?«

»Und der Schokolade.«

»Heute Abend ist er bei seinen eigenen Kindern.«

»Bist du seine Mutter?«

Sie dürfte »Frau« gemeint haben, doch ich widersprach nicht. »Nein, ich bin hier, um auf Harriet und Austin aufzupassen.«

Das Kind sah halb verhungert aus, innerlich wie äußerlich. Ich hob einen Schal von dem Haken hinter der Tür und wickelte ihn um ihre Schultern. Es gab einen kleinen Hocker, der gerade die richtige Größe für solch einen Zwerg hatte. Ich stellte ihn ans Feuer. »Setz dich hierher. Sicher möchtest du gern etwas essen.«

Sie starrte in die Flammen.

Ich hatte angefangen, Brot zu schneiden, und rutschte mit der Hand ab. Beinahe hätte ich mir den Zeigefinger abgeschnitten. War sie es, die das Feuer im Kuhstall gelegt hatte? Ich hatte vielleicht eine kleine Brandstifterin ins Haus gelassen. Deshalb könnte sie weggelaufen sein.

Jetzt sah ich es vor mir: Mary Jane wurde aus dem Polizeigewahrsam entlassen – ohne einen Flecken auf ihrer weißen Weste – und stand vor der verkohlten Ruine des Cottage. Und Sergeant Sharp sagte: »Tut mir leid, Mrs. Armstrong. Anscheinend hat diese Mrs. Shackleton versehentlich einen kleinen Feuerteufel ins Haus gelassen. Sie und Ihre Kinder sind verbrannt. Wir rechtschaffenen Leute im Dorf schliefen alle in unseren Betten.«

»Hier.« Ich gab dem Kind einen Teller mit ein paar Butterbroten und einer Scheibe Schinken.

Hastig schlang sie alles herunter. »Mir ist warm. Jetzt gehe ich.« In ihrer Eile kippte sie den Hocker um.

»Es ist zu kalt und dunkel. Bleib die Nacht hier.«

Sie überlegte. »Wo?«

»Wo du willst. Da auf dem Läufer. Ich kann eine Decke suchen. Oder du kannst dich oben in ein Bett legen.«

»Hier.« Sie setzte sich in die Mitte des Flickenteppichs.

Ich nahm in dem Sessel Platz und reichte ihr ein Kissen und

eine Wolldecke. Eine Weile blickte sie noch ins Feuer. Vielleicht würde sie ihr Vorgehen variieren und anstatt zu Streichhölzern zur Zange greifen, um brennende Kohlen an strategisch günstigen Stellen im Haus verteilen.

Sie legte sich hin, den Kopf auf dem Kissen, und ihr fielen bald die Augen zu.

Als sie tief und fest schlief, hob ich sie hoch und trug sie nach oben. Ihre spindeldürren Arme und Beine hingen herunter, was mich an Ethan Armstrong auf der Trage erinnerte, von wo seine Finger gen Boden zeigten.

Im Obergeschoss öffnete ich die Tür zu Mary Janes und Ethans Schlafzimmer, zog umständlich die Tagesdecke zurück und legte die Kleine ins Bett. Sicher waren mehrere Läuse in den drei oder vier Minuten, die der Weg gedauert hatte, von ihr auf mich übergesprungen.

Bedaure, Mary Jane, aber du musst alle Laken kochen, wenn du jemals nach Hause kommst.

Ich blieb am Bett stehen. Millie war aufgewacht, stellte sich jedoch schlafend. Ihr ganzer Körper strahlte eine eigenartige Wachsamkeit aus. Ich würde achtgeben, dass sie nicht nach unten kam, sich eine Kerze stahl und ans Werk ging.

Die Idee, zum Straßenverkauf vom *Fleece* zu laufen und eine Flasche Gin zu holen, verwarf ich. Es war ohnehin zu spät.

Millie öffnete die Augen.

»Wessen Kind bist du?«, fragte ich.

»Ich bin von keinem das Kind.«

»Wie heißt du mit vollem Namen?«

»Millie Featherstone.«

»Und wie bist du nach Yorkshire gekommen? Du bist doch aus Lancashire, nicht?«

Aber sie hatte die Augen wieder geschlossen. Ich ließ sie schlafen.

Dann sah ich nach Mary Janes Kindern. Harriet war hellwach.

»Wer ist gekommen?«

»Nur ein kleines Mädchen, das sich verirrt hat. Das Mädchen von der Farm.«

»Ich bin froh, dass sie da ist. Sie hat Austin aus dem Feuer geholt.«

»Wie bitte?«

Doch Harriet schloss die Augen und sagte nur noch: »Verpetz sie nicht. Sie wollte das nicht.«

Das Klopfen an der Tür war so leise, dass ich zunächst dachte, es müsste der Wind gewesen sein, der einen Zweig des Apfelbaumes gegen die Tür geweht hatte.

Ich öffnete und sah Marcus ein Stück auf Abstand stehen. »Du solltest erst fragen, wer da ist«, sagte er. »Man kann nie wissen, wer sich in solch einer Nacht draußen herumtreibt.«

Mein erster Gedanke galt Mary Jane, dass ihr etwas passiert war oder sie gestanden hatte. »Komm rein.«

Er trat ins Haus, und für einen Moment standen wir im Licht der Lampe.

»Setz dich, Marcus.« Ich kehrte zu meinem Sessel zurück.

Er blieb stehen. »Ich kann nicht lange bleiben.«

»Bist du allein?«

»Ein Sergeant fährt mich. Er wartet im Wagen. Ich habe ihn weiter hinten in der Straße halten lassen, damit die Kinder nicht vom Motorenlärm geweckt werden.« Marcus griff nach einem der Stühle am Tisch, setzte sich rittlings darauf und verschränkte die Arme auf der Rückenlehne. »Bob Conroy …«

Ich unterbrach ihn, indem ich zur Decke zeigte, um ihm zu bedeuten, dass die Kinder uns hören könnten.

Er senkte die Stimme. »Bob Conroy hat gestanden, Ethan Armstrong getötet zu haben. Er sagt, Mr. Armstrong hatte herausbekommen, wer seine politischen Aktivitäten meldete, und als er ihn zur Rede stellte, gab Conroy alles zu.«

»Aber er hat die Farm verkauft und geht fort. Warum hätte es für ihn noch eine Rolle spielen sollen, dass Ethan Bescheid wusste?«

»Er konnte die Schande nicht ertragen. Und er war sicher, dass Ethan ihn an alle verraten würde, einschließlich seiner eigenen Frau und Mary Jane. Deshalb hat er ihn umgebracht.«

»Glaubst du ihm das?«

Er sah erst zum Feuer, dann zu mir. »Nein. Ich denke, dass er Mary Jane schützen will.«

Obwohl er leise sprach, hatte ich schreckliche Sorge, dass Harriet aus dem Bett geklettert war und mit dem Ohr an den Dielenbrettern lauschte.

»Er könnte die Wahrheit sagen, Marcus.«

»Möglich wäre es. Ich halte mich für alles offen. Ethan Armstrong hatte die Frau geheiratet, die Conroy liebte. Es gab Gerüchte in den politischen Zirkeln, dass Mr. Armstrong vorhatte, für einen Parlamentssitz zu kandidieren.«

»Hat die Sonderabteilung für Staatssicherheit ihn deshalb beobachtet?«

»Ja. Er war ein charismatischer Mann, der geborene Anführer. Conroy und er waren schon Schulfreunde und Kameraden. Eventuell ertrug Conroy den Gedanken nicht, dass der Mann, der ihn für immer verachten würde, in jeder Hinsicht besser war als Conroy selbst – abgesehen von seiner wahnsinnigen Politik.«

»Marcus, deine Männer haben dieses Cottage und die Nebengebäude durchsucht. Hast du auch eine Durchsuchung der Farm angeordnet?«

Er zögerte. »Noch nicht.«

»Und diese Papiere von Ethan, die ich dir gegeben habe, ist die jemand durchgegangen?«

»Ja. Das meiste war bekannt, nur einige Namen überraschten uns.«

Mir wurde schlecht bei der Vorstellung, dass ich die Namen und Adressen von Arbeitern herausgegeben hatte, denen es lediglich um bessere Arbeitsbedingungen und einen höheren Lohn ging. Doch den Gedanken wies ich von mir und klammerte mich an einen Strohhalm. »Was diese Annonce von der gut gestellten Dame angeht, die einen wohlsituierten Herrn sucht, sagte mein Vater, dass es eine Art Code sein könnte, doch ich bat einen Bekannten, auf die Anzeige zu antworten. Es ist eine echte Person, Marcus.«

Er hörte zu, während ich ihm von Mr. Duffields Brief unter dem Namen »Mr. Wright« und der Antwort erzählte, in der ein Treffen für morgen Nachmittag vereinbart worden war.

»Freu dich nicht zu früh, Kate. Es gibt wahrscheinlich eine ganz simple Erklärung, warum Mr. Armstrong diesen Zeitungsausschnitt aufbewahrte. Er hat sich für alle erdenklichen gesellschaftlichen Probleme interessiert, auch für Frauenrechte – zumindest theoretisch.« Nun wurde sein Ton ein wenig vorwurfsvoll. »Es war unnötig, dass du eine Antwort auf die Annoncen hast schreiben lassen. Ich hätte das Postfach überprüft, womit deinem Bekannten und der Dame eine Peinlichkeit erspart bliebe.« Er wollte offenbar noch etwas Spöttisches hinzufügen, verkniff es sich aber.

»Hast du Mrs. Conroy gesagt, dass du ihren Mann in Gewahrsam hast?«

»Sergeant Sharp war bei ihr. Er hat ihr erzählt, dass Conroy im Hospital ist, wo er wegen Verbrennungen und Schock behandelt wird, und dass er unter Beruhigungsmitteln steht.«

»Ich nehme an, sie war sehr erleichtert.« Und sie wäre auch erleichtert zu hören, dass Millie in Sicherheit war.

»Was ist, Kate?«

»Das kleine Mädchen von der Farm, Millie, ist vor Kurzem halb erfroren und verhungert hier aufgetaucht. Sie hat Angst, dass sie Ärger bekommt. Ich habe ihr zu essen gegeben und sie ins Bett gepackt. Denkst du … Ich meine, ein anderes Kind hier zu haben, würde Harriet und Austin helfen …«

Was nicht ganz der Wahrheit entsprach. Harriet und Austin hatten einander und würden morgen bei ihrer Großmutter sein. Es war Millie, um die ich mich sorgte. Falls sie wirklich das Feuer im Kuhstall gelegt hatte, brauchte sie Hilfe, keine Strafe.

Marcus schien unbesorgt wegen Millie zu sein. Er nickte. »Ist die Kleine verletzt?«

»Nein, nur schmutzig, erschöpft und verlaust.«

Er lächelte. »Tja, das ist sehr nobel von dir. Wir beide haben ganz schön was um die Ohren.«

»Soll das heißen, dass wir dich morgen nicht zum Sonntagsessen bei meinen Eltern sehen?«

Er beugte sich vor und küsste mich auf die Wangen. »Denk das ja nicht, Kate. Ich würde es um nichts in der Welt versäumen. Ein Mann muss essen, und …« Er unterschlug die Tatsache, dass dieser Fall für ihn so gut wie abgeschlossen war, zog mich aus dem Sessel und nahm mich in die Arme. »Versuch, dich nicht zu sehr zu sorgen.« Wieder küsste er mich. »Schlaf ein wenig, Kate. Und verriegle die Tür hinter mir.«

Ich beobachtete vom Fenster aus, wie er in der Dunkelheit verschwand. Ein Motor wurde gestartet, und der Wagen fuhr in die Nacht davon.

Sonntag

Wird die Reise den ganzen langen Tag dauern?
Vom Morgen bis zum Abend, mein Freund.

CHRISTINA ROSSETTI

Eins

Die drei Kinder saßen am Tisch, jedes eine Schale Porridge vor sich. Harriet drückte die Klumpen im Porridge mit dem Löffelrücken flach. Austin hatte einen Klacks von dem Haferbrei am Kinn, was wie ein lustiger Bart aussah. Millie aß schnell und behielt ihr Essen die ganze Zeit im Auge. Als sie fertig war, leckte sie die kleine Schüssel sauber.

»Millie, erzähl mir, was in der Brandnacht passiert ist.«

Sie starrte in ihre Schale, als wollte sie die Antwort dort ablesen.

»Ich war das nicht!«, rief Austin.

»Und ich auch nicht«, stimmte Millie ein.

»Ich beschuldige niemanden, sondern möchte es nur wissen. Millie, wo warst du, als das Feuer ausbrach?«

»In meinem Bett.«

»Sie schläft unten«, sagte Harriet, »in einem Bett, das an der Wand in der Küche ausgeklappt wird.«

»Erzähl mir, was du gesehen hast, Millie.«

Sie erkannte ihre Chance zu handeln. »Ich möchte einen Tee.«

Harriet goss etwas von ihrem Tee in Millies leere Schale. Millie hob sie hoch und schlürfte. Als sie ausgetrunken hatte, fragte ich erneut.

Sie sah wieder in ihr Schüsselchen. »Mr. Conroy hat vor der Tür gegrölt. Davon bin ich wach geworden. Mrs. Conroy ist nach unten gekommen. Sie wollte ihn nicht reinlassen, weil er getrunken hatte. Und sie ist hinter ihm her.«

»Was meinst du?«

»Na, damit er weggeht und kein Gedöns macht. Ich habe die Augen wieder zugemacht. Und ich habe noch mehr Krach gehört, aber ich wollte nicht hinsehen.« Sie starrte Austin an.

»Ich war das nicht«, jammerte der Junge.

»Nein, er war das nicht«, bestätigte Millie. »Austin war aufgewacht und hat draußen geweint. Es hatte schon angefangen zu brennen.«

Nun brach Austin abermals in Tränen aus, als müsste er die Geschichte illustrieren. »Mir ist ganz kalt gewesen, und Harriet war nicht da.«

Seine Schwester beschwichtigte ihn und sah mich an. »Manchmal geht Austin im Schlaf herum.«

Was nicht genau erklärte, wie er nach draußen gelangt war. Von Sykes wusste ich, dass Mrs. Conroy die Tür einen Moment offen gelassen hatte. Da konnte der Junge aus dem Haus geschlüpft sein. Oder Millie hatte ihn rausgebracht, damit sie ihm das Feuer anhängen konnte.

»Was ist dann passiert, Millie?«

»Ich habe gewusst, dass was nicht stimmt. Da bin ich raus und habe das Feuer gesehen. Ich habe die Kühe losgemacht.« Sie wurde rot und wandte das Gesicht ab. Ich vermutete, dass sie sich mehr um die Kühe gekümmert hatte als um Austin.

Ich lächelte sie an. »Das war sehr gut, die Kühe zu befreien. Du hast ihnen damit das Leben gerettet. Was war dann?«

»Mr. Conroy hat sich auf dem Boden gewälzt, weil seine Sachen gebrannt haben. Er hat sich immer wieder rumgerollt, und dann hat er Austin hochgehoben und ist weggelaufen.«

»Wo war Mrs. Conroy?«

»Sie war wieder zu Bett gegangen, nachdem sie Mr. Conroy ausgesperrt hatte.«

Ein lautes Klopfen an der Tür bewirkte, dass wir alle vier wie versteinert dasaßen. Ich beobachtete, wie sich die Schnur mit dem Schlüssel zu bewegen begann. Eilig sprang ich zur Tür und packte den Schlüssel.

»Jemand zu Hause?« Es war Mrs. Conroy.

Ich nickte Millie zu, sie solle nach oben gehen, was sie auch tat – lautlos.

Erst dann öffnete ich die Tür, allerdings nur einen Spaltbreit. »Mrs. Conroy, entschuldigen Sie, aber ich kann Sie nicht hereinbitten. Die Kinder sind erschöpft.«

»Mrs. Armstrong hat sie in meine Obhut gegeben. Ich darf sie nicht enttäuschen.«

Ich ging nach draußen und schloss die Tür hinter mir.

»Sie haben genug eigene Sorgen, und die Kinder werden heute bei ihrer Grandma erwartet.« Behutsam strich ich ihr über den Arm. »Ich habe von dem Brand gehört und weiß gar nicht, was ich sagen soll. Mein aufrichtiges Mitgefühl. Seien Sie versichert, dass ich Mary Jane erzählen werde, wie freundlich und aufmerksam Sie waren und dass Sie sogar heute noch hier waren.«

Mein Herz pochte wild. Sollte sie ins Haus stürmen, könnte es eine hässliche Szene geben.

»Mein Mädchen ist auch verschwunden. Die Polizei hat sie ganz bestimmt, aber natürlich sagen sie mir das nicht.«

»Wie furchtbar. Gehen Sie zu Sergeant Sharp. Sicher kann er Sie beruhigen. Ich würde ja mit Ihnen kommen, doch die Großmutter der Kinder muss bald hier sein, um sie zu holen.«

Es funktionierte. Vielleicht wirkte ich nicht hinreichend abschreckend, aber die Ankündigung der Großmutter konnte Mrs. Conroy zum Rückzug bewegen.

Ich verabschiedete mich von ihr, ging ins Haus und schloss die Tür. Nachdem ich sie verriegelt hatte, lehnte ich mich von innen dagegen und stellte fest, dass ich zitterte. Was ich hier tat, kam einer Entführung gleich, doch Millie war zu zerbrechlich, um sich jetzt gegen wüste Anschuldigungen zu wehren.

Harriet ging zum Fenster und schloss die Vorhänge.

»Ich mag's nicht dunkel«, beschwerte Austin sich.

»Man muss die Vorhänge zumachen, wenn jemand gestorben ist«, erklärte Harriet sanft.

»Wer ist gestorben?«

»Dad.«

»Aber doch nicht erst heute.«

Harriet beachtete ihn nicht. »Kommt Grandma wirklich her?«

Ich schüttelte den Kopf. »Ich denke, es ist praktischer, wenn wir zu ihr fahren. Und es lenkt Millie ab, wenn sie uns begleitet.«

Auf dem Weg würde ich zu Hause vorbeifahren, mich frisch machen und meine Kleidung für das ungeheuer wichtige Sonntagsessen später an diesem Tag holen.

Wieder einmal war ich im White Swan Yard, dem Innenhof in Wakefield, in dem ich geboren wurde. Mrs. Whitakers alter Hund lag draußen auf den Steinen und wedelte mit dem Schwanz, stand indes erst auf, als Harriet und Austin an der Tür waren und ins Haus liefen.

Millie blieb schüchtern zurück. Mir tat das Kind leid, das nun noch mehr Fremde aushalten musste. »Kann ich nicht mit Ihnen kommen?«

Ich überlegte. Bald müsste ich bei meinen Eltern in Sandal sein, und etwas sagte mir, dass es schon kompliziert genug sein würde, wenn Marcus zum ersten Mal meinem Vater begegnete, der tapfere Mr. Duffield sich nicht nur für seine Verabredung zum Tee mit der gut gestellten Dame wappnen müsste, sondern obendrein von Mutters Freundin Martha begutachtet würde.

Eine Antwort blieb mir erspart, denn Mrs. Whitaker erschien an der Tür und streckte Millie eine Hand entgegen. »Komm rein, Mädchen. Du sollst nicht draußen in der Kälte stehen. Du bist Millie, nicht?«

Sofort strahlte die Kleine und folgte Mrs. Whitaker ins Haus, begleitet von Benjie, dem Hund.

Mrs. Whitaker drehte sich zu Harriet und Austin um und sagte: »Kümmert euch um euren kleinen Besuch.«

Dann trat sie zu mir auf den Hof. »Hallo, Liebes.«

»Hallo.«

Sie trug eine helle, mit Frühlingsblumen bedruckte Sonntagsschürze. »Gibt es Neuigkeiten?«

Ich konnte sie nicht »Mutter« nennen, aber »Mrs. Whitaker« ginge auch nicht, weil es zu förmlich wäre. »Mary Jane ist vorerst aus dem Polizeigewahrsam entlassen worden und bei den Ledgers. Ihr Anwalt vertritt sie.«

Mrs. Whitaker runzelte die Stirn. Hatte Mary Jane ihr das Geheimnis von den Ledger-Kindern anvertraut? Oder hatte Ethan ihr seine Meinung über diese Mitglieder der »feinen« Gesellschaft dargelegt? »Was sagt dein Vater … was sagt Superintendent Hood zu alldem?«

Dass dein früherer Schwiegersohn ein Agitator war und unter Beobachtung stand und dass deine Tochter eine Mörderin sein könnte.

»Zu ihm fahre ich jetzt. Sobald es eine neue Entwicklung gibt, gebe ich Bescheid.«

Sie schob die Hände in die Schürzentaschen. »Ich komme mir so hilflos vor. Würde es nützen, wenn ich mich für sie verbürge? Sie würde nicht …« Mrs. Whitaker konnte den Satz nicht beenden.

»Sicher werden wir dem auf den Grund gehen, und sie kommt wieder nach Hause.«

»Nur, dass sie kein Zuhause mehr haben wird, nicht ohne Ethan. Das Haus ist an die Stelle gebunden.«

»Gehen wir es Schritt für Schritt an, Mrs. Whitaker.« Nun rutschte es mir doch heraus, weshalb ich sehr viel optimistischer, als ich war, ergänzte: »Sicher wird alles wieder gut.«

Nein, das ist nicht sicher. Ich habe keine Ahnung, wie diese Geschichte ausgeht.

»Das hoffe ich, Catherine. Ich bete dafür.«

»Dann auf Wiedersehen. Ich hole die Kinder später ab.«

Es erschien mir unhöflich, sie so hastig zu verlassen, doch ich musste zu meinen Eltern. Mir war mulmig, und ich wünschte mir, dass Marcus absagen musste. Und ich wollte, dass er früher kam und verkündete, er habe Bob Conroy des Mordes angeklagt und Mary Jane sei frei.

Mir graute vor dem ernsten Blick und der sanften Stimme, wenn er aussprach, was ich befürchtete. Denk nicht daran. Dank mir war der liebe Mr. Duffield genötigt, seinen Sonntag zu opfern, seine Krawatte zu richten und sich auf eine Begegnung mit lauter Fremden gefasst zu machen – ganz besonders mit der mysteriösen Mrs. Alexander, der Inserentin. Die Annonce könnte sich immer noch als Geheimcode entpuppen und die Frau als eine Anarchistin, die mit einer Bombe unter dem Arm ins Haus stürmte und uns alle in die Luft sprengte.

Wann immer mein Vater weiß, dass ich zu Besuch komme, spannt er seinen automobilverrückten Nachbarn ein, um nach der Jowett zu sehen, weil er mir nicht zutraut, auf den Zustand meiner Reifen zu achten.

Bei selbigem Nachbarn handelt es sich um einen jungen Mann mit krausem Haar und gepflegtem Bart, der bei seiner

Mutter wohnt. Auch heute wartete er bereits auf mich wie eine aufgeregte alte Dame. Er rief: »Lassen Sie den Motor laufen!«

Im nächsten Moment war er neben mir und lauschte dem Automobilmotor wie ein Dirigent, der einen falschen Ton bemerkt hatte. »Haben Sie in letzter Zeit nach dem Boiler gesehen, Mrs. Shackleton?«

Ich gestand, dass ich es versäumt hatte.

»Überlassen Sie mir das.«

Lächelnd dankte ich ihm und nahm meine Tasche auf. Auch ihn hatte meine Mutter einst für ihre verwitwete Freundin Martha ins Auge gefasst, musste jedoch einsehen, dass Martha Graham zu wenige schraubbare Teile besaß, um einen Amateur-Automechaniker zu betören. Meine Jowett verschwand in seiner Garage, und falls Automobile überhaupt erfreut aussehen konnten, tat sie es.

Mutter scheuchte mich ins Obergeschoss. Während ich mir den Straßenstaub abwusch und das Haar bürstete, legte sie mein Kleid auf dem Bett aus.

»Das ist entzückend, Kate.«

Es war ein neues Wickelkleid aus türkisem Seidenkrepp mit einigen schmalen Stoffbahnen, die in dunklerer Seide und mit Glitzergarn bestickt waren. Das Glitzernde gefiel mir nicht so sehr, doch meine Mutter war anderer Ansicht.

»Dazu brauchst du meine türkise Kette mit dem passenden Armband.« Ihr blieb gerade genug Zeit, mir die Kette umzuhängen, da läutete es. »Unser erster Gast.« Sie horchte, als Pamela, das Mädchen, ihn ins Haus ließ. »Es ist dein Zeitungsarchivar.«

»Mr. Duffield, gut. Ich würde gern kurz mit ihm reden, ehe die anderen kommen.«

»Der Sherry wird im Salon gereicht. Dort wird Pamela ihn

hinbringen. Ich gebe dir fünf Minuten, um den Herrn allein zu begrüßen.«

Mr. Duffield wirkte regelrecht blank poliert. Seine Wangen waren von der gründlichen Rasur gerötet und die gewöhnlich zerzausten Augenbrauen zu ordentlichen Linien gekämmt. Das Haar musste er sich mit einem Schwert gescheitelt haben, so akkurat sah es aus. Ich wünschte indes, er hätte einen nüchterneren Anzug und eine Regimentskrawatte gewählt, aber dafür war es nun zu spät. Mr. Duffield hatte sich auf seine unnachahmliche Art gekleidet, mit brauner Fliege und einem langen Jackett, sodass er aussah, als käme er eben aus einem Saloon im Wilden Westen. Was sein Schuhwerk anging, konnte ich mich nicht entscheiden, welcher Epoche es entspringen mochte. Eine Elfe könnte sich in den spiegelblanken Spitzen bewundern. Er lächelte mich so erleichtert an, als wäre ich die Kavallerie, die in letzter Sekunde zu seiner Rettung herbeigaloppiert kam.

»Vielen Dank für Ihr Kommen, Mr. Duffield. Möchten Sie einen trockenen Sherry?«

Er bejahte, nahm das Glas entgegen und gestand: »Ich bin ein wenig früh hergekommen, weil mich diese Sache äußerst nervös macht. Je mehr ich darüber nachdenke, dass die arme Frau mich unter Vorspiegelung falscher Tatsachen kennenlernt … Könnten Sie mir noch einmal sagen, wie ich mich verhalten soll?«

»Natürlich.« Dies war nicht der richtige Zeitpunkt, um ihm zu gestehen, dass mir selbst nicht wohl hierbei war. »Zunächst werden wir mit meinem Vater, Mr. Dennis Hood, und meiner Mutter Virginia, die Vater ›Ginny‹ nennt, zu Mittag essen.« Mr. Duffield erschauderte sichtlich bei dem Gedanken, dass ich eine gewisse Vertrautheit erwarten könnte. Ich ergänzte nicht, dass meine Mutter nach wie vor Anspruch auf ihren Titel, Lady Virginia, hatte.

»Ich hatte gestern das Vergnügen, Mrs. Hood zu begegnen, als sie bei der Zeitung war.«

»Ach ja, natürlich.«

»Eine charmante Dame.«

»Und es wird noch eine Freundin meiner Mutter kommen, Mrs. Martha Graham, eine Witwe. Außerdem wird Mr. Marcus Charles erwartet.«

»Und Mr. Charles ist …?«

»Ein Freund von mir.« Ich holte tief Luft. »Er ist Chief Inspector beim Scotland Yard.«

Mr. Duffields Hand zitterte, dass der Sherry Wellen schlug. Ich fragte mich, ob er gleich den Glasstiel durchbrechen oder den Inhalt des Glases auf den Teppich verschütten würde. Es geschah weder das eine noch das andere, sondern er stellte das Glas vorsichtig auf dem Kaminsims ab, anscheinend zu verstört, um den kleinen Beistelltisch neben sich zu bemerken. Er biss sich auf die Unterlippe. »Superintendent Hood und Chief Inspector Charles, und ich bin hier zum Essen und der anschließenden Täuschung einer nichts ahnenden Dame. Gewiss …«

»Mein Vater und Mr. Charles sind eingeweiht. Es ist Teil einer Ermittlung. Die West Riding Constabulary und Scotland Yard werden Ihnen dankbar sein.«

Mir vielleicht nicht, aber Ihnen.

Er wartete, dass ich mehr sagte. Das war das Problem mit Männern, die in der Armee gewesen waren. Sie wollten entweder Befehle erteilen oder welche bekommen. In seinem Zeitungsreich gab Mr. Duffield die Befehle. Doch dies hier war in seinen Augen meine Domäne. Und ich zeigte mich der Lage gewachsen.

»Wir werden rechtzeitig mit dem Essen fertig sein, damit Sie Ihren Besuch empfangen können, Mrs. Alexander. Sie werden hier im Salon mit ihr Tee trinken, also machen Sie sich bitte mit dem Raum vertraut. Dort stehen die Sherry-Gläser und trockener und lieblicher Sherry. Bei ihrem Eintreffen wird Pamela, das Mädchen, die Dame hereinlassen und ihr den Mantel abnehmen. Sie wird Mrs. Alexander ins Zimmer führen, wo Sie ihr entgegengehen, ihr die Hand geben und sie willkommen heißen. Nachmittags scheint die Sonne durchs Fenster, folglich sollten Sie achtgeben, dass Sie mit dem Rücken zum Fenster sitzen, damit Sie sie beobachten können. Sowie sie Platz genommen hat, auch wenn sie einen Sherry nimmt, ziehen Sie an der Klingelschnur neben dem Kamin. Pamela wird wiederkommen, und Sie bestellen Tee.«

Er hob eine Hand wie ein Schuljunge. »Was ist, wenn Mrs. Alexander keinen Tee wünscht?«

»Es wird Kuchen da sein, den Sie zu dem Sherry essen können. Erzählen Sie ihr von sich, aber halten Sie es einfach und bleiben Sie bei dem, was Sie in dem Brief geschrieben haben.«

Panisch bemerkte er: »Ich erinnere mich nicht, was ich geschrieben hatte.«

Ich erinnerte ihn, dass er verwitwet und wohlsituiert war und weshalb er hier angeblich wohnte.

»Was ist, wenn ihre Annonce ein Geheimcode war, wie Sie annehmen, und sie mir Fragen stellt, auf die ich nicht antworten kann?«

»Nun, in dem Fall wird sie erkennen, dass Sie harmlos sind und nichts von dem Code wissen. Sollte sie Ihnen alltägliche Fragen stellen, die Sie seltsam finden, sagen Sie, Sie würden lieber mehr von ihr erfahren und wie entzückt Sie wären, eine solch faszinierende Dame in Ihrem bescheidenen Heim empfangen zu dürfen.«

Ein bisschen unglücklich schaute er sich im Zimmer um. »Es ist nicht bescheiden.«

»Seien Sie einfach so charmant wie immer. Schenken Sie ihr bewundernde Blicke, ob verdient oder nicht, und hören Sie ihr zu.«

»Was ist, wenn ich am Ende auf einmal verlobt bin?«

»Es wird alles gut, glauben Sie mir.«

Bevor er Zeit hatte, sich noch mehr Sorgen zu machen, kam meine Mutter herein. Sie trug ein pfirsichfarbenes Kleid mit gestuftem Rock und ihre zweitbesten Perlen. »Ah, Mr. Duffield, wie schön, Sie zu sehen! Mein Mann freut sich sehr, alles über Ihre Arbeit als Zeitungsarchivar zu hören. Ich habe ihm erzählt, wie gut Sie über jedes Thema informiert sind, das es gibt.«

Mr. Duffield stand stramm. Bei ihrer Schmeichelei verflogen seine Sorgen. Ich überließ ihn den fähigen Händen meiner Mutter, als es läutete. Es war Marcus.

Er küsste mich. »Du siehst umwerfend aus, wie immer, Kate.«

Das »immer« war gelogen, aber Türkis stand mir.

Wir blieben für einen Moment in der Diele, und ich wünschte, wir wären allein, doch natürlich hatte dieser Besuch einen bestimmten Grund. Mein Vater kam aus dem Arbeitszimmer, und ich machte die beiden miteinander bekannt, ehe wir alle in den Salon gingen, um einen Sherry zu trinken.

Martha Graham kam als Letzte. Sie war ein schlankes Energiebündel von einer Frau und lebte richtig auf, wenn sie Bridge spielte. Meine Mutter stellte sie Marcus vor und verwickelte sie dann in ein Gespräch mit Mr. Duffield. Es lenkte ihn von der bevorstehenden Aufgabe ab und gab ihm eventuell ein wenig Zeit, seine Konversationstechnik zu üben.

Mein Vater fing mich in einer Zimmerecke ab. Während wir uns den Anschein gaben, über seinen Besuch beim Zahnarzt zu sprechen, sagte er leise: »Was in aller Welt fällt dir ein, Katie, in unserem Haus ein Treffen einsamer Herzen zu arrangieren?«

»Es sollte gar nicht hier stattfinden. Sie sollten sich in einem Hotel treffen.«

»Es wird großartig aussehen, nicht wahr, wenn der Mann da drüben es vermasselt und wir mit einer gekränkten Frau dastehen, die ihn wegen Wortbruchs anklagt, sodass ich vor Gericht erklären darf, wie es unter meinem Dach dazu kommen konnte.«

»Dad …«

»Komm mir nicht mit ›Dad‹! Dies sollte eine Gelegenheit sein, deinen Freund Mr. Charles kennenzulernen.«

»Ja, und du lernst ihn kennen!«

Es war ein Segen, als das Essen serviert war und wir uns alle an den Tisch setzten, um uns über den Yorkshire Pudding herzumachen.

»Wir essen immer den Yorkshire Pudding zuerst«, erklärte meine Mutter Marcus.

Und mein Vater sagte: »Als Katie klein war, wollte sie ihren nie essen, ehe ich nicht Fenster und Türen hineingeschnitten und ihn zu einem kleinen Haus gemacht hatte.«

Marcus sah mich an, und wir schmunzelten.

Mr. Duffield erwies sich als der ideale Gast. Er mutmaßte, wer Bonar Law als Premierminister ablösen würde; ob Mr. Baldwin oder Lord Curzon? Er glaubte, Mr. Baldwin, weil die Konservativen versuchten, weniger aristokratisch und patrizisch zu wirken. Er und mein Vater waren sich einig, dass kein Ende der Gesetzeslosigkeit in Afghanistan in Sicht war. Meine Mutter lenkte das Gespräch erfolgreich weg von der Politik, um Mrs. Graham die Möglichkeit zu geben, über ihren Garten zu sprechen.

Erst als die kleine französische Uhr die Viertelstunde schlug, wurden alle ein wenig unruhig auf ihren Stühlen, und Mr. Duffield blickte in meine Richtung, damit ich ihn instruierte.

Mrs. Graham war eindeutig im Voraus unterrichtet worden, wann sie zu gehen hätte, denn sie schaute auf ihre Armbanduhr, äußerte ein zurückhaltendes »Du liebe Güte!« und verschwand so flink wie Aschenputtel von dem Ball – allerdings nicht, ohne sich zuvor sehr herzlich von Mr. Duffield verabschiedet zu haben.

Letzterer ging im Salon in Position.

Erst um zehn Minuten nach vier läutete es an der Tür.

Ich zuckte ziemlich auffällig zusammen.

Wir saßen unnatürlich stumm im Esszimmer, während Pamela die Haustür öffnete. Ich lauschte an der angelehnten Tür.

Das Mädchen bat die Besucherin herein und bot an, ihren Mantel zu nehmen.

»Vielen Dank. Es ist recht kühl draußen.« Die Stimme klang kultiviert mit volltönenden Vokalen und sorgsam ausgesprochenen Endungen – zu sorgsam vielleicht. Es war die Stimme von jemandem, der sich eben die Nägel gefeilt hatte.

»Mrs. Alexander?«, fragte Mr. Duffield mit einem Lächeln in seinem Tonfall.

»Ja. Sie müssen Mr. Wright sein.«

Die Tür wurde geschlossen, und mehr hörte ich nicht.

Marcus sah mich an und fragte stumm, wen oder was ich erwartet oder vielmehr welchen Verdacht ich gehabt hatte. Als ich nicht antwortete, bedachte er mich mit einem so freundlichen wie enervierend gönnerhaften Lächeln.

Meine Mutter flüsterte meinem Vater etwas zu, der sogleich eine Gewittermiene zog.

Pamela kam durch die Diele, klopfte an die Tür zum Salon und brachte ein Tablett herein. Sie sollte zu uns kommen und uns eine Beschreibung der Frau bringen, was sie jedoch nicht tat.

Zwanzig Minuten dehnten sich zu einer halben Stunde,

dann zu fünfundvierzig Minuten. Was tat Duffield da drinnen? Es sollte ein kurzes Tête-à-Tête sein, kein Entwurf eines Zehnjahresplans.

Ich ertrug die Spannung nicht mehr und läutete nach Pamela, weil ich nicht wagte, in die Diele zu gehen und Mr. Duffields Tarnung platzen zu lassen.

Wenig später erschien das Mädchen, mit einem übertriebenen stummen »Verzeihung. Ich habe es vergessen«.

Vergessen? Wie konnte sie?

Sie kam auf Zehenspitzen zum Tisch.

»Wie sieht sie aus?«

Pamela dachte kurz nach. »Kennen Sie das Bild von Pola Negri mit dem Schönheitsfleck?«

»Nein.«

»Tja, so ähnlich sieht sie aus, aber ohne den Schönheitsfleck, und ihre Augenbrauen gehen nicht ganz so weit in die Schläfen wie bei Pola Negri.«

»Also hat sie dunkles Haar?«, fragte ich.

»Ja.« Pamela sah meine Mutter an.

Die sagte: »Pola Negri hat ein eher rundliches Gesicht und eine etwas temperamentvolle Ausstrahlung.«

»Sie hat eine Brille mit goldenem Gestell«, ergänzte Pamela. »Die Dame, nicht Pola Negri.« Wieder dachte sie nach. »Und sie sieht ernst aus.«

»Und ihre Figur?«

»Drall.«

»Nun?«, wollte mein Vater wissen.

Gleichzeitig flüsterte Pamela: »Wie geht es meinem roten Kater, Mrs. Shackleton?«

Roter Kater? Ich wagte nicht zu fragen.

Meine Mutter sagte: »Du weißt doch, Kate, der rote Kater aus Sookies Wurf, den du Pamela versprochen hast.«

»Ach so.«

Sookie hatte kein rotes Junges. Und ich hatte es Pamela auch ganz sicher nicht versprochen. »Es geht ihm gut, Pamela. Ich habe ihm alles über Sie erzählt. Allerdings ist er nicht ganz rot.«

Mein Vater sah aus, als würde er jeden Moment explodieren.

Pamela lächelte und wandte sich zum Gehen. Ich fing sie an der Tür ab, weil ich immer noch ein klein wenig Hoffnung hegte, dass ich recht gehabt hatte. »Was trägt sie, diese Mrs. Alexander?«

»Einen dunklen Rock und eine blaue Bluse, dazu ziemlich hübsche Strümpfe aus Kunstseide und ein Paar Pumps mit Absatz. Ihr Mantel ist wendbar.«

»Aha?«

»Ja, es ist ein Cape, auf einer Seite flaschengrün, auf der anderen kariert.«

»Bringen Sie es her, schnell.«

Sie ging das Cape holen und gab es mir. Ich hielt es in die Höhe, als wäre es Beweisstück A in einem aufsehenerregenden Prozess am Old Bailey – erst die grüne Seite, dann die karierte. Es war exakt das gleiche Karo wie auf Mary Janes Cape. »Sie ist es. Sie ist die Frau, die beim Steinbruch gesehen wurde.«

Ich gab Pamela das Kleidungsstück zurück.

Sie verließ das Zimmer und hatte das Cape eben wieder aufgehängt, als die Salontür aufging. »Pamela«, rief Mr. Duffield munter, »ich begleite Mrs. Alexander zum Bahnhof.«

»Das ist doch nicht nötig, Mr. Wright«, widersprach die Dame.

»Bitte«, sagte Mr. Duffield, der nun die Befehle gab. »Ich bestehe darauf.«

Niemand im Esszimmer hatte auf meine Behauptung reagiert, dass sie es war. Deshalb sagte ich es nochmals, als die Zimmertür geschlossen wurde. »Eine Frau in einem karierten

Cape wurde beim Steinbruch gesehen. Ethan hatte die Annonce in seiner Tasche. Wir müssen etwas unternehmen!« Ich sah erst Marcus, dann meinen Dad und wieder Marcus an.

Überhaupt wurden am Tisch lauter Blicke gewechselt. Was sollten wir tun? Hinaus auf die Straße stürmen und die Frau zur Rede stellen?

»Wenn ihr ihnen nicht folgt, werde ich ihr nachgehen.«

»Wir müssen es jetzt zu Ende führen«, sagte Marcus nachdenklich. »Ich hätte einen Constable bereitstellen sollen, aber …«

Immerhin war er so nett, nicht auszusprechen, dass er mir nicht geglaubt hatte.

Mein Vater stand auf und reichte meiner Mutter die Hand. »Komm mit, Ginny. Wir unternehmen einen kleinen Spaziergang. Kate, hol deiner Mutter den Mantel.«

Mutter stand auf und wollte sagen, dass sie sich andere Schuhe anziehen müsste, doch dazu ließ ich ihr keine Zeit. Kaum war die Haustür hinter Mr. Duffield und Mrs. Alexander geschlossen worden, stürmte ich in die Diele und nahm Mutters Mantel von der Garderobe.

»Es ist wahrscheinlich eine falsche Fährte«, bemerkte mein Vater, »aber nachdem wir schon so weit gekommen sind, sollten wir es auch zu Ende bringen.«

»Warten Sie, Sir«, sagte Marcus. »Mein Fahrer ist in der Küche. Er bringt Sie zur Straßenbahnstation und fährt mit Ihnen der Straßenbahn nach, um zu sehen, ob sie wirklich zum Bahnhof will.«

Mein Vater nickte. »Gute Idee.« Er sah grimmig aus, und ohne Frage würde ich mir später einen Vortrag anhören müssen.

Als sie fort waren, erklärte Marcus: »Deine Eltern sind wirklich famos.«

So hätte der Nachmittag nicht verlaufen sollen. Sie taten mir wegen Mary Jane einen Gefallen. Später könnten sie sagen, dass wir alle erdenklichen Spuren verfolgt hätten. Dass wir versucht hätten, ihren Namen reinzuwaschen.

Zwei

Schon zu Beginn ihrer Ehe, als sie ihre adlige Familie schockierte, indem sie einen Police Officer heiratete und nach Wakefield zog, hatte sich Lady Virginia – oder Ginny Hood, wie sie seither hieß – nie wohl damit gefühlt, ihren Mann in seiner beruflichen Tätigkeit zu unterstützen. Einmal, als sie gebeten wurde, kurzfristig als Bewachung bei einer Frau in Gewahrsam einzuspringen, hatte sie zwei Unzen Lapsang Souchong und einen Sandkuchen ins Wakefield-Gefängnis mitgebracht. Danach hatte Dennis, damals Inspector Hood, seine Frau nie wieder um Hilfe gebeten.

Dennoch war sie nun hier, versuchte abermals, ihr Bestes zu tun, als sie sich mit Dennis, inzwischen Superintendent Hood, in den Wagen setzte, um Mr. Duffield und dessen rätselhafter Begleitung erst zu Fuß zu folgen, dann der Straßenbahn, die sie nahmen. Sie musste es um Katies willen schaffen, diese Observierung mit äußerster Diskretion mitzumachen.

Dennis und Ginny stiegen an der Westgate Station aus dem Wagen. Ginny beobachtete, wie der nette Mr. Duffield der Dame zum Abschied winkte, die dann in den Bahnhof ging, ohne sich noch einmal umzuschauen. Ginny vermied es, Mr. Duffield direkt anzusehen, doch sie freute sich schon auf ihr Treffen mit Martha Graham am nächsten Tag, bei dem sie gewiss erfahren würde, dass sie sich nicht irrte, was dieses dezente Knistern zwischen den beiden anging. Mr. Duffield hatte Mrs. Graham die Sauciere mit immenser Höflichkeit gereicht.

Bei WHSmith kaufte Ginny eine *Sunday Pictorial* und einen Riegel Five-Boys-Schokolade. Auf dem Bahnsteig plauderten Dennis und sie leise über irgendwas. Er hörte höflich zu, nickte zustimmend und verglich seine Uhr mit der Bahnhofsuhr. Hin und wieder schaute Ginny verstohlen in Mrs. Alexanders Richtung. Sie stand ruhig ein paar Schritte vom Bahnsteigrand entfernt und zeigte keinerlei Anzeichen von Freude oder Aufregung, weil sie eben einen potenziellen Verehrer kennengelernt hatte.

Als der Zug einfuhr, war Mrs. Alexander als Erste im Abteil. Ginny wollte ihr nach, doch Dennis hielt sie zurück und ließ einer jungen Familie den Vortritt.

Im Abteil sah Ginny aus dem Fenster. Ich darf mich nicht in ein Gespräch verwickeln lassen, dachte sie. Es wäre zu schrecklich, sollte ich eine Kriminelle sympathisch finden. Wie ein zweites Mal Lapsang Souchong.

Dennis las die Illustrierte.

Am Bahnhof in Leeds wartete Ginny einige Momente, bevor sie Mrs. Alexander in die Damentoilette folgte. In dem kleinen Vorraum puderte Ginny sich die Nase und richtete unsagbar lange ihre Frisur. Wäre die Beschreibung des wendbaren Capes nicht gewesen, hätte Ginny der Frau keinerlei Beachtung geschenkt, die nun mit einem blonden Bob, ohne Brille und sehr viel schlanker als die Dame, die Mr. Duffield getroffen hatte, aus der Kabine trat.

Ginny zupfte ein letztes Mal an ihrem Haar, warf zwei Pence in die Untertasse der Toilettenfrau und folgte der Dame nach draußen.

Dennis wartete in einigem Abstand zu anderen Reisenden auf sie. Trotzdem flüsterte sie: »Diese blonde Frau mit dem Bob ist dieselbe, die sich kürzlich von Mr. Duffield verabschiedet hat. Sie ist in eine Kabine und kam ohne Verkleidung wieder heraus. Sie hatte eine dunkle Perücke getragen, Dennis, und hat das Cape umgedreht.«

Dennis nickte einem Bahnhofspolizisten zu.

Ginny schwoll die Brust vor Stolz. Sie hatte es geschafft; sie hatte Dennis und Kate geholfen. Lapsang Souchong und Sandkuchen gehörten der Vergangenheit an!

Drei

Marcus und ich hatten kaum gesprochen, während wir nebeneinander auf dem Sofa warteten. Beim Läuten der Türglocke sprang ich auf und ging in der Diele einem recht finster dreinblickenden Mr. Duffield entgegen, der vom Bahnhof zurückkehrte. Er nahm den Hut ab, wollte jedoch nicht in den Salon kommen, da er vorhatte, die nächste Straßenbahn zu nehmen. »Ich komme mir wie ein solcher Schurke vor, was diese Dame betrifft, Mrs. Shackleton! Für einen Moment rührte sie tatsächlich an mein Herz, und ganz kurz kam mir der Gedanke, dass wir heiraten könnten. Ich malte mir aus, welches Licht sie in mein Leben brächte und wie wir abends am Feuer sitzen würden, ich Antony Trollope lesend und sie mir gegenüber mit der Bibel oder dem Strickzeug.«

»Ich könnte mich irren, Mr. Duffield. Vielleicht ist Mrs. Alexander die, für die sie sich ausgibt. Mein Misstrauen basiert einzig auf einer Ahnung und dem wendbaren Cape.«

»Nein«, sagte er traurig, »sie wollte mir ihre Adresse nicht geben, sondern sich wieder melden. Angeblich ist ihre Schwester nicht einverstanden mit ihrem Tun, und da war noch etwas anderes …«

»Was, Mr. Duffield?«

»Ich sah, wie sie in den Bahnhof ging. Sie winkte, ich winkte zurück und wandte mich zum Gehen, blickte mich aber noch einmal um. Da hatte sich ihr Gang verändert. Fragen Sie mich nicht, wie, doch sie ging irgendwie anders, hielt den Kopf anders. Ich weiß, dass jeder von uns ein anderer Mensch ist, wenn er allein ist, aber das meine ich nicht. Auch wenn ich nicht sagen kann, was es war, wusste ich es in dem Augenblick. Vielleicht nehmen wir derlei Dinge instinktiv wahr, wie Sie andeuteten, Mrs. Shackleton.« Er seufzte. »Ach ja, dieses instinktive Gefühl, ob sich das Leben weiter so hinzieht, wie es bisher war, oder ob es einige kleine Veränderungen gibt. Mein Leben wird bleiben, was es immer war.« Mit einem tapferen Lächeln überspielte er seine Enttäuschung.

Marcus war in die Diele gekommen und hörte zu. »Haben Sie vielen Dank für Ihre Hilfe, Mr. Duffield. Es ist überaus freundlich von Ihnen, uns so engagiert zu helfen.«

Ich lächelte ihm zu und war froh, dass er zumindest vorgab, meinen irrwitzigen Plan mit solch ernst gemeinter Anerkennung zu würdigen. Die Veränderung in Mrs. Alexanders Gang könnte dem Wissen zuzuschreiben sein, dass sie eine Eroberung gemacht hatte, oder sie war erleichtert, einem Exzentriker entkommen zu sein.

Mr. Duffield setzte den Hut wieder auf. »Nun, Ihnen beiden einen guten Tag.«

Ich beobachtete, wie er gesenkten Hauptes von dannen zog.

»Mach dir keine zu großen Vorwürfe, Kate.« Marcus legte eine Hand auf meine Schulter. »Wer weiß, ob du den alten Knaben nicht auf eine Idee gebracht hast? Vielleicht gibt er schon bald selbst eine Annonce auf.«

»Oder frischt seine Bridge-Kenntnisse auf, um Mrs. Graham für sich zu gewinnen.«

Wir setzten uns wieder auf das Sofa im Salon, diesmal etwas weiter auseinander. »Kate, wenn dies hier vorbei ist, muss ich dich etwas fragen, und ich hoffe, dass du Ja sagst.«

Mir war klar, welche Frage es wäre, oder wenigstens glaubte ich es zu wissen. Ein Chief Inspector von Scotland Yard aß nicht sonntags mit einem Superintendenten der West Riding

Constabulary und dessen Frau zu Mittag, um deren Tochter zu fragen, ob sie auch fürderhin in Sünde leben und eine heimliche Affäre mit ihm unterhalten wolle.

Marcus ist ein liebenswerter Mann, dennoch umschlichen wir einander misstrauisch. Auch wenn er es nicht aussprach, glaubte er, dass mein Komplott, Mr. Duffield auf die Annonce antworten zu lassen, nichts ergeben hätte, und dass ich meine Eltern wegen eines wendbaren Capes auf eine unnütze Verfolgungsjagd gescheucht hatte. Wie bei einer fein justierten Waage hing etwas zwischen uns in der Schwebe.

»Pamela!«, rief ich schon, als ich in die Küche lief. Die Frau hatte Kunstseidenstrümpfe getragen. So wie Tausende anderer Frauen.

Das Mädchen drehte sich von ihrem Tellerstapel zu mir um.

»Pamela, trug die Frau Schmuck?«

Sie überlegte einen Moment. »Ohrringe. Und einen Ring an jeder Hand.«

»War einer von den Fingerringen ein Ehering?«

»Ja.«

»Und der andere ein gemusterter?«

»Ich glaube, ja.«

»Was für Ohrringe?«

»Richtig durchgestochene. Ich sehe nicht viele Damen mit durchgestochenen Ohrläppchen, und ich glaube, die Ohrringe waren aus Gold.«

»So kleine, eher birnenförmige Ringe?«

»Ja. Wären sie größer gewesen, hätte ich sie vulgär genannt, wie bei Zigeunerinnen.«

»Danke, Pamela.«

»Dieses Kätzchen, welche Farbe hat es, wenn es nicht ganz rot ist?«

Ich rief mir die seltsame kleine Kreatur ins Gedächtnis. »Es ist rot getigert und teils weiß.«

»Ach so.« Sie konnte ihre Enttäuschung nicht verbergen. »Mrs. Hood hat gesagt, es wäre ein roter Kater.«

»Ich habe keine Ahnung, welches Geschlecht das rot-weiße Kätzchen hat.«

Marcus hörte von der Diele aus zu. Wir kehrten in den Salon zurück, bevor er fragte: »Und wer ist die mysteriöse Mrs. Alexander?«

»Georgina Conroy.«

Er seufzte. »Deine Auswahl an Verdächtigen ist recht begrenzt.«

»Was kein Grund ist, sie zu verwerfen. Es ist ihr Schmuck.«

»Pamela ist beeinflussbar. Du hast ihr die Informationen praktisch vorgegeben.«

»Georgina hat Bob Conroy im Januar 1922 geheiratet. Ich erinnere mich, das Datum im Kirchenregister gesehen zu haben, denn ich dachte, dass er sich reichlich Zeit gelassen hatte, eine Frau zu finden. Die Farm gehörte Bob und seinem Bruder Simon zusammen. Vier Monate später war Simon tot – ein Unfall. Er war in den Steinbruch gestürzt, als er ein Lamm retten wollte.«

»Ja, ein Unfall.«

»Ohne Simon gehörte die Farm Bob allein, und wenn er stirbt – bei einem weiteren Unfall –, geht sie an Georgina. Sie wird weiterziehen. Ich hatte sie nach der Annonce in Ethans Tasche gefragt, und sie hat behauptet, nichts davon zu wissen.«

»Hattest du Bob darauf angesprochen?«

»Ja, aber bis dahin hatte sie ihn sicher schon angewiesen, nichts darüber zu sagen. Wahrscheinlich hat sie behauptet, dass es ihr peinlich wäre zuzugeben, dass sie so nach einem

Mann gesucht hatte. Er hatte etwas verschwiegen, das spürte ich. Ich hätte hartnäckiger sein müssen.«

»Ich werde ihn befragen. Aber er war betrunken, als das Feuer ausbrach, Kate. Sie hatte das nicht geplant.«

»Sie ist klug und nutzt jede Gelegenheit, die sich ihr bietet.«

Marcus nahm meine Hand und sagte sanft: »Und sie lässt Mary Jane vom Haken, weil sie ein wendbares Cape hat? Das glaube ich kaum.«

Es war sinnlos zu streiten. Wenn ich widersprach, wäre er umso erpichter, Mary Jane zu überführen. Deshalb versuchte ich nur, ihm eine andere Idee anzubieten. »Ethan war bei Georgina gewesen, angeblich um ihr von seinen Eheproblemen mit Mary Jane zu erzählen. Was ist, wenn er bei ihr war, weil er wusste, dass sie vorhatte, Bob zum Verkauf der Farm zu bewegen und ihn dann mit dem Geld aus dem Verkauf zu verlassen? Ethan könnte die letzte Annonce gesehen haben, die genauso formuliert war wie die, auf die Bob seinerzeit geantwortet hatte. Und Ethan könnte erkannt haben, dass Georgine schon wieder via Zeitungsanzeige nach einem Mann suchte.«

»Das sind schrecklich viele Annahmen, Kate.«

Ich hatte zu viel gesagt. Eine Andeutung hätte genügt. Wenn Marcus nicht gegen Georgina Conroy ermitteln wollte, würden Sykes und ich es tun. Nur dämpften seine Zweifel meine Zuversicht.

Das Telefon läutete.

Pamela kam mir zuvor.

Einen Moment später betrat sie nach kurzem Klopfen den Salon. »Mr. Charles, es ist der Bahnhofsvorsteher von Leeds, und er möchte Sie sprechen.«

»Danke.«

Marcus ging in die Diele. Ich folgte ihm nicht, um mir eine halbe Unterhaltung anzuhören, sondern wartete.

Entweder hatte es nichts mit der gut gestellten Mrs. Alexander zu tun, oder ich hatte recht, und sie und ihre Annonce hatten etwas ergeben. Aber es konnte eigentlich nicht Georgina Conroy gewesen sein. Schon die Stimme war falsch.

Pamela kam herein und schloss die Tür hinter sich.

Sie wirkte verlegen. War sie hier, um mir zu sagen, dass sie das Kätzchen lieber nicht wollte?

»Was ist, Pamela?«

»Dieser Damenbesuch … was ich über die Hände gesagt hatte.«

»Ja?«

»Da war eine Warze auf ihrem rechten Mittelfinger. War es recht von mir, so daraufzustarren? Keiner kann etwas dafür, wenn er Warzen hat, oder?«

»Nein, vermutlich nicht. Danke, Pamela.«

»Glauben Sie …«

»Was?«

»Dass ich die Straßenbahn zu Ihnen nehmen und mir die Kätzchen einmal ansehen könnte?«

In Wakefield musste es von unerwünschten Kätzchen wimmeln, aber Sookies seltsamer Mix war offenbar faszinierend. »Was für eine gute Idee!«, sagte ich und strengte mich an, glaubwürdig zu klingen.

Sie sah erfreut aus. »Ich bespreche es mit Ihrer Mutter.«

Als Marcus zurückkam, war seine Miene nicht zu entschlüsseln. Er sah mich an, als wäre ich von einem anderen Planeten herbeigereist, und sagte: »Wie es aussieht, könntest du recht gehabt haben.«

»Aha?«

»Mrs. Alexander hatte ihre Perücke und die Brille in der Damentoilette im Bahnhof von Leeds abgenommen und kam als blonde und, nun ja, weniger üppige Person wieder heraus, ihr

Cape auf Grün gewendet. Sie mag nichts mit dem Mord zu tun haben, Kate, aber sie führt etwas im Schilde. Dein Vater ließ sich vom Fahrkartenverkäufer sagen, wohin sie wollte. Nach Great Applewick.«

»Georgina Conroy.«

»Möglich wäre es. Ich ziehe keine voreiligen Schlüsse. Sergeant Sharp passt den Zug ab.«

Mich überkam ein Anflug von Panik. Der Sergeant würde sie verschrecken und zur Flucht verleiten.

Marcus las mir den Gedanken anscheinend an der Nasenspitze ab. »Er soll mir lediglich bestätigen, dass sie aus dem Zug steigt, und sich die Zeit notieren, falls wir diese Informationen zur Beweisführung brauchen. Ich würde der Frau gern einige Fragen stellen.«

»Zu dem Mord an Ethan?«

»Noch nicht. Sich für jemand anders auszugeben, ist ein Vergehen, aber nur, wenn es dem Zweck dient, zu betrügen oder unrechtmäßig an Besitz zu gelangen.«

»Sich ausgeben? Sie hat Ethan umgebracht!«

»Ich werde schnellstens den Durchsuchungsbefehl für die Farm beschaffen.«

»Marcus, ich habe eine Idee!«

»Fahr fort.«

»Dieses Farmhaus und die Nebengebäude abzusuchen wird ein gigantisches Unterfangen. Aber es gibt eine Person, die jede Nische und jeden Winkel dort kennt.«

»Bob Conroy? Er ist nicht in der Verfassung und steht immer noch unter Verdacht.«

»Nein, das kleine Mädchen, Millie. Sie ist eingeschüchtert und hat Angst vor Mrs. Conroy, doch kleine Mädchen sind sehr neugierig. Lass mich mit ihr hingehen und sehen, was wir finden.«

Marcus war skeptisch. »Und Mrs. Conroy leugnet dann alles, was ihr gefunden habt, und behauptet, Mary Janes Schwester hätte es dort platziert, um sie zu belasten? Nein. Wir machen das auf die offizielle Art, Kate. Keine unorthodoxen Methoden.«

»Na schön. Aber ich hätte einen kleinen Vorschlag zu machen.«

Vier

Austin blieb bei seiner Grandma in dem zweiten Haus rechts im White Swan Yard. Millie hingegen, die sich sicherer fühlte, wenn mehr Leute bei ihr waren, wollte nur mit zur Farm fahren, wenn Harriet dabei war. Die beiden Mädchen saßen nebeneinander im Wagen, gemeinsam in Geralds Mantel und in eine Decke gehüllt. Die Schutzbrillen waren zu groß, aber das schien ihnen nichts auszumachen.

Ich hielt auf dem Weg an, der zur Conroy-Farm führte, vor dem Farm-Cottage. Arthur öffnete, doch es war Mrs. Sharp, die Frau des Dorfpolizisten, die den Kindern entgegenkam. Billy, der Schäferhund, flitzte an ihr vorbei und sprang an Millie hoch, leckte ihr das Gesicht ab und wedelte mit dem Schwanz.

Harriet warf mir einen Blick zu. »Wann kann ich Mam sehen?«

»Bald.«

Ich hoffte es.

Als sie in dem winzigen Cottage verschwunden waren, fuhr ich weiter und ließ die Jowett am Farmgatter stehen.

Mit meiner Tasche und der braunen Papiertüte ging ich auf den Hof.

Mrs. Conroy brauchte lange, um die Tür zu öffnen. Während ich wartete, kam mir der Gedanke, dass eine Pastete und ein Obstkuchen als Geschenke vielleicht etwas zu viel des Guten sein könnten. Ich wollte damit zwar Mitgefühl ausdrücken, doch eines von beidem hätte sicherlich ausgereicht.

Sie lächelte mit einem Hauch von Erleichterung, als sie

mich sah. »Kommen Sie rein. Ich hatte schon befürchtet, dass es schlechte Neuigkeiten über Bob sind.«

»Haben Sie ihn noch nicht gesehen?« Ich folgte ihr in die makellos saubere Küche.

»Nein, dauernd versprechen sie es mir. Doch Sie wissen ja, wie das in Krankenhäusern ist. Die Ärzte sagen einem gar nichts.«

Ich gab ihr die Tüte. »Ich dachte, dass Ihnen vielleicht nicht nach Kochen ist.«

Sie nahm die Papiertüte, packte den Kuchen und die Pastete aus und stellte beides auf den Tisch. »Vielen Dank, aber ich habe keinen Appetit.«

Mir fiel die Teekiste auf dem Tisch an der Seite auf. Sie war offenbar dabei zu packen. Als sie sah, wohin ich schaute, sagte sie: »Es ist ja sinnlos, hier herumzusitzen. Jetzt, da die Farm verkauft ist, werden wir weiterziehen, sobald es Bob gut genug geht. Das Vieh ist auch verkauft.«

»Mrs. Conroy, ich würde Sie gern etwas fragen.«

»Dann nehmen Sie Platz.« Sie seufzte. »Tut mir leid, doch ich habe den Kessel seit heute Morgen nicht mehr aufgesetzt. Möchten Sie etwas anderes trinken als Tee?«

»Ja, wenn Sie mit mir ein Stück Kuchen essen.«

»Sie haben mich überredet.« Sie verschwand und kehrte mit zwei Gläsern, einer Flasche, Tellern, Gabeln und einem großen Messer zurück. »Also, dann stellen Sie mal Ihre Frage«, meinte sie, während sie den selbst gemachten Wein einschenkte.

Sekundenlang konnte ich den Blick nicht von ihren Händen lösen. Ein Ring an jeder Hand, einer von ihnen gemustert. Und von irgendwoher kamen mir die Worte in den Sinn: »An unseren Taten wird man uns erkennen. An unseren Händen wird man uns erkennen.«

Sie reichte mir ein Glas Wein.

Am Mittelfinger ihrer rechten Hand hatte Georgina Conroy eine Warze. Wie Pamela gesagt hatte.

»Mrs. Conroy, als Ethan zu Ihnen gekommen ist, worum ging es da?«

Sie schnitt in aller Ruhe den Obstkuchen auf und gab mir ein Stück. »Na ja, jetzt kann ich es Ihnen wohl erzählen, auch wenn ich es schrecklich fände, sollte es Mary Jane schaden.«

Ich trank von dem Wein, der für meinen Geschmack etwas zu süß war. »Ich kann mir nicht vorstellen, wie es für sie noch schlimmer werden könnte, als es schon ist.«

»Er war hier, weil er schrecklich unglücklich war und mich um Rat bitten wollte.«

Unsinn. Weshalb war Ethan wirklich hier? Weil er, eifriger Zeitungsleser, der er war, ihre Annonce entdeckt und sie mit der älteren in Verbindung gebracht hatte, auf die Bob Conroy damals geantwortet und durch die er Georgina kennengelernt hatte.

Sie nahm ihr Weinglas auf und prostete mir zu. »Auf bessere Zeiten! Alles geht einmal vorbei.«

»Prost.« Ich erhob mein Glas. »Warum sollte Ethan zu Ihnen kommen und nicht zu Bob? Immerhin waren die beiden alte Freunde.«

»Ich bot ihm eine Schulter zum Ausheulen. Ethan und Bob hatten sich wegen irgendwas gezankt, wie kleine Jungen. Ethan war strikt dagegen, dass Bob die Farm verkauft, und da war noch etwas anderes, aber ich weiß nicht genau, was.«

Ich sagte ihr nicht, dass Ethan Bobs Verrat entdeckt hatte und dass dies der Grund für die Entzweiung war. Vielleicht wusste Georgina Conroy das nicht, obgleich ich sicher war, dass der Frau nichts entging. Sollte sie ruhig weiterreden und sich hoffentlich verraten.

»Mrs. Conroy, ich versuche zu verstehen, wie es war. Es ist

ein bisschen unangenehm, aber Mary Jane und Ihr Mann, waren sie … nun ja, waren sie einander näher, als sie sein sollten?«

Sie biss sich auf die Unterlippe. »Wissen Sie … jetzt, da Sie es sagen, frage ich mich, ob Ethan dachte, dass irgendwas zwischen Bob und Mary Jane war. Sie haben sich immer so gut verstanden. Da war etwas, wenn man sie zusammen sah, so eine Vertrautheit.«

Ich setzte auf Risiko. »Vielleicht hatte Ethan Bob deshalb überredet zu heiraten. Bob hat mir erzählt, dass es Ethan war, der ihn drängte, auf Ihre Annonce zu antworten, glaube ich.«

Sie sah mich sehr kurz an. Ihr Mund öffnete sich, aber sie sagte nichts.

»Verzeihen Sie. Er hatte sofort bereut, dass er es mir erzählt hatte«, fuhr ich fort. »Natürlich wusste Mary Jane nicht, wie Sie und Bob sich kennengelernt hatten. Sie müssen entschuldigen, dass er es mir anvertraut hat. Ich erwischte ihn in einem schwachen Moment, auf dem Friedhof, am Grab seines Bruders.«

Sie könnte mich nicht bei dieser Lüge ertappen, nicht, solange Bob im Hospital war und seine Verfassung es nicht zuließ, es zu leugnen. Zweifellos hatte Mrs. Conroy ihrem Mann eingeimpft, niemals zu erzählen, wie sie sich kennengelernt hatten. Und sie sagte nichts. Ich sollte sie zum Reden bringen, doch bisher redete nur ich. Georgina Conroy war fürwahr eine harte Nuss. »Bob sagte, dass er Sie gesehen hatte, wie Sie aus dem Pfarrhaus kamen. Er nahm an, dass Sie Streit mit Miss Trimble gehabt hatten.«

Nun stritt sie schnell, zu schnell ab. Zunächst kniff sie den Mund zusammen, dann fragte sie: »Worauf wollen Sie hinaus? Ich habe die Farm am Montag nicht verlassen.«

Ich hatte nichts von Montag gesagt. Jetzt war es an mir zu warten.

Sie ruderte zurück. »Ich war nicht bei Miss Trimble. Bob war bei ihr. Er wollte im Andenken an seine Eltern und seinen Bruder ein Fenster stiften.«

»Ach ja. Sein Bruder hatte einen tragischen Unfall, kurz nachdem Sie und Bob geheiratet hatten«, erwiderte ich mitfühlend, ohne eine Andeutung von Verdacht. »Miss Trimble glaubte, Mary Jane beim Steinbruch gesehen zu haben. Aber das waren Sie, nicht wahr?«

Sie griff nach dem Wein und schenkte sich nach. Auch mir bot sie mehr an, doch ich lehnte ab.

Ihre Hand war so ruhig, als sie die Flasche wieder hinstellte und nach dem Glas griff. »Es ist eine solch furchtbare Geschichte, die uns alle ganz konfus macht. Doch Sie irren sich.«

»Was mich verwunderte, war der Tod von Bobs Bruder, als er nach dem verirrten Lamm im Steinbruch suchte. Aber da gab es gar kein verirrtes Lamm, oder? Deshalb wurde später auch keins gefunden. Sie hatten Simon erzählt, dass ein Kind hier gewesen wäre und ein verirrtes Lamm gemeldet hätte. Keiner hat jemals herausbekommen, welches Kind das gewesen war. Und natürlich gab es jenes Kind auch nicht. Sie begleiteten Ihren Schwager. Und Sie haben ihn gestoßen.«

Sie lachte. »Sind Sie verrückt? Warum sollte ich das tun?«

»Damit Sie niemanden mehr im Weg haben, der Anspruch auf die Farm erheben kann, wenn Sie Bob umbringen. Einzig Ethan war überaus unbequem. Er hatte bemerkt, dass Sie ein wenig voreilig wurden und wieder nach einem Mann inserierten. Als ich Bob die Annonce zeigte, war er richtig erschrocken.«

»Haben Sie jemandem von Ihren irrwitzigen Ideen erzählt, Mrs. Shackleton?«

Ich drehte die Flasche auf dem Tisch, sodass ich das Etikett lesen konnte. »*Dandelion Wine*. Er sollte süß sein, sofern er nicht mit irgendwas versetzt ist. Sie hätten bei Miss Trimble bleiben sollen, bis sie tot war.«

Zum ersten Mal wirkte Georgina Conroy unsicher. Sie rieb mit dem Daumen über die Warze an ihrem Finger. »Sie war tot.« Sofort wurde sie sich ihres Fehlers gewahr und versuchte, die Worte zurückzunehmen. »Der Arzt hat sie für tot erklärt.«

»Mit mir hat sie noch geredet. Sie versuchte, es mir zu sagen. Sie haben ihr etwas Bitteres zu trinken gegeben und ihr erklärt, dass es Löwenzahnwein ist. Sie haben gedacht, es bliebe reichlich Zeit für sie zu sterben, bevor ihr Bruder und ihre Hilfe nach Hause kamen. Sie hatte ja schon angefangen, das Gefühl in ihren Füßen, den Beinen, dem gesamten unteren Körper zu verlieren. Aber irgendwie war sie zum Ofen gelangt, hatte sich quer durchs Zimmer geschleppt. Und dann war ich schon da und neugierig.«

Mrs. Conroy griff nach dem Küchenmesser. Als sie auf mich zustürzte, sprang ich auf, packte die Stuhllehne und drehte den Stuhl, um ihn als Schild zu benutzen. Georgina Conroy ging auf mich los. Mit aller Kraft schmetterte ich ihr die Stuhlbeine auf den Arm. Das Messer fiel klappernd zu Boden, und wir standen einander gegenüber.

»Miss Trimbles Worte sagten mir bis heute nichts, bis Sie so freundlich waren, Ihren selbst gemachten Wein anzubieten. Hatten Sie den auch mitgenommen, als Sie Miss Trimble besuchten? Haben Sie ein besonderes Rezept für den Wein, mit dem Sie morden?«

Ihr Gesicht war zu einer Fratze verzerrt. »Was wollen Sie?«

»Ich will, dass Mary Jane freikommt, und sie wird freikommen, weil Bob gestanden hat. Mary Jane wird Geld brauchen. Als gut gestellte Dame haben Sie gewiss einen kleinen Notgroschen. Hatte Ethan deshalb die Annonce ausgeschnitten? Weil er dachte, Bob würde eine Frau finden, die ihm finanziell helfen könnte, auch schwere Zeiten auf der Farm durchzustehen?«

»Oh ja, Ethan war der Ansicht, dass es in Ordnung wäre, wenn ich gutes Geld in diese Farm stecke! Aber Bob, dem Narren, rinnt das Geld nur so durch die Finger, und ich bin kein Narr. So wie die Farm betrieben wird, ist sie nicht mal ein Glas saure Milch wert. Trotzdem gestehe ich gar nichts. Ihre Anschuldigungen sind unverschämt.«

»Mich interessiert nicht, was Sie getan haben. Ich will Mary Jane helfen. Bob hat gestanden, Ethan ermordet zu haben. Mary Jane kommt frei, doch sie wird Geld brauchen.«

»Ich mag Mary Jane. Wenn sie Geld braucht, helfe ich ihr. Aber was wollen Sie? Warum sagen Sie mir solche Sachen?« Sie balancierte bereits auf einem Drahtseil, dennoch probierte sie es weiter. Wollte sie herausfinden, ob ich käuflich war?

»Was ich will? Für mich? Nichts. Ich möchte nur erfahren, warum Sie Ethan umgebracht haben.«

Wir standen in einigem Abstand zueinander, und ich hielt immer noch den Stuhl wie einen Schild vor mich.

»Warum sollte ich Ethan umbringen? Bob hat gestanden. Sie kannten Ethan nicht. Er hat heimlich für mich geschwärmt, allem eine Nase gedreht, was heilig ist. Dann habe ich eben nach einem neuen Mann inseriert, und wenn schon?«

Wenigstens das gab sie zu. Würde sie noch mehr einräumen? Selbst wenn Ethan sich mit Bob entzweit hatte, könnte er immer noch vorgehabt haben, die Gefühle seines Freundes zu schützen – und dessen Habe, indem er Georgina sagte, sie solle verschwinden, ohne Bobs Erlös aus dem Farmverkauf mitzunehmen.

Mein Schweigen wirkte, denn sie sagte: »Sie können mich nicht mit dem in Verbindung bringen, was Ethan passiert ist.«

»Das werden wir ja sehen.«

Bei ihrem Grinsen gefror mir das Blut in den Adern. »Dann … bin ich eine Mörderin? Nun, Sie glauben, weil wir beide aus derselben Flasche getrunken haben, sind Sie sicher. Aber Sie haben nicht gesehen, was ich unten in Ihr Glas gestreut hatte. Wenn Sie sich hilfreich zeigen, könnte ich das Gegengift holen.«

Sie bluffte, oder nicht?

»Dann holen Sie es lieber für sich, denn ich habe die Gläser vertauscht, als Sie den Kuchen schnitten.«

Sie lachte. »Schlau. Ethan und Sie hätten sich gemocht.«

»Ja, das ist gut möglich.«

»Aber Bob ist ein Weichling, hing an Ethans Rockzipfel und hat Ethans Frau angehimmelt.«

Sie trat einen Schritt auf mich zu, und vielleicht war es nicht bedrohlich, aber ich wollte kein Risiko eingehen. Mit voller Wucht schmetterte ich ihr den Stuhl gegen die Knie. »Haben Sie so Ethan zu Fall gebracht, bevor Sie ihn mit dem Hammer erschlagen haben?«

Sie schrie vor Schmerz auf. »Sie können gar nichts beweisen.«

Gewöhnlich bin ich kein gewalttätiger Mensch, aber in einem hatte Georgina Conroy recht: Ich hätte meinen Schwager gemocht. Und es machte mich wütend, dass Harriet und Austin ohne einen Vater aufwachsen mussten. Dennoch widerstand ich dem Impuls, sie zu attackieren und ihr wehzutun. »Ich muss nichts beweisen, Mrs. Conroy. Aber ich habe das Gefühl, dass Sie noch sehr viel mehr Fragen beantworten müssen.«

Durchs Fenster sah ich Marcus über den Hof kommen, seinen Sergeant neben sich und mit der selbstbewussten Ausstrahlung eines Mannes, der einen Durchsuchungsbefehl in der Tasche hatte. Hinter ihnen folgte Sergeant Sharp.

Ich ging nach draußen, wo Marcus mir entgegengeeilt kam

und die anderen beiden zum Haus schickte. »Kate! Du solltest doch mit den Kindern im Farm-Cottage warten.«

»Ach ja? Tut mir leid. Ich dachte, es könnte praktisch sein, wenn ich mich vergewissere, dass Mrs. Conroy zu Hause ist. Übrigens hatte sie eine unglückliche Auseinandersetzung mit einem Stuhl.«

»Was war da drinnen los?«

»Immer mit der Ruhe, Marcus. Dich dürfte interessieren, was Mrs. Conroy zu sagen hatte.«

Ich berichtete ihm von unserem Gespräch und Miss Trimbles rätselhaften letzten Worten: »bitter«, »Dandy«. »Du wirst Löwenzahnwein auf dem Tisch und sicher noch mehr in der Speisekammer finden.«

Marcus sah mich skeptisch an. »Sofern wir kein Gift sicherstellen, könnte es schwierig sein, deinen Verdacht zu belegen. Wir können Miss Trimbles Leichnam nicht auf jedes einzelne Gift testen, und manche hinterlassen keine Spuren im Körper.«

»Testet auf Schierling, wenn das möglich ist.«

Sein Seufzen klang etwas verdrossen, als hätte er schon genug zu tun, ohne Anweisungen von mir zu erhalten. Aber er war bereit, sich den Grund für meinen Vorschlag anzuhören.

Ich beschrieb ihm, wie ich Miss Trimble durchs Fenster gesehen hatte, ins Haus gelaufen war und sie im Wohnzimmer gefunden hatte. »Mein erster Gedanke war, dass sie eine Maus gesehen hatte und gestürzt war.«

»Eine Maus? Und wie bringt dich das jetzt auf Schierling?«

»Vielleicht habe ich etwas Mausiges gerochen. Und das einzige Gift, von dem ich mich erinnere, dass es in meiner *Materia Medica* als nach Maus riechend beschrieben wird, ist Schierling. Es würde erklären, warum Miss Trimble immer noch sprechen konnte. Dieses Gift breitet sich von unten nach oben aus, lähmt den Körper langsam.«

Zunächst sah er mich stumm an, dann nickte er bedächtig. »Wir unterhalten uns später, Kate.«

Marcus war bereits an der Haustür, als ich ihm nacheilte und fragte: »Brauchst du die Kinder heute Abend noch?«

»Nein. Mrs. Sharp hat mir geholfen, Millie zum Reden zu bringen, was recht mühsam war. Aber das Mädchen erzählte, dass Mrs. Conroy das Feuer im Stall gelegt hatte. Und anscheinend ist Millies Vater ebenfalls unter verdächtigen Umständen ums Leben gekommen.«

»In Clitheroe?«

»Ja.«

»Dort hatte Miss Trimble die letzte Woche verbracht. Georgina Conroy muss befürchtet haben, dass sie einen Zusammenhang erkennen würde.«

Die Haustür wurde geöffnet, und Sergeant Sharp brachte Georgina Conroy auf den Hof hinaus. Ihr hasserfüllter Blick ließ mich frösteln.

»Bringen Sie sie zum Wagen«, sagte Marcus.

Wir schauten ihr nach.

»Gehe ich dann recht in der Annahme, dass Mary Jane frei ist und die Ledgers verlassen kann?«

»Es müssen noch einige Dokumente vorbereitet und unterzeichnet werden.«

Zum Teufel mit Marcus' Dokumenten! Mary Jane hatte genug gelitten. Ich würde Harriet und Millie mitnehmen und Mary Jane von den Ledgers abholen.

Fünf

Sykes kam um kurz vor Mitternacht und störte die Ruhe in unserer Straße mit dem Knattern seines geliehenen Motorrads. Ich zog meinen Morgenmantel über und ging nach unten, um ihn ins Haus zu lassen.

Mit ihm kam ein Schwall frischer Luft in die Diele, wo er den Helm abnahm. »Verzeihen Sie, aber ich sah noch Licht in Ihrem Zimmer und dachte, Sie würden gern meinen Bericht hören.«

»Sie sehen halb erfroren aus.«

»Ich komme aus Otley, wo ich Chief Inspector Charles informiert habe. Er war noch an seinem Schreibtisch.«

Ich führte Sykes ins Wohnzimmer, wo Sookie am noch glimmenden Feuerrest saß, ihre Kätzchen in dem Korb neben sich.

Sykes rieb sich die Hände vor dem Feuer. »Meine Zähne klappern wie verrückt. Haben Sie vielleicht einen wärmenden Tropfen?«

Es dauerte eine Stunde, bis er bei einem Brandy seine Geschichte erzählt hatte. Die Ehefrau des Kirchendieners, Miss Trimbles Cousine, hatte einiges über die Frau zu sagen, die wir als Georgina Conroy geborene Waterhouse kannten. In Clitheroe war sie mit einem pensionierten Anwaltsgehilfen verheiratet gewesen. Er starb an Herzversagen, nachdem sein einziger Sohn nur sechs Monate zuvor bei einem Unfall in ihrem Garten zu Tode gekommen war. Er stürzte von einer Leiter, als er den Ast eines Apfelbaumes festbinden wollte. Nachdem Georgina die Gegend verlassen hatte, kamen Polizisten aus Manchester, die im Zusammenhang mit dem Tod ihres vorherigen Mannes nach ihr suchten.

»Ich frage mich, warum sie Millie mitgenommen hatte.«

Sykes schnaubte. »Eine praktische kleine Sklavin. Es war die Art, wie sie Millie behandelte, die mich weniger gut von Mrs. Conroy denken ließ als Sie. Sie gibt sich sympathisch und mitfühlend und ist eine gute Schauspielerin. Es war nur eine Kleinigkeit. Mrs. Conroy hatte zwar Strümpfe für Harriet und Austin gekauft, für Millie jedoch nicht. Das Kind wirkte auf mich so verloren mit seinem Hundsgrasfeuer, den Holzschuhen und ohne Strümpfe. Ich dachte, da stimmt etwas nicht.«

»Hoffentlich kann Marcus sie überführen!«

»Oh, er denkt, dass er es kann. Er lässt alle Scherben von der Sonnenuhr auf Mrs. Conroys Fingerabdrücke überprüfen. Ein einziger Abdruck würde belegen, dass sie am Tatort war. Und bei der Hausdurchsuchung wurden einige nützliche Sachen gefunden.«

Mich erstaunte, dass Marcus es Sykes verraten hatte; andererseits hatten wir die meiste Arbeit getan. »Was für Sachen?«

»Er lässt einige Substanzen von einem Chemiker untersuchen. Und es gibt unterschiedliche Ausweispapiere, Sparbücher, die Urkunden zu den Häusern, die sie von früheren Ehemännern geerbt hatte. Ich frage mich, wann sie mit ihrem Treiben aufgehört hätte.«

»Vielleicht wusste sie nicht, wie.« Eine Weile blickten wir schweigend ins Feuer. Ein Kohlenstück knackte, und blaue und orangefarbene Flammen stoben auf.

Sykes sagte: »Mir tut Bob Conroy leid. Sie entlassen ihn aus dem Hospital. Deshalb dachte ich, ich besuche ihn mal, sehe nach, ob er Hilfe braucht. Wir haben uns an dem Abend im *Fleece* ein bisschen angefreundet, und als ich ihn herumirrend im Moor fand. Was wird jetzt ohne seine Farm aus ihm?«

»Ich kann kein Mitleid für den Idioten aufbringen. Er hatte Ethan verraten. Und er hätte sich eine Frau suchen sollen, ohne auf Zeitungsannoncen zurückzugreifen, dann würde Ethan noch leben.«

»Trotzdem. Er hat bezahlt für das, was er getan hat.«

»Ja, das stimmt.« Ich schaute ins Feuer, als handelte es sich um eine Kristallkugel. »Nach einer angemessenen Zeit wird er sich mit Mary Jane zusammentun. Er ist immerhin ein wohlsituierter Mann, und sie wird eine gut gestellte Frau sein.«

»Ich werde ihn fragen, ob er weiter für Millie sorgen wird.«

»Sie und Harriet scheinen sich gut zu verstehen. Vielleicht nimmt Mary Jane sie auf.« Ich legte ein Scheit auf das Feuer. Es war ein wenig extravagant, bedachte man die Uhrzeit, doch an Schlaf war ohnedies nicht zu denken.

Sykes lehnte sich auf dem Stuhl zurück und betrachtete die Funken, die das Holz sprühte, als es von der Glut entzündet wurde. »Ich verstehe nach wie vor nicht recht, warum Mrs. Conroy Ethan ermordet hat.«

»Sie beging den Fehler, ihre Annonce genau so zu formulieren wie die, mit der sie Bob Conroy geködert hatte, und die neueste Anzeige hatte Ethan entdeckt und ausgeschnitten. Sie durfte nicht riskieren, als Bigamistin entlarvt zu werden – und als Mörderin, was der arme Ethan nicht wissen konnte. Ihre Behauptung, dass Ethan mit seinen Problemen zu ihr gekommen wäre, war natürlich Unsinn. Ich vermute, dass er ihr sagte, sie solle verschwinden, ohne Geld aus dem Farmverkauf mitzunehmen. Sein Fehler war, dass er Bob nichts davon erzählte, aber da waren die beiden Männer schon zerstritten. Nach dem, was ich über Ethan erfahren habe, glaube ich, dass er immer noch Bobs Gefühle schonen wollte. Doch das werden wir nie mit Sicherheit sagen können.«

»Und die Sonnenuhr hat Mrs. Conroy zerschmettert, weil

sie es konnte. Und weil es half, den Verdacht in eine andere Richtung zu lenken, auf Kollegen oder sogar Ethan selbst. So sah es aus, als wäre er in Rage geraten und hätte seine Familie und seine Arbeit ohne ein Wort verlassen.«

»Dennoch platzierte sie das Werkzeug bei Mary Jane, für alle Fälle.«

Wir bewegten uns mit unseren Überlegungen noch eine gute halbe Stunde im Kreis, während die Flammen das Holz verschlangen. Schließlich stand Sykes auf und zog seinen Mantel an.

»Was haben Sie morgen vor, Mrs. Shackleton? Gönnen Sie sich eine wohlverdiente Pause?«

»Ich muss mich um eine Privatangelegenheit oben in North Riding kümmern.«

»Brauchen Sie einen Fahrer?«

»Nein, das muss ich allein machen.«

Montag

Noch die traurigsten Vögel
Finden eine Jahreszeit, die sie besingen.

ROBERT SOUTHWELL

Epilog

Das Wetter zeigte sich von seiner schlimmsten Seite; es war windig und regnerisch. Regengüsse behinderten die Sicht, und Wasser leckte durch die Dachplane in den Wagen. Der Nachbar meiner Eltern hatte gesagt, mit dem Motor sei alles in Ordnung, er hatte allerdings auch die Vorzüge neuerer Modelle gerühmt. Auf hügeligen Abschnitten drohte der Wind, mich und die Jowett in den Graben zu pusten. Nun, sollte ich an Lungenentzündung sterben, war ich zumindest am richtigen Ort: Catterick Hospital.

Es bestand aus so vielen Gebäuden, dass ich keine Ahnung hatte, wohin ich mich wenden sollte. Schließlich sah ich einen Mann, der sich mit seinem umgestülpten Regenschirm abkämpfte, und fragte ihn nach dem Weg.

Ich parkte vor dem, wie ich hoffte, richtigen Haus. Während ich den kurzen Weg zur Tür zurücklegte, hatte ich das Gefühl, durch einen Wasserfall zu laufen. Wie ich Oberschwestern in Krankenhäusern kannte, würde ich schon Ärger bekommen, bevor ich etwas gesagt hatte – weil ich den Fußboden volltropfte.

Ein Pförtner brachte mich zum Büro der Oberschwester, wo ich mich vorstellte.

»Ah, ja, ich habe Ihren Brief bekommen«, sagte sie. »Und wie ich in meiner Antwort schrieb, bezweifle ich sehr, dass wir Ihnen helfen können. Lassen Sie mich Ihnen ein Handtuch geben, damit Sie sich ein wenig abtrocknen können. Und reichen Sie mir Ihren Mantel. Sicher finde ich auch irgendwo ein Paar

Hausschuhe, die Sie anziehen können, solange Ihre Schuhe trocknen.«

So viel Freundlichkeit hatte ich nicht erwartet. Ich saß am Feuer und trocknete mein Haar. Die Oberschwester bestand darauf, mir Tee, ein gekochtes weiches Ei und gebutterte Brotstreifen zum Eintunken zu geben, als wäre ich ein Kind, das weinend aus der Schule heimgekehrt war und Trost brauchte.

Während ich aß, erzählte sie mir von den einzigen beiden Männern, die bislang nicht identifiziert worden waren. Einer litt an vollständigem Gedächtnisverlust und war bei einem Farmer und dessen Frau ungefähr eineinhalb Kilometer entfernt untergebracht. Seine Beschreibung – klein und stämmig – passte nicht auf Gerald. Der andere hatte einen Hirnschaden davongetragen und konnte nicht sprechen.

»Ich bringe Sie zu ihm, wenn Sie fertig sind«, sagte sie.

Ich hatte Ei und Brot gegessen und den Tee getrunken und erhob mich mit klopfendem Herzen.

Schweigend gingen wir einen endlos erscheinenden Korridor entlang, bis wir in einen kürzeren bogen. »Er war heute schon auf und hat einige Übungen mit dem Krankengymnasten gemacht. Falls er schläft, stören wir ihn nicht.«

Sie öffnete die Tür zu einem Privatzimmer. Der Mann lag still da. Sein Kopf war auf einer Seite kahl rasiert, und seine Augen waren geschlossen. Zum Glück erlaubten die weichen Sohlen der Hausschuhe, dass ich mich lautlos dem Bett nähern und ihn ansehen konnte. Mir leuchtete ein, warum sie mich zu ihm gebracht hatte. Sein Haar und die Augenbrauen waren dunkel, und sein Gesicht war sicher einst schön gewesen. Aber er war nicht Gerald. Ich schüttelte den Kopf.

Wir verließen das Zimmer. Doch er hätte es sein können, sagte ich mir. Es ist richtig von mir, weiter nach ihm zu suchen.

»Warum ist sein Schädel rasiert?«

»Er hatte eine Operation, um den Hirndruck zu senken. Es besteht noch Hoffnung auf ein gewisses Maß an Genesung.«

»Ist er … die ganze Zeit schon hier?«

Sie nickte. »Hören Sie, es gibt noch einen anderen Mann, mit dem Sie reden könnten. Er ist nicht der, den Sie suchen, doch er war in derselben Gegend und demselben Regiment. Er ist wegen einer Entzündung in seinem Bein bei uns. Es musste vom Knie abwärts amputiert werden. Und er ist blind. Für seine Familie ist der Weg zu weit, ihn zu besuchen, und gewiss wird er sich über eine neue Stimme freuen. Er hat sogar ein Buch mitgebracht und bittet die Schwestern immerzu, ihm daraus vorzulesen.«

»Welches Buch?«

»*The Old Front Line* von John Masefield. Man sollte meinen, dass die Männer genug davon hätten, nicht wahr?«

Sie denkt, dass er etwas über Gerald weiß, sagte ich mir. Aber sie will mir keine allzu großen Hoffnungen machen. »Wie ist sein Name?«

»Walter Barker. Ein netter Kerl.«

Sein Bett war das erste auf einer Station, unter einem hohen Bogenfenster. Ich war froh, dass ich nicht an allen anderen Betten vorbeimusste. Die Oberschwester brachte mir einen Stuhl und stellte mich vor.

»Mrs. Shackleton ist hergekommen, weil sie auf Neuigkeiten von ihrem Ehemann hofft, aber ich habe sie überreden können, für eine halbe Stunde mit Ihnen zu plaudern. Was Sie selbstverständlich nicht verdient haben.«

Er grinste. »Ich bin Ihr Starpatient, meinen Sie. Sie wollen mit mir angeben.«

Ihre Flachserei sollte verbergen, dass sie bereits über mich gesprochen hatten. Walter Barker hob die Hand in meine Richtung. Ich nahm sie und versuchte, nicht zu zittern vor Nervosität, weil er Neuigkeiten für mich haben könnte. Nach all der Zeit war es lächerlich. Seit Kriegsende waren fünf Jahre vergangen.

»Dann lasse ich Sie mal allein«, sagte die Oberschwester.

Er ließ meine Hand los, und ich setzte mich. *The Old Front Line* lag oben auf seinem Nachtschrank mit einer Postkarte an der Stelle, bis zu der zuletzt gelesen worden war.

»Mein Name ist Kate«, sagte ich. Ich wollte nicht eine Stunde lang den furchtbaren Moment durch Vorlesen hinauszögern, in dem ich irgendetwas erfuhr – oder nichts. »Mein Mann Gerald war der Arzt in Ihrem Regiment. Ich habe das übliche Telegramm erhalten, aber bisher nie jemanden gefunden, der mir etwas über seine letzten Augenblicke sagen konnte. Und ich glaube, deshalb hat mich die Oberschwester zu Ihnen gebracht.«

»Ja, sie hat es mir erzählt. Captain Shackleton, unser Stabsarzt. Ich glaube, ich habe ihn gesehen, zweimal.«

»Sie glauben?«

»Nun, ja. Ich habe ihn gesehen. Er hat ... Fotografien aufgenommen.«

»Ja.«

»Deshalb erinnere ich mich an ihn, den Doktor mit der Kamera. Ich habe ihn zweimal gesehen.«

Wenn er sich ständig wiederholte, könnte dies hier lange dauern. Ich wollte ihn auffordern, zur Sache zu kommen. Hatte er ihn *am Ende* gesehen? Hatte er ihn sterben gesehen? Aber solche Fragen konnte ich nicht stellen. Also wartete ich.

»Ja, ich habe ihn zweimal gesehen. Einmal in Albert, wo die Jungfrau Maria halb von der Kirchturmspitze springt.«

Er stockte. Eventuell war sein Verstand beeinträchtigt, und ich würde hier sitzen und mir sein wirres Gerede anhören müssen.

»Halten Sie mich nicht für verrückt«, sagte er, als hätte er meine Gedanken gelesen. »Die Kirche hatte der örtliche Priester gebaut, um Pilger anzulocken. Die Jungfrau mit dem Kind ist eine vergoldete Statue, die mit einem Eisenstab an der Turmspitze befestigt ist. Aber eine Granate hat die Eisenstange verbogen, sodass die Statue beinahe waagerecht hängt und bedenklich aussieht, als würde sie jeden Moment nach unten geflogen kommen. Männer sind unter ihr marschiert, bis direkt an den Turm, und konnten nur hoffen, dass sie nicht auf sie fällt. Da habe ich Captain Shackleton zum ersten Mal gesehen.«

Seine Stimme war zu einem Flüstern geworden. Wollte er mir erzählen, dass Gerald von einer herabstürzenden Statue der Jungfrau Maria getötet worden war? Ich schüttelte den Kopf angesichts einer solchen Ironie des Schicksals. Gerald war nicht gläubig gewesen, erst recht hatte er nicht an die »scharlachrote Frau« geglaubt, wie er die katholische Kirche stets genannt hatte.

»Er hatte ein Stativ aufgestellt. Es war an einem Tag im Mai – aber keiner wie der heutige Maitag, sondern es war sonnig und warm. Es war wirklich Frühling. Ich dachte, dass es keine gute Aufnahme werden könnte. Die Statue war viel zu hoch. Ich führte einen Trupp in östliche Richtung nach Fricourt. Wir bildeten eine sehr stramme Linie, aus der einige ausscheren mussten, um den Mann mit dem Stativ nicht zu überrennen. Das ist alles, fürchte ich. Aber es war das erste Mal, dass ich an Ihrem Mann vorbeimarschiert bin.«

»Das war Gerald«, erwiderte ich leise. »Ich erinnere mich wieder, dass er mir schrieb, wie er die Fotografie gemacht hatte. Und er sagte, sie sei besser geworden, als er gehofft habe. Es sieht Gerald ähnlich, mitten in einem Krieg zu fotografieren und zu entwickeln.«

Walter lachte. »Er hatte medizinische Ausrüstung zu transportieren. So wird er es gemacht haben. Was sind schon ein paar mehr Chemikalienbehälter oder ein, zwei Schalen, wenn man ein Lazarett oder einen Erste-Hilfe-Posten einrichtet?«

Regen prasselte gegen die Fensterscheibe.

»Ist es kalt da draußen?«, fragte Walter.

»Ist es. Und ich bin auf dem Weg hierher durchnässt worden.«

Ein Mann auf Krücken kam langsam über die Station.

»Sie sagten, dass Sie Gerald noch ein zweites Mal gesehen haben.«

»Ja, da richtete er einen Erste-Hilfe-Posten ein. Es war ein Steinbruch in der Nähe, und dort lagerte er seine Vorräte. Aber er war mit einem Sanitäter und ein paar Gefreiten an die Frontlinie gekommen. Da war ein Bursche, der versorgt werden musste.« Wieder unterbrach er seinen Bericht, und ich nahm an, dass er sich an den Mann oder jemand anders erinnerte oder dass er den Tag im Geiste wieder vor sich sah.

»Wir hatten einen Vogel mit einem ungewöhnlichen Gesang gehört. Man hat immer einige Leute vom Land oder Vogelfreunde dabei, die sämtliche Vogelstimmen kennen und ihren Gesang sogar nachpfeifen können. Aber keiner wusste, was das für ein Vogel war.

Es war früh am Morgen, und ich sah den Stabsarzt – Captain Shackleton –, wie er mit seiner Kamera und einer Leiter raus ins Niemandsland ging. Jemand hatte ihm von dem außergewöhnlichen Vogel erzählt. Sein Sergeant trug das Stativ, können Sie das fassen? Irrsinn. Wir waren in voller Sicht der Deutschen. Sie hätten die beiden jederzeit erschießen können. Aber es war öde. So wahnsinnig öde. Die Langeweile macht einen mürbe. Über Stunden, manchmal Tage, passiert nichts. Die Deutschen waren vielleicht fasziniert und haben nur zugesehen, was die verrückten Engländer vorhatten.

Die beiden folgten dem Vogelgesang. Ich beobachtete, wie Captain Shackleton das Stativ und die Kamera aufstellte. *Der wird wegfliegen,* dachte ich. Kein Vogel bleibt einfach sitzen und wartet, dass man eine Kamera auf ihn richtet. Und irgendein Deutscher wird einen Nahschuss abfeuern.

Wir alle haben zugesehen. Und keiner hat etwas gesagt.

Der Sergeant ist auf die Leiter gestiegen, hat einen Ast zur Seite gebogen, und der Stabsarzt hat fotografiert.

Dann sind sie zurückgegangen. Hätte es einer der hohen Offiziere gesehen, wären die beiden dran gewesen, aber von denen kam ja keiner so dicht an die Front. Er sah zufrieden mit sich aus, Captain Shackleton. Ich habe ihn gefragt, was für ein Vogel es war. Und er lächelte und sagte: ›Es war ein Pirol.‹«

Lange Zeit schwiegen wir. Da er blind war, konnte er meine Tränen nicht sehen. Er streckte einen Arm aus, tastete nach meiner Hand und ergriff sie.

Auf den Bücherregalen im Wohnzimmer stand Geralds mehrbändige Enzyklopädie aus Kindertagen. Oder würde ich es in irgendeinem Jahrbuch für Naturkunde finden? Irgendwo im Haus müsste es ein Bild von einem Pirol geben. Und ich wollte wissen, wie er aussah.

Beim Blättern hörte ich Schritte auf der Straße und erkannte, dass es Marcus war. Er kam, um mich zum Essen auszuführen. Morgen würde er nach London zurückreisen. Deshalb war ich sicher, dass er seine große Frage heute Abend stellen würde, in dem Restaurant oder vielleicht hinterher, wenn er mich nach Hause brachte.

Die Frau eines Polizisten. Meine Mutter, die vor Jahren Lapsang Souchong und Kuchen zu einer Gefangenen in Wakefield brachte. Mrs. Sharp, die bei Mary Jane oder bei den Kindern im Farm-Cottage saß. Natürlich würde man dergleichen niemals von der Frau eines Chief Inspectors erwarten. Sie würde zu Hause warten und ganz gewiss nicht auf eigene Faust ermitteln.

Es läutete.

»Er ist da!«, rief Mrs. Sugden.

Doch ich hatte das Bild gefunden, nach dem ich suchte. Ein Pirol: scharf gezeichnetes Auge, langer Schnabel, schimmerndes Gefieder.

Das Männchen hat einen leuchtend gelben Körper mit schwarzen Flügeln; das Weibchen ist von einem blasseren Gelb. Der Vogel ist selten zu sehen, weil er sich hoch oben in den Baumkronen aufhält. Ein rarer Anblick.

Ich fragte mich, ob Gerald den Pirol singen gehört hatte.

Danksagung

Für die Hilfe bei meiner Recherche zu Steinbrüchen danke ich Kevin Mone, Mick Holstead, Jason Lee, Alistair Mitchell, Craig Morrell, Ian Pickersgill und John Middleton Walker.

Charlie Holmes war so freundlich, mich an seinen Erfahrungen in der Landwirtschaft in den Yorkshire Dales teilhaben zu lassen.

Dr. Barry Strickland-Hodge, Pharmazie-Dozent und Leiter des Fachbereichs Medicines Management an der Leeds University, hat mich mit seinem Fachwissen unterstützt.

John Goodchild führte mich durch seine Aladin-Höhle: das exzellente Archiv zur Geschichte von Wakefield. Steven Dowd und die Mitarbeiter in den Bibliotheken von Leeds und Wakefield waren überaus hilfreich.

Dank an Emma Beswetherick, Lucy Icke und alle bei Piatkus sowie an meine Agentin Judith Murdoch.

Ich danke auch Anna Clifford, Sylvia Gill, Christine Low-Green, Ralph Lindley, Pat McNeil, Vanessa Rosenthal und Peter Walker.

Das Dorf Great Applewick ist fiktional; aber das wussten Sie natürlich.